# QUE LA BÊTE S'ÉCHAPPE

Jonathan Kellerman
Jesse Kellerman

# QUE LA BÊTE S'ÉCHAPPE

*roman*

TRADUIT DE L'ANGLAIS (ÉTATS-UNIS)
PAR JULIE SIBONY

ÉDITIONS DU SEUIL
25, bd Romain-Rolland, Paris XIVe

Ce livre a été édité par Marie-Caroline Aubert

Titre original : *The Golem of Paris*
Éditeur original : G.P. Putnam's Sons
(Penguin Group, USA, LLC, une société Penguin Random House)


ISBN original : 978-0-399-17173-4
ISBN : 978-2-02-130609-5



www.seuil.com

*Pour Faye et Gavri*

# 1

Hôpital psychiatrique de Bohnice
Prague, République socialiste tchécoslovaque
17 décembre 1982

« Que la patiente se réveille. »

Le Russe parle à voix basse et appliquée, maniant les mots en tchèque telle une arme qu'il ne connaît pas.

Elle a appris à faire la sourde. Sinon, comment réussir à dormir dans ce lieu de démence, dont les nuits sont criblées de gémissements et de prières adressées à un Dieu qui n'existe pas, qui ne peut exister, puisque l'État l'a déclaré mort ?

Et l'État a raison.

Les preuves de la mort de Dieu sont partout autour d'elle.

Hagarde, elle tente de se cacher. Elle se recroqueville tandis que le Russe s'agenouille pour ouvrir sa cage, les pans de son manteau s'écartant comme deux grandes ailes noires. La porte de la cellule s'entrebâille, laisse pénétrer un cône de lumière chétif provenant de l'ampoule crasseuse qui luit faiblement dans le corridor.

« Que la patiente se lève, merci. »

Elle va être punie. Ses codétenues s'en contrefichent. La grosse Irena fait semblant de ronfler, soufflant des bulles de mousse blanche. Olga a les doigts noués au creux du ventre.

La quatrième paillasse est vide.

« Petit oiseau, dit le Russe, ne m'oblige pas à répéter. »

Elle fait basculer ses pieds sur le béton glacé, trouve ses pantoufles en papier.

Ils s'éloignent dans le large couloir bas de plafond surnommé le *Bulvár šílenců.*

Le « Boulevard des fous ».

Pendant que le Russe cherche la bonne clé, elle garde la position requise, à genoux, le front contre le linoléum. Le long du couloir commence à s'élever un raffut fébrile. Les autres détenues ont entendu des cliquetis métalliques. Elles veulent savoir. Qui va sortir ? Pourquoi ?

« La patiente peut se redresser. »

Elle se lève en prenant appui sur le mur.

Il la conduit jusqu'au bout du Boulevard, passant devant la salle du personnel où des infirmiers dorment dans leur fauteuil sous l'effet de puissants sédatifs qu'ils se sont autoprescrits ; devant les bureaux des médecins, les salles d'examen, « Hydrothérapie », « Électrochoc », et d'autres pièces qui ne sont identifiées que par des numéros. Des pièces qui ne peuvent être nommées pour ce qu'elles sont vraiment.

L'aile des femmes se termine par deux portes consécutives fermées à double tour, dont la peinture grise s'écaille pour révéler un acier de la même couleur.

Où l'emmène-t-il ?

Des seringues explosent sous les talons des bottes du Russe dans l'escalier froid et humide, où la température descend marche après marche. En arrivant au rez-de-chaussée, il s'arrête pour enlever son manteau et le lui draper sur les épaules. L'ourlet traîne par terre. Il lui pose aussi sa chapka sur la tête, noue les rabats sous son menton.

« Je te donnerais bien mes chaussures, dit-il en ôtant ses gants, mais je dois conduire. »

Il s'interrompt, la dévisage en fronçant les sourcils.

« Ça va, petit oiseau ? Tu n'as pas l'air bien. »

Des doigts nus lui effleurent la joue. La chaleur soudaine contracte cruellement le froid autour d'elle, et elle a un mouvement de recul, tremblante.

Il retire sa main.

« Excuse-moi. »

Il joue avec la grosse bague noire à son index, on dirait presque qu'il éprouve des regrets.

« N'aie pas peur, reprend-il. Tu vas partir d'ici. Tiens », ajoute-t-il en lui tendant ses gants.

Elle ôte ses pantoufles en papier et enfile les gants sur ses pieds engourdis. Ils lui montent jusqu'aux chevilles.

« Comme un chimpanzé », dit-il en riant.

Elle sourit poliment.

Ils sortent dans la cour glaciale.

Le garde en faction à l'entrée de l'hôpital porte à son revers un badge de l'Union de la jeunesse socialiste. Le Russe lui rend son salut et annonce que la patiente Marie Lašková a été confiée à ses soins.

Un frou-frou de paperasse, une signature, un nouvel échange de saluts.

Et ainsi la voilà guérie, considérée non plus comme une menace pour la société mais comme une citoyenne de la République, productive, saine de corps et d'esprit.

Le garde déverrouille le portail et l'écarte en grand.

« Les femmes d'abord », dit le Russe.

Elle est juste là, à trois pas : la liberté. Pourtant elle ne bouge pas, se retourne pour jeter un coup d'œil à la masse brune et festonnée à l'autre bout de la cour. La neige de la Sainte-Catherine se mue déjà en gadoue de Noël. Un unique caroubier se dresse, dénudé, les branches taillées ras afin de contrecarrer tout projet d'évasion, le tronc enveloppé de barbelés pour faire bonne mesure.

Le Russe l'observe patiemment. Il a l'air de comprendre ce qu'elle fait avant qu'elle ne l'ait compris elle-même.

Elle compte.

Les rangées de fenêtres percées dans le béton.

Les visages ravagés derrière. Les corps souffrants. La faim et la soif, le froid, la chaleur et la crasse. Les noms.

Elle les compte tous, pour les inscrire dans son registre mental.

Elle se doit de témoigner.

« Viens, petit oiseau. Il nous attend. J'ai laissé le moteur en marche. »

Elle demande qui est ce « il ».

Le Russe hausse les sourcils, comme si la réponse était évidente.

« Ton fils. »

Elle tourne le coin de la rue, avançant aussi vite qu'elle le peut avec ses pieds gantés.

*J'arrive, Daněk.*

Mais la voiture la stoppe dans son élan : une Tatra 603, trapue, noir mat, le pot d'échappement crachotant, identique à celle qui l'a conduite ici pour être interrogée il y a une éternité de cela.

Qui sait ? Peut-être cette voiture-là.

Ils se sont présentés à sa porte un après-midi, deux hommes au regard d'acier.

*L'inspecteur Hrubý demande que vous vouliez bien nous suivre.*

Tellement polis ! Comment refuser ?

Elle ne s'est pas inquiétée. Elle n'a même pas pris la peine d'envoyer Daniel chez la voisine, certaine d'être rentrée à temps pour préparer le dîner. Et quel dîner ! Elle s'était procuré un demi-paquet de lasagnes. Pas les lasagnes russes grisâtres qui bouillaient des heures sans ramollir, mais des vraies, avec un petit drapeau italien sur la boîte. Daniel était fou d'impatience. Quand elle est allée chercher son manteau à la cuisine, il était en train de les manger crues, croquant les petites plaques friables entre ses dents, hilare. Elle lui a donné une tape sur la main et a rangé la boîte sur une étagère haute en lui disant qu'elle serait vite de retour et en lui demandant de ne pas se comporter comme un cochon.

En bas, elle est montée dans la Tatra et a prononcé le nom de son contact. Elle savait ce qui l'attendait. Pour préserver les apparences, ils allaient l'emmener au siège de la StB dans la rue Bartoloměјská. La confirmation nécessiterait un coup de fil. Ils la relâcheraient sans excuses ni explications, et elle rentrerait chez elle en tram. Alors qu'ils s'inséraient dans le flot de la circulation, elle s'est laissée aller contre la banquette, préoccupée avant tout par la façon de cuisiner une garniture décente pour les lasagnes sans beurre, huile, fromage ni tomates.

Maintenant elle voit cette voiture, peut-être la même voiture, et son ventre se noue. C'est un piège, un nouveau stratagème sournois pour éroder sa volonté et pulvériser son mental.

La vitre teintée à l'arrière descend par à-coups.

« *Matka.* »

Cette voix, ce n'est pas possible. Et ce visage… Elle a laissé un joyeux garçon de six ans et on lui rend un petit juge austère. Des cheveux châtains raides et ternes lui tombent sur le front. Il ne sourit pas. Il a l'air de n'avoir jamais souri de sa vie.

« Qu'est-ce que tu attends ? » demande-t-il.

Oui, c'est vrai. Les joues ruisselantes, elle s'avance d'un pas de canard, se glisse sur la banquette arrière.

Aussitôt il se rétracte et se recroqueville contre la portière opposée, fronçant le nez. Elle doit puer. Elle lui attrape le visage entre les mains et le dévore de baisers. Mais il ne la regarde toujours pas, les yeux rivés au plafond. Elle dit son prénom, l'embrasse encore et encore, jusqu'à ce qu'il finisse par se dégager de force et qu'elle se laisse retomber contre le dossier, la gorge salée et irritée.

Le Russe se met au volant. Il essaie de passer une vitesse et cale.

« Une vraie poubelle », marmonne-t-il.

De tous ses vêtements d'hiver, il a choisi de garder son écharpe, dont il tripote les franges avec agacement tout en s'efforçant de faire repartir le moteur.

« Vous n'avez jamais su fabriquer des bagnoles, dans ce pays. »

Elle répète le prénom de Daniel, d'une voix douce.

Il se contorsionne pour lui tourner le dos au maximum, le regard fixé sur ses poings serrés entre ses cuisses.

« Les Mercedes-Benz, poursuit le Russe, ça c'est des voitures. »

*Je pensais que je serais rentrée pour l'heure du dîner, Daněk. Je pensais qu'on mangerait des lasagnes.*

C'est trop douloureux d'avoir sous les yeux la nuque de son fils, alors elle essuie les larmes sur son visage, ordonne à son cœur de tenir sa langue.

Le Russe réussit à démarrer et la Tatra se met à cahoter dans l'arrondissement de Prague 8, en direction de Holešovice.

Sans doute connaîtra-t-elle bien assez tôt leur destination. De la même façon qu'elle n'a pas posé de questions aux hommes qui se sont présentés à sa porte, elle ne demande rien sur ce nouveau rebondissement. La plupart du temps, le système est là pour vous priver. Alors il ne faut pas analyser les moments de générosité, juste les saisir et les stocker comme les caisses d'oranges cubaines qui apparaissent sans prévenir dans les vitrines des magasins. Vous en achetez autant que vos finances le permettent, autant que vous pouvez en transporter, parce que vous ne savez pas si, ni quand, elles risquent de réapparaître. Vous prenez plus d'oranges que deux personnes ne pourront jamais en manger ; vous les troquez contre des produits dont vous avez vraiment besoin, du papier hygiénique ou des chaussettes ; si vous êtes malin, vous échangez quelques oranges contre du sucre, que vous utiliserez ensuite pour faire une marmelade très diluée avec le reste des fruits. Vous gardez les pots cachés dans la commode telles des pièces d'or, prêts à servir de monnaie lorsque les nouilles viendront.

*Mais, mademoiselle Lašková*, a dit l'inspecteur Hrubý en faisant tourner un pot dans sa main, *je me vois dans l'obligation de refuser : vous l'avez beaucoup trop sucrée, au point d'éliminer la note d'amertume, qui est tout l'intérêt d'une bonne marmelade. Dites-moi qui pourrait vouloir d'une marmelade aussi sucrée ?*

Il a reposé le pot, fait glisser un crayon vers elle.

*Notez-moi leurs noms.*

À présent la Tatra arrive au pont Čech, couvert de glace, ses statues en ruine. Bien que l'aube soit encore loin, elle distingue la gracieuse silhouette de la Vieille Ville. Elle la préfère de nuit. La lumière du jour est cruelle, qui révèle les tuiles arrachées telles des dents pourries, les surfaces jaune crème vernies de noir par les vents toxiques et chargés de suie qui soufflent du nord.

Sur le fond violacé des nuages se détachent les contours majestueux des bâtiments, et elle se sent une soudaine affinité avec ces édifices de bois et de pierre : beaux, fiers, salis, secrets.

« Il y a un groupe d'artistes occidentaux en visite à Prague, annonce le Russe. Je crois que tu as des liens avec l'une d'entre eux. »

Son cœur tressaille. Oui, elle a des liens.

« D'ici trois heures, ils doivent partir pour Vienne. Ils vont se retrouver devant la vieille synagogue avant de se rendre à la gare. Tu iras voir ton amie en lui expliquant que tu as été libérée. Tu exprimeras le désir de quitter la Tchécoslovaquie. Tu lui montreras de faux documents de voyage et lui demanderas de pouvoir te joindre à elle et son groupe, histoire d'avoir une couverture. Elle acceptera, car vous vous connaissez depuis longtemps. Il y a un enregistrement d'une conversation entre vous dans laquelle on l'entend te promettre d'œuvrer à ta libération. N'est-ce pas, petit oiseau ? Tu te souviens qu'elle t'a dit ça ? »

Jamais elle ne l'oubliera. Elle hoche la tête.

« Une fois à Vienne, tu te rendras à l'ambassade américaine. Tu raconteras les horreurs de ta détention et proposeras ta collaboration. Afin de prouver ta sincérité, tu fourniras des renseignements sur un nouveau projet de centrale nucléaire à proximité de Tetov. Tu tiens ces informations du professeur Jiři Patočka, un physicien avec qui tu as eu une liaison… Je suis sûr que tu n'auras aucun mal à décrire avec réalisme ton histoire d'amour avec lui. Tiens, laisse-moi te le présenter. »

Elle examine la photographie noir et blanc d'un homme qu'elle n'a jamais croisé.

« Tu recevras d'autres instructions en temps voulu. »

Elle jette un coup d'œil à son fils.

« Oui, petit oiseau, il vient avec toi. Tu comprends bien qu'on ne pouvait pas t'en parler plus tôt. Tu as toujours été un fidèle soldat – j'admire cette qualité en toi. Mais il fallait bien te donner une motivation crédible pour nous trahir. »

Elle comprend parfaitement. Elle prie pour que son fils aussi.

*Tu vois, Daněk, la raison de notre souffrance ? Ou tu vas me détester à jamais ?*

« Alors ? demande le Russe. Contente ? La confiance est rétablie ?

– Oui, monsieur. »

Puis elle s'inquiète d'avoir pu donner l'impression que sa confiance ait jamais flanché et elle se reprend :

« Je suis pleine d'espoir. »

Le Russe éclate de rire.

« Encore mieux, dit-il. Que serait la vie sans espoir ? »

Dans la rue Pařížská, il se range le long du trottoir. Daniel ouvre aussitôt la portière et traverse la chaussée en trombe, en direction de la synagogue, les yeux écarquillés devant son fronton en dents de scie. Toute la structure semble s'enfoncer dans le sol, comme si l'enfer avait ouvert sa gorge.

Elle sort de la voiture, enjambe une congère de bouillasse noire. De larges marches descendent du trottoir jusqu'à une étroite esplanade pavée. Le Russe écarte du pied des ordures détrempées, dégageant un espace pour se tenir debout. Daniel explore les pustules sur l'enduit en plâtre de la synagogue, se hisse sur la pointe des pieds dans l'espoir d'atteindre la colonne de barreaux en fer rivés dans le mur, dont le plus bas est encore bien trop haut pour lui. Elle sent son cœur éclore devant cette preuve qu'il est demeuré un enfant, inconscient de ses propres limites.

Il tend le doigt vers une porte en ogive au sommet des barreaux, à dix mètres du sol.

« C'est quoi, ça ?

– Tu plaisantes ? rétorque le Russe. Personne ne t'en a jamais parlé ? »

Daniel secoue la tête.

Le Russe se tourne vers elle avec un sourire attendri.

« Tu comprends pourquoi ton pays est maudit ? Vous manquez d'orgueil. »

Après quoi il ajoute, à l'intention de Daniel :

« Ceci est un élément important de la culture tchèque, mon petit. Tu as sans doute entendu parler du golem, n'est-ce pas ?

– Euh… oui, répond l'enfant en se dandinant nerveusement.

– Tu dis la vérité ou tu essaies juste de ne pas avoir l'air ridicule ?

– Ce n'est pas sa faute, intervient-elle. On n'enseigne plus ce genre de fables inutiles à l'école, désormais.

– Ah, tu veux dire que tout doit avoir une application pratique ? »

Elle hésite.

« Évidemment.

– Bien dit, *soudružka*, rigole le Russe. Tu parles comme une vraie marxiste-léniniste. Je vais te dire, mon petit, reprend-il en souriant à Daniel. Derrière cette porte se trouve le grenier de la synagogue. Tu sais ce qu'est une synagogue ?… Une église pour les Juifs. Leur prêtre, on appelle ça un rabbin.

Il y avait autrefois un rabbin très célèbre dans cette synagogue. On raconte qu'il a fabriqué un géant d'argile. Un monstre, entièrement fait de boue, de trois mètres de haut. Plus grand que moi – et tu vois déjà comme je suis grand. Fantastique, hein ? »

Daniel sourit timidement.

« Hélas, la créature est devenue incontrôlable. Il a fallu l'arrêter. »

Le Russe s'agenouille, agrippe Daniel par les épaules avec ses mains énormes, serrant si fort que le bout de ses doigts touche presque ses pouces.

« Mais là où ça devient intéressant, c'est que le golem n'est pas mort. Il est simplement endormi, juste derrière cette porte. Et on raconte que, certaines nuits, quand la lune est pleine, il se réveille. »

Daniel penche la tête en arrière, scrutant la texture laineuse des nuages.

Le Russe sourit.

« Oui. Et si tu es patient et que tu fais ce qu'il faut, tu peux réussir à le faire sortir. Et si tu prononces les bons mots au bon moment, tu peux réussir à l'attraper, et alors il devient ta chose. Il fait tout ce que tu lui ordonnes. »

Le Russe presse brièvement les épaules de Daniel et se redresse.

« Alors, mon petit ? Qu'est-ce que tu dis de ça ? Tu y crois ? »

Daniel sort la langue dans un effort de concentration.

« Les Juifs sont sales. »

Le Russe part d'un grand éclat de rire.

« On ne doit pas parler comme ça de qui que ce soit, dit-elle.

– Ta mère a raison, mon petit. Sales ou pas sales, tu vas voyager parmi eux, alors tu ferais mieux de surveiller ton langage. Tu as toujours faim ? »

Le Russe se tourne vers elle. Il veut récupérer son manteau.

Elle le lui tend, et il en sort un chocolat. Daniel commence à déchirer le papier avant de se souvenir des bonnes manières et de jeter un coup d'œil vers elle pour lui demander sa permission.

« Tu dis d'abord merci.

– Merci », répète Daniel.

Et il fourre le chocolat dans sa bouche.

« Savoure-le bien, dit le Russe.

– On va devoir attendre trois heures dans le froid ? demande-t-elle.

– Je vais chercher le dossier, répond le Russe. Tu en profiteras pour bien l'étudier. »

Il remonte les marches en quelques bonds et disparaît de son champ de vision.

Elle se frotte les bras pour se réchauffer, contrariée qu'il ait pris le manteau avec lui. Depuis combien de temps a-t-elle recouvré la liberté ? Pas même une heure, et elle trouve déjà matière à se plaindre ! Peut-être le Russe a-t-il raison sur les Tchèques. Mais s'ils n'ont pas d'orgueil, c'est parce que l'orgueil a été prohibé par la loi, sur les préceptes d'hommes se trouvant à des milliers de kilomètres de là.

Il lui a laissé le chapeau et les gants, au moins.

Elle tape des pieds, frissonne, regarde Daniel se lécher les doigts.

« Qui t'a appris à dire des âneries pareilles ?

– C'est Berta. »

Elle s'apprête à lui demander « Qui est Berta ? » quand elle se rend compte qu'il veut parler de M^me^ Kadlecová, la voisine qui s'est occupée de lui pendant son absence.

Que pourrait-elle trouver à redire à cela ?

Et quelle autorité morale a-t-elle pour le réprimander ? Il n'y a pas si longtemps, elle aurait pu prononcer exactement les mêmes mots, sans la moindre hésitation. *Špinavý žid* : sales Juifs.

La voilà bien avancée, maintenant, répugnante, en haillons.

« Qu'est-ce qu'elle dit d'autre, Berta ?

– Que tu es une collabo. »

*Salope ! Et je t'ai confié mon fils…*

« Tu la crois ? »

Il hausse les épaules.

« Les collabos, on devrait les pendre aux réverbères.

– C'est Berta qui dit ça ?

– Tout le monde dit ça.

– C'est qui, tout le monde ? »

Il gratte le sol du bout du pied, hausse à nouveau les épaules.

*Mon tendre enfant, mon cynique enfant, c'est vraiment ce que tu voudrais ? Voir ta mère au bout d'une corde ?*

« Je suis désolée d'être partie si longtemps, dit-elle. Je ne savais pas que ça se passerait comme ça. Ce sera différent à partir de maintenant. Je te le promets. »

Silence. Puis il dit :

« C'est ma fête, aujourd'hui. »

Mais bien sûr ! Elle avait oublié, engourdie par le choc. Bien sûr, voilà ce qui fait qu'un garçon de cet âge refuse de regarder sa mère... Une simple erreur. Avec une simple solution. Elle en pleurerait de joie.

« Il n'y a pas de calendriers en prison, mon chéri. Mais c'est vrai, tu as raison. Tu as parfaitement raison, et je m'excuse de tout mon cœur. Je vais te dire ce qu'on va faire : dès qu'on sera installés, on organisera la plus grosse fête que tu aies jamais vue. Tu m'entends, Daněk ? Tu ne sauras pas par où commencer pour ouvrir tes cadeaux, tellement il y en aura. Et on achètera un gâteau. Tu veux un gâteau à quoi ? »

Il la dévisage sans comprendre.

« Là-bas, explique-t-elle, il y a des gâteaux à plein de goûts différents. Vienne est connue pour ses pâtisseries. Framboise, citron, pâte d'amandes, chocolat...

– Chocolat, dit-il.

– Très bien, alors chocolat. Avec de la citronnade. Non, plutôt du chocolat chaud, il fait trop froid pour la citronnade. Un gâteau au chocolat et du chocolat chaud, un festin de chocolat... Tu ne trouves pas ça merveilleux ?

– Comment tu sais ? demande-t-il.

– Quoi ?

– Comment tu sais qu'il y a plein de goûts différents ?

– Parce que j'y suis allée, mon chéri. Je les ai goûtés en personne. »

Il écarquille les yeux.

« Ah bon, tu y as été ?

– Plusieurs fois.

– Quand ? »

*Quand j'étais jeune. Quand j'étais belle. Quand j'étais encore innocente.*

« Avant ta naissance, mon ange. »

Elle fait un premier pas timide dans sa direction, s'enhardit en voyant qu'il ne recule pas. Elle glisse sa main crasseuse dans la sienne toute propre, et l'espace d'un instant elle se sent propre elle aussi.

« Alors ? »

Le Russe redescend les marches d'un pas lourd, son manteau gonflé par le vent, un cartable en cuir sous un bras. Il le dépose par terre et reste un moment les poings sur les hanches, soufflant des nuages de buée.

« Il y a eu des signes ? »

Elle se rend compte que, bien qu'elle l'ait vu à de nombreuses reprises, elle ne l'a jamais vraiment observé dans son intégralité. À l'hôpital, les pièces étaient toujours mal éclairées et il n'était pas conseillé de regarder le personnel dans les yeux : la meilleure manière d'attirer l'attention sur soi.

À présent, la lueur diffuse de la lune effleure un long visage pâle et cireux, telle une bougie sculptée à l'effigie d'un homme, à la fois beau, spectral et difficile à saisir, comme si sa chair était perpétuellement en train de se remodeler. Ses cheveux sont du blanc incertain des gelées matinales, ses proportions un affront au bon sens. Des dents rachitiques, de guingois et cerclées de noir, sont l'unique trace de son humanité.

« Des signes de quoi ? demande-t-elle.

– Du golem, répond-il. Qu'est-ce que tu en dis, mon petit ?

– Je n'ai rien vu.

– Rien ? répète le Russe en s'accroupissant pour commencer à défaire les boucles de son cartable. Alors ça, c'est décevant. »

Il ouvre le sac et en sort un objet de la taille d'un poing, enveloppé dans du journal.

« Je peux voir le dossier ? » demande-t-elle.

Il se met à dépiauter les couches de journal.

« Je dois t'avouer une chose : j'ai menti. »

La dernière feuille s'écarte pour révéler un petit pot en terre cuite. Le Russe le pose délicatement sur les pavés et attrape dans le cartable un autre objet emballé, de la forme d'un disque.

« La pleine lune n'a rien à voir là-dedans. »

Il déballe un couvercle en terre assorti au pot et le place à côté.

« Les artistes sont repartis depuis des semaines, petit oiseau. »

Il attrape le pot dans le creux de sa large paume, puis coince prudemment le couvercle entre son pouce et son index, de sorte qu'il tient les deux tout en conservant une main libre.

« Ils sont déjà chez eux à l'heure qu'il est, dans leurs confortables lits américains, en train de baiser avec leurs confortables *girlfriends* et *boyfriends* américains. »

Pour la troisième fois, il plonge la main dans le cartable et en retire un pistolet Makarov marron et noir. Il fait sauter le cran de sécurité d'une pichenette et se relève.

« Pas l'enfant, dit-elle.

– Bien sûr, l'enfant », répond-il.

Et il tire sur Daniel.

Daniel s'écroule, les tibias repliés sous les cuisses, un trou noir suintant au milieu du front.

« Bien sûr, l'enfant, répète le Russe. C'est tout l'intérêt. »

Elle ne trouve ni l'oxygène pour crier ni l'énergie pour bouger, et elle sait sans l'ombre d'un doute qu'il a raison : elle est maudite, ils le sont tous, parce qu'elle devrait au moins réussir à éprouver un sentiment de révolte, mais il n'y a rien, elle ne ressent rien.

L'arme dans une main, le pot et le couvercle dans l'autre, le Russe se tient debout, les yeux levés vers la porte du grenier, remuant les lèvres comme une ménagère qui réciterait sa liste de courses dans un murmure.

Au bout d'un moment, il se tourne vers elle, les sourcils froncés.

« Mon chapeau. »

Elle le dévisage, immobile.

« Enlève-le, s'il te plaît. »

Elle ne bouge pas.

« Je ne veux pas le salir », reprend le Russe.

Elle ne bouge toujours pas.

« Tant pis », dit-il.

Il lui tire dans la poitrine.

Étalée sur les pavés glacés, elle sent le goût tiède et salé du flot qui jaillit de son cœur anéanti. Les nuages s'écartent brièvement, et la silhouette ailée du Russe s'avance au-dessus d'elle jusqu'à éclipser la lune.

Il attend de voir ses yeux se voiler, puis se retourne et observe la porte en psalmodiant à voix basse.

Rien.

Il examine le cadavre de la pute. Toujours en vie ? Par mesure de précaution, il lui tire dessus une seconde fois, un peu plus à gauche. Son chemisier se déchire.

Il lève les yeux. Rien.

Bon, qui ne tente rien n'a rien.

Tenter, tenter, et tenter encore.

Sentant des palpitations dans son cou, il desserre son écharpe pour laisser sa peau respirer, tâte la boursouflure de sa chair. Il range son pistolet dans la ceinture de son pantalon, laisse échapper un soupir las et s'agenouille afin de remballer le pot.

Et là, il se fige d'épouvante.

Le couvercle est fêlé. Une mince ligne noire d'un bord à l'autre.

Quand est-ce arrivé ?

Il a dû le poser trop brutalement.

Il a voulu faire trop de choses en même temps. Il n'a que deux mains.

Tellement typique. Il a été brouillon, trop pressé, négligent, idiot.

Il se laisse retomber sur le coccyx et se met à osciller d'avant en arrière, tremblant de rage.

*Idiot, idiot, triple idiot, regarde ce que tu as fait, le bazar que tu as mis ; arrête de pleurer, petit merdeux arrogant, arrête de fixer le sol, sois un homme et regarde-moi, regarde-moi dans les yeux, regarde-moi,* regarde.

# 2

Tout là-haut, dans les combles, à travers la brique, le bois et l'argile, le gris se propage.

Elle le sent avant de le voir : une pression glaciale, fétide et dévorante, qui enfle comme des eaux de crue contaminées pour la forcer à ouvrir ses milliers d'yeux, qui ranime sa fureur, réveille ses membres qui se mettent à remuer, à se tordre.

Elle ouvre son armure, déploie ses ailes, prend son envol.

Ça ne dure que l'espace d'un glorieux instant avant qu'elle ne s'écrase contre le plafond d'argile.

Elle retombe lamentablement, les pattes pliées dans six directions incompatibles. Même sans aucun témoin dans les parages, c'est plus humiliant que douloureux.

Dans un bourdonnement strident, elle se prépare à une nouvelle tentative et se retrouve une deuxième fois projetée en arrière, comme balayée par une main géante.

Cette fois, la douleur est réelle.

Sur le dos arrondi de sa carapace, elle se balance de gauche à droite jusqu'à parvenir à se retourner sur le ventre. Battant lentement des ailes, elle s'élève avec précaution dans cet espace captif jusqu'à se cogner sur une surface dure, le toit de sa prison, la boue de la rivière durcie en céramique.

Rentrant les pattes, elle prend son élan.

Pousse.

C'est comme un bras de fer avec une falaise. Elle lutte de toutes ses forces, et pendant ce temps le gris commence à se tarir, emportant le peu d'énergie qui lui reste, dans un compte à rebours inéluctable.

*Non.*

Abandonnant toute prudence, elle se met à donner de grands coups vers le haut, encore et encore, et finit par retomber sur le flanc, exténuée, ivre de douleur, la carapace ouverte en deux, sanguinolente, les mandibules tordues, les ailes en lambeaux, regardant l'air s'éclaircir inexorablement, ses yeux se refermant par centaines.

Elle remarque avec satisfaction, avant que le noir complet se fasse, une pâle et mince fissure, une lézarde dans la masse sombre de l'argile.

# 3

Archives August M. Vollmer
El Monte, Californie
De nos jours

L'inspecteur Jacob Lev suivait des yeux l'insecte qui descendait vers lui, sorti de la pénombre entre les poutres. Plus il se rapprochait, plus il tournoyait vite, le vrombissement de ses ailes couvrant le ronflement ambiant jusqu'à ce qu'il disparaisse sous une rangée de rayonnages métalliques.

Par réflexe, Jacob se mit à gratter la cicatrice sur sa lèvre supérieure, puis il fouilla dans son sac à dos pour en sortir une lampe électrique, un gobelet en plastique transparent et une fiche cartonnée aux bords émoussés.

Les archives Vollmer occupaient un coin d'un immense hangar datant de la Seconde Guerre mondiale, plein est par rapport à Los Angeles, grosse verrue triste à l'arrière du croulant aéroport d'El Monte. Pendant des années, le propriétaire avait réclamé aux autorités du comté de pouvoir reclasser le bâtiment en zone constructible, une requête jamais exaucée car l'endroit remplissait parfaitement sa fonction pour toutes les administrations locales qui cherchaient à entreposer leur bordel à moindres frais.

Le Service régional de l'urbanisme, la Direction des affaires sanitaires, les polices de Long Beach à Simi Valley : la disposition des lieux épousait les guéguerres de territoire, des kilomètres cubes de paperasse jaunie offrant refuge aux écureuils, rongeurs, serpents, sans parler d'une ménagerie d'insectes étonnamment variée. Jacob avait personnellement expulsé trois générations de ratons laveurs.

Le toit voûté en aluminium compromettait la réception des téléphones portables et créait un microclimat porté sur les extrêmes, amplifiant la canicule estivale et ruisselant en hiver. Les champignons proliféraient à travers le béton. Les lampes à iodure métallique mettaient une demi-heure à atteindre leur puissance maximale, produisant un halo impitoyable qui réduisait Jacob à un spécimen sur une lame de microscope. Il préférait généralement les laisser éteintes et travailler à la lueur de son écran d'ordinateur.

Les consultations reposaient sur la confiance. Il fallait une clé magnétique pour entrer, mais à part ça rien ne vous empêchait de repartir avec des caisses entières de documents prétendument sensibles.

Il n'y avait personne avec qui taper la discute. Personne avec qui prendre une pause café. Pas de cantine ambulante dehors avec un klaxon qui braille *La Cucaracha*. En l'espace de onze mois, Jacob avait croisé neuf êtres humains… des maniaques de la donnée, des âmes perdues.

Son cadre de travail idéal.

Il n'en avait pas toujours été ainsi.

Plus de deux ans s'étaient écoulés depuis les événements qui l'avaient fait dérailler ; des événements qu'il ne comprenait toujours pas, car les comprendre supposait déjà d'accepter de les prendre au sérieux, ce qu'il se refusait à faire vu que tout ça était manifestement un gros, gros délire.

Plus de deux ans depuis qu'il s'était réveillé en trouvant une femme nue dans son appartement. Elle disait s'appeler Mai. Elle lui avait raconté en souriant qu'elle était descendue chercher du bon temps. Puis elle s'était évaporée dans le matin.

Plus de deux ans depuis la première visite des Projets spéciaux, une unité du LAPD dont il n'avait jamais entendu parler.

Personne n'en avait entendu parler. Officiellement, elle n'existait pas.

Pourtant elle était bien réelle, ou à peu près réelle, composée d'étranges hommes et femmes, tous géants, qui obéissaient à un code qui leur était propre ; possédaient leur propre vérité particulière ; utilisaient Jacob à leurs propres fins. Suffisamment réelle pour l'avoir fait muter. Le commandant de cette unité était un certain Mike Mallick, un pédant émacié qui avait envoyé Jacob à Prague, puis en Angleterre, puis de retour en Californie sur les traces d'un serial killer nommé Richard Pernath.

Jacob avait fini par l'attraper. Il avait aussi débusqué ses complices. Il avait fait aussi bien qu'on peut en attendre de n'importe quel flic, en apprenant des tas de choses surprenantes au passage.

Il avait appris que son père, Sam, était le descendant d'un mystique juif du seizième siècle.

Il avait appris que sa mère, Bina, n'était pas morte, contrairement à ce que Sam lui avait fait croire, mais en vie – bien que mal en point – dans une maison de retraite à Alhambra.

Il avait appris que « aussi bien que n'importe quel flic » n'était pas *assez* bien pour les Projets spéciaux.

Ce qu'ils voulaient, plus que n'importe quel criminel en chair et en os, c'était Mai.

Et Jacob avait appris que la femme nue dans son appartement n'était pas une femme ordinaire mais une créature à la forme changeante, aussi capricieuse que désirable et terrifiante, capable d'une violence inouïe et d'une tendresse inouïe dans le même geste. Pas une femme ordinaire : elle était attirée par lui, à travers les siècles, telle une étoile dégringolant en spirale vers un trou noir.

Ce qui faisait de lui, aux yeux des Projets spéciaux, un appât.

L'épilogue s'était joué au cours d'une nuit sanglante dans une serre, où Jacob la retenait par la main au milieu d'un lac scintillant de verre brisé tandis que les géants s'approchaient d'elle afin de lui administrer le coup de grâce. *Restez où vous êtes*, avaient-ils ordonné à Jacob.

Mais il avait désobéi.

Il lui avait lâché la main, alors elle l'avait regardé en murmurant « Pour l'éternité » avant de s'enfuir, ce qui avait plongé Mallick et ses acolytes dans une fureur surnaturelle.

*Vous avez commis une grande faute.*

Après coup, les Projets spéciaux avaient paru divisés quant au sort à lui réserver. Leur première réaction avait été rapide et brutale : une brève affectation derrière un bureau à la Circulation.

Mais ils avaient encore besoin de lui, en vue de la prochaine apparition de Mai. Car, apparemment convaincus qu'elle réapparaîtrait, ils avaient placé son appartement sous surveillance vingt-quatre heures sur vingt-quatre.

Pour la galerie, ils avaient feint la gratitude. Jacob avait failli mourir aux mains de Pernath et, six mois après être sorti de l'hôpital, il avait reçu la visite du colossal adjoint dyspeptique de Mallick, un dénommé Paul Schott, venu lui remettre une citation pour accomplissement exceptionnel accompagnée d'un chèque de dix mille dollars.

Une « prime de rendement ».

Le LAPD ne donnait pas de primes.

C'était le prix de son silence.

Jacob avait déchiré le chèque.

Pendant l'année suivante, il avait repris le cours de sa vie… ou de ce qu'il en restait.

Il avait bu. Ignoré les appels suppliants de son père.

Penché sur son minuscule bureau à la Circulation, il tapait des rapports d'accidents.

Puis, par un morne matin de décembre, une ombre était venue s'étaler sur son clavier.

Sans même lever les yeux, Jacob avait discerné le menton pointu, la silhouette grêle. Il avait deviné la voix avant de l'entendre : lasse, perpétuellement au bord de perdre patience.

« Bonjour, inspecteur, avait dit le commandant Mike Mallick. Alors, qu'est-ce qu'on fait de beau aujourd'hui ? »

Une visite sur son lieu de travail en pleine journée était bien loin de la clandestinité trouble de leur première rencontre, dans un entrepôt vacant d'Hollywood doté d'une adresse bidon.

Jacob songea qu'ils avaient dépassé le stade des faux-semblants.

« Accident avec délit de fuite, répondit-il.

– Qui est la victime ?

– Un parcmètre flambant neuf.

– Haute priorité.
– Comme vous dites, monsieur.
– Vous n'êtes pas pris à déjeuner, j'espère. »
À ces mots, Jacob releva la tête.
Mallick portait des lunettes de soleil aviateur et un costume léger : des mètres et des mètres de crêpe gris rien que pour les jambes. Les touffes argentées à ses tempes s'étaient dégarnies, comme s'il avait perdu de son plumage. Sa cravate était intéressante : pas un truc à dix dollars résistant aux taches, mais un genre de cordelette anthracite qu'on aurait mieux vue sur un aspirant scénariste.
« Nouveau look, monsieur ? »
Mallick esquissa un maigre sourire.
« L'adaptation, c'est la clé de la survie. »

Ils montèrent à l'arrière d'une Lincoln Town Car blanche. La climatisation tournait à fond. Jacob sentit ses sourcils se hérisser alors qu'il se penchait en avant pour donner une grande tape sur l'épaule du chauffeur.
« T'as l'air en forme, mon vieux. Svelte.
– J'essaie, rétorqua l'inspecteur Mel Subach en tapotant sa proéminente bedaine. Où est-ce qu'on va, monsieur ?
– Qu'est-ce qui vous ferait plaisir, inspecteur ? demanda Mallick à Jacob.
– Ce sont les Projets spéciaux qui régalent ?
– Toujours. »
Jacob donna le nom d'un restaurant sur Ventura Boulevard, un ancien boui-boui repris par deux Israéliens qui avaient le mal du pays. Ils avaient gardé le décor et remanié le menu, proposant désormais de goûteuses spécialités moyen-orientales à une clientèle d'hommes d'affaires bronzés à grosses montres et de mères de famille désorientées qui s'attendaient à trouver une classique salade de crudités.
Subach resta dans la voiture pendant que Jacob suivait Mallick à l'intérieur. Le commandant dépassa sans hésiter le panneau ATTENDEZ ICI QU'ON VOUS PLACE et alla s'installer sur une banquette en skaï violet. Il demanda des conseils à Jacob, mais après que ce dernier eut commandé une *chakchouka* avec

double dose de piment, Mallick referma son menu et annonça : « Rien pour moi, merci. »

La serveuse roula les yeux et pivota sur ses talons.

« Vous ratez quelque chose, commenta Jacob.

– J'ai pris un gros petit-déjeuner.

– Je pensais que ça vous plairait. Tout est casher.

– Comme c'est attentionné de votre part. Vous savez que je suis méthodiste, n'est-ce pas ?

– Non, monsieur, je ne savais pas. »

Mallick sourit.

« Vous vous êtes mis à manger casher, si je comprends bien ?

– Absolument pas.

– Enfin bref. Chacun ses goûts.

– Je suis sûr que vous devez connaître mes habitudes alimentaires, monsieur. Vous me faites surveiller vingt-quatre heures sur vingt-quatre, sept jours sur sept.

– Mais on ne fouille pas votre frigo.

– Pas besoin. Je rentre chez moi tous les soirs avec des hot-dogs.

– Ça pourrait très bien être des hot-dogs casher, objecta Mallick avec un haussement d'épaules.

– Achetés au 7-Eleven ? »

Mallick se toucha la tempe.

« Les rapports ne sont pas aussi détaillés, concéda-t-il.

– Merci pour votre sincérité, rétorqua Jacob en riant. Ça change. »

La serveuse apporta le Coca Light de Jacob et un verre d'eau glacée pour Mallick.

Elle était jolie, avec une sage queue-de-cheval et de fins avant-bras musclés qui s'allongèrent pour poser sur la table une petite coupelle de légumes marinés au vinaigre.

Jacob la regarda repartir en cuisine.

« Je peux vous poser une question, monsieur ? Où comptez-vous en venir ? Vos hommes utilisent les mêmes voitures banalisées jour après jour. C'est plus ou moins toujours la même équipe. Je sais que vous êtes là. Et si je le sais, Mai le sait aussi.

– C'est fort possible.

– Alors, qui croyez-vous duper ? »

Mallick haussa les sourcils.
« Je n'essaie de duper personne.
– Vous gaspillez vos ressources.
– Ça, c'est mon affaire, inspecteur.
– Pardon, monsieur, je ne voulais pas vous manquer de respect.
– Tôt ou tard, reprit Mallick, elle reviendra.
– Et vous serez prêts à l'intercepter.
– Vous paraissez sceptique. »
Jacob haussa les épaules.
Le commandant se pencha en avant.
« Je ne devrais pas avoir à vous convaincre, dit-il. Vous l'avez vue de vos propres yeux. »
Jacob réprima un fou rire nerveux en se remémorant le scarabée de la taille d'un cheval qui avait transpercé le toit de la serre.
Des convulsions dans la nuit scintillante.
Un monstrueux bloc de terre.
Puis la forme sculptée d'une femme, parfaite.
Un goût de boue au fond de sa gorge.
La plaie béante sur son bras qui avait cicatrisé toute seule.
Un point noir disparaissant dans le ciel nocturne.
*Pour l'éternité.*
« J'essaie encore de comprendre ce que j'ai vu, dit-il.
– Je ne vous demande pas de me croire sur parole, répondit Mallick. Je vous demande d'avoir confiance en vous-même.
– Sans vouloir vous contrarier, monsieur, c'est bien la dernière chose que je suis enclin à faire. »
Silence.
« À quand remonte votre dernière séance aux Alcooliques anonymes ? demanda Mallick.
– C'est un interrogatoire ?
– Non, c'est moi qui me fais du souci pour vous. »
Jacob fit tourner les glaçons dans son soda. Ils pouvaient avoir l'air tellement sincères. Mallick, Subach. Même Schott.
Ce qui le dérangeait n'était d'ailleurs pas qu'ils aient *l'air* sincères. Mais qu'ils l'étaient en effet, parfaitement convaincus de leur bon droit.

Luttant contre une soudaine envie de s'enfuir en courant, il sourit à la serveuse qui lui apportait deux œufs au plat baignant dans une mare de sauce tomate, et une pile de pitas toutes chaudes à tremper dedans. La *chakchouka* était un de ses plats préférés depuis son année en Israël dans une école talmudique. En temps normal, il aurait déjà commencé à saliver. Mais son estomac s'était contracté en une noix dure et aigre.

« *Todah*, dit-il.

– *B'teyavon* », répondit la serveuse en repartant.

Mallick ajusta ses lunettes de soleil.

« Je préférerais nettement qu'on arrive à se faire confiance mutuellement. Nous voulons tous les deux la même chose.

– Sans blague ? Vous aussi, vous voulez un poney ?

– J'essaie de me racheter, inspecteur. Vous vous plaisez à la Circulation ?

– À merveille.

– Je me souviens que vous m'aviez déjà dit ça à l'époque. Je ne vous avais pas cru davantage. »

*Nous y voilà*, songea Jacob.

Reprendre du service posait quelques problèmes auxquels il n'avait pas la moindre envie de réfléchir. Les kilos dus à l'alcool qu'il avait perdus durant sa convalescence commençaient à revenir. Il dormait mal, hanté par des cauchemars récurrents qui le réveillaient en pleine nuit avec des migraines épouvantables, dans lesquels il voyait des géants armés de couteaux et des greniers poussiéreux.

Un jardin luxuriant, impénétrable.

Il ne se sentait pas assez solide pour s'attaquer à des crimes plus graves qu'une agression avec coups et blessures contre un parcmètre.

« Voilà ce que j'avais en tête pour vous, commença Mallick.

– Et supposons, le coupa Jacob, que je n'aie pas envie d'accepter ce que vous avez en tête.

– Parlez-moi sur un autre ton, inspecteur, je suis toujours votre supérieur. »

Mallick retrouva sa patience avant de poursuivre :

« Laissez-moi vous poser une question. Combien d'homicides avons-nous eus l'an dernier ?

– Environ trois cents.
– Combien en 1992 ? »
Crack, guerre des gangs, émeutes raciales : une époque de profonds déchirements dans une ville où la disparité entre les riches et les pauvres était au centre de tous les rapports civiques.
En 1992, Jacob avait douze ans.
« Plus de trois cents, devina-t-il.
– Deux mille cinq cent quatre-vingt-neuf. »
Jacob émit un sifflement admiratif.
« Et sur ce nombre, combien n'ont jamais été élucidés ? demanda Mallick.
– Beaucoup.
– Exact.
– Très bien, dit Jacob. Lequel me revient ?
– Tous, répondit Mallick.
– J'apprécie cette marque de confiance, monsieur.
– Vous n'allez pas les élucider. Ils sont sans espoir. »
Jacob se frotta un œil, gloussa.
« J'apprécie cette marque de confiance, monsieur.
– À partir du 1er janvier, nous sommes tenus de commencer à convertir nos archives papier en numérique. Tout ce qui est postérieur à 1985 doit être scanné. Sur ordre de l'État de Californie. »
C'était comme ça que les Projets spéciaux comptaient se racheter ? Une mission de secrétariat amélioré ? Il était déjà confiné derrière un bureau, il avait décoré son espace de travail exactement à son goût : pas de photos, pas de dessins humoristiques, pas de mug fantaisie. Une bouteille de bourbon dans le tiroir en bas à droite.
« Prenez un étudiant en stage, monsieur. Ça ne coûte pas cher.
– Impossible. Techniquement, ces affaires sont encore en cours. Ça doit forcément être un flic.
– Mais pas forcément moi.
– Je pensais que ça vous plairait.
– Et qu'est-ce qui vous fait penser ça ?
– Vous avez fait Harvard, répondit Mallick. Vous savez ce que c'est qu'apprendre pour le simple plaisir d'apprendre. »

Jacob éclata de rire en secouant la tête, ramassa ses couverts et coupa un premier œuf en deux. Le jaune coula, épais et doré.

« Nous vous fournirons tout ce dont vous aurez besoin, promit Mallick.

– J'ai d'abord une chose à vous demander, répondit Jacob.

– Ce n'est pas une négociation, inspecteur.

– Rappelez vos hommes, s'il vous plaît. »

Mallick demeura impassible.

« Vous savez comme moi que Mai ne se montrera pas tant qu'ils sont là.

– Ils ne vous dérangent pas, argumenta Mallick.

– Vous voulez que je vous fasse confiance ? Faites-moi confiance. »

Mallick tripota un instant sa mini-cravate.

« Je vais y réfléchir.

– Je vous en sais gré, monsieur.

– En attendant, si jamais elle revient, vous savez quoi faire. »

Une affirmation, pas une question, ce qui évita à Jacob d'avoir à mentir. Il déchira un bout de pita qu'il trempa dans la sauce.

« J'avais un couteau », dit-il.

Mallick resta muet.

« Un couteau de potier. Il appartenait à ma mère. Il a disparu depuis que Schott et Subach sont venus refaire la déco chez moi.

– Vous m'en voyez désolé, répondit Mallick.

– J'aimerais le récupérer.

– Vous commencerez après le Nouvel An, dit Mallick en jetant un billet de cent dollars sur la table. Prenez votre temps. Je vous attends dehors. »

Resté seul, Jacob termina de déjeuner sans se presser. Quand la serveuse vint débarrasser son assiette, il sentit une odeur de *za'atar* et de transpiration.

« Vous désirez autre chose ? » lança-t-elle.

Il se retint de lui demander son numéro.

Ça commençait à faire très, très longtemps.

Plus de deux ans.

Mais il se souvenait d'une nuit dans son appartement, avec une femme on ne peut plus ordinaire dont il n'avait pas eu le temps d'apprendre le prénom. Ils n'étaient même pas arrivés jusqu'à la chambre. Ils étaient saouls et nus sur le sol de la cuisine et, à la seconde où il l'avait pénétrée elle s'était tétanisée, les yeux révulsés, non pas de plaisir mais de douleur.

*J'ai eu l'impression que tu me poignardais.*

Et puis il se souvenait d'une autre nuit encore, peu de temps après, en Angleterre, avec une femme dont il se remémorait le prénom de temps en temps, car elle avait un beau visage doux et un rire assorti. Il se souvenait de son corps en train d'accueillir le sien, et tout à coup le même poison. Il se souvenait d'elle recroquevillée dans son lit, tremblante, terrorisée à l'idée d'avoir perdu la raison alors qu'elle lui décrivait ce qu'elle avait vu.

*Elle était belle.*

*Elle avait l'air en colère.*

*Elle avait l'air jalouse.*

Sa description correspondait à Mai.

Le meilleur service qu'il pouvait rendre à n'importe quelle femme ordinaire était de la laisser tranquille.

« Un café ? proposa la serveuse. Un dessert ?

– Un baklava à emporter, dit-il. Pour mon ami qui est au régime. »

Elle le lui apporta dans une barquette en polystyrène, accompagné d'une addition s'élevant à dix-neuf dollars. Jacob laissa le billet de cent et sortit rejoindre la voiture.

Lorsqu'il rentra chez lui en fin d'après-midi, la camionnette de surveillance avait disparu.

Son euphorie de liberté fut néanmoins de courte durée quand il prit conscience qu'il travaillait de nouveau pour Mike Mallick. D'une façon ou d'une autre, les Projets spéciaux avaient la main sur lui.

Il grimpa l'escalier jusqu'à son appartement, où son répondeur clignotait.

*Jacob, c'est moi…*

Il appuya sur EFFACER, coupant la chique à son père.

Dehors, le soir tombait, les réverbères étaient allumés, dans des nuages de papillons de nuit et d'éphémères, un vortex palpitant qui fit monter en lui un troublant mélange de nausée et d'excitation sexuelle.

Il ferma les rideaux d'un coup sec.

# 4

La veille au soir de son premier jour de travail aux archives August M. Vollmer, Jacob consulta Wikipédia pour se renseigner sur l'origine de ce nom.

Vollmer, apparemment, avait commencé comme préfet de police à Berkeley, où il avait introduit des concepts révolutionnaires tels que les registres centralisés et l'embauche de minorités. Il avait généralisé la formation en matière de justice pénale et été parmi les premiers à équiper ses hommes de véhicules motorisés. Auréolé de ses succès, plein d'optimisme, il était venu à Los Angeles en 1923 et s'était très vite ruiné la santé, démissionnant au bout d'un an pour retourner en Californie du Nord, où il avait fini par se suicider.

Jacob ferma son navigateur en se demandant pourquoi on avait bien pu choisir de commémorer un type dont la carrière prouvait essentiellement quel merdier était le LAPD.

Le lendemain, planté dans un coin de ce grand hangar désolé, il balaya du regard ses nouveaux quartiers et sourit sans la moindre joie. Il avait la réponse.

Un bureau en stratifié branlant. Une chaise pliante rouillée. Une lampe col-de-cygne rouillée. Un gros téléphone à cadran noir capable de servir d'arme contondante, un scanner rayé, un ordinateur de bureau laborieux sans connexion Internet.

Ces archives étaient un dépotoir à cons.

Son « projet » était « spécial » au sens où on dit d'un enfant attardé qu'il est un peu « spécial ».

*Nous vous fournirons tout ce dont vous aurez besoin.*

Pas tout à fait.

Jacob quitta le bâtiment pour y revenir deux heures plus tard avec un chauffage d'appoint, une thermos de café géante et quatre magnums de Jim Beam.

*L'adaptation, c'est la clé de la survie.*

Malgré l'impression qu'on lui avait assigné une tâche parfaitement bidon, il développa assez vite un goût pour la solitude. Mallick se fichait pas mal des horaires de Jacob du moment qu'il avançait, et ça lui convenait très bien de pouvoir arriver quand bon lui semblait et de repartir quand il en avait marre.

Il sortait des cartons des rayonnages, les y remettait en s'efforçant d'instaurer un semblant d'organisation. Il lisait. Il entrait des mots clés dans un tableur.

C'était rébarbatif, mais cela avait le mérite de fournir un aperçu historique intéressant de la criminalité exacerbée des années 1980 et 1990, quand les enquêteurs étaient totalement dépassés par le rythme ininterrompu des fusillades et des règlements de comptes sauvages, sans parler des meurtres de routine.

Conformément à ce que Jacob avait pu observer pendant ses années aux Vols et homicides, dans la plupart des cas tout le monde savait qui était le coupable. La famille savait. Les flics savaient. Le nom apparaissait dans le dossier d'enquête, entouré et souligné. Il avait menacé la victime par le passé. Il avait des antécédents de violence. Pas d'alibi. Mais les preuves n'étaient pas suffisantes pour la justice. Les témoins refusaient de parler, craignaient les représailles, se méfiaient de la police.

Et ainsi les affaires non élucidées s'accumulaient, le plan de la ville dans le bureau du coroner était saturé d'épingles dans les quartiers sud et est ; les tableaux blancs dans les locaux de la brigade se remplissaient inexorablement de noms de jeunes Noirs et Latinos.

Un par un, Jacob les repassait en revue.

Omar Serrano, vingt-cinq ans, Boyle Heights, tué par balles alors que sa voiture était arrêtée à un feu rouge.

Bobby Garces Casteneda, dix-neuf ans, Highland Park, tué par balles sous l'Arroyo Seco Parkway.

Christopher Taylor, vingt-deux ans, Inglewood, tué par balles alors qu'il sortait du In-N-Out Burger sur Century Boulevard.

Il n'y avait pas que des hommes.

Lucy Valdez, quatorze ans, Echo Park, tuée par une balle perdue qui avait traversé la fenêtre de sa cuisine alors qu'elle faisait ses devoirs de géométrie.

Ils défilaient en cortège, les non élucidés et les non élucidables, scandant le nom d'August Vollmer, saint patron des vains efforts ; vociférant contre Jacob Lev, son digne héritier.

De temps en temps, le téléphone posé sur le bureau retentissait dans un bruit de crécelle : un enquêteur qui avait déniché de vieilles connexions. Une fois, par le plus pur des hasards, Jacob venait de classer le dossier en question et avait pu le livrer en mains propres à un confrère aussi stupéfait que reconnaissant. Le reste du temps, il s'entendait débiter des excuses. Les dates sur les cartons qui ne correspondaient pas à leur contenu. Des pages manquantes dans les rapports. Trente ans de paperasse ; un fatras de cauchemars.

Au bout du fil, le mépris était perceptible.

« Qu'est-ce que c'est que ce service de guignols ? »

Et même si Jacob pouvait invoquer le nombre de rayonnages encore à défricher et se dire qu'il lui en restait des kilomètres avant d'en venir à bout, il savait pertinemment qu'ils avaient raison. Il touchait un salaire de cadre supérieur pour un boulot de sous-fifre.

Il avait été promu tout en haut de l'échelle… dans le grenier du passé.

À présent, il avançait à pas de loup dans ses vieilles baskets en promenant sa torche entre des cartons étiquetés CAMBRIOLAGES 11/03/1990-17/03/1990, MŒURS HOLLENBECK 07/2006, BRIGADE ANTIGANG 1994-5. Le bourdonnement de l'insecte s'était tu, et Jacob s'immobilisa au milieu de l'allée, regardant les nuages de sa respiration éclore et se dissoudre en s'efforçant de ne pas toucher sa lèvre, qui le démangeait terriblement dans l'air froid et sec.

Il finit par craquer et se gratter.

Sur sa gauche lui parvint un bruissement de pattes.

Deux mètres plus loin dans l'allée, agrippé à un carton à demi ouvert étiqueté HOMICIDES SECTEUR RAMPART AVR. 95 : un scarabée, qui déployait et repliait ses ailes laborieusement.

Jacob s'approcha en biais, le gobelet à l'affût.

L'insecte agita son antenne : une prémonition ?

Il déguerpit à l'intérieur du carton.

Jacob s'empressa de refermer le rabat et transporta le carton jusqu'à son bureau, où il le posa sous l'ampoule de la lampe.

Préparant son gobelet, il rouvrit alors le carton et abattit son piège sur l'insecte abasourdi.

*J't'ai eu !*

Le scarabée devint fou, se jetant de manière pathétique contre la paroi en plastique.

« Chhhut, fit Jacob en glissant une fiche cartonnée sous le gobelet pour pouvoir ensuite le déposer sur le bureau. Du calme. »

Pendant que son prisonnier continuait à s'agiter, il feuilleta son guide illustré des insectes de l'Ouest et finit par reconnaître un *Lytta magister*, ou Meloidae du désert.

Originaires du désert des Mojaves et des zones alentour, ils se déplaçaient généralement en essaims. Comment un individu isolé avait atterri aux archives, Jacob n'en avait pas la moindre idée.

Cela dit, on aurait pu poser la même question à son sujet.

Peut-être que cette petite tête brûlée s'était mis à dos les pontes scarabées.

Peut-être que c'était l'August M. Vollmer de la famille des coléoptères.

Jacob pencha la tête et essaya de croiser son regard.

« Tu t'es perdu ? »

L'insecte s'était calmé et le fixait d'un air furibard, des gouttes de venin suintant de ses articulations. Un abdomen noir, la tête et le thorax orange foncé. Pas spécialement sexy, comme créature, avec ses longs élytres granuleux, comme s'il portait un pantalon à l'ourlet bâclé.

Mais Jacob s'intéressait davantage à ce qu'il n'était pas qu'à ce qu'il était.

Il s'intéressait davantage à ce qu'il aurait pu devenir.

Ce scarabée n'était pas elle. Et il ne se métamorphosait pas. C'était une bestiole ordinaire parmi des milliards et des milliards d'autres. Comparée aux scarabées, la somme cumulée de tous les êtres humains ayant jamais vécu sur terre, d'Adam à Einstein, s'apparentait à une erreur d'arrondi.

Jacob tendit la main et éteignit la lampe.

À seize heures, il enregistra son travail sur une clé USB. Le week-end l'attendait, désespérément vide, problème qu'il résolut en attrapant une poignée de dossiers dans un carton pour les emporter chez lui.

Il enfila son sac à dos et prit le gobelet et la fiche cartonnée en sandwich entre ses paumes, déclenchant une nouvelle crise de panique chez le scarabée.

« Relax ! dit-il. Tu vas te faire mal. »

Il était arrivé avant l'aube ce matin-là, et il ressortit du hangar dans un crépuscule d'hiver qui lui donna la troublante impression qu'aucun temps ne s'était écoulé entre les deux.

Il hésita avant de remettre l'insecte en liberté, vaguement inquiet que celui-ci puisse se retourner contre lui pour se venger. C'est ce qu'un humain aurait fait.

Embrassant du regard le velouté noir du ciel, les piqûres d'épingles scintillantes, il se remémora le goût de l'haleine de Mai dans sa bouche alors qu'elle lui disait adieu.

*Pour l'éternité.*

Une promesse ; une requête ; un ordre.

Mais il ne pouvait absorber l'infini qu'à doses humaines, jour après jour, poursuivant sa veille solitaire, traquant des bestioles à l'aide d'un gobelet en plastique et d'une fiche cartonnée parce qu'il n'avait pas d'autre moyen de se rapprocher d'elle.

Il lança l'insecte dans les airs et le regarda s'envoler sans demander son reste, trop content de lui échapper.

Jacob ne put s'empêcher de sourire. Les scarabées étaient des survivants. Ils étaient très nerveux. Ils s'affolaient pour un rien. Comme toutes les créatures qui prospéraient le mieux – et ils prospéraient formidablement –, ils vivaient uniquement dans le présent, la vengeance étant l'effet secondaire le plus meurtrier de la mémoire.

L'adaptation, clé de la survie.

# 5

Elle se laisse porter par la brise nocturne, en le regardant de loin.

Il scrute le ciel. Il la cherche.

À travers le kaléidoscope de ses yeux, il lui apparaît comme un millier de versions illuminées de lui-même, de ce ton beige maussade qui est celui de la solitude. Elle aime chacun de ces fragments avec le même amour, avec ferveur et futilité, tirant du réconfort de savoir que c'est pour elle qu'il a le cœur brisé.

Elle aussi, son cœur se briserait pour lui. Si elle en avait un.

*Pour l'éternité*, pense-t-elle, en feignant de croire qu'il peut l'entendre.

Un millier de versions de lui lancent tout autant de scarabées dans les airs ; quelques secondes plus tard, le captif passe en trombe à côté d'elle, visiblement furieux.

*Merci, mon ami.*

Le Meloidae n'interrompt pas son vol mais continue en direction du désert, indifférent à la gratitude qu'elle lui témoigne. Il a fait son boulot, il est allé où elle voulait qu'il aille, mais pas spécialement pour être gentil avec elle. C'est une charmeuse, d'accord.

Au sol, un millier de portières s'ouvrent, un millier de tuyaux d'échappement toussotent. Jacob démarre et s'éloigne.

Certains soirs, elle le suit jusque chez lui. À bonne distance, bien sûr. Il ne faut pas qu'on les voie ensemble, et elle ne veut pas lui faire peur. Mais elle s'inquiète. Elle ne peut pas s'en empêcher. Il a la fâcheuse habitude de ne pas rouler très droit, surtout après une dure journée, surtout quand il a bu.

Plus d'une fois, elle a dû intervenir pour qu'il se remette dans la bonne file.

D'autres soirs, elle rend visite à un figuier. Elle s'assoit au milieu des branches. Puis elle descend se poser sur l'épaule d'une vieille amie.

Aujourd'hui, c'est vendredi. C'est là qu'il se rend lui aussi, comme chaque semaine.

Si bien qu'elle a sa soirée libre, et – comme chaque semaine – elle plonge en cercles concentriques vers le hangar, où elle pénètre par un trou dans le toit. En se posant au sol, elle revêt sa forme la plus authentique, nue devant le bureau où il travaille, la peau marbrée de froid tandis qu'elle furète dans le carton ouvert, à la recherche du dossier qu'elle y a placé. Ne voulant pas que ce soit trop voyant, elle l'a mis en quatrième position dans la pile.

C'était il y a déjà plusieurs mois.

Certes, il aurait de toute façon fini par le lire.

La patience n'a jamais été son fort.

Ce soir, enfin, le dossier n'est plus là.

*Merci, mon ami.*

Elle devrait éprouver de la satisfaction, mais au lieu de cela elle se sent nerveuse, elle n'a pas envie de partir. L'air est encore empli de son odeur. Elle s'attarde, caressant la chaise, le bureau, les surfaces où il a laissé des traces de lui. Sur l'écran de l'ordinateur, un écusson doré ricoche sur un fond bleu : PROTÉGER ET SERVIR.

Une belle et noble idée.

Il a laissé le chauffage d'appoint allumé. Encore une fâcheuse habitude. Elle l'éteint et lève les deux bras vers le faux éden.

# 6

Jacob était assis, immobile, en face de la folle.

Comme chacune de ses visites. Rester assis. La regarder. Tous les deux sous un figuier noueux dont les branches ne portaient aucun fruit, tandis que, tout autour, le sol en ciment du patio était maculé de taches pourpres et brunes par la fournée pourrissante de l'automne.

La folle regardait tour à tour le sol, les branches, ses propres mains fébriles.

Parfois dans la direction de Jacob, mais jamais directement.

Elle avait les cheveux secs, couleur d'acier, veinés de noir brillant, trente centimètres ondulés attachés en un chignon sage. Ce soir-là, on lui avait mis un pull à torsades bleu marine, un pantalon de pyjama en flanelle noisette et les pantoufles en peluche marron que Jacob lui avait apportées pour son dernier anniversaire. Une couverture militaire râpeuse était posée sur ses genoux.

« Tu n'as pas froid, Ima ? »

Il n'attendit pas sa réponse. Elle ne donnerait pas de réponse. Il lui enroula la couverture autour des épaules comme un châle de prière. Elle ne semblait pas faire la différence, gardant les lèvres pincées, qu'elle avait encore rouges et charnues mais gercées à force de passer des heures au soleil. Comme Jacob, elle avait le teint olivâtre. On disait que, du côté de sa mère, ses ancêtres étaient séfarades, des aristocrates juifs espagnols qui remonteraient au temps de l'expulsion.

Une tradition, une légende, une rumeur. On ne pouvait ni le prouver, ni le réfuter.

*Elle a demandé après toi.*

*Elle n'a pas dit un mot depuis dix ans.*

Dix ans de mensonges.

Après les aveux de Sam, Jacob s'était mis à venir voir Bina tous les après-midi, cherchant désespérément à rattraper le temps perdu, armé d'une myriade d'idées géniales pour la faire sortir de son silence. La thérapie par la parole. La thérapie par le toucher. Des fleurs, des chocolats, des babioles ; un blitzkrieg d'amour. Il était son unique enfant, il allait réussir à raviver son instinct maternel, tel un feu couvant depuis un siècle au fond d'une mine de charbon.

Bina demeurait impassible, le regard fixe, pétrissant l'air de ses mains désœuvrées.

Ses médecins ne parvenaient pas à s'accorder sur la cause de cette agitation. On lui avait prescrit puis supprimé un traitement contre Parkinson. Des infirmières pleines de bonnes intentions lui donnaient toutes sortes d'objets à tripoter : le cylindre en carton d'un rouleau de papier toilette, une balle antistress à l'effigie d'une compagnie pharmaceutique.

*Voilà. Comme ça elle aura de quoi s'occuper.*

Elle avait été autrefois une talentueuse et prolifique céramiste. Jacob demanda à l'équipe soignante s'ils avaient déjà essayé de lui donner de l'argile.

Non, ils n'y avaient pas pensé.

Lors de sa visite suivante, il était arrivé avec un paquet de pâte à modeler, sept barres aux couleurs de l'arc-en-ciel collées ensemble. Il arracha un bout de rouge, le roula entre ses mains pour le réchauffer, le plaça dans la paume de Bina et attendit que le processus de guérison commence.

Elle se figea.

*Ima ?*

Aussi inerte que la pâte elle-même.

Peut-être voulait-elle une autre couleur ? Il essaya avec de l'orange. Même résultat.

Il passa en revue tout le spectre. Rien. Elle était comme une statue de cire. Ça le perturbait encore plus que sa fébrilité habituelle. Il reprit la pâte à modeler et la rangea dans sa pochette.

*Je la laisse dans ta chambre au cas où tu voudrais t'en servir.*

Ses visites s'étaient espacées, d'abord un jour sur deux, puis deux fois par semaine, et enfin une seule. Le personnel ne le jugeait pas. Au contraire : ils avaient l'air d'approuver. Il avait fini par se mettre au diapason, se résignant au fait que sa présence ne servait grosso modo à rien. Le modèle même d'un fils dévoué.

*Elle a demandé après toi.*

Encore un mensonge. En plus de deux ans, sa mère n'avait pas prononcé un mot.

« Qui veut de la viande hachée ? »

Elle s'appelait Rosario, et c'était l'infirmière préférée de Jacob.

« Ça a l'air bon », dit-il.

Rosario, qui était en train de nouer un bavoir autour du cou de Bina, haussa un sourcil dessiné au crayon.

« Je peux vous en apporter une part, proposa-t-elle.

– Ça ira, merci. »

Elle ouvrit une brique de jus de pomme.

« Vous dites toujours que ça a l'air bon, mais j'ai remarqué que vous n'y touchez jamais. Vous savez ce que je crois ? Je crois que vous êtes un beau parleur, c'est tout… Pas vrai, chérie ? »

Bina pinça les lèvres.

« Voilà, exactement ! »

Et elle ajouta, à l'intention de Jacob :

« Si vous avez besoin d'autre chose, je suis à l'intérieur. »

De nouveau seul avec sa mère, il sortit de son sac à dos deux petits pains *hallah* qu'il enveloppa dans une serviette en papier. Il décapsula une mini-bouteille de jus de raisin et remplit le gobelet supplémentaire que Rosario avait prévu.

« Tu es prête, Ima ? » demanda-t-il en se forçant à sourire.

Il entonna *Chalom aleikhem*, le chant d'ouverture du chabbat.

*Paix à vous, anges de bonté, anges du Très-Haut.*

Levant les yeux vers la canopée enchevêtrée du figuier, il s'imagina deux créatures ailées éthérées qui s'écrasaient au sol en se demandant où elles avaient bien pu faire fausse route pour atterrir dans la cour arrière de la Résidence médicalisée Pacific, annexe du centre de soins de Graffin, Inc.

*Venez en paix, anges de paix, anges du Très-Haut.*

C'était précisément parce qu'il n'observait pas le chabbat qu'il avait choisi le vendredi après-midi comme jour de sa visite hebdomadaire. Son père, lui, était pratiquant, ce qui voulait dire que Jacob pouvait venir sans risquer de tomber sur lui.

Mais tant qu'il était là, pourquoi ne pas en profiter ? Peut-être que le cérémoniel toucherait un point en sommeil dans la mémoire de Bina. Même s'il se sentait ridicule à marmonner la prière du *kiddouch*, à répondre *amen* à la place de sa mère, en lui enroulant les doigts autour du gobelet.

Il la regarda boire une gorgée de jus. Puis il guida ses mains tremblantes jusqu'aux *hallah* et prononça la bénédiction sur le pain, avant de lui tendre une fourchette.

« Si tu en reveux, tu n'as qu'à demander », dit-il en regrettant aussitôt la rancœur dans sa voix.

Pendant quelques minutes, Jacob la regarda manger : comme un robot, chaque bouchée portée à ses lèvres avec des gestes méthodiques. Comme d'habitude, il s'ennuya assez vite. Comme d'habitude, il s'en voulut de trouver ça ennuyeux. Histoire de s'occuper, il sortit les dossiers qu'il avait fourrés dans son sac à dos.

« Alors, voyons voir ce que nous avons là. »

Hipolito Zamora, trente et un ans, Westlake, poignardé à mort devant un night-club. Pas de témoins ; pas de suspects.

« Devant un night-club, et personne ne voit rien. C'est ça, ouais. »

Bina termina un des pains.

Roderick Young Jr., vingt-six ans, battu à mort dans une cour d'école. Trois hommes en veste noire aperçus fuyant la scène.

« Très précis, comme description. Tu reveux du jus, Ima ? »

Bina termina sa viande hachée.

Antonio East, vingt ans, et Jarome Jaramillo, vingt-neuf ans, tués par balles pendant le braquage d'un magasin d'alcool. Pas de suspects.

« Et la vidéosurveillance ? s'étonna Jacob en feuilletant le reste du dossier. Taille ? Carrure ? Vêtements ? La voiture dans laquelle le tueur s'est enfui ? Rien ? Pourquoi se simplifier la vie ? »

Bina attaqua ses haricots verts.

« Ok, dit-il en rangeant le dossier East / Jaramillo dans son sac. Au suivant. »

D'emblée, il constata un problème avec le quatrième dossier : il n'était pas de la bonne couleur, et la date griffonnée sur la couverture était fausse de neuf ans, 2004 au lieu de 1995. Une affaire du secteur Hollywood dans une pile de dossiers Rampart.

Ce n'était pas la première erreur de classement qu'il avait découverte aux archives August M. Vollmer. Mais c'était quand même agaçant. Il allait lui falloir des jours pour retrouver le bon carton.

« Génial, grommela-t-il en ouvrant le dossier. Très bien. Donc… Une femme noire de vingt-trois ans, Marquessa Duvall ; son fils, un garçon noir de… »

Il en eut le souffle coupé.

*Un garçon noir de cinq ans, Thomas White Jr.*

Bina avait fini ses haricots. Elle avait encore sa fourchette à la main.

Elle le regardait.

Il referma le dossier.

« Mange ta purée. Je vais voir si j'arrive à te trouver du dessert. »

Il repéra Rosario à la réception, en train de remplir des paperasses.

« Vous n'auriez pas un cookie en rab quelque part ?

– Ça dépend, répondit-elle. C'est pour qui ?

– Ma mère.

– Dans ce cas, peut-être. Parce que vous savez bien que vous ne méritez pas un cookie.

– Ça, c'est sûr. »

Elle revint de la cuisine avec un paquet entamé dans lequel il restait deux gaufrettes au beurre de cacahuète.

« Nan, sérieux ? » fit-il.

Elle tendit la main pour les lui reprendre.

« Ok, ok, ok.

– De rien », dit-elle.

Dans la salle commune, une poignée de résidents étaient assis dans des fauteuils ou des chaises roulantes tournés vers la télévision. C'était l'heure du jeu « Jeopardy ».

« *Heureusement pour nous, Max Brod n'a pas respecté les instructions de cet homme qui lui avait demandé de brûler tous ses écrits après sa mort.*

– Franz Kafka, devina Jacob.

– *Kafka !* s'exclama en écho un des candidats.

– La ferme ! lança un vieillard à Jacob.

– *Les écrivains en K pour six cents, Alex.* »

Jacob sortit dans la cour et soupira : « Oh, non… »

Il y avait des pages éparpillées partout, sur le sol en ciment, dans les buissons, dans la terre.

Sa mère avait un dossier ouvert sur les genoux.

« Nom d'un chien, Ima ! »

Il fit le tour du patio à quatre pattes pour ramasser les feuilles avant qu'elles ne soient emportées par le vent. Un gros dossier, trois cents pages au bas mot, à présent dans le désordre complet.

Il se releva, brandissant les papiers dans une main et les biscuits dans l'autre, et s'avança vers sa mère pour lui reprendre le dossier. Mais il s'arrêta net en voyant ce qu'elle avait sur les genoux : la photo épouvantable d'une femme et d'un petit garçon assassinés.

Marquessa Duvall, vingt-trois ans ; son fils de cinq ans, Thomas White Jr.

Bina contemplait intensément la photo. Sa concentration frappa tellement Jacob qu'il s'immobilisa, fasciné par cette nouvelle acuité. Puis il reprit ses esprits.

« Ce n'est pas pour toi, Ima », dit-il d'une voix douce.

Il lui retira la photo d'entre les mains, surpris qu'elle ne lui oppose aucune résistance.

« Je suis désolé si ça t'a choquée, ajouta-t-il en rangeant le dossier dans son sac à dos, dont il tira la fermeture Éclair. J'espère que tu aimeras ces biscuits… Oh, *arrête.* »

Bina avait planté ses doigts dans la purée.

« Ima. Tu vas t'en mettre… *Ima.* Donne-moi ça. »

Mais elle lui arracha le plateau et recommença à triturer la masse gluante, avec laquelle elle forma une cloche ; elle tirait dessus, l'aplatissait, la pinçait, la lissait, ses doigts voltigeant, une veine palpitant frénétiquement au centre de son front.

Abasourdi, Jacob regardait la forme se développer. Il semblait ahurissant qu'elle ne se soit pas déjà effondrée sous son propre poids.

Bina reprit sa fourchette et se mit à sculpter de minuscules détails.

Et puis, brusquement, elle s'arrêta. Elle leva les mains et, comme il se doit, la forme implosa.

Mais le bref instant précédent avait suffi à démontrer son talent. À briser le cœur de Jacob. À lui donner le temps de reconnaître les petites pattes en brindilles, les orteils écartés.

La gorge duveteuse et tendue vers le ciel d'un petit oiseau.

# 7

Brooklyn, New York
21 août 1968

« Je sors », annonce Barbara Reich.

Sa mère fronce les sourcils, tournant une cuillère en bois dans la marmite où mijote le *hovězí guláš*. Le ragoût dégage une fumée aigre et salée, grasse et lourde, qui transforme l'étroite cuisine en sauna.

« Où tu vas ?

– Je vais réviser avec Cindy. On a un examen.

– Il faut que tu manges.

– Je grignoterai quelque chose chez elle. »

Si le froncement de sourcils de Věra se creuse, c'est en fait pour cacher son approbation. Barbara a laissé son sac à dos négligemment ouvert, laissant dépasser ses manuels scolaires ; des pavés portant des titres comme *Biologie pratique : une approche cellulaire* ou *Principes fondamentaux de la chimie organique*.

« *Budeš okradená* », dit Věra en fermant le rabat et sa boucle en métal.

*Tu vas te faire dévaliser.*

« Si quelqu'un a envie de voler ces livres, c'est qu'il les mérite », répond Barbara.

Sa mère glousse.

« C'est très cher.

– Je plaisante, Maminka.

– Ce n'est pas drôle. »

*Évidemment*, songe Barbara. *Rien n'est drôle.*

Dans le salon, son père se dispute avec le *New York Times*.

« Au revoir, Taťka. »

Jozef Reich referme brutalement son journal. Comme la plupart de ses gestes, celui-ci rate son effet : au lieu d'un claquement satisfaisant, juste un timide frou-frou.

***LA TCHÉCOSLOVAQUIE ENVAHIE PAR LES RUSSES ET QUATRE AUTRES PAYS DU PACTE DE VARSOVIE ; ILS TIRENT SUR LA FOULE À PRAGUE***

LES CHARS ENTRENT DANS LA VILLE

On fait état de plusieurs morts
Les troupes encerclent les bureaux du Parti

L'URSS S'EXPLIQUE

en affirmant qu'elle a déplacé ses troupes
à la demande des Tchécoslovaques

Jozef a un grand sourire amer et ironique alors qu'il brandit son verre de *slivovice.*

« *Socialismus s lidskou tváří* », lance-t-il.

*Le socialisme à visage humain.*

Avant même d'avoir reposé son verre, il tend la main en direction de la bouteille. Barbara la lui passe et se penche pour embrasser la veine au milieu de son front. Il sent la prune trop mûre et l'huile de moteur. Tous les jours, il rentre du garage couvert de graisse et Věra remplit l'évier de la cuisine pour lui shampouiner ses bras poilus jusqu'aux coudes.

« Révise bien, dit-il.

– Promis. »

Dehors, il fait si lourd que même les moustiques se plaignent. Vraiment pas le bon jour pour un ragoût de bœuf. Les menus de sa mère sont principalement guidés par des choix économiques. Le paleron est en promotion, vingt-neuf centimes la livre, alors ils mangeront du *guláš*.

Barbara descend péniblement l'avenue D en direction de chez Cindy, roulant ses manches en chemin, consciente que Věra la surveille depuis la fenêtre de la cuisine, avec dans le regard ce curieux mélange de soupçon et de fierté. Elle sent le sac à dos mouler une empreinte de sueur sur sa peau, l'agrafe de son soutien-gorge lui rentrer dans la colonne vertébrale, des auréoles se former sous les bras de son chemisier. Un groupe de garçons portant les cravates de Saint-Vincent et qui écoutent le match des Yankees à la radio se demandent tout haut ce qu'elle cache sous sa jupe.

Barbara réprime un sourire. *Servez-vous de votre imagination, si vous en avez.*

Elle bifurque sur la 31e Rue avant de faire demi-tour dans Nostrand Avenue, où Cindy l'attend, bronzée et souriante, une conspiration à elle seule dans sa robe vert acidulé.

« Pile à l'heure, ma belle. »

La robe lui arrive à mi-cuisses. Elle a les pieds comprimés dans des bottes en vinyle de la même couleur. Son sac à main est décoré de grosses fleurs rose fluo. On dirait qu'elle s'est habillée pour aller danser. Et c'est toujours comme ça. Même pour aller en cours. À côté d'elle, Barbara a l'impression d'être une serpillière.

Sa jupe vient d'une friperie. Elle a essayé de remonter l'ourlet pour qu'elle fasse moins vieux jeu. Mais la première fois qu'elle a voulu sortir avec, sa mère s'est mise à hurler.

*Tu vas attirer les violeurs.*

Ce n'était pas drôle ; il n'y avait rien de drôle dans sa vie de famille, pourtant Barbara avait dû se retenir de ne pas éclater de rire. Car Věra assenait ces sinistres prédictions avec un accent slave encore plus sinistre, roulant les *r* comme les méchants des dessins animés.

*Tu vas attirrrrer les violeurrrRRRs !*

Qui étaient-ils, ces violeurs qui rôdaient dans les rues de Flatbush ? Les Noirs ? Les Portoricains ? Les jeunes gens de l'académie Saint-Vincent ? Dans la tête de Věra, ça pouvait être aussi bien les nazis que les communistes.

De toute façon, ce n'était pas la peine de discuter. Barbara était retournée dans sa chambre pour défaire l'ourlet, laissant sa jupe retomber, effilochée et informe.

Parfois, Cindy lui offre des vêtements qu'elle ne porte plus. *C'est pas comme si t'étais à la pointe de la mode, ma belle.* Barbara refuse. Pour commencer, ses parents n'approuveraient jamais, ni les vêtements, ni la charité.

Et puis elle aurait l'air ridicule. Cindy fait une tête de moins qu'elle. Il faudrait deux de ses minijupes pour commencer à couvrir le popotin de Barbara.

« Houlà ! s'exclame Cindy en soulevant le sac à dos de Barbara. Qu'est-ce que tu as mis là-dedans, des briques ?

– Des livres.

– Je sais que tu veux faire dans le réalisme, ma belle, mais quand même ! »

Barbara sourit. Elle a laissé le rabat ouvert exprès. Si sa mère avait réfléchi deux secondes, elle aurait pu se demander quel cours nécessitait les manuels de quatre matières différentes. Ou comment Barbara pouvait déjà avoir un examen alors qu'on était mercredi et que les inscriptions avaient eu lieu lundi.

Cindy repose le sac sur le trottoir et se met à tripoter les cheveux de Barbara.

« Tu devrais te maquiller un peu, ma belle. Tu es tellement pâle. »

Barbara rétorque par un haussement d'épaules.

« *J'adorerais* avoir les mêmes yeux que toi. Puisque tu les as, montre-les ! Tu sais quoi… Attends un peu. »

Cindy fouille dans son sac à main et en sort un tube d'eye-liner liquide.

« Bouge pas. »

Alors qu'elle s'applique à sa tâche, Barbara songe à l'étrange spectacle qu'elles doivent donner : « La Nana dans le vent et la Nonne volante ». Au printemps dernier, elles partageaient la même table de dissection dans le cours « Introduction à l'anatomie des vertébrés », constituant à elles seules les deux tiers de la population féminine de la classe. Bien entendu, Barbara s'était retrouvée à faire tout le sale boulot. Cindy ne pouvait se résoudre à toucher un scalpel, et dès qu'elle reniflait une bouffée de formol, elle fonçait aux toilettes. Le lendemain, Barbara lui glissait une copie du rapport terminé.

*Merci, ma belle. Je te revaudrai ça !*

Pour Barbara, alors en année préparatoire de médecine, « Anatomie des vertébrés » était un cours obligatoire. Cindy, elle, était en troisième année de fac dans aucun cursus défini et caressait vaguement l'idée de devenir infirmière, même si ce projet était tombé à l'eau à la minute où elle avait rencontré Stan, parce que, tu vois, ma belle, je sais que c'est le bon, et parce qu'il n'y a pas de honte à avoir envie de ça, un-mari-des-gosses-une-maison, tout le tremblement, elle n'est pas comme ces cinglées féministes qui détestent les hommes, ça non.

*Et toi, tu as un petit copain ?* avait-elle demandé à Barbara.

*Non.* Puis, sentant que ce n'était pas la bonne réponse : *Pas encore.*

*T'inquiète pas, ma belle, t'es jeune.*

C'est bien le problème. Elle est trop jeune pour sa vie.

Le lycée était déjà assez dur comme ça : elle avait sauté deux classes et pourtant ses parents continuaient à appeler le principal chaque semaine pour se plaindre qu'on ne lui demandait pas suffisamment d'efforts. Le rythme de travail qu'ils lui imposaient laissait peu de temps pour la vie sociale, et grosso modo elle avait passé son premier semestre au Brooklyn College toute seule dans son coin.

Aucune importance, rétorquaient ses parents. On va à l'université dans un seul but : s'instruire.

Et on s'instruit dans un seul but : trouver un bon travail.

Un bon travail vous permet de ne rien devoir à personne. Ça vous assure de l'argent. Ça vous assure de survivre quand la civilisation s'effondrera, comme cela arrivera inéluctablement. Les gens auront toujours besoin de médecins. Encore plus pendant l'Apocalypse.

Mais c'est elle, pas ses parents, qui arpente les couloirs, perdue dans un flot d'hormones et de liberté, mal dans sa peau comme c'est pas permis.

Son prof de math de deuxième année, un vieil Autrichien, l'avait toisée de la tête aux pieds en disant : *Un visage de quatorze ans sur un corps de vingt.*

Elle s'était sentie humiliée. Elle ne savait pas quoi faire. Elle en avait parlé à Cindy, qui avait éclaté de rire. *Tu auras sans doute un A.*

Elle avait eu A+.

À présent, alors que Cindy termine son œil droit, les piétons grouillent autour d'elles, leur aboyant de dégager le trottoir, bon sang, au lieu de bloquer l'escalier.

« Allez vous faire voir », rétorque Cindy avec le sourire.

D'une main sûre, elle s'attaque à l'œil gauche. Dommage qu'elle ne supporte pas la vue du sang ni des entrailles, elle aurait fait une fantastique chirurgienne.

« Et donc, dit-elle. Quand est-ce que tu me le présentes ?

– Qui ?

– *Qui ?* Don Juan, idiote. »

C'est une hypothèse raisonnable. Le besoin de discrétion, la couverture bidon.

C'est vrai, pourquoi pas ? Ses parents n'approuveraient pas sa véritable destination.

En l'occurrence, Cindy non plus.

« Je ne sais pas, répond Barbara.

– Je comprends, ma belle. Tu veux d'abord voir où ça va, c'est ça ?

– C'est ça.

– C'est ton premier, non ?

– Humm. »

Cindy laisse échapper un soupir de bonheur.

« Le premier, c'est toujours le meilleur. »

La terre se met à trembler : le métro arrive.

« Il faut que j'y aille, dit Barbara.

– J'ai presque fini, répond Cindy avant de reculer d'un pas pour admirer son œuvre. Et voilà, ma belle. Ma parole, reluquez-moi ces mirettes ! Avant, tu avais les yeux verts. Maintenant, ils sont *carrément* verts.

– Merci », lance Barbara avant de descendre en courant les escaliers de la station, priant pour que Cindy n'oublie pas de prendre son sac.

Elle refait surface à la station Bleecker Street dans le même grouillement, ici chargé d'une urgence affairée. Les visages sont plus jeunes, les pantalons plus moulants, la musique qui s'échappe des fenêtres résonne de guitares baveuses et de basses qui font vibrer le sol.

*Hello, I love you, won't you tell me your name ?*

Elle est toujours aussi ringarde, mais peut-être pas de façon assez ostensible. Aux yeux des gens, sa tenue pourrait très bien être revendiquée, comme ces filles qui ne se rasent pas les jambes par solidarité avec les Vietnamiennes.

Adresse en main, elle traverse le campus de la New York University, jonché de tracts contre la guerre ; contre le traitement réservé aux gens qui manifestent contre la guerre devant la Convention nationale démocrate à Chicago. Les nouvelles de Tchécoslovaquie n'ont que quelques heures, bien trop fraîches pour avoir encore pénétré la conscience collective. Elle imagine le malaise qu'elles provoqueront parmi ceux qui aiment à vanter l'humanité et la beauté du système soviétique.

Sa propre vision est désespérément influencée par celle de ses parents, ce qui la rend désespérément vieux jeu. Parfois, il lui arrive d'être en désaccord avec son père au sujet des armes nucléaires ou autre chose du genre, mais sans grande conviction. Il se fâche tellement vite, devient tout rouge et se met à taper du poing sur la table, renversant son verre, beuglant sur elle en tchèque.

*Tys tam nebyla.*

*Tu n'y étais pas.*

Comment répondre à ça ? Se taire, voilà comment.

Une fille américaine n'a aucun droit à la souffrance ; ses parents ont englouti toute la quantité disponible, ayant subi la double catastrophe des Allemands et des Russes. Věra avait douze ans quand sa mère, son père et son petit frère sont morts dans le camp de concentration de Theresienstadt. Elle s'est enfuie à la campagne avec son grand frère, Jakub, trouvant refuge chez un ami qu'il connaissait du Parti communiste. Au moment des purges, ce même ami allait dénoncer Jakub comme trotskiste, titiste et sioniste, l'envoyant tout droit à la potence.

Barbara n'a aucun souvenir de cet événement, qui s'est produit quand elle était bébé, une fois que ses parents avaient déjà quitté Prague. Věra conserve la photo de son frère sur la cheminée et elle allume une bougie à chaque anniversaire de sa mort, rare concession à la tradition dans leur foyer impie.

L'histoire de son père est beaucoup moins claire. Il prétend ne pas connaître son âge exact, affirmant que les gens ne gardaient pas trace de ce genre de chose. Barbara pense qu'il a au moins quinze ans de plus que Věra ; son visage est à la fois érodé et fait de couches superposées, comme une forteresse qui aurait enduré des siècles d'épreuves, des siècles de réparations.

Il y a au moins une chose qu'elle sait : il avait une autre famille avant la guerre.

Il n'en parle jamais. Mais un jour, pendant une violente dispute, Věra a dérapé, exigeant de savoir comment elle pouvait rivaliser avec un fantôme. Il ne l'aimait pas autant que Jitka, il ne l'aimerait jamais autant que Jitka.

À travers deux portes fermées, Barbara avait entendu la gifle, puis des pleurs à deux voix.

Plus tard, bien plus tard, elle avait demandé à sa mère qui était Jitka.

*Une amie de ton père.*

*Tu la connaissais ?*

Věra avait fermé les yeux. *Fais tes devoirs.*

La troisième fille dans leur cours d'anatomie du printemps dernier était une Japonaise, timide et discrète, avec une coupe au carré et des lunettes premier prix qui lui donnaient le même regard écarquillé et anxieux que les grenouilles qu'elles disséquaient. Barbara l'avait tout de suite identifiée comme une autre enfant d'immigrés ; la retenue, la circonspection, les épaules voûtées sous l'attente.

Quand le prof avait annoncé qu'il fallait se mettre par deux, la fille, dont le vrai prénom était Ka-quelque chose mais qui se faisait appeler Kathy, avait posé sur Barbara des yeux pleins d'espoir. Barbara avait ressenti une intense chaleur, comme si elle fixait le soleil dans un miroir, et elle s'était détournée pour faire équipe avec la jolie, bavarde, joyeuse et incompétente Cindy Gorelick.

Kathy s'était retrouvée en binôme avec un certain Leon Fine, et Barbara avait passé le reste du semestre à éviter son regard. Mais parfois leurs chemins se croisaient, et dans ces brefs instants où elles s'observaient, Barbara ne voyait aucune déception, et certainement aucune surprise. Kathy, elle aussi, comprenait qu'en ce monde l'homme était un loup pour l'homme ; si l'occasion s'était présentée, elle aurait fait la même chose à Barbara.

Cette absence de jugement aggravait encore plus le sentiment de culpabilité de Barbara.

Mais sans la faire changer d'avis.

D'après l'annonce dans le *Voice*, elle s'attendait à quelque chose de majestueux, un atelier d'artiste avec une belle lumière, mais Minetta Street se révèle être une minuscule ruelle en coude bordée de maisons particulières. La porte du numéro 11 est peinte en rouge vif. Il y a un petit mot dessus :

COURS DÉPLACÉ DANS LE JARDIN

Barbara revient sur ses pas jusqu'à Bleecker Street, où l'angle aigu de l'intersection forme un petit parc luxuriant. À travers les cascades de verdure, elle aperçoit un cercle de gens assis par terre en tailleur. Elle était passée devant sans les voir.

« Bienvenue, sister. »

La personne qui lui parle est un homme blanc d'une quarantaine d'années, vêtu d'une longue toge safran. Il a la tête rasée et une barbiche noire en pointe. Il la regarde avec un grand sourire.

« Je cherche le cours de poterie », dit Barbara.

L'homme écarte les deux paumes. *C'est ici.*

Mais tout ce qu'elle voit, c'est une bande de hippies. Il n'y a ni instruments, ni tables, ni tours. Personne n'a d'argile.

« N'aie pas peur, dit l'homme, viens nous rejoindre. »

Déroutée, agacée, Barbara s'installe maladroitement par terre entre deux femmes d'un certain âge qui se décalent pour lui faire de la place. Un couple vêtu de blouses paysannes bouffantes se dévore du regard, les pupilles dilatées.

Non, ses parents n'approuveraient pas.

Il n'y a pas de mot en tchèque pour « hobby ».

La cinquième élève est une grande et mince jeune fille plus ou moins de l'âge de Barbara. Et ce n'est pas une hippie. En fait, elle est même plutôt habillée comme une quaker, avec une simple jupe bleu marine qui flotte généreusement autour d'elle et un chemisier blanc à manches longues boutonné jusqu'en haut. Elle doit mourir de chaud comme ça en plein soleil, pourtant elle a la peau sèche et se tient bien droite, dans une posture empreinte de dignité.

En croisant le regard de Barbara, elle incline la tête en direction de l'homme en toge et hausse un sourcil dubitatif. Barbara sourit, devinant aussitôt qu'elles vont devenir amies.

Pas une quaker, non, raté.

Elle s'appelle Frayda Gonshor et elle habite dans une des barres d'immeubles de Grand Street, dans le Lower East Side. Comme Barbara, elle a été décontenancée en apprenant que le cours de la semaine suivante était payable d'avance.

*L'annonce disait que c'était gratuit.*

*Je partage mon savoir gratuitement*, a répondu l'homme en toge. Il se fait appeler Sri Sri Jivanmukta Swami. *Les fournitures coûtent trois dollars.*

« Quel *chutzpah* ! » peste Frayda alors que Barbara et elle attendent pour traverser. Un sacré toupet.

Barbara est bien d'accord. Pourtant, elles ont toutes les deux craché l'argent. Trois dollars, ça pourrait être pire, et elle sent que Frayda et elle ont au fond le même objectif : échapper à leurs parents.

« Je me demande quel est son vrai prénom, dit Barbara.

– Sans doute Henry, ou un truc dans le genre, suggère Frayda.

– Ralph.

– Mickey.

– Mickey, répète Barbara en gloussant. Sri Sri Mickey Lowenstein.

– Gourou Goldblatt.

– Swami Schwartzbaum. »

Elles remontent Bleecker Street en titubant bras dessus, bras dessous, riant aux larmes, s'échangeant des informations à bâtons rompus. Barbara doit forcer ses longues jambes à ralentir, tout comme Frayda, qui est encore plus grande qu'elle, peut-être la fille la plus grande que Barbara ait jamais vue, la taille haute, les mains qui battent avec tant d'excitation qu'on dirait un oiseau incapable de voler.

« Tu as déjà fait de la poterie ? demande-t-elle.

– Un peu, répond Barbara.

– Moi non, avoue Frayda avec un haussement d'épaules. Ça disait "débutants bienvenus".

– Je crois que Mickey nous prend pour des Mickey », rétorque Barbara.

L'enseigne du métro apparaît au bout de la rue, et Barbara se sent ralentir encore davantage, rechignant à déjà se séparer.

« À la semaine prochaine ? demande Frayda.

– Y a intérêt ! »

Cindy l'attend au coin de Nostrand et de l'avenue D, le sac à dos affalé à ses pieds.

« Merci, souffle Barbara, tendue.

– Pas de quoi, ma belle, t'inquiète. Alors ? demande-t-elle en se mordillant une petite peau. Comment ça s'est passé ? C'est l'amour ?

– Je crois bien, oui », répond Barbara.

Pour le deuxième cours, ils se retrouvent en intérieur, au premier étage du 11 Minetta Street, dans le studio de Sri Sri Jivanmukta Swami. Cette fois encore, le groupe s'assoit par terre en cercle, ce qui est d'ailleurs la seule option puisque Sri Sri ne possède aucun meuble.

Mais au moins il y a de l'argile ; une toute petite boule, du diamètre d'une pièce de monnaie.

« Toute création part d'un simple point », dit-il.

Ils passent l'heure entière à former de minuscules bols à la main.

« T'es drôlement douée », murmure Frayda.

Barbara hausse les épaules.

« L'innocence du débutant », commente Sri Sri en pressant ses deux paumes l'une contre l'autre.

Chaque semaine, il leur distribue un peu plus de terre crue jusqu'à ce que, la huitième semaine, ils en arrivent à façonner des vases sur des tours manuels. Sri Sri passe d'un élève à l'autre, délivrant ses conseils et épongeant l'eau grise à l'aide d'un chiffon.

« La semaine prochaine, annonce-t-il, on retournera au jardin pour chercher l'inspiration.
– Et pour protéger ton parquet », marmonne Frayda.

Les parents de Barbara sont contents de la voir prendre ses études tellement au sérieux.
Cindy, en revanche, commence à s'impatienter.
« Ça ne me dérange pas de continuer à te couvrir, ma belle, mais tu ne crois pas que je mérite de le rencontrer ?
– C'est délicat, répond Barbara.
– Pourquoi, il est agent secret ?
– Pas loin. »
Le mercredi suivant, il bruine. En arrivant au parc, Barbara et Frayda ne trouvent personne. Sur la porte du 11 Minetta Street pendouille un petit mot détrempé, à l'encre dégoulinante :

COURS ANNULÉ

Elles se replient dans un café.
« Je ne comprends pas pourquoi il ne peut pas simplement mettre une bâche au sol, dit Frayda.
– Parce qu'il la porte sur lui », réplique Barbara.
Elle attrape son sandwich à la dinde mais hésite : Frayda n'a rien commandé à manger ni à boire, et ça la met mal à l'aise, elle se sent observée.
« Tu es sûre que tu ne veux rien ? Un café ?
– Non, merci. »
Barbara mord une bouchée, mâche, avale. Frayda a raté deux cours de poterie à cause des fêtes juives.
« Tu manges casher, c'est ça ? » devine-t-elle.
Frayda acquiesce.
« Je suis désolée.
– Que je mange casher ?
– Non, rigole Barbara. Je ne veux pas être malpolie, dit-elle en reposant son sandwich.
– Je t'en prie, proteste Frayda. Ne te prive pas.
– Ça ne te dérange pas ?
– Pourquoi ça me dérangerait ?
– Je ne sais pas. »

Frayda balaie d'un grand geste le cirque qu'est Greenwich Village.

« J'ai vu pire qu'un sandwich à la dinde, crois-moi. »

Elles parlent de leur famille, de la fac. Frayda étudie la comptabilité à Hunter College. Elle a dix-neuf ans, deux de plus que Barbara, mais elle est aussi en licence. D'un air détaché, elle mentionne qu'elle est fiancée.

« Cool, commente Barbara, bien que stupéfaite. À quand le grand jour ?

– On ne sait pas encore. En fait on n'est pas fiancés officiellement. Plutôt… *promis*, en quelque sorte.

– Ça fait chic.

– Pas vraiment. On se connaît depuis qu'on a cinq ans. Nos parents sont amis. »

Sa mine résignée inquiète Barbara.

« Comment s'appelle-t-il ?

– Yonatan. Tu pourrais le rencontrer un de ces quatre. Tu pourrais venir dîner à chabbat.

– Oui, ce serait sympa, répond Barbara en espérant avoir l'air plus convaincue qu'elle ne l'est.

– *C'est* très sympa, confirme Frayda. Tu n'as qu'à venir ce vendredi si tu veux.

– Peut-être. »

Sauf qu'elle a promis à Cindy d'aller au cinéma.

« Il faut que je voie, ajoute-t-elle.

– Bien sûr. »

Après un silence, Frayda la dévisage brusquement.

« Tu as un prénom hébreu ? » demande-t-elle.

Elle en a un, mais c'est purement une abstraction. Toute allusion à Dieu met son père en rage. Il est formel : Dieu est mort dans les camps. C'est avec un dégoût à peine dissimulé qu'il regarde sa femme allumer la bougie du souvenir pour son frère. Ils mangent du porc, ils conduisent le samedi, ils fréquentent d'autres Tchèques, juifs ou chrétiens, peu importe, puisqu'ils sont tous athées.

Et pourtant il a choisi de vivre dans le quartier de Flatbush, entouré de Juifs. Et quand il boit trop, il fanfaronne : *Reich*, ça veut dire « riche » en allemand, est-ce qu'elle sait ça ? Ils descendent de la noblesse.

*Ils nous détestent parce que nous sommes meilleurs.*

Barbara observe le visage paisible et bienveillant de Frayda en face d'elle, ses tempes prématurément grisonnantes. Elle décide qu'elle annulera ses plans avec Cindy ; elle ira au dîner du vendredi soir, ne serait-ce que pour faire plaisir à sa nouvelle amie, une amie qui lui pose des questions et ensuite écoute réellement ses réponses.

Et puis, elle est intriguée. Le concept du chabbat lui paraît à la fois étranger, mystérieux et un peu transgressif : une combinaison alléchante.

« Bina, dit-elle. Je m'appelle Bina. »

# 8

Rosario entendit Jacob arriver en courant à la réception et sourit sans relever la tête.

« Terminé, les cookies.

– Il y a un problème avec ma mère », dit-il.

Dehors, dans la cour, Bina était restée telle que Jacob l'avait laissée : recroquevillée en position fœtale, le visage luisant, la veine au milieu de son front affreusement gonflée, le cou formant une cage de tendons, ses mains fluides serrées comme des gourdins. Les restes de son dîner avaient valsé par terre, le plateau tournait encore comme une toupie, étalant de la purée partout.

Rosario prit sa tension et son pouls. Elle avait un thermomètre auriculaire, ce qui tombait bien car Bina refusait d'ouvrir la bouche.

« Allez, ma chérie, j'ai besoin de regarder vos yeux. »

Lentement, les paupières de Bina s'écartèrent, permettant à Rosario de vérifier son réflexe pupillaire.

Comme toutes les mesures précédentes, celle-ci était normale.

Alors que Rosario était partie téléphoner au médecin de permanence, Jacob se mit à faire les cent pas en s'efforçant de calmer les palpitations de son propre cœur. Le silence lui semblait bien plus lourd qu'à l'accoutumée, violemment accentué par le bref éclat de vie de sa mère.

L'espace d'un instant, il l'avait retrouvée.

À présent elle avait disparu de nouveau.

« Il sera là le plus vite possible », annonça Rosario en revenant.

Puis elle jeta un coup d'œil en direction de Bina, dont le corps avait commencé à relâcher sa tension, si bien qu'elle s'était affaissée, la tête ballante.

« Elle a l'air d'aller bien, maintenant.

– Vous n'avez pas vu ce que j'ai vu, rétorqua Jacob.

– Qu'est-ce que vous avez vu ? »

Il ne savait pas quoi répondre à ça.

Le médecin arriva moins d'une heure plus tard. Entre-temps, Bina s'était totalement avachie.

« On s'en occupe, dit Rosario à Jacob, vous pouvez y aller. »

Jacob hésita.

« Si vous avez besoin de la faire hospitaliser, vous m'appelez. Pas mon père, d'accord ? »

Rosario acquiesça d'un hochement de tête, mais tous les deux savaient pertinemment que le nom sur la procuration était celui de Sam.

« Vous n'avez pas besoin d'en faire plus, franchement », ajouta Rosario en lui posant une main sur le bras.

Il comprit le message. Il en avait déjà trop fait.

La première et unique fois que son père l'avait accompagné à la maison de repos, il avait fait passer Jacob par un tas de détours : d'abord à l'est par Boyle Heights, puis au sud par Downey. C'était absurde, en fait, de se laisser guider par un aveugle, et Jacob s'en était amusé, demandant s'ils étaient suivis.

Il n'y avait pas le moindre humour dans la réponse de Sam.

*À toi de me le dire.*

Ses précautions ne s'arrêtaient pas là : il avait enregistré Bina sous un faux nom, allant jusqu'à signer lui-même le registre des visiteurs en tant que « Saul Abelson ».

Jacob ne comprenait toujours pas de quoi, ou de qui, son père avait peur. Ils n'avaient jamais eu l'occasion d'en reparler. Mais les fautes morales de Sam ne changeaient rien au fait que c'était un homme avisé. S'il jugeait que des précautions étaient nécessaires, Jacob en prendrait.

Ce soir-là, il accomplit son petit contrôle de routine avant de repartir, glissant la main sous les passages de roue et inspectant le dessous du châssis à la recherche d'une éventuelle balise espion. Il prit quelques virages superflus en s'arrêtant pour semer les filatures. Une fois sur l'autoroute, il poussa le compteur jusqu'à cent quarante, ses glandes salivaires se contractant d'avance alors qu'il approchait de la sortie menant à son ancien bar préféré.

Il se demanda s'il leur avait manqué. Il n'y avait pas remis les pieds depuis des mois. Il ne cherchait pas à lever des filles, et il pouvait très bien boire seul, c'était tout aussi efficace pour deux fois moins cher.

Il imagina son visage placardé sur les bouteilles de bourbon de toute la Californie.

AVEZ-VOUS VU CET HOMME ?

Instinctivement, il donna un coup de volant vers la rampe de sortie… et aussitôt un coup dans l'autre sens en entendant un klaxon hurler.

Dans la file d'à côté, un doigt d'honneur dépassait d'une fenêtre.

« Ouais, c'est bon, désolé. »

Mais le type n'en démordait pas, continuant à enfoncer son klaxon.

Jacob jeta un coup d'œil dans sa direction : le connard de base.

Fort heureusement, pas plus que ça.

Pendant toute une période, les quatre ou cinq premiers mois après cette folie dans la serre, il avait eu l'impression d'être une antenne à émotions. Il regardait les gens et voyait – il n'y avait pas d'autre mot pour ça – leur aura. Violette, bleue ou grise, graduée et mouvante à chaque changement d'humeur. Il pouvait entrer dans une pièce et savoir au premier regard qui s'était disputé avec sa femme la veille ; qui s'était envoyé en l'air ; qui n'arrivait pas à lâcher prise, qui à tenir le coup.

Une empathie intense et insoutenable qui aurait fait de lui un psy extraordinaire mais qui lui rendait chaque trajet sur l'autoroute affreusement pénible. Toutes les voitures devenaient des bocaux de plasma, illuminés par les préoccupations intimes de leurs occupants.

Et il ne pouvait en parler à personne. On l'aurait pris pour un fou.

*Lui-même* se prenait pour un fou.

À l'époque, il s'avalait quatre ou cinq Vicodin par jour, qu'il puisait dans un stock clandestin accumulé pendant son séjour à l'hôpital. Il diminua les doses. Voyant que ça ne changeait rien, il finit par jeter aux toilettes les pilules qui lui restaient. Mais les hallucinations persistèrent.

Son médecin généraliste lui fit passer des tests cognitifs et l'orienta vers un psychiatre. Jacob alla jusqu'à fixer un rendez-vous, pour l'annuler le matin même. Il décida de prendre sur lui, se félicitant de sa sagesse et de son courage quand, avec le temps, les symptômes s'estompèrent. À présent, quand il y repensait, il les mettait sur le compte du stress et du sevrage.

Certains jours, il arrivait même à y croire.

Dans la file d'à côté, le type lui braillait des insultes.

Jacob sortit son insigne et le plaqua contre la vitre. Le type eut un mouvement de recul, tirant brusquement sur son volant et manquant d'emboutir une autre voiture à son tour.

Il fallut plusieurs heures pour réparer la pagaille qu'avait semée Bina dans le dossier Marquessa Duvall. Même une fois reclassé dans l'ordre, il restait incomplet : des pages manquantes, des pages trempées, des pages grignotées par les souris, des pages d'autres affaires qui n'avaient rien à faire là.

Une bouteille de Jim Beam à la main, Jacob s'installa sur son canapé pour commencer à lire.

Tôt le matin du 20 décembre 2004, un joggeur qui finissait son circuit quotidien avait remarqué une forme humaine avachie dans une petite rue parallèle à Santa Monica Boulevard, entre El Centro Avenue et Gower Street. Il y avait dans ce secteur, comme à peu près dans tout Hollywood, une importante population de SDF, et, ainsi que l'expliquait le joggeur, il n'était pas inhabituel de tomber sur des individus ivres morts, surtout le lundi, après un week-end de beuverie.

Ce qui était inhabituel, c'était la taille de cette personne.

*M. Sproul a indiqué qu'il s'était arrêté pour aller regarder de plus près. Quand je lui ai demandé pourquoi, il a déclaré qu'il avait peur que ce soit un enfant. M. Sproul a crié à plusieurs reprises mais n'a pas reçu de réponse. Il a alors entrepris de s'approcher de la personne. Il a confirmé que la personne semblait être un individu noir de sexe masculin âgé d'entre quatre et sept ans. La victime était calée en position semi-assise contre le mur du côté nord de la ruelle. La victime semblait ne pas respirer. M. Sproul a déclaré que, bien qu'ayant un brevet de secourisme, il n'a pas essayé de toucher le corps de la victime ni de la réanimer. Il a indiqué qu'il avait pu observer sur la victime de graves blessures incompatibles avec sa survie. Il a déclaré : « Je sais faire la différence entre un gamin mort et un gamin vivant. »*

*M. Sproul a indiqué qu'il s'est éloigné du corps et a sorti son téléphone portable pour appeler les secours. Ce faisant, il a découvert un second corps, positionné en face du corps de l'enfant. Le second corps semblait être celui d'un individu noir de sexe féminin entre vingt-cinq et trente ans. Elle présentait des blessures similaires et semblait ne pas respirer.*

*M. Sproul a indiqué qu'il n'avait pas remarqué la présence du second corps jusque-là car il était masqué par un grand bac à ordures.*

*M. Sproul a quitté les environs immédiats pour appeler les secours.*

Marquessa Duvall, vingt-trois ans.

Son fils de cinq ans, Thomas White Jr.

Jacob parcourut les photos, avançant dans la ruelle à coups de clics-clics successifs.

Ce secteur lui était familier du temps où il patrouillait dans le district d'Hollywood : un étroit passage jonché d'ordures, bordé d'un côté par le dos de bâtiments commerciaux, de l'autre par des clôtures grillagées, des arrière-cours défoncées et des parkings en friche. Les petites balises jaunes des enquêteurs semblaient y avoir fleuri comme une espèce invasive.

Il continua à progresser jusqu'à trouver ce qu'il redoutait et attendait à la fois : un gros plan de l'enfant.

Un trou bien net percé au centre du front. Des rubans écarlates qui lui coulaient sur les yeux, le long du nez, sur les joues et sur son double menton potelé, le cou raccourci par l'inclinaison sceptique de sa tête, tirée vers le bas par son propre poids. Le col de son tee-shirt teint en rouge. Il était habillé pour être à l'aise : un jean et des baskets à velcro. Il avait les mains croisées sur les genoux.

*Je sais faire la différence entre un gamin mort et un gamin vivant.*

Il avait les yeux grand ouverts, ce qui lui donnait un air poli et bizarrement attentif. Jacob frissonna et passa rapidement à la victime suivante.

La poubelle de deux cents litres utilisée pour soutenir le corps de Marquessa Duvall avait été traînée là à cet effet : un groupe de poubelles identiques subsistait à l'autre bout de la ruelle, derrière une boulangerie. Jacob imagina le tueur s'évertuant à faire tenir droit le poids mort de son corps, s'agaçant rapidement. Pour le garçon ç'avait dû être plus facile : une fois calée, sa petite silhouette n'avait plus bougé. Sa mère avait le buste large et la taille fine. Elle tanguait. Même dans la mort, elle refusait de coopérer.

Comme son fils, elle avait une seule plaie par balle dans le front. Jacob avait moins de mal à en évaluer le diamètre sur les proportions d'un visage adulte. Sans doute un petit calibre, du .22 ou du 9 mm.

Elle aussi avait les yeux ouverts, et un plan large lui montra ce qu'il avait déjà deviné : la mère et l'enfant avaient été positionnés comme s'ils se regardaient d'un côté à l'autre de la ruelle, absorbés dans une conversation qui n'aurait jamais lieu.

C'était sur cette photo que Bina était tombée.

Pas étonnant que ça l'ait bouleversée. C'était une atrocité.

Le contexte avait-il amplifié l'effet ? Elle était alors assise en face de son propre fils.

Cela aurait été sympa de pouvoir le penser.

Elle n'était pas complètement dingue, finalement.

Sordide, mais sympa.

Il feuilleta encore deux fois de suite toute la pile de photos, cherchant le déclic qui avait bien pu la conduire à sa sculpture en purée de pomme de terre. Un oiseau mort, un pendentif oiseau, des boucles d'oreilles oiseaux, un graffiti d'oiseau.

Rien.

Il consulta la liste des pièces à conviction collectées sur place.

Des papiers de bonbons.

Des bouteilles de bière.

Des mégots de cigarettes à la pelle.

Pas de douilles.

Pas d'oiseau.

Il était en train de surinterpréter. La photo l'avait terrorisée, et elle s'était réfugiée dans la seule forme d'auto-apaisement qu'elle connaissait : faire quelque chose de ses mains. Quant à sa source d'inspiration, comment savoir ? Peut-être y avait-il un oiseau qui vivait dans le figuier. Peut-être aurait-elle préféré du poulet à de la viande hachée. Les artistes gardaient toujours leur part de mystère, surtout les artistes catatoniques.

Il décida de se débarrasser des idées préconçues et d'aborder cet homicide comme n'importe quel autre.

Aborder ? Comme s'il était chargé de le résoudre ?

La mise en garde de Mallick résonna dans sa tête.

*Vous n'allez pas les élucider. Ils sont sans espoir.*

Comme nous tous, non ?

Jacob reprit le dossier depuis le début.

Le premier enquêteur nommé sur cette affaire avait été un certain Dan Ballard. Sa signature apparaissait sur les rapports jusqu'à la mi-2007, moment où une femme du nom de Theresa Krikorian avait pris le relais. Pendant trois ans, elle avait planché sur les pistes de Ballard en en développant deux ou trois autres de son côté.

Ensuite, plus rien.

D'après ce que Jacob arrivait à reconstituer, il n'y avait pas eu de mouvement depuis. Il était bien conscient de la possibilité qu'il existe d'autres documents égarés quelque part dans le système, perdus sur quelque disque dur, une étagère ou au fond d'un tiroir.

Il tapa le nom de Ballard dans Google, tomba sur sa nécrologie.

Il tapa le nom de Theresa Krikorian. Rebelote.

Il comprenait pourquoi les flics avaient préféré se détourner de cette affaire : elle avait déjà coûté la vie à deux d'entre eux.

Dan Ballard avait fait une crise cardiaque en pleine partie de golf.

La famille de Theresa Krikorian avait créé un fonds en sa mémoire, pour la recherche contre le cancer.

*Mort dans l'exercice de ses fonctions* pouvait vouloir dire beaucoup de choses.

Trop de sandwichs devant son ordinateur. Trop de nicotine.

Jacob but une rasade en leur honneur et se replongea dans la brève existence de Marquessa Duvall et Thomas White Jr.

Mère célibataire, Marquessa habitait Culver City, à une bonne quinzaine de kilomètres de l'endroit où elle avait été retrouvée. L'absence d'éclaboussures et de mare de sang portait à croire que les meurtres avaient été commis ailleurs puis que les corps avaient été transférés jusqu'à la ruelle.

Sur les questions « où ailleurs ? » et « pourquoi transférés ? », le dossier restait muet.

Ballard avait indiqué comme profession pour Marquessa : « hôtesse ». Selon ce qu'on mettait après, ça pouvait évoquer toute une gamme d'activités du banal au minable.

Hôtesse d'accueil ? Hôtesse dans un restaurant ? Hôtesse de caisse ?

Peut-être qu'hôtesse signifiait en fait « prostituée » : un discret blanchiment respectueux de la part de l'enquêteur. Jacob espérait que non. Les euphémismes ne rendaient jamais service à personne, surtout pas aux victimes. Et puis l'écriture de Ballard portait plutôt la marque d'un penseur linéaire.

Jacob en revint au gros plan du visage de Marquessa. La mort embellissait rarement les gens, et il était difficile de paraître sous son meilleur jour avec un trou au milieu du front. Pourtant il voyait qu'elle avait été belle. Ses lèvres, invitation faussement pudique ; des cheveux ondulés, luxuriants et marbrés comme de l'ébène de Macassar.

Il se surprit à chercher son reflet dans ses yeux, tellement grands, noirs et naïfs.

Et bizarres. Il n'arrivait pas à savoir pourquoi.

Il compara les gros plans des deux victimes. Grand, grand ouverts. Comme s'ils avaient des allumettes invisibles coincées entre les paupières.

Il parcourut le rapport d'autopsie, qui situait le décès de Marquessa Duvall entre dix heures du soir et deux heures du matin ; soit au moins trois heures avant la découverte du corps.

Cause du décès : blessure par balle à la tête.

Lacérations sur l'avant-bras droit et hématome sur la cuisse droite.

Pas de signe d'agression sexuelle.

Sur une feuille d'autopsie séparée, il vit un schéma agrandi du visage, avec des flèches dirigées vers les yeux. La légende expliquait :

*Les paupières supérieure et inférieure de la victime*

Jacob avala une bonne gorgée de bourbon avant de se forcer à poursuivre.

*Les paupières supérieure et inférieure de la victime ont été retirées bilatéralement à l'aide d'un instrument tranchant. La précision de la découpe et l'absence de saignement cutané suggèrent que la mutilation a eu lieu post mortem. Les fouilles sur la scène du crime n'ont pas permis de retrouver les tissus excisés.*

L'enfant avait subi la même profanation.

Jacob alla dans la cuisine se mettre la tête dans le frigo, les poumons en feu. Il avait vu et ne pouvait pas prétendre qu'il n'avait pas vu. Et il se sentit encore plus nauséeux en imaginant le traumatisme qu'il avait infligé à Bina, les horreurs qui devaient se caramboler dans son cerveau dérangé.

Le téléphone sonna. L'écran affichait : « Lev, Samuel ».

Jacob jeta un coup d'œil à son micro-ondes. Cinq heures trente du matin. Pour que son père appelle un samedi, il fallait que ce soit grave. Peu de choses passaient outre le chabbat. La vie humaine en était une.

« Lev, Samuel ».

S'il y avait une véritable urgence, Rosario l'aurait prévenu.

Le répondeur s'enclencha à la quatrième sonnerie. La voix de son père se fit entendre.

« Jacob, dit-il d'un ton posé. S'il te plaît, fils, décroche. »

Jacob en avait envie. Son père lui manquait, son père et sa logique complexe, parfois torturée. Sam était un talmudiste dans l'âme, capable d'extraire de la valeur de n'importe quelle idée, même la plus farfelue en apparence. Et Jacob l'admirait pour ça.

Il le haïssait pour ça.

« Je ne veux pas que tu t'inquiètes, continuait Sam, mais j'ai eu un appel de la résidence… »

Jacob débrancha la ligne.

Il envoya un SMS à Rosario.

*tout va bien ?*

Sa réponse ne se fit pas attendre : *le docteur dit que oui.*

Alors pourquoi Sam avait-il appelé ?

Comme si elle avait lu dans ses pensées, Rosario ajouta deux lignes :

*jai parlé à votre père*

*il veut vs parler*

Grand bien lui fasse.

*merci*, tapa-t-il. *tenez-moi au courant.*

*bien sûr*

Dormir était maintenant hors de question. Jacob prit une douche rapide, avala un café et donna le coup d'envoi officiel de son week-end.

# 9

Il se rendit en voiture jusqu'à la ruelle où les corps avaient été découverts.

C'était un endroit misérable pour finir ses jours. La gentrification qui avait touché la périphérie d'Hollywood n'avait pas encore pénétré aussi profondément dans sa chair. Il remonta la ruelle sordide sur cent cinquante mètres, en prenant des photos et des vidéos sur son téléphone.

Sur le côté nord du passage s'alignaient les entrées arrière d'un magasin de vins et spiritueux, d'un grossiste en matériel médical, d'une galerie d'art, d'un supermarché exotique, d'une boulangerie exotique, d'un grossiste en plaques de tôle, d'un vitrier et d'une voyante. Tous étaient fermés à cette heure-là, comme ils l'avaient sans doute été entre vingt-deux heures et deux heures du matin un dimanche.

À sa grande surprise, Jacob trouva la même collection de poubelles de deux cents litres – de marque et couleur identiques, du moins – alignées derrière la boulangerie, procurant une sensation obscène avec leurs couvercles de guingois qui débordaient de gros sacs noirs comme des poissons de haute mer recrachant leur propre vessie natatoire.

Jacob se demanda laquelle avait utilisée le tueur pour fignoler sa présentation.

Sans doute pouvait-il poser la question à la voyante.

Pour soixante-quinze dollars de plus, elle résoudrait même l'enquête à sa place.

Il effectua un deuxième passage dans la ruelle en se concentrant cette fois sur le dos des immeubles résidentiels côté sud, dénombrant une bonne quarantaine de fenêtres qui avaient une vue dégagée sur la scène du crime.

Ballard ne mentionnait pas de visite aux habitants. Une des pages manquantes, peut-être.

Jacob fit le tour du pâté de maisons jusqu'à Eleanor Avenue. Il était désormais suffisamment tard pour pouvoir commencer à frapper aux portes, encore trop tôt pour qu'il espère beaucoup de réponses. En démarrant par la Résidence El Centro Capri Apartments, il progressa méthodiquement immeuble par immeuble, sonnant d'abord chez le gardien puis, si ça ne répondait pas, à chaque interphone individuel.

Il y avait au total neuf numéros : six immeubles collectifs, deux maisons particulières et un atelier de carrosserie dont l'entrée se trouvait à l'angle sur Gower Street. À l'heure du déjeuner, il avait réussi à pénétrer dans quatre des immeubles. Aucun des occupants des appartements du fond n'habitait là à l'époque du meurtre, même s'ils ne paraissaient pas surpris d'apprendre qu'il y en avait eu un.

Personne ne reconnut Marquessa Duvall.

Ni son fils.

Entre-temps, les commerces avaient ouvert. Jacob parla aux patrons, aux employés, à tous ceux qui voulaient bien lui accorder deux minutes.

Que dalle.

Il n'avait rien avalé de solide depuis plus de trente heures. Aussi se dirigea-t-il vers la boulangerie, où il conclut un vain interrogatoire de la vendeuse en lui achetant deux *pirojki* aux champignons. Sous un tableau en liège tapissé de petites annonces pour des cours de piano et de violon, il s'assit sur un banc, le dossier posé en équilibre sur une cuisse afin de pouvoir lire tout en mangeant.

Les *pirojki* étaient fort nourrissants, avec un léger goût terreux, faits à partir de modestes ingrédients réunis par nécessité mais sublimés par l'ingéniosité humaine ; un exemple de cette cuisine de la pauvreté qui était devenue à la mode depuis peu, donc chère, donc oxymorique.

« C'est délicieux », dit-il à la vendeuse.

Elle acquiesça d'un hochement brusque.

Ni Ballard ni Krikorian ne semblaient accorder beaucoup de crédit à l'hypothèse d'un crime passionnel. La mise en scène était trop réfléchie, à la fois clinique et grandiloquente.

Ce qui ne suffisait pas à établir que l'assassin était un inconnu. Marquessa avait eu un certain nombre de petits copains. Ballard les avait interrogés, passés aux prélèvements ADN et au détecteur de mensonges, puis éliminés un par un, y compris le père biologique de l'enfant. Thomas White Senior avait le meilleur alibi possible : il était en taule, purgeant une peine de neuf mois pour détention de stupéfiants.

Theresa Krikorian s'était attaquée à la tâche fastidieuse de passer en revue les délinquants sexuels répertoriés. Elle n'était pas allée très loin. En 2007, le fichier californien en était à ses balbutiements, et il n'était pas clair du tout qu'il survivrait aux interrogations sur sa constitutionnalité.

Mais surtout, elle ne savait pas par où commencer. La ruelle n'était pas le lieu du crime. Et le même problème s'appliquait à la recherche de témoins.

Combien de coups de feu étaient tirés un dimanche soir donné dans la conurbation de Los Angeles ?

Parmi ceux-là, combien n'étaient pas signalés à la police ?

Si les meurtres avaient eu lieu ne serait-ce que quelques rues plus à l'ouest, toute personne appelant pour signaler des coups de feu aurait été réorientée vers le bureau du shérif. Le LAPD pouvait très bien n'en avoir jamais entendu parler. Et de toute façon, les enregistrements auraient été effacés depuis belle lurette.

Ce qu'il fallait, c'était du renseignement humain.

« Excusez-moi, s'il vous plaît », dit la vendeuse.

Trapue, les joues creuses, elle fixait ostensiblement le plafond en fronçant les sourcils et en tambourinant des doigts sur le comptoir en marbre.

Jacob se rendit compte qu'il avait le dossier ouvert sur une photo du visage martyrisé de Thomas White Jr.

« J'ai des clients », reprit-elle.

À proprement parler, c'était faux : ils étaient les deux seules personnes dans la boutique, à moins de compter la fillette en photo sur la boîte de barres chocolatées à côté de la caisse.

La vendeuse se racla la gorge.
« Monsieur. »
Jacob alla terminer son déjeuner dehors.

La notice nécrologique de Dan Ballard indiquait qu'il laissait derrière lui sa mère, Livia. Sitôt rentré, Jacob tapa ce nom sur son ordinateur et tomba à nouveau sur une nécro.

Un célibataire endurci ? Ou qui n'avait plus de contact avec son ex et ses enfants ?

Jacob se sentait hélas une certaine affinité avec cet homme.

Il joignit par téléphone le veuf de Theresa Krikorian, un pompier à la retraite résidant à Simi Valley, auquel il se présenta.

« Le dossier est assez épais, précisa-t-il. Je me suis dit qu'elle vous en avait peut-être parlé.

– Humm », fit le mari.

Il s'appelait Ray et il avait le même ton que tous les pompiers qu'avait jamais croisés Jacob : sociable, relax et bienveillant, un flic sans le côté blasé.

« J'adorerais pouvoir vous aider, poursuivit Ray, mais franchement je ne me rappelle pas grand-chose. Je peux vous demander ce qui vous a décidés à rouvrir cette enquête ?

– Elle n'a jamais été officiellement classée.

– Sincèrement, ça m'est assez difficile de parler de cette époque. C'est juste au moment où Terri est tombée malade.

– Je suis désolé, dit Jacob.

– C'est la vie, soupira Ray. J'ai toujours trouvé que c'était une phrase débile. Non ? Enfin bref... Terri a toujours eu du mal à laisser son travail au bureau, et cette affaire l'a beaucoup obsédée. Dans mon souvenir, c'était assez ignoble.

– En effet.

– On a une fille à peu près du même âge. »

Désormais, elle devait donc avoir quatorze ou quinze ans. Les flirts, le premier baiser, l'élaboration d'une conscience de soi.

Des étapes que Thomas White Jr. n'atteindrait jamais.

Ray s'était tu à nouveau. Pour le tirer de son mutisme, Jacob lui posa des questions sur sa fille.

« Phoebe ? Elle est fabuleuse. C'est une tête, comme sa mère.

– Vous avez d'autres enfants ?

– Un garçon, Will. Douze ans. Lui, il sera très content de conduire un gros camion rouge, ajouta Ray en riant.

– Comme tous les mômes, non ?

– Ouais, enfin… Il parle aussi d'entrer dans les Marines. Je lui dis d'épargner son dos. Moi, c'est ce qui m'a bousillé. Hernie discale.

– Vous avez servi dans l'armée ?

– Guerre du Golfe. »

Un temps.

« Je peux vous dire que, quand Terri a hérité de cette affaire, c'était un grand pas pour elle. Jusque-là, elle avait fait des vols de voitures et des cambriolages. Elle flippait d'avoir son premier homicide. Je ne sais pas pourquoi ils avaient trouvé malin de lui confier celui-là en particulier. Je veux dire, merde, ils savaient qu'elle avait des enfants en bas âge. Peut-être qu'ils pensaient lui rendre un service en la jetant directement dans le grand bain.

– Ouais, commenta Jacob, même s'il jugeait plus probable que le mécanisme derrière l'attribution de cette affaire à Terri Krikorian ait été le même que pour tout le monde : au pif.

– Ça l'a transformée, continua Ray. Avant ça, elle n'avait jamais été du genre surprotectrice. Le contraire, plutôt, très cool. Tous les deux, on bossait comme des dingues pour essayer de monter en grade, on faisait des horaires de fou. On laissait souvent les enfants chez la voisine. Mais quand Terri a commencé à travailler sur cette histoire mère-fils, son attitude a changé du tout au tout. C'était “Non, ce n'est pas prudent, il faut que l'un d'entre nous soit à la maison”. Vous êtes déjà venu à Simi Valley ?

– Une fois ou deux.

– Alors vous voyez ce que je veux dire : ce n'est pas la jungle. Les gosses jouent dans les jardins des maisons, ils s'amusent ensemble. Le plus gros danger, ce sont les allergies aux arachides. Terri s'est mise à me demander de réduire mes heures pour pouvoir garder les mômes. On s'est beaucoup disputés là-dessus. Moi, je lui répondais : “Pourquoi ce serait à moi de m'adapter ? C'est ton boulot, patati patata.” En y repensant, je n'arrive pas à comprendre pourquoi j'en ai fait tout un plat. »

Le remords dans la voix de Ray serra le cœur de Jacob.

« On s'accroche à des trucs qu'on croit hyper-importants, alors qu'en fait c'est de la vanité et des conneries. Si on m'avait dit que, trois ans plus tard, elle ne serait plus là, vous pensez que je me serais obstiné à ce point ?

– Vous n'en saviez rien, rétorqua Jacob.

– Ouais, lâcha Ray avec un petit rire triste. Le type qui a dit que ce qu'on ignore ne peut pas nous faire de mal est le plus gros crétin de tous les temps. Ce qu'on ignore est *précisément* ce qui va nous foutre par terre. »

Vers l'heure du dîner, Jacob appela la Résidence médicalisée Pacific pour prendre des nouvelles de sa mère. L'infirmière qui décrocha avait un ton désinvolte. Appétit normal, tension et température normales, pas un mot depuis vingt-quatre heures.

Jamais il n'aurait imaginé se sentir soulagé en apprenant que Bina ne montrait aucune réaction.

« Vous pourriez lui dire que je vais passer la voir demain ?

– Bien sûr.

– Et si elle fait quoi que ce soit d'inhabituel, vous me préviendrez ?

– Inhabituel, comme quoi ? »

Jacob hésita.

« Je passe demain. »

Pour la forme, il jeta un coup d'œil dans son frigo. Deux bouteilles de bière restantes sur un pack de six. Il feignit d'être déçu par lui-même avant de sortir chercher sa dose quotidienne de graisses saturées.

Le type à la caisse du 7-Eleven était le fils du propriétaire, un petit gros d'origine asiatique prénommé Henry, qui accueillit Jacob, comme toujours, en cognant mollement son poing contre le sien.

« Alors, quoi de neuf ? demanda Jacob.

– Pas grand-chose », répondit Henry d'un air absent.

Jacob le laissa tranquille. Il savait ce que c'était qu'être dans un mauvais jour ; c'était aussi son cas.

Il prit ses hot-dogs, ajouta les assaisonnements de son choix et deux bouteilles de Jim Beam pour faire passer le tout.

D'habitude, Henry faisait la morale à Jacob sur sa consommation de bourbon, tout en sachant que ça n'y changerait rien : un alcoolique est un alcoolique. Ce soir-là, il bipa les deux bouteilles sans le moindre commentaire.

« T'as vu cette bagnole ? dit-il.

– Non, laquelle ?

– La Nissan verte. Là. »

Une vieille berline cabossée, noire dans la pénombre du soir, garée le long d'Airdrome Street de l'autre côté de Robertson Boulevard.

« Ça fait deux heures qu'elle est là, ajouta Henry.

– Peut-être qu'elle vient chercher quelqu'un au parc.

– Elle était là hier aussi.

– Juste garée là, sans rien faire ? »

Henry hocha la tête.

Jacob plissa les yeux sans parvenir à distinguer le conducteur.

« Tu as appelé les flics ?

– Ils m'ont dit que la loi n'interdisait pas de rester garé à la même place. »

Jacob utilisa son téléphone portable pour zoomer et prendre une photo de la plaque minéralogique. Elle était trop floue pour qu'on puisse la lire, et le conducteur avait le visage dans l'ombre.

« S'il y a quoi que ce soit, dit Jacob à Henry en lui tendant sa carte, appelle-moi tout de suite. N'hésite pas. »

Henry opina d'un air sceptique.

« Merci. »

Jacob ramassa son dîner, les bouteilles cliquetant dans son sac en plastique, et sortit de la supérette. En traversant Robertson Boulevard, il constata en effet que la voiture était vert foncé, une Mazda et non pas une Nissan. Le conducteur avait la tête rentrée dans les épaules derrière des vitres teintées, et une capuche.

Jacob passa devant tranquillement en mangeant son premier hot-dog, remarquant la silhouette d'une deuxième personne sur la banquette arrière. Il mémorisa la plaque d'immatriculation, qu'il nota aussitôt après avoir tourné le coin de Wooster Street.

Henry avait raison. Une voiture garée, louche ou pas louche, ne susciterait aucune réaction sérieuse. Même dans ce secteur relativement calme de Los Angeles ouest, les flics avaient des choses plus urgentes à gérer. Pourtant Jacob se sentit nerveux pendant tout le chemin jusque chez lui.

Sa tension grimpa brusquement d'un cran lorsqu'il aperçut une silhouette imposante et sombre rôdant sur le palier de son appartement.

Il posa ses sacs dans l'entrée de l'immeuble, attrapa une bouteille de Jim Beam par le goulot et monta les marches en silence.

L'ampoule de son palier était grillée depuis avril. Jacob n'avait cessé de le signaler à son propriétaire, qui lui avait répondu à chaque fois : *tout de suite*. Il aurait pu s'en occuper lui-même, mais la question s'était crispée jusqu'à devenir une affaire de principe.

Vanité et connerie.

Le type appuyé contre la porte de Jacob était athlétique, le dos de son tee-shirt tendu par ses muscles tandis qu'il tripotait un téléphone portable dont la lueur bleutée découpait un crâne rasé noir.

Nathaniel, un des hommes de Mallick, faisait parfois la tranche de nuit, surveillant la rue de Jacob dans une fausse camionnette de plombier.

Mais Nathaniel n'était jamais monté jusqu'à sa porte. Ni aucun autre guetteur.

Transférant la bouteille dans sa main gauche dominante, Jacob s'arrêta à mi-hauteur dans l'escalier et aboya avec autant d'hostilité virile que possible :

« Vous cherchez quelque chose ? »

Le type sursauta en laissant échapper un petit cri, pivota, et Jacob reconnut alors un visage familier, celui de Nigel Bellamy, l'homme qui s'occupait de son père.

Terrifié.

Jacob s'aperçut qu'il n'était qu'à quelques pas de lui, brandissant la bouteille telle une massue.

« Merde, souffla-t-il en baissant le bras. Désolé, vieux, je n'avais pas vu que c'était toi.

– Tu croyais que c'était qui ? rétorqua Nigel, la main sur la poitrine, pantelant.

– Je ne sais pas. Je n'ai pas réfléchi. Je suis vraiment désolé. »

Jacob ouvrit la porte de son appartement avant de redescendre chercher le reste de ses courses.

Entre-temps, Nigel s'était affalé dans le canapé du salon, soufflant toujours comme un bœuf, se massant le sternum en caressant une petite croix en or. Il avait les lèvres desséchées, le teint préoccupant.

« Tu ne peux pas prendre les gens par surprise comme ça, dit-il. Je n'ai plus vingt ans. »

Jacob réitéra ses excuses. L'adrénaline était en train de retomber, et ça le perturbait d'avoir pu autant se planter dans sa perception, au point d'être à deux doigts d'assommer un brave homme. Nigel était sans doute la personne la plus sainte qu'il ait jamais connue. C'est lui qui s'occupait de Sam depuis la mort de…

Jacob se reprit. Il faisait souvent cette erreur.

Qui s'occupait de Sam, point.

Depuis qu'il avait banni son père de sa vie, Jacob n'avait plus de contact avec Nigel, et certains changements lui sautèrent aux yeux : il avait toujours le torse massif, mais ses bras avaient maigri et ses pattes-d'oie s'étaient creusées.

« Tu ne m'as pas prévenu que tu venais, fit remarquer Jacob.

– C'est ça, Yakov Meir, rétorqua Nigel, mets tout sur le dos de la victime. »

Jacob passa à la cuisine, avala discrètement une gorgée de bourbon, remplit un verre d'eau et revint au salon, où il s'empressa de ramasser la tornade de photos du crime et de rapports de police.

« Ça fait un bail, dit-il.

– C'est ton père qui m'a demandé de passer. »

La formulation était révélatrice : non pas « qui m'a envoyé », mais « qui m'a demandé ». Sam ne s'était jamais senti à l'aise dans le rôle d'un assisté. Et le fait que le salaire de Nigel était payé par un de ses amis fortunés, Abe Teitelbaum, n'arrangeait pas les choses. Abe avait pourtant pris soin de déguiser son acte de charité en embauchant Sam comme concierge d'un des immeubles dont il était propriétaire et en nommant Nigel son assistant. Mais ce tour de passe-passe devenait de moins en moins crédible à mesure que la vue de Sam baissait et l'obligeait de plus en plus à déléguer.

Jacob se demandait à quel point cela s'était dégradé depuis la dernière fois qu'il avait parlé à son père.

Il avait envie de poser la question.

Il se tut.

« Ça fait un moment qu'il essaie de te joindre », poursuivit Nigel.

Il termina son verre d'eau, le reposa, se redressa dans le canapé, paraissant soudain très grand.

Jacob fut parcouru par un frisson nerveux. Se pouvait-il que Nigel soit l'un d'entre eux ? Dans ses moments les plus paranoïaques, toute personne de plus d'un mètre quatre-vingts lui paraissait susceptible de travailler pour les Projets spéciaux.

Ce qui voulait dire qu'il pouvait se soupçonner lui-même.

Où est-ce que ça s'arrêtait ?

« Ça te tuerait de lui répondre au téléphone ? reprit Nigel.

– C'est débile, comme critère de décision, rétorqua Jacob.

– Supportez-vous les uns les autres et, si l'un a sujet de se plaindre de l'autre, pardonnez-vous réciproquement. De même que Christ vous a pardonné, pardonnez-vous aussi.

– Ça sonne très Nouveau Testament.

– Épître aux Colossiens, confirma Nigel.

– Ça tombe bien, ce n'est pas mon livre.

– Un bon conseil reste un bon conseil, d'où qu'il vienne. »

Jacob haussa les épaules.

« Vous avez vos différends, insista Nigel, ça ne me regarde pas. Mais ce que je sais…

– Attends une seconde, l'interrompit Jacob.

– Il souffre, et tu sais qu'il a eu assez de souffrance comme ça dans sa vie. C'est une chose que tu devrais être bien placé pour comprendre. Ton père est un homme bon, une des plus belles personnes que je connaisse. Quand tu auras un peu vieilli, tu t'apercevras à quel point c'est rare. »

Jacob se pressa une main sur le front.

« Tu n'es au courant de rien, en fait ?

– Je t'ai dit, ça ne me regarde pas.

– Qu'est-ce qu'il t'a donné comme explication ? Il a bien dû te raconter quelque chose.

– Je lui ai demandé pourquoi tu ne venais plus, il m'a dit que tu ne voulais plus lui parler.

– Il ne t'a pas dit pourquoi ?

– Non, et je n'ai pas demandé. »

Jacob s'en voulait déjà de ce qu'il s'apprêtait à faire. Mais il n'avait pas le choix.

« Toutes les semaines, dit-il, tu accompagnes mon père à Alhambra. À une maison de repos.

– Le mercredi.

– Tu n'entres pas avec lui ?

– Je le dépose devant, et je reviens le chercher deux heures après.

– Tu n'es jamais entré ? »

Nigel secoua la tête.

« À qui te dit-il qu'il va rendre visite ?

– À un ami.

– Quel ami ?

– Il n'a jamais jugé bon de le préciser. C'est son affaire.

– Il va rendre visite à ma mère », asséna Jacob.

Nigel parut faire un court-circuit. Sa tête tressauta, son front se tassa en rides.

« Ta mère est morte, dit-il.

– Non, en tout cas hier à dix-huit heures elle était en vie. Je lui ai parlé en chair et en os.

– … Je ne…

– Il a enterré une boîte vide, coupa Jacob, sans avoir l'énergie de hausser la voix. Et puis il a menti à tout le monde. Il t'a menti à toi. Plus important, il m'a menti à moi, pendant près de la moitié de ma vie. »

Nigel grimaça, chercha du bout des doigts sa croix, qu'il serra comme pour y puiser des forces.

« Je connais ton père. Il ne fait pas les choses sans avoir ses raisons.

– Tu peux m'en trouver une ?

– Je n'ai pas eu l'occasion d'en parler avec lui.

– Eh ben commence par là. Ensuite tu pourras venir me faire la leçon. »

Nigel avait les lèvres qui tremblaient. Il se leva et se dirigea vers la porte, le dos voûté. La main posée sur la poignée, il se retourna vers Jacob puis disparut sans ajouter un mot.

# 10

Brooklyn, New York
3 avril 1969

Barbara s'arrête sur le palier du quatrième pour enlever ses chaussures, grimpant le dernier étage pieds nus. Arrivée devant l'appartement familial, elle marque une nouvelle pause. La fente sous la porte est noire, le silence derrière installé et assoupi. Au-dessus de sa tête, un tube de néon bourdonne : les insectes se jettent dessus comme par dévotion.

Elle glisse sa clé dans la serrure, un cran après l'autre.

La voix de son père, dure, en tchèque : « Tu es en retard. »

Ses deux parents sont réveillés, occupant chacun une extrémité du canapé, tels deux contrepoids. Lumières éteintes. Très malin. Comment a-t-elle pu s'imaginer une seconde les duper ? Ils ont survécu à la Shoah, nom d'un chien !

« Assieds-toi », dit Jozef.

Elle s'exécute en se maudissant d'avoir été aussi idiote. Elle a pris trop de risques, à leur raconter qu'elle devait réviser trois, quatre, parfois cinq soirs par semaine. Ou peut-être que Cindy l'a trahie, agacée de ne jamais rencontrer ce fameux « petit copain », lasse des excuses de Barbara.

*Il est timide… débordé… c'est son anniversaire, il veut le passer avec moi…*

Idiote, idiote, idiote.

« Tu sais quelle heure il est ?

– À peu près trois heures et demie », répond-elle en anglais.

Il persiste en tchèque :

« Trois. Heures. Quarante-trois. »

Elle ne s'était pas rendu compte. Tout à sa joie, elle avait perdu la notion du temps.

« Pourquoi tu rentres à la maison si tard ?

– Je suis désolée.

– Je ne t'ai pas demandé de t'excuser, grommelle Jozef. Je t'ai demandé pourquoi tu rentrais si tard.

– J'ai attendu le métro longtemps. »

Il allume une lampe, elle tressaille. Il porte son bleu de travail et sa casquette, une serviette-éponge étendue sous lui pour protéger le canapé de la graisse. L'étiquette de son nom est toute noircie : JOE. Un américanisme brutal que personne n'utilise. Věra, elle, porte une robe impeccable, sans le moindre faux pli, comme si elle venait de la repasser pour l'occasion.

« D'où tu viens ? demande Jozef.

– J'ai dit que j'étais désolée.

– Tu continues à t'excuser, alors que personne ne te le demande.

– Je m'excuse quand même.

– Pourquoi ?

– Parce que tu es fou.

– Et qu'est-ce qui te fait dire ça ?

– Tu m'attends pour aller dormir, répond-elle en s'efforçant de ravaler son sarcasme.

– Et alors ?

– Alors, je suppose que tu es fou.

– C'est ça ton problème. Tu *supposes.* »

Barbara se tait.

« D'où tu viens ? répète-t-il.

– De Manhattan.

– Qu'est-ce qu'il y a, à Manhattan ? »

Elle ne peut pas s'en empêcher :

« Des pigeons.

– *Neopovažuj se* », intervient Věra. *Fais attention.*

« Qu'es-tu allée faire là-bas ? demande Jozef.

– Voir une amie.

– Ne mens pas, dit Věra.

– Je ne mens pas.

– Tu es allée voir un garçon, reprend Věra.

– Qui est cette amie ? demande Jozef.
– Vous ne la connaissez pas.
– Elle a bien un nom.
– Frayda.
– Frayda comment ?
– Qu'est-ce que ça peut faire ? Vous ne la connaissez pas.
– Réponds à ton père.
– Gonshor. Voilà. Vous êtes contents ?
– Frayda Gonshor, récapitule son père. Où as-tu rencontré Frayda Gonshor ?
– Dans la rue.
– Dans quelle rue ?
– Dans la rue, c'est tout.
– Quel genre d'amie est-elle ? »

Bina roule les yeux. Il n'y a qu'eux pour poser des questions pareilles.

« Une bonne amie, dit-elle.
– Une bonne amie ne te fait pas veiller toute la nuit », rétorque Věra.

Mais ils se trompent. C'est précisément ça que fait une bonne amie.

Tout a commencé avec ce premier dîner de chabbat.

Barbara était arrivée tôt, serrant nerveusement un bouquet de fleurs dans les mains alors qu'elle montait les trois étages jusqu'à l'appartement des Gonshor. Comme la porte était ouverte, elle avait pénétré directement dans une pièce emplie d'une lumière soyeuse, de rires animés et du doux arôme doré de la *hallah* tiède.

Et de gens. Une ribambelle de visages souriants tournés vers elle, de prénoms qu'on lui jetait au visage telles des poignées de riz à un mariage. Frayda était la quatrième d'une fratrie de six. Ses frères et sœurs aînés habitaient le quartier et étaient venus avec leurs propres enfants, comme tous les vendredis soir. Barbara souriait poliment en s'efforçant tant bien que mal de retenir toute la liste : Elie, Dina, Ruthie, Danny, Benjie, Shoshie, Yitzchak, Menachem, le petit Sruli, qui vint lui arracher les fleurs des mains.

Yonatan, le quasi-fiancé de Frayda, était un jeune homme robuste, bien proportionné, à la barbe rousse et à la mine pensive. Il salua Barbara en lui disant combien il avait entendu parler d'elle. Après quoi il se replongea dans son livre.

*Ne fais pas attention à lui*, murmura Frayda en l'attirant vers une table sur laquelle étaient disposées des bougies blanches.

Barbara imita les gestes de son amie : recueillir la lumière, se couvrir les yeux. Elle ânonna la bénédiction, syllabe par syllabe. Les fenêtres des Gonshor donnaient sur la cour intérieure de l'immeuble, et elle apercevait des dizaines d'autres flammes vacillantes. La moitié des habitants étaient juifs, lui expliqua Frayda ; beaucoup moins qu'avant, car à mesure que les familles étaient plus à l'aise financièrement, elles déménageaient dans les quartiers plus huppés du nord de Manhattan.

M^me^ Gonshor lui prit les mains dans les siennes. *Nous sommes tellement heureux de te rencontrer.*

Trois tables pliantes de différentes hauteurs s'étiraient de la cuisine à la porte d'entrée. Les chaises étaient dépareillées ; on avait rapproché le canapé pour l'occasion. Il n'y avait aucune décoration aux murs, seulement des kilomètres de livres sur des étagères affaissées. La sœur de Frayda, Naomi, poussa un hurlement alors que sa fille essayait d'atteindre la fenêtre, entrouverte afin de laisser sortir la chaleur qui se déversait de la cuisine, où l'odeur entêtante de levain se mêlait à présent à celle de la soupe de poulet, de l'ail rôti et des légumes caramélisés. Tout le monde parlait en même temps. Malgré ce brouhaha – grâce à lui –, la pièce paraissait plus spacieuse que son propre salon, étouffé de non-dits.

M. Gonshor tapa dans ses mains pour convoquer toute la famille à table. C'est de lui que Frayda tenait sa silhouette élancée. Un homme imposant, presque deux mètres de haut et, de même que sa fille, fin comme une brindille. Il enseignait les sciences sociales dans une école primaire publique mais s'habillait à la hassidique : chapeau noir et manteau en satin ceinturé à la taille, barbe noire méticuleusement entretenue.

Les chants commencèrent, bruyants, dans une pagaille joyeuse. Certains se balançaient sur place, d'autres restaient immobiles. Il semblait ne pas y avoir de règles, pourtant Barbara avait l'impression d'en enfreindre une par le simple fait d'exister. Un petit livret blanc apparut devant elle. Elle fixa le texte en hébreu, des paragraphes et des paragraphes de caractères indéchiffrables. Si ça se trouve, elle le tenait même à l'envers. Elle se sentait ignare. Elle hésita à s'enfuir en courant. Elle aurait pu, sauf qu'il pleuvait et qu'elle ne savait pas où ils avaient rangé son manteau, et sa mère l'aurait tuée si elle était rentrée sans.

Frayda glissa discrètement une main dans la sienne, la serra. *Détends-toi.*

Ils passèrent à un autre chant. M. Gonshor bénit chacun de ses enfants, un par un.

*Et bienvenue à toi, Bina.*

Personne ne l'avait jamais appelée par son prénom juif. Elle répondit avec un sourire gêné. *Merci de m'avoir invitée.*

M. Gonshor récita une bénédiction et distribua des petits dés à coudre en argent remplis de vin. La famille se leva à l'unisson – dans une cacophonie de grincements de chaises sur le parquet –, et tous firent la queue à la cuisine pour se laver les mains dans l'évier. Il y avait des casseroles et des poêles éraflées partout sur la gazinière, le plan de travail, la table, les chaises. Le four, cabossé, était à peine plus grand qu'une boîte à chaussures. Qu'il ait pu produire autant de nourriture paraissait rien moins que biblique.

*Comme ça*, dit Frayda en lui montrant comment se laver les mains avec la coupe rituelle.

De retour à table, ils rompirent le pain, et aussitôt les plats se mirent à défiler depuis la cuisine. Barbara voulut aider mais on la chassa, si bien qu'elle se retrouva seule avec M. Gonshor, qui la bombarda gentiment de questions. Que faisaient ses parents ? D'où étaient-ils originaires ? Avaient-ils modifié leur nom en émigrant ?

Plus elle répondait, plus il affinait ses demandes.

*Arrête ton interrogatoire*, lui lança M$^{me}$ Gonshor en lui tendant un plat de pommes de terre, qu'il s'empressa de passer à Barbara.

*Ce n'est pas un interrogatoire, c'est une conversation.*

Le repas était simple, savoureux, copieux. Cinq ou six discussions avaient lieu en parallèle, dont les courants pouvaient se croiser et s'emmêler. Barbara finit par avoir mal au cou à force de se tourner pour parler à untel ou untel. Une dispute éclata entre deux des enfants les plus jeunes. La paix fut négociée grâce à un énorme gâteau au chocolat.

Le raffut aurait rendu ses parents hystériques. Chez elle, ils pouvaient passer tout un dîner sans même que quelqu'un ne demande le sel.

Yonatan se leva pour débarrasser son assiette, laissant son livre ouvert à sa place. Barbara le surveilla du coin de l'œil comme si elle avait peur qu'il ne lui saute à la figure.

Frayda lui montra un passage dans le texte et lut à haute voix : « *Voici l'histoire de Noé. C'était un homme juste et intègre dans sa génération.* »

Elle fit glisser son doigt jusqu'à un paragraphe au bas de la page : « *Certains rabbins donnent à ce verset une interprétation favorable : s'il vivait parmi une génération juste et intègre, il ne pouvait que l'être davantage lui-même. Mais d'autres le voient négativement : c'est seulement au milieu d'une génération mauvaise qu'il se distinguait.* »

Elle sourit à Barbara. *C'est le contexte qui fait tout.*

Une deuxième tournée de desserts arriva. Barbara remarqua que Frayda n'avait pas touché à sa part de gâteau. Elle n'avait presque rien mangé, à vrai dire. Même chose pour M. Gonshor. Barbara se demanda comment on pouvait devenir si grand en se nourrissant si peu.

Ils récitèrent la bénédiction de fin de repas, Frayda suivant les mots du doigt dans le livret.

Quand ils eurent terminé, elle embrassa la couverture. *Tu veux rester encore un peu ? On pourrait apprendre d'autres choses.*

*Merci*, répondit Barbara, *mais je ne voudrais pas que mes parents s'inquiètent.*

Ni qu'ils appellent chez Cindy. Elle remercia les parents de Frayda et marcha jusqu'au métro, la tête gonflée de vin doux et saturée de mots étranges et enivrants.

Peu de temps après, les cours de poterie s'interrompirent brusquement. Sri Sri annonça qu'il partait en Californie rejoindre sa (très vieille et très riche) petite amie.

*Prenez votre envol, mes petits poussins*, dit-il.

Barbara remplaça les heures qu'elle consacrait à travailler l'argile par des heures dans l'appartement des Gonshor à apprendre l'alphabet hébraïque.

Bet *ressemble à une* bayit, *une maison.*

Yod *est comme une main dressée en l'air.*

Nun *dessine un nez.*

Heh *a un petit bonhomme caché à l'intérieur.*

Réussir à écrire son prénom lui procura un plaisir insoupçonné et, le printemps venu, elle dédiait autant d'énergie à l'apprentissage de l'hébreu qu'à ses études.

Les jours où elle en avait assez d'avoir le nez dans ses livres, Frayda et elle sortaient se promener dans le Lower East Side, disséquant leurs rêves, se lançant dans de grandes discussions anthropologiques sur les garçons. Ou bien elles restaient simplement assises à la cuisine, Barbara grignotant des biscuits et savourant la compagnie de gens qui – incroyable ! – parlaient. Et souriaient ! Désespérée de ne pouvoir leur apporter quelque chose en retour, elle prêtait à Frayda quelques-uns de ses livres préférés.

Une édition toute froissée et griffonnée de *La Métamorphose* de Kafka.

*La Cloche de détresse*, hérissé de pages cornées.

*Tu crois que je devrais m'inquiéter ?* demanda Frayda.

Le bonheur commençait à gagner Barbara par surprise. Elle n'avait jamais mis en doute la validité de l'équation études-boulot-argent-sécurité. Elle n'avait jamais eu l'impression qu'il manquait quelque chose à sa vie. Et elle ne s'était certainement jamais considérée dans une quête spirituelle.

Les Gonshor l'autorisaient à prétendre à la joie plutôt qu'à simplement éviter la douleur.

C'était comme si elle avait passé des années affamée sans s'en apercevoir.

Ce soir, c'était Pessah. Assise à la table des Gonshor, elle chanta les « quatre questions ». Ce rôle revenait traditionnellement au plus jeune des enfants et, quand toute la famille se leva pour lui faire une standing ovation, elle eut en effet l'impression qu'elle venait de renaître à la vie.

À présent, elle dit : « Ils m'ont invitée pour le Séder. »

Quand son père lui répond, sa voix s'est muée en un grondement sourd et menaçant.

« On ne fait pas ça chez nous.

– Parle pour toi », lui rétorque Barbara.

Son père reste muet.

« C'est mon droit, Taťka.

– Écoutez-moi ça ! s'exclame Věra en se frappant les cuisses. Elle a des droits, maintenant !

– J'ai dix-huit ans dans un mois, dit Barbara. Donc oui, de fait, j'en ai.

– Ah, très bien. Quelle grande fille tu fais. Quelle *femme*.

– Je ne vois pas en quoi c'est si grave.

– Va dans ta chambre, répond Věra.

– Vous n'avez jamais essayé, se défend Barbara. J'adore la famille de Frayda. J'adore leur vie. C'est magnifique.

– On ne fait pas ça chez nous », répète son père.

Mais la colère semble l'avoir quitté, il a l'air exténué.

« Je suis désolée si ça te contrarie, Taťka, mais c'est mon choix.

– Je compte jusqu'à dix », reprend Věra.

Comment la voient-ils ? Comme une enfant de quatre ans ? Elle ne s'attendait pas à ce que la conversation se passe bien, et c'est confirmé. Ils ne font même pas l'effort d'essayer de comprendre. Tant qu'elle y est, autant leur assener le coup de grâce.

« J'ai changé d'avis, annonce-t-elle. Je ne vais pas m'inscrire à la fac pour la session d'été. Je pars en Israël. »

Elle attend une explosion, qui n'arrive pas. Son père est devenu écarlate, une grosse veine palpite au milieu de son front, comme si son crâne allait se fendre en deux. Barbara les salue tour à tour d'un hochement de tête et va dans sa chambre.

La contre-attaque débute le lendemain matin. C'est Věra qui mène la charge.

« Nous te l'interdisons. »

Barbara pose son sac à dos sur le sol de la cuisine.

« Tu prendras des cours de physique, comme prévu. »

Barbara écarte son assiette de toasts et attrape dans son sac la boîte de *matsoth* que les Gonshor lui ont donnée. Sous le regard médusé de ses parents, elle en sort un cracker de pain azyme qu'elle pose sur une serviette.

« Tu peux me passer la confiture ? »

Věra ne sait pas quoi faire ; elle tend le pot à Barbara.

« Merci », dit cette dernière.

Le raclement du couteau sur la *matsa* est assourdissant.

Věra se ressaisit et reprend la parole :

« Tu n'iras plus voir cette personne. »

Le croustillement entre les dents de Barbara est encore plus sonore, on dirait que des bombes explosent dans sa tête.

Jozef, pas rasé, a le visage enfoui entre ses mains et marmonne.

« Je peux dire quelque chose ? demande Barbara.

– Non, rétorque Věra.

– Très bien. »

Barbara termine son petit-déjeuner. Elle se lève, embrasse son père sur le front et part en cours.

Pendant tout le mois suivant, les arguments de sa mère deviennent de plus en plus désespérés. Qui va financer ce voyage ? Comment Barbara pourra-t-elle habiter seule ? Elle ne lit donc pas les journaux ? Israël est un endroit terrible, dangereux. Une zone de guerre.

Věra ne semble pas se rendre compte qu'en posant ces questions elle reconnaît tacitement que la décision ne lui appartient pas.

« C'est un séminaire pour femmes, explique Barbara. Le rabbin responsable est l'oncle de Frayda et il me donne une bourse.

– *Une bourse…*

– C'est seulement pour l'été, Máma.

– Ça suffit largement pour sauter sur une bombe.

– C'est dans un quartier très sûr de la ville.

– Il n'y a *pas* de quartier sûr.

– C'est moins dangereux que Brooklyn. Il n'y a pas de délinquance. Les gens ne ferment pas leur maison à clé.

– Mais oui, c'est l'endroit rêvé, rétorque Věra, visiblement à bout de patience. Et comment tu sais tout ça ?

– C'est Frayda qui me l'a dit.

– Ah, bien sûr, j'oubliais. *Frayda*. Frayda sait tout.

– Elle ne m'emmènerait pas avec elle si elle pensait qu'il y avait un risque.

– Parfait, parce qu'elle part aussi ?

– Qu'est-ce que tu insinues par là ?

– J'insinue que cette personne est en train de te rendre folle. »

*Tu es en train de me rendre folle.*

« Nous allons étudier en binôme.

– Tu as déjà assez de choses à étudier ici.

– C'est important pour moi.

– Quoi ? Qu'est-ce qui est si important ?

– Mon héritage. Mon…

– *Dej mi pokoj.*

– Arrête, Máma.

– Tu ne t'es jamais souciée de ça avant.

– Parce que je n'y connaissais rien. Je suis complètement ignorante. C'est tout l'intérêt de ce séjour.

– Tu vas prendre du retard dans tes études.

– J'ai déjà mes crédits dans presque toutes les matières. Je pourrais avoir mon diplôme cet automne, si je voulais.

– Eh bien fais-le, alors. Termine tes études, ensuite on en reparlera.

– J'ai besoin de prendre un peu de distance, Máma.

– De distance avec quoi ?

– Avec la fac. Avec tout. »

La suite implicite – *avec vous* – plane en silence.

« Tu vas briser le cœur de ton père, dit Věra.

– Est-ce que tu pourrais arrêter d'être aussi mélodramatique ? Je ne suis pas mourante. Je pars pour l'été. La plupart des enfants normaux commencent à faire ça dès l'âge de six ans. »

Věra dresse un index triomphant.

« Tu n'as pas six ans, justement.

– Aaaahhh. Tu ne compr…

– Tu n'es pas normale.

– Génial, merci.

– Tu es spéciale, insiste Věra. Tu es notre fille. Notre fille unique.

– Et ce sera toujours le cas en septembre. Sauf que je serai bronzée. »

Věra ne dit rien.

« Je suis heureuse, reprend Barbara. J'aimerais tellement que tu sois heureuse pour moi. »

Silence interminable.

« Je vais lui parler, dit Věra.

– Merci, Máma.

– Il faudra que tu sois très prudente.

– Bien sûr.

– Et que tu nous écrives.

– Tous les jours.

– Ne fais pas de promesses », répond Věra.

Quoi que Věra ait bien pu dire ou ne pas dire à Jozef, ça ne fait strictement aucune différence. Dans les semaines précédant le départ de Barbara, il refuse de lui adresser la parole. Quand elle entre dans la pièce, il se lève et sort ; quand elle essaie de croiser son regard, il lui tourne le dos.

Elle se dit qu'il finira par se calmer. Mais alors que le chauffeur de taxi place sa valise dans le coffre, sa mère descend la rejoindre en secouant la tête.

Barbara lève les yeux vers la fenêtre du cinquième étage. Peut-être qu'il la regarde.

« Dis-lui que je l'aime », demande-t-elle à sa mère.

Comme celle-ci ne répond rien, elle insiste :

« Tu lui diras ?

– Il le sait.

– Redis-lui quand même. Au cas où. »

Elles s'enlacent.

« Ne pleure pas, s'il te plaît, Máma. Je reviens dans dix semaines. »

Věra s'essuie le visage et sourit, mais sa joie est crispée, fausse, inquiète.

« Oui, dit-elle. Dix semaines. »

Elle n'a pas l'air d'y croire, pourtant, et en y repensant rétrospectivement Barbara finira par se demander si sa mère n'a pas eu sans le savoir un bref éclair de prophétie.

# 11

Le dimanche matin, Jacob se leva de bonne heure et prit sa voiture pour se rendre au service de la Circulation. Les locaux étaient déserts, et il emprunta l'ordinateur d'un collègue afin d'éplucher les diverses bases de données à la recherche de crimes similaires au double homicide Duvall / White.

Même en élargissant au maximum ses critères, il ne trouva rien qui s'en rapproche un tant soit peu.

Il était surpris, et déçu. Car il était à peu près sûr que le tueur n'en était pas à son coup d'essai. Des mutilations de cette précision requéraient une certaine pratique. Et la mise en scène reflétait une logique interne, aussi tordue soit-elle.

Il avait entendu parler de tueurs en série qui arrachaient les yeux des cadavres. L'interprétation typique d'un profileur serait la suivante : la rage, puis la honte, l'assassin ne pouvant soutenir le regard de ses propres victimes.

Dans le cas de Marquessa et Thomas, ça semblait être l'inverse. Le tueur *voulait* qu'ils le regardent. Il était fier de son œuvre.

Qui étaient-ils pour lui ?

Qui étaient-ils tout court ?

Dans les notes de Ballard se trouvait le nom de la mère de Marquessa, avec une adresse dans le quartier de Watts et un numéro de téléphone qui sonna deux fois avant qu'une fillette ne réponde.

« Résidence Duvall.

– Ici l'inspecteur Jacob Lev, du LAPD. J'essaie de joindre M$^{me}$ Dolly Duvall.

– Ne quittez pas. »

Puis une voix plus vieille et plus sèche : « Ici M$^{me}$ Duvall. »

Jacob se présenta à nouveau, en disant qu'il était tombé sur le dossier de Marquessa et Thomas et qu'il aurait voulu poser quelques questions.

« J'ai déjà répondu à toutes les questions, rétorqua Dolly. Trop de fois.

– Je n'en doute pas, madame, et je suis vraiment navré de vous déranger.

– Il s'agit de ma fille et de mon petit-fils. Vous ne me dérangeriez pas si je pensais que vous aviez du nouveau à m'annoncer. Qu'est-ce que ça veut dire, vous êtes "tombé" sur leur dossier ? On dirait que c'est arrivé par accident. »

Conscient d'avoir au bout du fil une femme équipée d'un puissant radar à bobards, il choisit ses mots avec le plus grand soin.

« Je suis en train de passer en revue un certain nombre d'affaires non élucidées, et celle-ci m'a frappé droit au cœur. Je ne peux pas vous promettre de la résoudre, madame, mais je vais faire mon possible. »

Silence.

« Vous n'appelez pas au meilleur moment, finit par dire Dolly Duvall. On vient de rentrer de l'église et je dois préparer à manger.

– Y a-t-il un jour qui vous arrangerait cette semaine ?

– Vous pouvez passer demain midi.

– Je vous remercie.

– Encore une chose, ajouta Dolly en soupirant lourdement. Les autres enquêteurs sont venus avec des photos. Ne faites pas ça. »

Avant de quitter le bureau, il tapa dans l'ordinateur le numéro d'immatriculation de la Mazda verte près du 7-Eleven. Verdict : voiture volée dans le parking de son propriétaire à La Mirada.

Il composa le numéro de la supérette. Quelqu'un d'autre qu'Henry décrocha.

« Dites-lui de la part de Jacob que, s'il revoit cette voiture, il faut qu'il appelle la police immédiatement.

– Ok, chef.

– Vous n'oublierez pas de lui transmettre le message, hein ?

– Nan, chef.
– Jacob Lev.
– Ouaip. »

La dernière adresse connue de Marquessa Duvall était un bungalow en stuc rose sur Berryman Avenue, à Culver City. Comme les autres maisons du coin, on y avait visiblement injecté de l'argent pendant le dernier boum immobilier. Le toit avait l'air neuf. Des arbustes taillés en formes géométriques bordaient la petite allée qui menait jusqu'au perron. Ça aurait pu être un endroit agréable à vivre si le fond du jardin n'était pas délimité par un mur en parpaings de cinq mètres de haut derrière lequel rugissait la I-405 Sud.

Le bruit aurait facilement couvert des coups de feu.

Les relevés de la police scientifique dans la maison n'avaient rien donné. Pas de sang. Pas d'effraction. Pas de traces de lutte. Pas d'ADN inconnu, du moins pas qui puisse être relié à l'une des personnes sur la liste des suspects.

Comme scène de crime, c'était un peu aride.

Ce que Jacob recherchait était plutôt un déclic d'empathie.

Et puis, pour être tout à fait honnête, il n'avait pas d'autre point de départ.

Les actuels occupants des lieux, un jeune couple flanqué d'un shetland turbulent, n'avaient jamais entendu parler de Marquessa. La présence de Jacob semblait les affoler, si bien qu'après une rapide visite il les laissa tranquilles.

Le voisin d'à côté était un homme d'une soixantaine d'années appelé Jorge Alvarez.

« Je me souviens d'elle », dit-il.

Il invita Jacob à entrer et prit place dans un profond fauteuil en cuir vert amande. Le salon sentait le chat.

« Elle n'a pas vécu là longtemps, reprit Alvarez. Un an, un an et demi. Une chouette fille, magnifique sourire. Et son gosse, TJ, lui aussi était mignon. Très intelligent. »

Jacob enregistra l'information au passage : elle l'appelait TJ. Un simple détail qui lui rendait à la fois la mère et l'enfant beaucoup plus réels.

C'était bien, et terrible en même temps.

« Je venais jouer au ballon avec lui, poursuivit Alvarez. Ça me fendait le cœur de savoir qu'il n'avait pas de père.

– Il n'y avait pas d'autres hommes dans les parages ?

– Oh, bien sûr que si. C'était une belle femme. Une bombe, même, en toute franchise.

– Aucun qui vous ait particulièrement marqué ?

– C'est pas comme si j'avais tenu un registre. Pendant un moment, il y avait une limousine qui venait la chercher. Quand elle se garait le long du trottoir, ça bloquait mon accès. »

*Pas mentionné dans le dossier.*

« Vous en avez parlé à la police ?

– Je ne sais plus, répondit Alvarez. Sans doute, oui. Mais je vais vous dire, inspecteur, je n'ai pas apprécié la façon dont vos collègues s'y sont pris, à débouler chez moi et à fourrer leur nez partout. Je ne sais plus trop bien ce qu'on m'a demandé ou pas. À plusieurs reprises, j'ai proposé mon aide, et j'ai eu l'impression que je les emmerdais.

– Une limousine, répéta Jacob en griffonnant dans son cahier histoire de montrer à cet homme volubile qu'il le prenait au sérieux.

– Une énorme bagnole, un monstre. Marquessa sortait de la maison en robe moulante. Cette robe, je m'en souviens, parce qu'elle était brillante. Un tout petit machin à paillettes dorées.

– Vous avez pu voir qui était au volant ou à la place passager ? »

Alvarez secoua la tête.

« Une idée de l'endroit où ils allaient ?

– Je n'ai jamais demandé.

– Qui s'occupait de TJ pendant qu'elle s'absentait ?

– Elle l'emmenait avec elle.

– Dans la limousine ? »

Alvarez acquiesça.

« Qu'est-ce que vous en pensiez ? demanda Jacob.

– Comment ça ?

– Ce n'est pas ce que j'aurais imaginé a priori.

– Vous n'avez pas grandi avec une mère célibataire, hein ? »

Jacob faillit répondre : *un père célibataire.* Il fit simplement non de la tête.

« Moi oui, reprit Alvarez. Je sais les sacrifices qu'elles doivent accepter. Alors, non, je ne trouvais pas ça bizarre. Je me disais qu'elle faisait ce qu'elle avait à faire. Et puis ça n'arrivait pas si souvent. Deux fois par mois, peut-être.

– Vers quelle heure venait-il la chercher ? »

Alvarez se passa une main sur le crâne.

« Attendez, dit-il, maintenant vous me faites douter. Le soir, je crois. Et ne me demandez pas quand ils rentraient, parce que je ne les ai jamais vus. Je me couche tôt, je suis retraité.

– Retraité de quoi ?

– J'étais instituteur à l'école primaire de Stoner Avenue, répondit Alvarez en souriant à ce souvenir. Math et sciences, en CM1 et CM2. »

Jacob hésita.

« Je suis obligé de vous poser la question, monsieur : avez-vous jamais eu l'impression que Marquessa faisait payer ses services ?

– Je ne saurais pas vous le dire.

– Mais ce n'est pas un non catégorique.

– Écoutez, j'étais son voisin. Point barre. Je ne juge pas les gens. Ce qu'elle faisait de son temps libre ne me regardait pas. La limousine ? Peut-être qu'elle emmenait son fils parce qu'elle avait un petit ami friqué que ça ne dérangeait pas. Dans ce cas, tant mieux pour elle.

– Y a-t-il autre chose que vous aimeriez me dire ?

– Seulement ce que j'ai déjà dit aux enquêteurs de l'époque. Je n'imagine pas que quelqu'un ait pu vouloir du mal à cette femme. »

Jacob continua son porte-à-porte sur tout le reste de la rue, sans succès. Quand il eut terminé, le soleil mordait l'horizon. Préférant éviter la voie express saturée de voitures pare-chocs contre pare-chocs, il rentra par Venice Boulevard, ralentissant en arrivant à la hauteur de l'immeuble où vivait le D$^{r}$ Divya Das.

Il ne pouvait pas lui en vouloir pour ce long silence entre eux ; plus long, à vrai dire, que le froid entre son père et lui. Elle n'avait aucune raison officielle de chercher à le joindre. Elle travaillait pour le bureau du coroner, et lui ne s'occupait plus d'homicides.

Elle appartenait aux Projets spéciaux, et à Mallick.

Quand même, elle aurait pu appeler. Elle aurait pu prendre de ses nouvelles pendant ces premiers mois où il se réveillait toutes les nuits à force de remuer dans son lit ; elle aurait pu lui envoyer un petit mail de temps en temps. Son mutisme semblait une affaire personnelle, et même si l'attirance qu'il avait un temps ressentie pour elle s'était largement dissipée, la façon dont elle l'avait éconduit continuait à faire mal.

*Je ne suis pas comme vous, Jacob.*

C'était peu de le dire. Elle était grande, intelligente, charmante, belle, et en fin de compte pas du tout fiable. Il avait commis l'erreur de s'autoriser à la considérer comme une amie, sans doute parce que c'était la meilleure actrice de la bande.

Lui non plus n'avait pas cherché à la contacter.

Vanité et connerie.

Ce soir-là, il se gara devant son immeuble. Il pensa sonner à son interphone, préféra appeler d'abord et tomba sur sa messagerie.

« Salut, dit-il. Je suis dans votre quartier et je me demandais si je pouvais passer. Mais bon, tant pis. J'espère que vous allez bien. »

Il arriva à la maison de repos un peu après dix-neuf heures, commença par monter à la chambre récupérer le paquet de pâte à modeler dans la table de nuit de sa mère. Dans la cour, Bina était assise sous le figuier, les yeux levés vers les branchages, son plateau-repas terminé et attendant d'être débarrassé.

« Coucou, Ima. »

Une chose extraordinaire se produisit alors : ses mains cessèrent de gigoter.

Elle se retourna face à lui.

Il resta immobile, le cœur hurlant d'un fol espoir.

Parce que, oui, elle avait l'air étonnée.

Ce n'était pas son jour de visite habituel.

L'étonnement impliquait une attente préalable. Et l'attente impliquait une conscience.

La conscience impliquait davantage que ce dont tout le monde la croyait capable.

« Ima », répéta-t-il.

Elle releva les yeux vers l'arbre.

Déterminé à ne pas la perdre, il se précipita vers le banc, lâcha son sac à dos par terre.

« Hé, Ima, coucou. Comment tu vas ? J'avais envie de te voir. De prendre de tes nouvelles. »

Elle était déjà en train de repartir, ses joues s'affaissaient, son regard se brouillait.

« Il fait froid dehors. Tu veux une deuxième couverture ? Ima ? Je peux aller t'en chercher une. Ima. Une bonne couverture bien chaude… »

Il continua à jacasser. Il aurait voulu l'attraper et la secouer, lui crier dans l'oreille : *reviens !*

Inerte. Muette. Absente.

Dépité, il s'affala sur le banc, et l'espace d'un instant ils restèrent tous les deux dans le même état végétatif. Puis elle se remit à agiter les mains dans le vide.

Un passage du Talmud, comme un relent d'une vie antérieure, lui revint à l'esprit.

*Depuis la destruction du Temple, la prophétie a été retirée aux prophètes et donnée aux enfants et aux fous.*

« Marquessa », dit-il.

Aucune réaction.

« Marquessa Duvall, ajouta-t-il, la gorge nouée. Ça te dit quelque chose ? »

Bina tricotait du vide.

« Thomas White ? TJ ? C'était le fils de… »

Pourquoi faisait-il ça ?

« Le fils de Marquessa. »

Rien.

Il insista : « Tu as vu leurs photos. »

Silence, interrompu par le lointain beuglement d'un klaxon.

« Tu as vu les photos. Ima, tu m'entends ? »

Il arracha un bout de pâte à modeler qu'il commença à ramollir entre ses paumes. Elle avait séché, les couleurs malaxées ensemble créaient un tourbillon marronnasse.

« Tu as fait un oiseau. »

Il déposa la boule de pâte dans la main droite frénétique de sa mère.

« Recommence. S'il te plaît. Tu ne veux pas me refaire un joli oiseau ? »

Il lui lâcha la main. Ses doigts s'écartèrent et la boule s'écrasa mollement par terre.

Il réessaya. Elle n'arrivait pas à garder la boule dans la paume.

Il avait le dossier dans son sac, avec les photos du crime.

Il se posa une question sans détour : voulait-il l'aider ou bien l'utiliser ?

Mais l'utiliser à quelle fin, au fond ? Plus il repensait à la violente crise qu'elle avait eue, plus il était convaincu qu'elle était arrivée par hasard. Lui remontrer les photos serait parfaitement inutile.

Inutile et cruel.

Il valait mieux qu'il s'en aille avant de faire ou de dire quelque chose qu'il risquait de regretter.

« Je dois y aller, annonça-t-il en se levant. Je reviens vendredi. »

# 12

Bois de Boulogne
XVI^e^ arrondissement, Paris, France

La *police scientifique**[1] avait commencé à remballer, offrant au capitaine Théo Breton sa première occasion de réfléchir sans autre distraction. Il s'accroupit au centre de la clairière, grelottant malgré son anorak et son écharpe, réprimant la toux qui ne cessait de lui monter dans la gorge, s'efforçant de lire les arbres et d'absorber le caractère émotionnel de la scène, le trou dans la canopée formant comme le toit d'un temple païen.

Sur sa gauche, sur sa droite, les regards obscènes de la femme et de l'enfant le fixaient implacablement.

Ils étaient tous les deux habillés nettement trop léger pour la saison, elle en chemisier blanc à volants et minijupe noire, sous laquelle on voyait dépasser le haut opaque de ses collants. Des cheveux bruns huileux cachaient la moitié gauche de son visage. Une balle lui avait transpercé le milieu du front. Le garçon portait un jean et un maillot Hugo Lloris, et il avait la même blessure, comme s'il s'agissait d'un trait héréditaire, une cavité noire qui se détachait sur le reste de sa peau, laquelle avait viré au bleu foncé, presque chimique.

Breton était troublé de constater qu'il les considérait d'office comme une mère et son fils.

Un sifflement : Dédé Vallot qui faisait de grands signes pour l'avertir ; le procureur était arrivé.

1. Les mots et phrases en italique suivis d'un astérisque sont en français dans le texte. (*NdT*)

Breton se releva, ses genoux craquèrent. Il avait un terrible mal de dos, comme si une foreuse lui vrillait les reins. Il toussa dans le pli de son coude, souriant à l'homme sémillant qui s'approchait en se dandinant pour lui tendre la main.

« *Bonjour**, Théo, dit le procureur.

– *Bonjour, monsieur le procureur**. »

Breton accomplit son devoir en lui faisant faire le tour de la scène de crime. Des animaux avaient piétiné la zone, et le sol avait regelé entre-temps, laissant un vernis de glace et aucune empreinte de pas. Le type qui avait découvert les corps, un retraité sorti cueillir les champignons d'hiver, avait dû être hospitalisé à la suite d'une crise de panique, incapable de se souvenir s'il avait touché quoi que ce soit.

Le procureur s'appelait Lambert. Il était emmitouflé dans un manteau en cachemire, comme un enfant gâté, les joues cramoisies.

« Je dois vous dire, Théo, commença-t-il, qu'on s'est plaint auprès de moi que vos garçons ne facilitaient pas les choses. "Ils écrabouillent tout comme une horde de Mongols", voilà les mots de l'expert forensique. »

Breton ne releva pas. Il avait appris à cacher son mécontentement. Les procureurs intelligents savaient rester à leur place : derrière un bureau. Ils savaient ce qu'ils étaient et, plus important, ce qu'ils n'étaient pas. Ni des flics, ni des psychologues, ni des stars de télé.

« Vous devriez les garder davantage à l'œil, conclut Lambert.

– J'y penserai », répondit Breton.

Le procureur souffla dans ses mains.

« Vous avez eu la presse ? demanda-t-il.

– Pas encore.

– Sur ce genre d'affaire, ça peut être utile pour identifier les victimes. »

*Et pour avoir ta grande gueule dans le journal.*

« Bien sûr.

– Vous avez commencé à interroger le voisinage ?

– Martinez et Berline sont sur le coup.

– Je propose qu'ils concentrent leurs efforts sur l'allée de Longchamp.

– La plupart des prostituées ont filé avant qu'on puisse leur parler.

– Dans ce cas, revenez ce soir, quand elles seront de retour, rétorqua Lambert. Quelqu'un va bien la reconnaître.

– Personne, pour l'instant, répondit Breton.

– Vous l'avez dit vous-même : elles se sont enfuies. Persévérez.

– Je n'ai jamais vu une prostituée emmener son fils au boulot, objecta Breton.

– Peut-être qu'elle n'a pas trouvé de baby-sitter. Côté balistique ?

– Encore rien.

– La balle a pu se ficher dans le sol. Ou dans un arbre.

– Humm.

– Il a dû ramasser les douilles.

– Ou bien c'était un revolver, suggéra Breton.

– Oui, j'allais le dire. Vous savez, Théo, il faut aussi envisager l'hypothèse qu'ils aient été tués ailleurs. »

Breton commençait à fatiguer de ce type. Il commençait à fatiguer de tout. Son estomac bouillonnait, il avait la bouche pâteuse, la peau qui par endroits le démangeait, et à d'autres lui semblait à vif.

« Ils ont clairement été tués ailleurs, répliqua-t-il. Il n'y a pas de sang.

– Et, ajouta Lambert, se laissant entraîner par son sujet, nous avons affaire à plus d'un tueur. On ne peut pas déplacer deux corps tout seul sur une grande distance. »

*Toi non, c'est sûr, espèce de branque.*

Cela dit, Breton était bien obligé d'admettre que lui non plus, ces temps-ci.

Lambert observa la route à travers les arbres en plissant les paupières.

« Ils sont arrivés en voiture, les ont traînés jusqu'ici, sont repartis. Vingt minutes, à tout casser.

– Plus que ça », rétorqua Breton.

Le procureur fronça les sourcils, troublé d'être contredit.

« Qu'est-ce qui vous fait dire ça ?

– Il y a cent vingt mètres à parcourir sur terrain accidenté. Et les corps ont été soigneusement mis en scène.

– Ce qui corrobore mon argument de tout à l'heure, enchaîna Lambert en brandissant l'index comme un avocat en pleine plaidoirie. Toute cette agitation… les putes ont forcément remarqué quelque chose. C'est inévitable. »

Il se pencha, le visage à hauteur de celui de la femme.

« Une idée du temps qu'ils ont passé là ? » demanda-t-il.

Breton secoua la tête.

« Ils sont très bien conservés, remarqua Lambert.

– Il a fait froid.

– Ils ne se sont pas fait bouffer, je veux dire, ajouta le procureur en se redressant. Bien. Vous pouvez continuer l'enquête *de flagrance**, en tout cas pour l'instant. La question se reposera une fois qu'on aura les résultats du légiste. »

Breton opina. Ça, au moins, c'était une bonne nouvelle. Une fois que l'affaire passerait en instruction, il perdrait la main.

Lambert s'était retourné vers l'enfant.

« Quel âge il a ? Cinq ans ? »

Breton secoua la tête. Il manquait de point de comparaison, mais Pierrot Martinez, lui-même père de deux garçons, avait estimé l'âge à six ou sept ans. En notant l'anxiété dans sa voix, Breton avait eu pitié de lui et l'avait envoyé à la pêche aux témoins.

« Monstrueux », soupira Lambert.

Intérieurement, Breton était d'accord, mais il trouvait le ton théâtral du *proc** détestable.

« Ça ne vous met pas mal à l'aise ? insista Lambert. Pourquoi personne ne leur a fermé les yeux ?

– Allez-y, si vous voulez essayer », répondit Breton.

Lambert lui jeta un coup d'œil hésitant.

« On leur a tranché les paupières », expliqua Breton.

Il regarda avec un plaisir macabre les joues du procureur tressaillir.

« Ah, euh… ah bon ? »

Lambert tâtonna pour trouver ses cigarettes dans sa poche, en alluma une, tira une bouffée, pensa après coup à en offrir une à Breton.

« Non, merci.

– Vous avez arrêté ? Depuis quand ? »

Breton ne répondit pas.

Lambert aspira une deuxième taffe, profonde. Ses doigts tremblaient encore un peu.

« Enfin bref. C'est… Mais à part ça, vous, euh… vous allez bien ?

– Formidable, dit Breton.

– Occupé.

– Toujours.

– Je comprends. Personne n'est obligé d'être un héros. »

Breton le dévisagea.

« Vous conviendrez que la Crim est mieux équipée pour ce genre d'affaire.

– Je ne suis pas sûr de comprendre où vous voulez en venir, *monsieur le procureur**.

– Ne soyez pas si susceptible, Théo.

– À la Crim aussi, ils sont occupés.

– Oui, bien sûr. Des gros dossiers. Les médias. Je ne voudrais pas que vous vous sentiez submergé.

– C'est gentil de votre part.

– Naturellement. Je cherche juste à vous aider, dit le *procureur** en jetant un œil à sa montre. Bon, j'ai une tonne de rendez-vous. *Au revoir**. »

Après son départ, Dédé Vallot arriva sans se presser, en se grattant la barbichette.

« Ce type est un con, dit-il.

– Rentre au poste, lui répondit Breton en lui donnant une tape sur le bras. Commence à répertorier les disparitions inquiétantes. »

Vallot acquiesça et rebroussa chemin.

Les secouristes s'apprêtaient à emmener les corps. Breton les regarda couvrir la femme et la placer sur un brancard. Il ne les regarda pas s'occuper de l'enfant.

Une heure plus tard, alors que Breton était sur le point de quitter les lieux, Lambert eut sa revanche.

« *Bonjour, capitaine**. »

Elle lui tendit sa carte de police, sans doute pour lui montrer qu'elle aussi était capitaine. Elle s'appelait Odette Pelletier, elle était jeune, mince, plutôt jolie, les cheveux teints en blond et des yeux noirs en amande qui le décryptaient comme un scanner de supermarché.

« Le *proc** vous passe le bonjour. Il m'a demandé de vous assister. »

En règle générale, Breton adorait les femmes. Il en avait connu un certain nombre en son temps. Il n'était pas loin de se considérer comme un expert en la matière. Sa propre mère était une femme ! Mais il n'en voulait pas dans son équipe. Elles compliquaient la dynamique qu'il avait eu tant de mal à cultiver : les pauses café et cigarettes, les soirées cinéma pour aller voir des films d'action américains et japonais, les samedis dans sa maison de campagne près d'Auxerre, à taper dans un ballon de foot dégonflé.

*Vos garçons*, les avait appelés Lambert. Et c'était ça. Dans le service, on les surnommait « les Bretons », comme s'il avait personnellement engendré chacun d'entre eux.

En matière de famille, il devait se contenter de ça.

Odette Pelletier rejeta une mèche de cheveux en arrière. Elle portait une veste en cuir de motard, un jean noir et une écharpe d'un vert pétant enroulée autour du cou, dont on ne voyait plus qu'un croissant de peau blanc comme du papier sous son menton. Elle avait au poignet un gros bracelet étrange en caoutchouc du même vert. Breton s'en étonna avant de comprendre qu'il s'agissait d'un de ces bracelets connectés qui se mettaient à biper quand vous aviez atteint les dix mille pas de votre marche de la mort quotidienne. Il en éprouva un léger haut-le-cœur de mépris.

« Alors ? demanda-t-elle. Qu'est-ce que je dois savoir ?

– On ferait mieux de se retrouver plus tard, répondit-il. Vous n'êtes pas habillée assez chaudement. »

Même ses dents lui déplurent lorsqu'elle lui sourit. Trop blanches, on aurait dit une publicité dans un magazine.

« Je devrais pouvoir survivre », rétorqua-t-elle.

Comme il l'avait déjà fait pour le *procureur**, Breton la promena sur la scène de crime, montrant du doigt l'emplacement des deux corps, à présent évacués, et décrivant leur positionnement.

Elle voulut voir les photos qu'il avait prises. Il la regarda les faire défiler du bout du pouce, le visage placide et imperturbable. C'était pire que ce qu'il avait imaginé, bien pire : elle faisait partie de ces femmes qui se prenaient pour un homme.

« Lambert pense qu'on devrait chercher une prostituée qui aurait disparu, dit-il.

– Et vous ne pensez pas pareil.

– Les autres filles ne la reconnaissent pas comme une des leurs. »

Pelletier fixait attentivement l'écran de l'appareil photo.

« Elle n'est pas habillée comme une pute », commenta-t-elle.

Maintenant qu'elle était d'accord avec lui, Breton se sentait obligé de défendre la position inverse.

« Ça dépend de ce que vous cherchez chez une pute, dit-il.

– On dirait plutôt un uniforme. Une femme de chambre, quelque chose comme ça.

– Il y a des hommes qui aiment ça.

– Ah oui ?

– C'est un type de fantasme.

– Si seulement je pouvais vous avoir tout le temps avec moi. Pour m'aider à me repérer dans la jungle inextricable du cerveau masculin. »

Il esquissa un sourire.

« Si vous voulez, reprit-elle, je peux essayer de papoter un peu avec les filles de l'allée de Longchamp. Elles seront peut-être plus disposées à parler à une femme.

– Elles ne sont pas du genre timides, répondit-il.

– Pas dans le boulot. Dans cette situation, c'est différent.

– Mes hommes savent comment amadouer un témoin. »

Elle haussa un sourcil, examina de nouveau les photos.

« C'est personnel, non, vous ne croyez pas ? »

Breton se rapprocha pour voir ce qu'elle regardait : l'enfant.

« Le *proc** a parlé d'une mère et son fils, poursuivit-elle. C'est avéré ?

– L'ADN nous le dira. »

Elle lui rendit son appareil.

« Cet arrangement ne me réjouit pas plus que vous, capitaine.

– Permettez-moi d'en douter.

– Pensez ce que vous voulez. Ce n'est pas une promotion, pour moi. »

Une rafale de vent souffla à travers les arbres, arrachant quelques branches. Breton se recroquevilla dans son anorak, un réflexe qu'il regretta en voyant que Pelletier ne bronchait pas.

« Tenez », dit-elle.

Elle lui tendait un mouchoir.

« Merci, répondit-il, ça va.

– Je ne crois pas. Vous saignez du nez. »

Son visage s'était engourdi ; il n'avait pas senti le sang couler sur sa lèvre mais, quand il atteignit sa bouche, il reconnut le goût métallique et piquant. Breton prit le mouchoir et le pressa contre son nez.

« Penchez la tête en arrière, conseilla-t-elle. Et pincez.

– Je sais, rétorqua-t-il, agacé.

– Vous devriez peut-être vous écarter. Pour éviter de contaminer la scène. »

Il laissa échapper un grommellement mais se décala vers le bord de la clairière. En songeant que c'était finalement une métaphore assez juste, bien que pas très subtile : combien de temps lui restait-il avant de se faire complètement marginaliser ?

« C'est quand l'air est trop sec, dit Odette Pelletier. Moi aussi, ça me le fait. »

Le filet de sang diminuait. Breton refusa le deuxième mouchoir qu'elle lui offrait.

« Enfin bref, reprit-elle, maintenant je suis là. Alors autant tirer parti de cette opportunité, ou appelez ça comme vous voulez. »

Il balaya d'un geste flou les hectares de neige et de bois mort.

« Pourquoi vous n'iriez pas vous promener ? Voir ce que vous pouvez trouver. Le périmètre est vaste.

– Très bien. »

Elle lui adressa un salut militaire ironique et s'éloigna d'un pas brusque, anomalie vert vif dans ce paysage monochrome. Puis elle disparut tout à fait, et Breton se sentit à peine mieux.

Il appuya le plat de son pouce sous sa narine, regarda s'il y avait encore du sang. Négatif.

Plaçant ses mains en cornet, il cria à Sibony qu'il partait.

Il crapahuta entre les arbres jusqu'à la route, qu'il longea pour regagner sa voiture banalisée. Il aurait aussi bien pu venir à pied du commissariat, mais il était exténué.

Il roula environ un kilomètre vers le sud avant de se garer près d'un taillis dénudé. De la boîte à gants, il sortit une trousse en vinyle beige. Il l'ouvrit et la secoua au-dessus de ses genoux. Il en tomba un briquet jetable et un sachet en plastique contenant sept joints de marijuana.

Après avoir choisi le plus épais, il l'alluma. Il inclina le dossier de son siège, coupa la radio de la police et mit France Musique à la place. Ils retransmettaient en direct un concert du festival Umbria Jazz. Abdullah Ibrahim jouait *Damara Blue*.

# 13

Dolly Duvall accueillit Jacob à la porte de sa maison, qui constituait une intruse notable sur ce segment plutôt délabré de la 113e Rue. Boiseries extérieures fraîchement repeintes ; parterres de fleurs débordant de couleurs vives assorties à son tailleur jaune à imprimé floral, lui-même assorti à ses escarpins en lézard jaune.

« Entrez, inspecteur, je vous en prie. »

Jacob pénétra dans le salon, où régnait le même niveau de discipline, pas un napperon de travers. Des bibelots en porcelaine rangés par ordre de taille. Un mur quadrillé de photos des enfants et petits-enfants, avec Marquessa et TJ au centre.

« Ponctuel, observa Dolly. Ça me plaît. »

Il était arrivé en avance de façon à venir toquer à midi pile. Il opérait sur du temps volé. Le week-end était fini, et ses activités extrascolaires – voilà ce qu'étaient Marquessa et TJ : un projet perso – mordaient sur l'immense tâche qui l'attendait aux archives.

Mais c'était plutôt agréable de pouvoir entuber Mallick, même de façon insignifiante.

Il s'enfonça dans un canapé en brocart de couleur champagne et accepta une tasse de café, attrapant une part de gâteau aux pommes par pure courtoisie avant de s'en resservir une deuxième par gourmandise.

Dolly l'observait avec amusement.

« Vous aimez mon *crumb cake* ?

– Oui, madame. Exceptionnel.

– Je suis bien contente. Et vous devriez l'être aussi. C'est un privilège que je réserve à très peu de gens.

– Je vous en sais gré, dit-il en s'essuyant la bouche. Et merci aussi de me recevoir. Je sais que ça doit être très dur de vous replonger dans tout ça. »

Dolly s'agita, détourna la tête, comme si elle se préparait pour une piqûre.

« Allez-y, je vous écoute. »

Il ouvrit son cahier.

« Tout d'abord, je voudrais vous demander s'il y a quelque chose que vous aimeriez me dire au sujet de Marquessa. »

Elle ne répondit pas.

« À moins que ce soit trop…

– Je réfléchis, inspecteur. Ce n'est pas facile de résumer son propre enfant. »

Jacob opina.

« C'était mon bébé, reprit Dolly. Je ne la traitais pas comme un bébé, attention. Mais tous les autres, oui. Elle avait quelque chose qui vous donnait envie de la cajoler. Ses frères et sœurs se la repassaient comme une poupée de chiffon. Ils la surnommaient Dolly Deux, parce qu'elle me ressemblait beaucoup. »

Dolly Duvall avait une peau sans rides, des pommettes saillantes, des mollets élégants… un aperçu de l'avenir annihilé de Marquessa.

« Vous avez eu combien d'enfants ? demanda Jacob.

– Cinq garçons et quatre filles, que j'ai élevés seule après la mort de mon mari. Marquessa avait dix-huit ans quand elle a eu TJ. C'était comme mon fils. Mais ensuite ils ont déménagé à l'autre bout de la ville. »

Dolly but une gorgée de café avant de poursuivre.

« J'ai appris à mes enfants à choisir leur voie. Mes autres filles vivent au coin de la rue. Mes garçons aussi. Et leurs enfants, pareil. Tout le monde vient chez moi les dimanches. Marquessa a choisi de partir, ajouta-t-elle en pinçant les lèvres.

– Vous arriviez quand même à les voir souvent ?

– Je ne conduis pas.

– Je me demande pourquoi ils ont déménagé. Le père de TJ… »

Dolly l'interrompit en secouant la tête.

« Il ne venait jamais. Je lui avais interdit de mettre un pied à la maison.

– Marquessa était encore en contact avec lui ?

– J'avais cru comprendre que Thomas Sr. n'était pas considéré comme un suspect.

– Non, madame, en effet. Je vous pose la question parce que les rapports amoureux peuvent entrer en ligne de compte de différentes façons.

– Une jeune fille écervelée qui tombe sous le charme d'un garçon plus âgé parce qu'il conduit une belle voiture, ça n'a rien à voir avec l'amour. Je n'ai jamais compris ce truc avec les voitures. Dès qu'un gars se retrouve avec un peu d'argent entre les mains, c'est la première chose pour laquelle il va tout claquer : une nouvelle auto. »

Son mépris éclairait le « Je ne conduis pas » sous un jour nouveau, comme pour se placer au-dessus de la mêlée.

« Cela dit, reprit-elle, je ne vois pas comment il aurait pu s'en prendre à elle. Il était incarcéré. »

Les gens avaient des amis. Les mauvais garçons avaient des mauvais amis. Jacob s'abstint néanmoins de tout commentaire.

« Non, continuait Dolly. On ne me fera pas croire que c'est lui. Il était paresseux et rustre, mais je ne l'ai jamais vu s'emporter. »

Ayant consulté le dossier de Thomas White Sr., Jacob avait tendance à être du même avis. Un tas de condamnations pour des histoires de drogue, mais rien de violent. Par ailleurs, Ballard et Krikorian avaient tous les deux exploré à fond la piste personnelle. Jacob savait pourtant qu'une seule question négligée pouvait se révéler désastreuse.

« Comment se fait-il que Marquessa ait déménagé ? demanda-t-il.

– Elle ne pouvait pas obtenir ce qu'elle voulait en restant vivre ici avec moi. Alors je lui ai dit : "Très bien, va le chercher ailleurs."

– Qu'est-ce qu'elle voulait ?

– De l'argent. Elle a toujours eu le goût des belles choses. Elle découpait des photos dans les magazines de mode de ses sœurs et se pavanait avec dans toute la maison. Tout le monde riait et elle devenait le centre de l'attention. C'était mignon quand elle avait quatre ans. Ensuite elle a grandi, et on a commencé à se taper sur le système. Vous savez comment on se sent quand on a élevé neuf enfants ? »

Jacob secoua la tête.

« Fatigué, dit Dolly. On se sent fatigué de chez fatigué. Marquessa, je l'adorais, mais elle était tout le temps à discutailler, et moi j'en avais assez de discutailler. Je vous refais un café ?

– Je veux bien, merci. »

Elle s'absenta plus longtemps que nécessaire, et quand elle revint de la cuisine Jacob nota qu'elle s'était remis du rouge à lèvres.

« Marquessa disait qu'elle voulait devenir actrice, reprit Dolly en se rasseyant. Je lui ai demandé pourquoi elle avait besoin de déménager si loin, elle m'a répondu qu'il fallait qu'elle se rapproche de l'action.

– De l'action, c'est-à-dire… ?

– Les gens du cinéma, j'imagine. Et c'est vrai qu'elle a bossé, je ne peux pas lui enlever ça. Elle ne m'a jamais demandé un centime. Elle payait ses factures toute seule.

– En faisant l'actrice.

– Surtout du mannequinat. Il faut dire qu'elle avait des arguments. C'était bien le problème. »

Il attendit en vain qu'elle développe.

« À part le père de TJ, finit-il par reprendre, il y avait d'autres hommes dans sa vie ? »

Dolly se raidit.

« J'ai déjà parlé de tout ça aux enquêteurs précédents.

– Je sais, madame.

– Une fois qu'elle n'habitait plus sous mon toit, elle pouvait faire ce qui lui chantait.

– Elle avait un agent ? Un manager ?

– Elle ne me racontait pas ces choses-là. Sa sœur doit savoir. Elles étaient proches. Je peux l'appeler si vous voulez.

– Ça ne vous ennuie pas ? Ce serait très utile. »

Dolly quitta une nouvelle fois la pièce, donnant l'occasion à Jacob de chaparder une troisième part de gâteau.

« Farrah arrive tout de suite, annonça Dolly en revenant, avant d'ajouter avec un coup d'œil vers l'assiette à moitié vide : Je vois que vous avez de l'appétit. Prenez-en une autre.

– Merci. Ce ne serait pas raisonnable.

– Bon, comme vous voulez. »

Il laissa la conversation glisser vers des sujets plus ordinaires : le temps, le jardinage. Dix minutes plus tard, la porte d'entrée s'ouvrit et une femme entra. Farrah Duvall était plus robuste que sa sœur mais quand même saisissante. Trois petits garçons arrivèrent en courant derrière elle. En voyant Dolly, ils se mirent au garde-à-vous.

« Bonjour Mamie.

– Bonjour Mamie.

– Bonjour Mamie. »

Dolly les inspecta, rajusta leur tenue çà et là, leur donna à chacun un bout de *crumb cake* sur une serviette en papier puis les envoya jouer dans le jardin. Quand ils eurent disparu, elle lança un regard courroucé à Farrah.

« Tu ne m'avais pas dit que tu amenais les enfants.

– Maman. Qu'est-ce que tu voulais que je fasse ? Que je les laisse tout seuls pour qu'ils me détruisent la maison ?

– Prends du gâteau, rétorqua Dolly en secouant la tête.

– Je n'ai pas faim. »

Dolly roula les yeux. Farrah s'assit dans un fauteuil.

« Ma mère m'a dit que vous vouliez savoir si ma sœur avait un agent », commença-t-elle en tendant à Jacob une carte de visite argentée toute plissée.

**$A^2$ TALENT**

Un site Internet et rien d'autre. Le commerce à l'ère numérique.

« Je peux la garder ? » demanda-t-il.

Farrah hocha la tête.

« Merci. Vous avez une idée du genre de photos pour lesquelles Marquessa posait ?

– Des vêtements, répondit Dolly. J'ai certains de ses catalogues.

– Dans le dossier, il est écrit qu'elle faisait aussi des boulots d'hôtesse, ajouta Jacob.

– Peut-être bien, répondit Farrah.

– Hôtesse dans des soirées privées ? insista-t-il en songeant à la limousine que lui avait décrite Jorge Alvarez. De l'événementiel ?

– En tout cas elle ne se privait pas de me faire savoir qu'elle menait la belle vie, intervint Dolly. Qu'elle était payée juste pour être là et avoir l'air jolie. "C'est tout ce que j'ai à faire, maman, paraître sexy."

– Elle avait un petit ami ? » demanda Jacob à Farrah.

Cette dernière haussa les épaules de façon évasive, mais Jacob la vit se tortiller dans son fauteuil. Il aurait bien voulu que Dolly sorte surveiller les garçons – il les entendait faire un raffut de tous les diables –, afin de pouvoir parler à Farrah sans être chaperonné. Mais quand un de ses fils se mit à pleurer, elle se leva en soupirant pour aller le voir.

« Encore un peu de *crumb cake* ? » proposa Dolly.

Il repartit l'estomac plein, mais pourtant sur sa faim. Il démarra la Honda, enclencha la marche arrière.

Farrah déboula de la maison, un sac en plastique à la main.

Jacob baissa sa vitre.

« Elle veut que vous emportiez le reste du gâteau », dit-elle.

Il ne put s'empêcher de rire.

« Merci. »

Farrah souriait d'un air gêné en se balançant nerveusement d'un pied sur l'autre.

« Je n'aime pas en parler devant ma mère, parce que ça l'énerve. Mais dans les deux mois précédents, Marquessa commençait à avoir un comportement bizarre.

– Bizarre comment ?

– Pas bizarre, non, je retire. Plutôt genre… Bon, d'accord, elle a toujours aimé frimer en se vantant de ceci ou cela. Mais là, tout à coup, elle avait du fric pour le prouver. Ne me demandez pas d'où elle le sortait. Je vous le dirais si je le savais.

– Un de ses voisins m'a raconté qu'une limousine venait la chercher de temps en temps.

– Ça ne me surprendrait pas. Elle travaillait dans des trucs événementiels, comme vous disiez. Elle m'en parlait. Du genre, ils la mettaient en string et elle devait monter sur une table et remuer des fesses. Je me souviens qu'une fois elle m'a rapporté un sac qu'on lui avait offert, avec des tonnes de surprises à l'intérieur, des chèques-cadeaux et même une paire d'écouteurs à trois cents dollars. Et c'était un super beau sac, pas un machin en plastoc. Je l'ai encore. La carte que je vous ai donnée, c'est de là qu'elle vient. Moi j'étais là : "Ils t'ont filé ça comme ça ? *Gratos ?*" Elle m'a répondu que tous les mannequins en avaient eu un. Alors je me suis dit : "Merde, faut vraiment que je perde ces dix foutus kilos."

– Elle traînait avec des gens friqués, quoi.

– Exactement.

– Elle n'a jamais mentionné de noms ?

– Je lui ai demandé plusieurs fois. Genre, si elle connaissait des stars. Mais à chaque fois elle prenait ses grands airs : "Ça, j'ai pas le droit de te le dire." »

Une brise se leva. Farrah croisa les bras pour se réchauffer.

« Je suis désolée, reprit-elle. Je sais l'impression que je dois vous donner. Pendant longtemps, j'ai été en colère. Je pensais que c'était de sa faute si elle s'était attiré des ennuis. Maintenant je suis seulement triste. »

Jacob hocha la tête.

« Ma sœur… » commença Farrah avant de se raviser et de se taire.

Puis, finalement : « Ma sœur avait de la dignité. Elle estimait que les gens devaient la traiter comme une princesse, du coup c'est ce qu'ils faisaient. »

Le rideau de la fenêtre donnant sur la rue s'écarta, et le visage de Dolly apparut. Elle toqua vigoureusement à la vitre.

« Il faut que j'y aille », dit Farrah, et elle fila vers la maison en quatrième vitesse.

Jacob brandit le sac en plastique à bout de bras, mima un « merci » silencieux en direction de la fenêtre.

Dolly laissa retomber le rideau.

# 14

Les jours suivants, Jacob retourna aux archives où il reprit sa routine : lire, taper à l'ordinateur et libérer des insectes contre leur gré. Marquessa et TJ n'étaient jamais loin de ses pensées. Il emportait leur dossier avec lui quand il quittait le hangar. Pas pour le lire ; il l'avait déjà parcouru dans tous les sens. Juste pour l'avoir. Pour se rappeler qu'il était encore enquêteur.

Par un mercredi glacé, il entendit des pas s'approcher entre les rayonnages et une voix familière et chantante appeler son nom.

« Par ici ! » répondit-il.

Le spectaculaire mètre quatre-vingts de Divya Das jaillit alors de la pénombre comme une allumette qui s'enflamme. Elle portait un pantalon de lin blanc – un choix osé pour une experte forensique – et une tunique en soie dans son orange favori. Ses longs cheveux noirs lui mangeaient une épaule. Elle avait les yeux immenses et pétillants, la bouche amusée alors qu'elle parcourait du regard le triste petit fief de Jacob.

« C'est donc là qu'ils vous ont casé.

– J'ai toujours eu une vision romantique de l'exil.

– Il fait un froid de canard, ici. Comment vous arrivez à tenir ? »

Il désigna son petit chauffage d'appoint.

« Ces trucs-là n'ont pas leur pareil pour provoquer des incendies, fit-elle remarquer.

– Il faut l'espérer, rétorqua-t-il en balayant d'un grand geste les hectares de paperasse. Ça m'économiserait un paquet de travail. »

Divya éclata de rire.

« Vous avez déjeuné ?
– Non.
– Vous voulez de la compagnie ?
– C'est vous qui payez ?
– Vous avez du culot ! Bon, d'accord, je suis d'humeur prodigue.
– Parfait. En échange, on peut prendre ma voiture.
– Non, dit-elle en éteignant le chauffage. Je préfère conduire. »

Il se souvenait de sa vieille automobile, une Toyota gris métallisé qui datait du siècle précédent. L'évolution le laissa bouche bée.

Une Corvette orange, jantes chromées, discret petit aileron à l'arrière.

Elle posa une main attendrie sur le capot.

« Ça rend les trajets plus agréables », dit-elle.

Jacob eut tout juste le temps de boucler sa ceinture avant qu'elle ne démarre en trombe dans un jet de graviers.

Comme le hurlement du moteur anéantissait toute velléité de conversation, il se cala dans le fond de son siège. Il était difficile de ne pas voir la main de Mallick dans cette visite surprise. Le message que Jacob avait laissé sur le répondeur de Divya ne mentionnait rien de sa nouvelle affectation, pourtant elle semblait l'avoir localisé sans peine.

Bien que content de la voir, il ne pouvait pas perdre de vue le fait qu'au bout du compte elle était des leurs.

Naviguant dans les rues de la ville à une vitesse périlleuse, elle s'arrêta au niveau d'un centre commercial sur Rosemead Boulevard.

« Votre prime, dit-il une fois qu'elle eut coupé le moteur.
– Pardon ?
– Après l'affaire Pernath, j'ai reçu un chèque de dix mille dollars. Même si, bon, ajouta-t-il en tapotant le tableau de bord, ça ne doit même pas couvrir l'apport initial pour un engin pareil. »

Divya haussa les épaules.

« Il paraît que vous n'avez pas encaissé le vôtre.
– Il faut plus que ça pour m'acheter.

– Quel cynisme. Pourquoi ne pas simplement le voir comme la récompense d'un travail bien fait ?

– Je comprends qu'ils essaient de me soudoyer. Je suis censé faire semblant que ce qui s'est passé ne s'est pas passé. Mais vous, pourquoi ? »

Ils étaient garés devant un restaurant baptisé *Saveurs de Bombay.* Divya avait toujours les mains agrippées au volant, une rangée de bracelets en verre tintant à ses fins poignets cannelle.

« Je vous l'ai déjà dit, répliqua-t-elle. Nous ne sommes pas tous les mêmes.

– Ah non ?

– Non. Et franchement, je me sens insultée que vous sembliez l'ignorer encore.

– Vous prenez vos ordres de Mallick.

– Vous aussi », rétorqua-t-elle.

Il ne releva pas.

« Vous devriez apprendre à reconnaître vos amis, ajouta-t-elle.

– C'est bon, ici ? demanda-t-il en jetant un coup d'œil vers le restaurant.

– Google a l'air de le penser.

– Vous n'êtes pas obligée de m'emmener manger indien. Je ne vous emmènerais pas manger du *gefilte fish.*

– Dieu merci », dit-elle en retirant la clé du contact.

La salle était bondée. Un serveur leur tendit des menus, mais sans grand enthousiasme, sachant pertinemment qu'ils allaient opter pour le buffet à volonté à 8,95 $.

« Allez-y d'abord, suggéra Divya, je garde nos affaires. »

Jacob prit place dans la file et remplit une assiette de riz, de *dal*, de *saag paneer* et d'agneau *tikka masala.*

Pendant son absence, une corbeille de *naan* était apparue sur la table, ainsi que deux gobelets d'eau. Il étala sa serviette sur ses genoux, attendant que Divya aille se servir au buffet. Elle ne bougea pas.

« Commencez, dit-elle. Ça va refroidir.

– Vous n'allez pas me laisser manger tout seul ? »

Elle se leva pour aller faire la queue, revint avec une assiette quasiment vide.

« Je suis désolée d'avoir raté votre appel l'autre jour, dit-elle. J'étais sortie.

– Ce n'est pas comme si je vous avais prévenue à l'avance.

– Qu'est-ce qui vous amenait dans mon coin ?

– Dites donc, ça n'aura pas mis longtemps, répondit-il avec un grand sourire en plongeant un morceau de *naan* dans ses épinards.

– On discute, Jacob, c'est tout.

– Peut-être que j'ai été happé par les mystères de Culver City.

– Je vous ferais remarquer que c'est vous qui m'avez appelée. Je suis curieuse, c'est normal. »

C'était vrai. Elle n'avait jamais rien fait qui justifie qu'il se méfie d'elle ou qu'il lui en veuille.

Mais quand même : une des leurs.

« Je sais que tout ça vous a énormément chamboulé, reprit-elle. Et ça se comprend. Ce que vous avez vu cette nuit-là… pas une personne sur terre n'est capable de le digérer mentalement. Pas même vous. »

Il laissa échapper un ricanement de mépris.

« Ne vous rabaissez pas, dit-elle.

– Ça fait partie de mon charme », répondit-il.

Elle sourit, tendit le bras en travers de la table et lui attrapa la main. Il fut trop surpris pour se reculer à temps et, une fois le contact établi, il ne vit pas de raison de ne pas se laisser faire.

Il dit : « Je suis en train d'enquêter sur une affaire. »

Elle hocha la tête comme si elle le savait déjà.

Peut-être qu'elle le savait déjà.

Mais elle avait la peau tiède et réconfortante, comme des braises à la fin d'une longue nuit. À cet instant, il se fichait pas mal qu'elle soit ou pas en train de le manipuler. À cet instant, il se foutait de tout sauf d'une femme morte et de son fils.

« Vous avez envie d'en parler ? » demanda-t-elle.

Il avait envie.

« Voilà tout ce que je sais pour l'instant. »

Le restaurant s'était vidé. Jacob avait terminé son assiette, s'était relevé pour se resservir.

Divya n'avait même pas déballé ses couverts. Les mains jointes sous le menton, elle fixait son assiette intacte.

« Les enfants, ça m'atteint toujours », dit-elle.

Jacob opina.

« Qu'est-ce que ça vous inspire ? »

Elle semblait réticente à s'exprimer. Mais elle prit sur elle.

« La mutilation, commença-t-elle. Votre description me fait penser à quelqu'un qui aurait une expérience en chirurgie.

– J'ai eu la même idée. Un médecin, un dentiste, un infirmier, un véto. Le dossier ne mentionne personne qui remplisse ce critère, mais il est loin d'être complet. Vous avez déjà entendu parler d'une chose pareille ? Seulement les paupières ?

– Dieu merci, non.

– Quand je me suis rendu sur place, une image étrange m'est venue. Les gosses, vous voyez comment ils disposent leurs animaux en peluche ?

– Comme un public.

– Exactement. Je ne sais pas trop ce que ça peut vouloir dire. Marquessa était mannequin, elle avait l'habitude d'être regardée. De poser.

– Le tueur aurait voulu inverser le procédé ?

– Peut-être. Je n'en sais rien. J'ai essayé d'appeler l'agence, ils n'arrêtent pas de me balader. Dès que j'ai un moment, je vais y aller en personne. »

Il tourna sa cuillère dans son bol de riz au lait.

« Je vous serais reconnaissant de dire à Mallick que je m'applique avec zèle à ma mission et rien d'autre, ajouta-t-il.

– Promis.

– J'aimerais tellement vous croire.

– Eh bien croyez-moi. »

Jacob eut un sourire triste. Il désigna l'assiette de Divya d'un hochement de menton.

« Vous ne mangez jamais ?

– Votre histoire m'a coupé l'appétit. »

Ça, pour le coup, il n'en croyait pas un mot. En règle générale, les experts forensiques avaient les estomacs les mieux accrochés. On voyait régulièrement des paquets de chips ouverts sur les tables d'autopsie.

« Ce n'est pas seulement cette fois, dit-il. Pas seulement vous. Tous. Mallick. Schott. J'ai acheté un baklava à Mel Subach l'an dernier et il m'a fait tout un cinéma comme quoi il ne pouvait pas y toucher parce qu'il était au régime.

– Et il a bien raison, répliqua Divya. C'est un molosse.

– Apparemment pas à cause d'un excès de calories. »

Elle déchira un morceau de *naan* dans la corbeille et se le fourra dans la bouche, mâchant avec effort, son long cou agité de convulsions, les larmes aux yeux alors qu'elle s'acharnait à le faire descendre. Jacob commença à s'inquiéter qu'elle s'étouffe.

« Hé ! dit-il. Doucement. »

Elle eut un haut-le-cœur, se frappa la poitrine.

« Ça va ? » demanda-t-il.

Elle attrapa son verre d'eau, en but une gorgée avec dégoût et lui montra sa bouche vide.

« Content ? » fit-elle.

Elle avait la voix rauque et les yeux embués.

Jacob était abasourdi.

« Je ne voulais pas vous obliger à…

– Laissez tomber, le coupa-t-elle. S'il vous plaît. »

Silence.

« Je suis désolé », dit-il.

Elle sortit un billet de vingt dollars.

« Ne vous en faites pas, précisa-t-elle. C'est de l'argent que j'ai gagné moi-même. »

# 15

Aéroport de Lod, Israël
2 juin 1969

Les hôtesses d'El Al retiennent leur petit chapeau d'une main et agitent l'autre pour contenir l'afflux de passagers dans le couloir.

Les enfants pleurnichent, les adultes poussent et les sacs pleuvent des compartiments à bagages. Quatorze heures de vol, et Barbara n'a pas fermé l'œil une seconde. Groggy, déshydratée, elle s'agrippe à la manche de Frayda, et ensemble elles progressent tant bien que mal vers la sortie.

Quand elles mettent enfin un pied sur la passerelle, elles sont frappées de plein fouet par une explosion de chaleur et de lumière. Barbara hésite en haut des marches, clignant des yeux, et la vieille dame derrière elle lui balance un coup de coude dans le dos.

*Eh bien ?*

Elle descend l'escalier d'un pas trébuchant. Le comité d'accueil consiste en deux minibus rouillés qui crachent des nuages de gaz d'échappement. Quelques personnes sont déjà montées à bord et tapent du pied impatiemment, attendant qu'on les conduise jusqu'au terminal. Mais la plupart des passagers se sont mis à quatre pattes pour poser leurs lèvres sur le tarmac craquelé et taché d'huile. Ils pleurent et récitent des prières.

*Loué sois-Tu, Éternel notre Dieu, roi de l'univers, qui nous a donné vie et permis d'atteindre cet instant.*

Frayda tombe à genoux.

Barbara se laisse tomber à côté d'elle, tremblante. Des graviers lui rentrent dans les paumes.

Elle embrasse le sol.

Sa première impression de la terre d'Israël, foyer ancestral de son peuple, sera à jamais celle d'une douleur aux mains, de la puanteur âcre du kérosène et d'une couche de poussière sacrée qui lui tapisse la langue.

Le séminaire pour femmes de Soulam se trouve à Bayit VeGan, une banlieue à l'ouest de Jérusalem, au sommet d'une colline qui forme la troisième pointe d'un triangle avec l'hôpital Chaare Tsedek et le mémorial de Yad Vashem.

*Soulam*, explique Frayda, signifie « échelle » en hébreu.

*Bayit VeGan* signifie « une maison et un jardin », et c'est à peu près en cela que consiste cet endroit, ou du moins consistait avant que l'oncle de Frayda, Rav Kalman, ne l'achète : un vague tas de pierres de Jérusalem posé au bout d'une impasse en terre battue.

Barbara traîne ses valises jusqu'à un hall d'entrée étouffant obscurci par des volets en métal, où flotte une légère odeur de soupe aux nouilles. Elle regarde autour d'elle pour repérer d'où ça vient, mais il n'y a rien en vue, et au bout d'un ou deux jours elle finira par comprendre que toute l'école sent comme ça, tout le temps, un arôme fait à parts égales de sueur humaine salée et de papier farineux, avec une touche finale de colle à relier.

Des livres s'alignent sur des étagères en parpaings sur trois rangées de profondeur.

Des livres sur les tables, les chaises ; des livres en guise de revêtement de vieux meubles de récup.

Des livres pour seule décoration, à part la petite tapisserie fixée par un clou dans le plâtre grisâtre, sur laquelle est brodé un verset en lettres dorées.

*Médite-le jour et nuit.*

Des livres, paysage mouvant, comme la ville de Jérusalem elle-même. Sortez-en un, quittez la pièce et il pourra très bien réapparaître ailleurs, ouvert à une autre page. Le même principe de propriété collective s'applique aux brosses à cheveux, aux crayons, aux chaussettes, aux cosmétiques… un assouplissement des frontières entre le *tien* et le *mien*.

Le corps étudiant se compose de sept filles, dont Frayda et elle, plus deux Israéliennes et trois Anglaises. Toutes sauf Barbara ont reçu une éducation religieuse. Toutes sauf Barbara parlent hébreu.

Si bien qu'elle est pour les autres un objet de fascination. Pourquoi est-elle venue ici ? Ce n'est pas agressif, simplement une marque d'intérêt amical. Elles connaissent la réponse littérale : elle est venue parce que Frayda l'a amenée, et Frayda est venue parce que son oncle est le directeur du séminaire.

Mais *pourquoi* ?

À l'étage se trouvent deux chambres, très très en dessous du standing américain. Une géométrie miraculeuse a permis à Rav Kalman de caser trois lits dans chaque. Les Anglaises – Wendy, Dafna et Margalit – campent ensemble tandis que Barbara s'installe avec les Israéliennes, deux filles chaleureuses de vieilles familles hiérosolymites. En théorie, cet arrangement est censé l'aider à pratiquer son hébreu, sauf que ses camarades ne veulent que lui parler anglais afin de faire elles-mêmes des progrès dans cette langue.

« Je suis ravissante de faire ta connaissance, dit Zahava.

– *Ravie*, rectifie Barbara. Je suis *ravie* de faire ta connaissance.

– Ah oui ?

– Tiens, dit Shlomit, tu aimes le *petel* ? »

Méfiante, Barbara trempe les lèvres dans un verre contenant un liquide rouge, tellement sucré qu'il en est presque amer.

« Mmmm ! s'extasie-t-elle.

– Prends-en plus », l'encourage Shlomit.

Barbara a presque toute la commode pour elle. Elle n'a pas emporté grand-chose, mais les deux Israéliennes – et d'ailleurs les autres filles aussi – ne possèdent quasiment rien ; ça ne les dérange pas de porter la même jupe deux semaines d'affilée. Barbara essaie de les imiter, de simplifier. Sous la douche, elle coupe le robinet pendant qu'elle se lave les cheveux, histoire d'économiser l'eau.

Le shampoing lui coule dans les yeux ; elle l'essuie, baisse la tête et pousse un cri.

« Qu'est-ce qu'il y a ? demande Zahava en accourant. Quoi ? »

Barbara ne peut que montrer du doigt le cafard géant qui est sorti de la bonde.

« Ah oui, dit Zahava. Un moment. »

Elle appelle Shlomit, qui les rejoint dans la salle de bains.

« Ouah ! s'exclame Shlomit, regarde-moi ce *djouk* !

– Tuez-le ! hurle Barbara, recroquevillée dans le coin, toute savonneuse. *Tuez-le.* »

Mais les deux filles sont en train d'admirer l'insecte, cherchant à estimer sa taille à l'aide de leurs mains.

« Ce *djouk*, observe Zahava avec philosophie, est un *djouk* raffiné.

– Tuez-le *tout de suite.* »

Avec un soupir de regret, Shlomit enlève sa sandale et l'écrase par terre, projetant des bouts de carapace et d'entrailles.

*Médite-le jour et nuit.*

Il n'y a pas de programme de cours, pas de véritable emploi du temps. À six heures et demie le matin, tout le monde est debout et prie… tout le monde sauf Barbara, qui reste plantée là avec son *siddour* ouvert, sa vue se brouillant devant ce marécage de mots.

Après cela, elles prennent un petit-déjeuner composé de concombre en tranches, de feta et de thé. La femme de Rav Kalman, Rivka, fait office de mère poule et de cuisinière. Son mari et elle constituent l'intégralité du personnel, à moins de compter Moshe, le vieux bricoleur yéménite qui parcourt le quartier sur son vélo bringuebalant et qui passe si besoin réparer une fuite ou déboucher les toilettes. Tout ça a un petit goût d'aventure, de vie improvisée, comme s'ils faisaient du camping en intérieur. Tout le monde est censé mettre la main à la pâte, et les filles aident à tour de rôle en cuisine.

Toutes sauf Barbara, qui ne connaît rien aux règles de la cacherout. Le troisième jour, elle provoque un mini tohu-bohu en utilisant une fourchette à viande pour attraper un bout de fromage, si bien que tout le bloc doit être jeté à la poubelle, et l'ustensile évacué illico afin d'être enterré dehors le temps de se purifier.

Frayda lui pose une main rassurante sur l'épaule.

« Ce n'est pas grave. Tu ne savais pas. Tu vas apprendre. »

Barbara s'efforce de contenir des larmes d'humiliation. C'est pour ça qu'elle est là : pour apprendre.

Mais comment ?

À force d'erreurs ? Jusqu'à ce que toutes les fourchettes soient plantées dans la terre ?

*Chers Máma et Taťka, Israël est un pays fabuleux et je m'amuse énormément.*

Pendant la session du matin, les filles se mettent par deux pour étudier des passages du Talmud et leurs commentaires. Officiellement, Barbara est la troisième roue de l'attelage Frayda-Wendy. En fait elle passe la majeure partie des trois heures à errer dans la pièce comme un électron à la dérive, noyée dans l'araméen et l'hébreu.

Les autres font de leur mieux pour l'inclure, et en surface elle leur témoigne toute sa gratitude, mais au fond elle sombre de plus en plus dans le désespoir.

*Chers Máma et Taťka, chaque jour j'apprends de nouvelles choses.*

Comment Frayda a-t-elle pu avoir l'idée de l'amener ici ?

Et elle, comment a-t-elle pu avoir l'idée de la suivre ?

*Médite-le jour et nuit.*

Sur le coup de onze heures, Rav Kalman apparaît, un sourire béat à travers sa luxuriante barbe poivre et sel qui s'accroche comme de la mousse à la majestueuse falaise mordorée de son visage. Il est très grand, le plastron de ses chemises toujours tendu à l'extrême. Chaque fois qu'elle le voit, Barbara se contracte instinctivement, craignant qu'un bouton ne saute et ne vienne lui crever un œil.

« Bonjour, mes chères et saintes enfants. »

Les filles se lèvent respectueusement. Puis elles se rassemblent autour de la table du réfectoire pour écouter sa leçon, également en hébreu. Barbara voit bien qu'il parle lentement exprès pour elle. Ça n'en reste pas moins un torrent de mots. Même avec Frayda qui lui traduit tout à l'oreille, elle ne saisit au mieux qu'un demi pour cent, et elle s'en veut de gêner la compréhension de son amie.

« Ça ne me dérange pas, insiste Frayda. Et puis sinon, comment veux-tu apprendre ? »

Bonne question.

*Chers Máma et Taťka…*

Au déjeuner, c'est encore des légumes et du fromage, suivis d'un après-midi d'étude libre, les filles formant de nouveaux binômes pour réviser la Torah ou les Livres des Prophètes.

Elles se débrouillent toutes seules pour le dîner. En bande, elles descendent la piste en terre jusqu'au stand de falafels voisin, où pour trente *agorot* on peut s'acheter une pita tiède et souple farcie de boulettes de pois chiches dures comme des cailloux, de houmous sec et de tomates aqueuses, le tout arrosé d'une canette de Tempo Cola.

Barbara se tient sur le bord de la route, elle mastique en contemplant le coucher du soleil, pareil à du miel sur les façades en calcaire blanc. Au nord, le mont Herzl pointe à travers la brume soulevée par une frénésie générale de constructions tous azimuts.

« Alors ? demande Wendy. Qu'est-ce que tu en penses ? Magnifique, non ? »

Barbara sourit et lutte pour retenir ses larmes.

Un jeudi soir, découragée et épuisée après une nouvelle journée improductive, elle sort de son lit à quatre heures du matin.

*Bayit VeGan* ; une maison et un jardin.

Le jardin derrière le séminaire de Soulam est une petite parcelle de terre brute creusée dans le flanc escarpé de la colline et accessible par une échelle branlante. Il n'y pousse rien à part un austère arbre noueux aux feuilles oblongues et grises. Parfois elle sèche la session de l'après-midi pour venir s'asseoir sous ses branches, à broyer du noir en planifiant son évasion.

Le plus difficile, ce sera le regard dans les yeux de son père quand elle admettra son échec.

Elle descend l'échelle dans le clair de lune, immédiatement soulagée en touchant le sol : elle va enfin pouvoir pleurer en paix.

Sauf que non.

Rav Kalman est assis contre le tronc de l'arbre, un livre sur les genoux et une lampe-stylo dans une main.

Il a les yeux fermés, son large torse se gonfle et retombe à intervalles réguliers.

Elle pivote pour repartir, posant sans bruit un pied sur le premier barreau.

« Bina.

– Pardon, dit-elle, le cœur battant. Je ne voulais pas vous réveiller.

– Mais pas du tout. Je ne dormais pas. Viens me rejoindre », ajoute-t-il en fermant son livre et en tapotant le sol à côté de lui.

Elle hésite, puis va s'asseoir par terre, adossée au renflement du mur de soutènement.

« Tu as du mal à dormir ? » demande Rav Kalman.

Elle hoche la tête.

« Moi aussi. Je pourrais te faire la lecture, suggère-t-il en soulevant son livre. Ça t'assommerait d'un coup. »

Elle esquisse un sourire.

« Qu'est-ce que tu as là ? » l'interroge-t-il.

Elle découvre le paquet dans sa main avec étonnement. Elle avait oublié qu'elle l'avait pris.

« De l'argile.

– Je vois », dit-il, sans qu'elle puisse savoir s'il désapprouve.

Ce n'est pas vraiment de l'argile, mais de la pâte à modeler. Elle l'a fourrée dans sa valise au dernier moment.

« Ma nièce m'a dit que vous vous êtes rencontrées dans un cours de poterie, reprend-il.

– Oui.

– Elle dit que tu es très douée. "Brillante" est le terme qu'elle a employé. »

Barbara hausse les épaules.

« C'est juste un hobby, répond-elle.

– Tu fais ta modeste. Ce n'est pas grave. Maïmonide disait : "Tout avec modération, sauf l'humilité." Mais il n'y a pas de mal à connaître ses talents, tu sais. On en a tous. Dieu est généreux.

– Quel est le vôtre ? demande-t-elle.

– J'ai de la chance : j'en ai deux. Le premier, vois-tu, est un talent pour repérer le talent. Voilà comment je sais que c'est davantage qu'un hobby pour toi », ajoute-t-il en désignant la pâte à modeler avec un grand sourire.

Elle remue nerveusement.

« Et le deuxième ?

– Un certain courage face à l'adversité. »

Ça, elle peut le confirmer. Quels que soient les sentiments de Barbara concernant sa propre place à Soulam, l'existence même de ce séminaire constitue un acte de bravoure.

Les *yechiva* pour hommes sont légion. Le fiancé de Frayda, Yonatan, est lui aussi en Israël, pour étudier dans une prestigieuse institution baptisée la Mir. Mais le concept d'études religieuses supérieures pour les filles est quasiment du jamais vu, et certains le considèrent comme une grave menace. La semaine précédente, quelqu'un a jeté une brique contre une vitre à l'arrière du bâtiment, accompagnée d'un mot citant un passage du traité « Sotah ».

*Le rabbin Eliezer dit : celui qui enseigne la Torah à sa fille lui enseigne des obscénités.*

L'incident a paru d'autant plus terrifiant que la description qu'avait faite Frayda de Jérusalem comme d'une ville sûre s'est largement vérifiée. De jeunes enfants se promènent dans les rues sans la présence d'adultes. Il y a certes des éclats de friction entre Juifs et Arabes, vestiges de la guerre des Six Jours, mais cela reste sporadique et principalement confiné aux quartiers est de la ville. Que la violence ait pu jaillir dans leur petit coin tranquille de l'univers, où ils ne sont entourés que de livres, a horrifié Barbara.

Frayda, quant à elle, n'a pas semblé dérangée, ni par la brique ni par l'idée. *Le Talmud, ce sont des notes de cours. Toutes les opinions y sont consignées, même les plus bêtes.*

Elle a jeté le mot à la poubelle avec les tessons de verre.

À présent, Barbara observe Rav Kalman, sa décontraction apparente cachant en fait un puits de tristesse. D'une certaine façon, il lui rappelle ses propres parents ; la volonté irrésistible et éreintante d'exister. Rivka et lui habitent sur place, dans une ancienne étable reconvertie ; sans enfants, ils ont donné à Frayda la chambre qui aurait été celle d'un fils ou d'une fille.

Barbara lui demande ce qu'il lit.

« Tiens, regarde. »

Elle prend le livre, déchiffre le titre : *Dorot chel Beinonim.*

Ça ne ressemble à aucun des textes qu'elle a eus sous les yeux au cours du mois écoulé : au lieu de paragraphes et de chapitres, ce sont des pages et des pages de diagrammes élaborés, tracés à la main et légendés en hébreu mais aussi en latin, en arabe, en chinois…

« Oui, dit-il. Un peu différent, pas vrai ? Tu ne nous verras jamais l'étudier en cours. Il n'existe que très peu d'exemplaires en circulation. Je m'estime heureux d'en avoir un. »

Elle voudrait continuer à lire, mais il semble attendre, alors elle lui rend l'ouvrage.

« Merci, dit-il en le glissant dans sa veste. Je sais que tout ça est difficile pour toi. Un voyage de mille pas, hein ?

– Je n'apprends rien.

– Tu te trompes. J'ai vu moi-même combien tu avais mûri. »

Cherchant à changer de sujet, elle lui demande quel est cet arbre.

Rav Kalman lève les yeux vers les branches burinées.

« Un olivier, répond-il. Un de mes amis connaisseur m'a affirmé qu'il avait mille ans.

– Ses olives sont comestibles ?

– Il ne donne pas de fruits. Il n'en a jamais donné.

– Peut-être qu'avant, si, puisqu'il est si vieux.

– Exact.

– Ou peut-être qu'il en redonnera un jour. Ne perdez pas la foi.

– Bien vu ! s'exclame Rav Kalman en riant de bon cœur. Et ce sera un jour merveilleux. »

Il balaie d'un grand geste les collines assoupies, ponctuées de lumières orangées.

« Tu es venue dans un moment propice, reprend-il. Pour la première fois depuis des siècles, nous contrôlons nos lieux saints. Ce serait dommage que tu repartes avant de les avoir visités. »

Elle n'a jamais parlé de repartir. Mais elle y pense sans arrêt, c'est sûr.

Oh là là, c'est pathétique, à quel point elle est transparente.

« Tu connais l'histoire du rabbin Akiva ? » demande-t-il.

Elle secoue la tête.

« Autrefois vivait un homme, un des plus riches de Jérusalem. Il s'appelait Kalba Savuah. Je dois préciser que les noms revêtent une importance vitale dans notre tradition. Ils révèlent le caractère d'une personne. Ton prénom, par exemple. »

Elle ne peut s'empêcher de sourire. Quelle charmante ironie, vraiment : *Bina* veut dire « compréhension ».

« *Kalba Savuah* signifie "chien satisfait", poursuit-il. Les Sages disent que quiconque entrait chez lui affamé comme un chien en repartait rassasié. Même si, bien sûr, il y a d'autres interprétations possibles, pas toutes aussi flatteuses. »

Barbara aime beaucoup son ton narquois.

« Quoi qu'il en soit, Kalba Savuah avait une fille, Rachel, qui tomba amoureuse d'un de ses bergers. Or ce gaillard, Akiva, était analphabète, et de la plus basse extraction. Mais Rachel savait regarder sous les couches de l'ignorance. Elle voyait son âme.

– Un talent pour repérer le talent », commente Barbara.

Rav Kalman tape dans ses mains, ravi.

« Voilà ! Exactement ! C'est un don que nous possédons tous quand il s'agit de la personne qu'on aime. Akiva et Rachel se fiancèrent en secret. Imagine la fille de Rockefeller s'amouracher de… euh…

– Steve McQueen ? »

Rav Kalman éclate de rire.

« Peut-être du cousin pauvre de Steve McQueen.

– Et que signifie *Akiva* ?

– Bonne question. C'est un dérivé de "Jacob", qui lui-même vient du mot "talon", car notre ancêtre est né en tenant le talon d'Ésaü. Jacob aussi était un berger avec un beau-père difficile. Et "Rachel" – qui est la bien-aimée de Jacob et d'Akiva – signifie "brebis". Les mots, les thèmes se répètent constamment. C'est un principe fondamental. Le cycle de l'histoire. »

Barbara a des amis à New York qui s'intéressent aux religions orientales. Cette notion ne lui aurait pas paru curieuse venant d'eux. Mais elle s'étonne de l'entendre dans la bouche d'un rabbin.

« Quand Kalba Savuah a eu vent des fiançailles, il a chassé Rachel de sous son toit et l'a reniée. Tu imagines le courage qu'il lui a fallu pour rester auprès de son mari : elle est passée des baignoires en or à vendre ses propres cheveux pour de l'argent. Akiva, naturellement, a perdu son travail, mais Rachel a insisté pour qu'il n'essaie pas d'en trouver un autre et se consacre plutôt à étudier la Torah. Il est parti s'instruire durant douze ans, en commençant par apprendre l'alphabet pour finir par devenir le plus grand sage de sa génération.

– Pendant que sa femme l'entretenait.

– Oui.

– Très classe », commente Barbara.

Les yeux de Rav Kalman scintillent d'une lueur sombre.

« Je croyais que les jeunes Américaines étaient pour le droit des femmes à travailler… Enfin bref, au bout des douze ans, Akiva décide de venir rendre visite à sa femme.

– Comme c'est sympa.

– Alors qu'il arrive devant la porte, il entend un voisin qui se moque de Rachel en disant que son mari l'a abandonnée. Rachel rétorque : “Si ça ne tenait qu'à moi, il pourrait y rester encore douze ans.” Et c'est ce qu'il fait. Il rebrousse chemin et y retourne. Sans avoir mis un pied dans la maison. Sans même dire bonjour. Qu'est-ce que tu penses de ça ?

– Je pense que c'est horriblement cruel. »

Rav Kalman hoche lentement la tête.

« Peut-être, oui, peut-être.

– Je pense que Rachel est la véritable héroïne de cette histoire.

– Ça, sans aucun doute. Quand le rabbin Akiva a fini par rentrer chez lui, à la fin de sa deuxième période de douze ans, il a amené ses disciples avec lui, au nombre de vingt-quatre mille. Ils sont arrivés dans son village, et une femme ridée s'est précipitée à sa rencontre. Les disciples ont commencé par la repousser. Ils ne se doutaient pas que c'était son épouse. Alors le rabbin Akiva a dit : “Laissez-la. Tout ce que je sais, et tout ce que vous savez, lui appartient.” »

Silence.

« Et il y a un happy end, reprend Rav Kalman. Kalba Savuah s’excuse et leur donne la moitié de sa fortune.

– Évidemment », réplique Barbara.

Rav Kalman glousse de rire en tortillant sa barbe.

« Tu es très cynique, tu sais ? dit-il.

– Peut-être.

– Ça ne t’aidera pas, ici.

– Ça ne peut pas faire de mal non plus, répond-elle, mais au fond elle a honte.

– Je ne prétends pas que la vraie vie est simple. C’est pour ça que nous racontons des histoires. »

Le ciel s’éclaircit à l’approche de l’aube.

« On va voir si on arrive à trouver un moyen de t’aider à reprendre pied, d’accord ? En attendant, tu devrais sortir un peu, voir du pays. Faire de l’art. L’important, c’est de choisir une chose qui te fasse du bien.

– Et si rien ne me fait du bien ? »

Il se lève, époussette ses vêtements.

« Dans ce cas, ma chère, c’est que tu es humaine. »

Le lundi après-midi, elle est assise sous l’arbre, occupée à créer et détruire une série de formes. Elle façonne un cafard géant, l’écrabouille ; dresse puis démolit une échelle. Voilà quatre jours qu’elle ne va plus en cours. Elle passe ses nuits dans le jardin, dort pendant la session du matin, saute le déjeuner, ne se mettant en mouvement que lorsque Frayda vient la prévenir que le chauffe-eau solaire n’a presque plus de réserve et qu’elle ferait mieux de se dépêcher si elle veut une douche chaude.

Elle a l’impression qu’elle ne se sentira jamais aussi seule.

Étrangement : ça va lui manquer.

« Bonjour. »

Une voix masculine, pas celle de Rav Kalman.

Barbara repose l’oiseau qu’elle est en train de modeler et se hisse sur la pointe des pieds pour jeter un coup d’œil par-dessus le mur de soutènement.

Un jeune homme d'environ vingt-cinq ans se trouve au milieu de la pente. L'espace d'une seconde, Barbara se demande s'il n'est pas ivre : il titube, les bras écartés pour trouver l'équilibre, un livre dans chaque main. D'une maigreur maladive, le visage allongé et curieux et la barbe taillée de près, il porte une large kippa noire en tricot, un pantalon en polyester bleu clair, une chemise blanche à manches courtes et des sandales à semelles de liège. Il l'observe à travers d'épaisses lunettes.

« Bina ? »

Sans attendre sa réponse, il s'assoit sur les fesses et dévale la colline dans sa direction, déclenchant une avalanche de cailloux.

« On m'a dit que je te trouverais là. »

Elle recule tandis qu'il descend l'échelle.

« Je ne t'interromps pas, j'espère ?

– Qui es-tu ?

– Oui, c'est vrai, dit-il en sautant à terre depuis le dernier barreau. Je m'appelle Sam. Rav Kalman m'a demandé de venir. Il a pensé que je pourrais peut-être te donner un coup de main. »

Elle le toise froidement.

« Un coup de main ?

– Pour l'hébreu, ou même en général. Enfin bref, désolé de débarquer à l'improviste. On n'est pas obligés de commencer… Je peux revenir demain. Ou jamais, c'est vraiment comme tu veux. »

Son regard se pose ailleurs.

« Ouah ! Incroyable ! C'est toi qui as fait ça ? »

À nouveau, il s'avance sans lui laisser le temps de répondre, se dirigeant à grands pas vers son oiseau.

« Ne touche pas ! » s'écrie-t-elle.

Sam se fige, le bras tendu. Il est encore plus pâle qu'avant, si c'est possible.

Légèrement piteuse, elle explique que c'est de la pâte à modeler, pas de la vraie argile.

« Ça ne durcit pas complètement en séchant, alors si on ne le manipule pas avec précaution… »

Elle termine sa phrase par un bruit de broiement humide.

« Pigé, dit Sam en se penchant pour examiner l'animal à travers ses grosses lunettes déformantes. Qu'est-ce que c'est ?

– Euh… Un oiseau.

– Oui. Mais *quel genre* ? »

Là, elle sèche. Ses modèles sont les petits visiteurs de l'olivier, de délicats corps brun et orange qui volettent entre les feuillages.

« On dirait un pinson, dit-il.

– Tu t'y connais en oiseaux ?

– Pas le moins du monde.

– Alors comment peux-tu savoir ce que c'est ?

– Je ne sais pas, répond-il avec un grand sourire. C'est la première chose qu'on apprend à l'école rabbinique : comment émettre un avis avec une totale assurance, surtout quand on n'a pas la moindre idée de ce dont on parle. Enfin bref… Magnifique. »

Barbara se mord la lèvre.

« Et donc, reprend Sam, comme je disais, je suis là pour t'aider si tu veux.

– Tu perds ton temps.

– Tu n'es pas la première à me dire ça », rétorque-t-il en s'asseyant en tailleur par terre.

Au bout d'un moment, elle finit par le rejoindre et attend qu'il ouvre ses livres.

Au lieu de quoi il lui sourit.

« Et si on commençait comme ça : *Chalom, Bina.* »

Elle roule les yeux.

« *Chalom.*

– *Toda raba*, dit-il.

– De rien.

– *Ma chlomekh ?*

– Bien, merci.

– Parfait, approuve Sam. À toi, maintenant. »

Elle réfléchit un instant.

« *Slikha* », dit-elle en se penchant vers lui pour le bousculer gentiment.

Sam bascule en arrière sur ses paumes, les yeux écarquillés, et en une seconde elle sent son rire se glacer. Frayda l'a avertie d'éviter tout contact physique avec les hommes pratiquants.

Barbara a oublié ; elle commençait tout juste à se sentir à l'aise en présence de Sam et voulait l'impressionner avec son vocabulaire.

Elle s'apprête à se lever.

« Je suis désolée…

– Non, non, non, répond Sam en lui posant une main sur le bras, avec douceur mais insistance. Vraiment. »

Ses lunettes lui ont glissé sur le bout du nez.

Elle a dû le pousser plus fort qu'elle ne l'a cru.

Elle est à moitié debout, à moitié assise.

« Ne pars pas, s'il te plaît. Reste. »

Barbara choisit de s'asseoir.

« Merci, acquiesce-t-il. J'apprécie ta tolérance. Mais, juste une question : qu'est-ce que tu voulais dire par *slikha* ?

– C'est ce que les gens disent dans le bus quand ils te poussent pour passer. »

Sam explose de rire.

« Quoi ? demande-t-elle.

– *Slikha* veut dire "pardon".

– Vraiment ?

– Vraiment.

– Oh, mon Dieu ! s'exclame-t-elle en riant à son tour. Je croyais que ça voulait dire "poussez-vous".

– Bienvenue en Israël », dit-il.

Ils continuent à rire de plus belle, et elle la regarde s'envoler, la solitude qui était devenue sa compagne ; elle la regarde ouvrir ses ailes et s'élever dans les airs, au revoir, au revoir, tu as été une bonne amie ; un double d'elle-même, méconnu, s'élève alors pour remplir le vide ; et elle se surprend à formuler elle aussi une question, presque sans s'en rendre compte.

« Sam comment ? demande-t-elle.

– Lev.

– Ça veut dire "cœur".

– Tu vois, répond-il en souriant, tu connais plus de mots que tu ne penses. »

# 16

L'ancienne agence de Marquessa Duvall occupait une suite dans un petit immeuble à l'angle de Wilshire Boulevard et de Gale Drive, à l'extrémité est du quartier de Beverly Hills. En parcourant les plaques dans le hall d'entrée, Jacob dénombra pas moins de trois chirurgiens esthétiques, ce qui devait être extrêmement pratique pour les mannequins.

Il prit l'ascenseur jusqu'à l'étage indiqué et montra son insigne à la réceptionniste, une rousse émaciée qui continua à siroter son Coca Light avec une paille d'un air blasé.

« C'est pour quoi ?

– J'ai laissé plusieurs messages. »

Elle le pria de s'asseoir.

À côté du logo de l'agence défilaient sur un écran plat des photos glamour et des couvertures de magazines mettant en valeur les top-modèles de la maison. La seule présence masculine récurrente parmi toutes ces filles était un bel homme bronzé à la barbe de trois jours qui posait en compagnie de célébrités : dans les tribunes d'un court de tennis avec Jack, la main autour du cou de Kanye. Il avait toujours au minimum une femme à son bras.

La réceptionniste ne s'était même pas donné la peine de décrocher son téléphone. Jacob retourna se poster devant son bureau et attendit que s'affiche une image de l'homme bronzé.

« Lui. Qui est-ce ?

– Ben… c'est Alon.

– Le boss ?

– Ben ouais.

– Dites-lui que je veux lui parler, s'il vous plaît.

– Il est en réunion.
– Quand est-ce qu'il aura fini ?
– C'est difficile à dire.
– Attendez. Vous voulez dire concrètement que ça vous est difficile à prononcer ? Par exemple, il aura fini à six heures, mais vous avez un défaut d'élocution – un zozotement, mettons – qui fait que vous avez du mal à prononcer le mot "six" ? Ou en fait vous ne savez pas. Auquel cas ce n'est pas difficile à dire, c'est impossible. N'est-ce pas ? »

Elle le dévisagea fixement.

« Ou encore – je réfléchis à voix haute, hein –, peut-être que vous avez la capacité de me le dire mais que vous n'êtes pas *censée* me le dire, donc dans ce sens c'est en effet difficile pour vous parce que, même s'il vous est physiquement possible de formuler cette information, cela suppose de surmonter une certaine appréhension. »

Il sourit avant de reprendre.

« Alors, dans quel cas de figure sommes-nous ?
– C'est difficile à dire, répéta-t-elle.
– D'accord, fit-il en contournant son bureau d'un pas assuré.
– Excusez-moi. Excusez-moi ! Monsieur ! »

Il se dirigea droit vers une porte au bout du couloir, qu'il avait élue de loin comme la meilleure candidate pour le plus grand bureau, celui offrant la plus belle vue.

## Alon Artzi

Jacob eut la courtoisie de toquer un coup.

Beau et bronzé, Alon Artzi était debout près d'un immense bureau en verre, le jean tire-bouchonné aux chevilles, en train de se faire sucer par un autre homme tout aussi beau. L'espace d'un instant enchanté, ils semblèrent tous les deux entrer en lévitation, quittant la moquette avant de retomber dans des positions résolument plus prosaïques et malcommodes : Artzi basculant en arrière cul nu sur le verre nu, son fellateur reculant d'un bond contre un lampadaire halogène minimaliste et se prenant les pieds dans le câble électrique qui s'arracha du mur avec un grésillement retentissant.

« Merde ! pestait la réceptionniste. Merde merde merde merde merde merde merde…

– Je tombe mal ? » demanda Jacob.

Artzi avait réussi à se rétablir sur ses deux pieds et sautillait en rond pour essayer de remonter son pantalon, en beuglant avec un fort accent israélien :

« Amberrr, c'est quoi cet bordel ?

– Je suis vraiment, vraiment désolée. Je lui ai dit d'attendre mais il a foncé vers la porte.

– Appelle la sécurrrité. Allez. *Allez !* »

La réceptionniste fila sans demander son reste, suivie de près par le deuxième homme.

Artzi referma sa braguette et adopta une posture d'arts martiaux.

« Casse-toi, espèce de connard, pour qui tu t'y prends, ducon ? »

Jacob lui montra son insigne.

« *Michtara* », déclara-t-il.

Artzi s'affaissa, gratta sa joue râpeuse. Il appuya sur le bouton de l'interphone.

« Ils arrivent, annonça la voix de la réceptionniste.

– Tu les rappelles, soupira Artzi. Pas la peine. »

Désormais rhabillé, Alon Artzi jeta un coup d'œil à l'agrandissement de la photo du permis de conduire de Marquessa Duvall.

« Bien sûr je la connais. Les flics sont venus à m'interroger.

– Je n'en trouve pas trace dans le dossier, rétorqua Jacob.

– C'est pas mon problème.

– Qu'est-ce que vous leur avez dit ?

– J'ai dit c'est triste, répondit Artzi en retournant la photo face contre le bureau avant de se carrer dans son fauteuil Herman Miller. Mais je sais rien.

– Avec qui travaillait-elle ?

– Beaucoup des gens. Elle était une fille très belle.

– Quel genre de boulots vous lui trouviez ?

– Tout genre. Des shootings photo, des magazines, des fêtes, tout.

– Un nom qui se détache ? Des clients réguliers ?

– Je souviens pas.

– Je pourrais avoir des copies de ses contrats ?

– Il n'y a rien que vous pourrez apprendre de ça. Qu'est-ce que vous pourrez apprendre ? Dites-moi. »

Jacob mentionna la limousine qui venait chercher Marquessa de temps en temps.

« Dans une semaine, répliqua Artzi, vous savez combien de limousines où je monte dedans ?

– Je ne dis pas que c'était vous, précisa Jacob tout en se rendant compte à cet instant qu'il n'avait même pas pris la peine d'envisager Artzi lui-même comme un suspect. Mais il y avait quelqu'un à qui elle plaisait beaucoup.

– Oui, d'accord, et alors ?

– Et peut-être qu'il ne lui plaisait pas tant que ça.

– C'est la vie, répondit Artzi.

– On a dû vous demander de faire ce genre d'arrangements. »

Artzi feignit de ne pas comprendre.

« Sexuels », ajouta Jacob.

Artzi ricana.

« Je dirige une agence de mannequins, pas… euh… Comment on dit ? *Beit zonot.*

– Vous essayez de me faire croire qu'aucun de vos clients n'a jamais dragué une fille ?

– Mes clients, si vous sauriez qui ils sont, ils n'ont pas besoin de supplier. Ils ont tout ce qu'ils ont envie. Il y a une fille qu'elle dit non ? Ok, pas de problème, *b'seder*, ils prennent une autre.

– Ce sont les choses que les gens ne peuvent pas avoir qu'ils désirent le plus, objecta Jacob.

– Oui, d'accord, acquiesça Artzi en souriant. Mais quand même je sais rien. »

Jacob sortit du dossier une photo de TJ qu'il posa sur le bureau.

« Son fils. Il a été assassiné avec elle. »

Il regarda le visage d'Artzi perdre d'un coup tout son bronzage.

« Vous ne saviez pas qu'elle avait un fils ? »

Artzi fit non de la tête.

« Il avait cinq ans. Il s'appelait TJ. »

La baie vitrée donnait à voir un ciel gris goéland, des nuages dépenaillés qui filaient sur la surface en verre de la tour Flynt Publications, excroissance ovale ambrée évoquant une cuisse démembrée. Les rues étaient asphyxiées de circulation. Sans bien savoir pourquoi, Jacob trouvait cette vue triste, et ses pensées glissèrent vers sa mère.

Il avait oublié de passer prendre des *hallah* et du vin. Les épiceries casher fermaient tôt le vendredi ; il allait devoir bidouiller.

« Pourquoi quelqu'un fait ça ? » demanda Artzi.

Jacob secoua la tête.

« Les autres flics, ils m'ont rien dire sur ce garçon, reprit Artzi en retournant à son tour la photo de TJ. Je vous dis la vérité. Elle travaille pour beaucoup, beaucoup des gens.

– Concentrons-nous sur les six mois avant sa mort. J'ai besoin de vos archives sur cette période.

– Je n'ai pas ici. Elles sont en stockage.

– Combien de temps il vous faut pour les récupérer ?

– Je ne sais pas. J'ai du travail.

– Envoyez votre secrétaire. Elle n'en a pas beaucoup. »

Artzi fit glisser les deux photos jusqu'au bord du bureau, comme pour les éloigner le plus possible.

« J'essaie, ok ? Maintenant stop. »

Jacob le remercia. Il rangea les photos et se dirigea vers la porte.

« Hé, mais… Où vous apprendez à parler hébreu ? »

Jacob haussa les épaules.

« Où vous avez appris à parler anglais ? rétorqua-t-il.

– Dans les films », dit Artzi.

En chemin vers la maison de repos, il s'arrêta pour acheter un sachet de petits pains aux oignons et une bouteille de jus de raisin, le substitut le plus approchant d'un menu de chabbat traditionnel que le supermarché Vons d'Alhambra avait à offrir. Alors qu'il traversait la réception, Rosario l'intercepta.

« Il faut qu'on cause. »

Elle l'amena dans un bureau inoccupé dont elle ferma la porte à clé derrière eux.

« Votre mère a parlé dans son sommeil. Je l'ai enregistrée. »

Elle sortit son téléphone, hésita.

« Ce n'est pas facile à écouter », prévint-elle.

Jacob eut un geste d'impatience. Elle appuya sur PLAY.

L'enregistrement démarrait de façon abrupte… au beau milieu d'un cri strident qui hérissa les cheveux de Jacob.

Puis le cri mourut, remplacé par de légers gémissements et le souffle du micro.

« Je l'ai entendue depuis le couloir, expliqua Rosario. Alors je suis allée voir ce qui se passait. »

De nouveaux sons : des bruits de pas, une poignée de porte mal graissée ; les gémissements de plus en plus forts et de plus en plus distincts, la voix de sa mère, étranglée de peur, qui évoluait en une psalmodie basse et frénétique.

« Qu'est-ce qu'elle dit ? » demanda Rosario.

Jacob secoua la tête. Ça ressemblait à quelque chose comme *Michael*, ou *Maïka*.

Il distinguait le son des pieds métalliques du lit qui crissaient sur le sol, d'un corps qui se débattait entre les draps.

Une deuxième voix s'ajouta au raffut : la dame qui partageait la chambre de Bina, lui hurlant de la fermer. Puis le contralto rassurant de Rosario, tout près du micro.

*Calmez-vous, madame Abelson.*

Au début, Jacob crut qu'elle s'adressait à l'autre femme, mais il se rappela alors que c'était sous ce nom que le personnel connaissait Bina. Encore un mensonge de son père.

*Tais-toi, espèce de vieille bique.*

*Retournez vous coucher, s'il vous plaît, madame Delaney.*

*Dites-lui de se taire.*

*Maïka*, gémit Bina.

*La ferme la ferme la ferme.*

*Madame Delaney, s'il vous plaît.*

*Elle m'a réveillée.*

*Je sais, mais…*

*Maïka.*

*Je ne peux pas dormir si elle continue à beugler comme ça.*

*Je… une seconde, s'il vous plaît. Madame Abelson. Écoutez-moi. Ça va aller. Chhhut. Chhhut.*

*Maïka. Maïka. Maïka. Maïka.*

*Chhhut. Chhhut…*

Un dernier cri, distordu et grésillant dans le haut-parleur, puis l'enregistrement s'interrompait.

Jacob était plié en deux, les paumes plaquées sur les cuisses, le haut du corps en nage.

« Je suis désolée, dit Rosario, je n'aurais pas dû… Pardon.

– … non. Il fallait que je l'entende. »

Elle opina d'un air sceptique.

« Quelqu'un d'autre est au courant ? demanda-t-il. À part Mme Delaney ?

– Non. Je n'en ai pas parlé au médecin.

– Très bien. Je préfère que ça reste entre nous pour le moment, d'accord ? »

Elle hocha la tête et se tamponna les yeux avec la manche de sa blouse.

« Je n'ai pas pu l'aider.

– Vous avez fait ce que vous pouviez », répondit-il en parvenant à lui décocher un sourire.

Dehors, Bina était sur son banc, son plateau-repas terminé. Jacob s'assit à côté d'elle.

« Tu es prête ? »

Même rituel. Ça lui semblait encore plus futile que d'habitude, ce qui n'était pas peu dire : il chanta à voix basse, récita les bénédictions à toute vitesse, la regarda triturer un petit pain aux oignons. Il remplit son verre de jus de raisin.

« Il paraît que tu as eu une nuit agitée », dit-il.

Bina but une gorgée à grand bruit, attrapa le pain.

« Ima ? Qui est Maïka ? »

Le pain s'immobilisa en l'air, à quelques centimètres de sa bouche.

« Tu as prononcé ce nom dans ton sommeil. “Maïka”. C'est quelqu'un que tu connais ? Qui est-ce ? »

Bina se mit à sortir et rentrer les lèvres frénétiquement.

« Est-ce que ça a un rapport avec l'oiseau que tu as fait l'autre jour ? »

Les narines de Bina se dilatèrent. Allait-il la tuer s'il continuait ? En un sens, elle était déjà morte. Il ne serait pas un assassin ; plutôt un résurrecteur. Comme un chirurgien de la dernière chance. Un risque à prendre.

Ou peut-être qu'il était tout simplement un salaud.

Bina tourna la tête et ses yeux se mirent à loucher alors qu'elle fixait le petit pain sous son nez.

Elle se l'enfonça tout entier dans la bouche.

« Ima ! » s'exclama-t-il.

Elle avait les joues gonflées, des miettes partout sur son pull. Le bruit de sa mastication était tellement fort que c'en était presque comique. Son visage virait au violet, la veine au milieu de son front commençait à palpiter. Elle regardait désormais Jacob droit dans les yeux, avec une expression résolue, et il avait l'impression de l'entendre tambouriner contre les murs de son esprit, réclamant son attention dans l'air vibrant et lumineux. Il fut terrorisé par sa férocité et chercha la bouteille d'eau à tâtons.

« Tu vas t'étouffer », dit-il en la débouchant et en la portant à ses lèvres.

Elle envoya valser la bouteille d'un revers de main.

Avec un râle répugnant, elle finit par avaler.

Elle le dévisagea.

Comme si elle attendait quelque chose.

« Calme-toi… » murmura-t-il.

Elle lui arracha un deuxième petit pain et mordit dedans tel un animal.

La veine ressortait comme une cicatrice. Les muscles de sa mâchoire enflaient et se raidissaient, la détermination et la douleur visibles à chaque bouchée.

« Ima… »

Elle eut un haut-le-cœur et s'agrippa la gorge.

« Merde ! souffla-t-il. Oh *merde.* »

Il courut derrière elle et l'attrapa par la taille. Elle laissa retomber sa tête et leva les yeux vers lui, le fixant fermement du regard tandis qu'un filet de bave lui coulait sur le menton et dans le cou.

Il appela à l'aide et deux infirmières accoururent de la salle commune.

« Elle s'étouffe ! » hurla-t-il.

En un éclair, elles étaient autour de Bina, s'efforçant de la redresser. Mais elle se dégagea violemment et bondit en avant, titubant jusqu'au centre du patio où elle se retourna face à eux, pliée en deux comme un acteur qui en ferait des tonnes. À trois mètres de distance, Jacob entendit une série de craquements humides, le cartilage de sa gorge qui se cabrait et se déployait pour faire descendre l'énorme masse de pâte. On aurait dit un accouchement à l'envers.

Puis elle se redressa dans une bruyante inspiration. Regarda Jacob dans les yeux.

Ouvrit la bouche.

Sortit sa langue.

Elle avait tout avalé.

« Ça va, chérie ? demanda une des infirmières.

– Elle ne parle pas, indiqua l'autre.

– Ça va ? Faites oui de la tête si ça va. »

Bina pouvait respirer, ça au moins c'était clair ; elle était pantelante, le regard rivé sur Jacob.

« Elle a eu les yeux plus gros que le ventre », commenta la deuxième infirmière en riant nerveusement.

Jacob s'approcha d'un pas.

« Je ne comprends pas, Ima.

– Il va falloir qu'on le note dans son dossier », dit la première infirmière.

Rosario arriva en courant.

« Qu'est-ce qui se passe ?

– Ça va, répondit la deuxième infirmière, elle a réussi à avaler.

– Jacob ? s'inquiéta Rosario.

– Il faut que j'aille le noter, reprit la première.

– Je pourrais avoir une minute seul avec ma mère, s'il vous plaît ? » demanda Jacob.

Rosario fronça les sourcils. Il se tourna vers elle.

« Juste une minute. S'il vous plaît.

– Ouaip. Ouaip, d'accord, venez, on y va », décréta Rosario, et elle entraîna ses deux collègues à l'intérieur, laissant Jacob et Bina debout au milieu de la cour.

« Je ne comprends pas, répéta-t-il. Tu ne veux pas m'aider ? »

Elle avalait sa salive en avançant et reculant le cou comme un pigeon.

« Tu as encore un truc coincé ? » demanda-t-il.

Elle se découragea. Mauvaise réponse.

Elle retourna vers le banc d'un pas traînant.

« Attends ! dit-il. Ne te… attends. »

Elle se rassit lourdement. Jacob se précipita vers elle, s'agenouilla à ses pieds en claquant des doigts.

« Ima ? Youhou ! De la pâte à modeler ? Tu veux ? Je peux aller t'en chercher. »

Mais le reflux était presque total, elle avait le dos voûté, les épaules affaissées, et il fut saisi d'un élan de panique. Abandonnant l'idée de la pâte à modeler, il attrapa son sac à dos.

« Tu sais quoi ? Tiens, voilà un stylo. Écris-le-moi. Écris ce que tu as en tête. »

Il lui agrippa la main droite, qui zigzaguait de façon convulsive.

« Regarde. Regarde. “Maïka”. Je te l'écris. M… »

Le stylo ne marchait pas ; il le balança par terre et fouilla dans son sac pour en trouver un autre.

« M-A-I-K-A. Tu vois ? Et son nom de famille, c'est quoi ? Écr… prends le stylo, s'il te plaît. Ima. Allez, prends ce stylo. Prends-le. Prends… Ima. *Prends ce putain de stylo.* »

Elle le lâcha.

Silence.

« Merde », souffla-t-il à voix basse.

Il ramassa le stylo et le projeta vers les buissons.

« *Merde.* »

Rosario sortit la tête par la porte.

Il leva une main dans sa direction.

« C'est bon, tout va bien. »

Il enfila les bretelles de son sac à dos et se pencha pour murmurer à l'oreille de Bina :

« J'y vais. Je ne sais pas quand je reviendrai. »

Les yeux éteints de Bina étaient tournés vers le ciel, ses mains dansaient sans rythme, la peau de son cou ondulant alors qu'elle déglutissait dans le vide, encore et encore.

# 17

Paris

Comme le froid avait conservé les corps, le légiste était bien en peine de donner une date de décès précise. Au vu des relevés météo, il indiqua une fenêtre de un à sept jours.

Espérant gagner du temps, Breton essaya de l'orienter vers la fourchette basse de cette estimation, mais l'homme n'était guère enclin à la subtilité, ajoutant avec une pointe de déception qu'il n'y avait de preuve tangible d'agression sexuelle sur aucune des deux victimes. La mutilation des paupières n'ayant presque pas engendré de saignement, on pouvait en conclure qu'elle avait eu lieu post mortem.

En sortant de la morgue, Breton passa le coup de fil de rigueur à Lambert pour lui transmettre les informations. Il n'avait pas tellement envie de lui parler, mais il ne voulait pas non plus fournir au *procureur** le moindre prétexte, de procédure ou autre, pour lui retirer l'affaire.

Breton lui demanda s'ils devaient continuer à traiter l'enquête *en flagrance**.

Lambert tergiversa. Il fallait qu'il réfléchisse. En attendant : comment ça se passait avec Odette Pelletier ? Breton trouvait-il son point de vue utile ?

« Je ne vous remercierai jamais assez, répondit Breton.

– Ne soyez pas puéril, Théo. Nous sommes à la recherche de la vérité, pas dans une guerre d'ego. »

La vérité était que Pelletier avait disparu. Breton ne l'avait plus revue depuis qu'il s'en était débarrassé dans le bois. Si elle était aussi finaude que le procureur le prétendait, elle devait sentir quand elle était de trop. Sans doute était-elle en train de se faire faire une manucure quelque part.

Breton avait des problèmes plus urgents. L'ADN avait confirmé que les victimes étaient une mère et son fils, mais leur identification s'annonçait difficile. Dédé Vallot était planté devant son ordinateur à écumer les signalements de disparitions inquiétantes, avec un rayon de recherche qu'il étendait de plus en plus loin autour de Paris. Berline s'occupait des night-clubs, bars, restaurants et magasins ; Sibony et Martinez se concentraient sur les écoles. Ils avaient commencé par le seizième avant de continuer par les arrondissements limitrophes : le quinzième, le dix-septième, le septième. Comme ça ne donnait toujours rien, Breton les envoya de l'autre côté du périph. La femme portait un uniforme de domestique, peut-être travaillait-elle dans une famille bourgeoise de Neuilly-sur-Seine ou Saint-Cloud.

Une brève dans *Le Figaro* entraîna un déluge de fausses pistes.

Chacune devait quand même donner lieu à un rapport en trois exemplaires qu'il fallait ajouter au dossier, lequel enflait à vue d'œil. D'ordinaire, un bon gros dossier remontait le moral de Breton. Cette fois il contemplait la chose sur son bureau comme un parasite nocif qui se repaîtrait de son ignorance. Cela l'emplissait de dégoût et de désespoir, et il retardait le plus possible le moment de l'envoyer à Lambert.

Mais il ne pourrait y couper indéfiniment. Après dix jours d'enquête, ils n'avaient encore aucun suspect crédible. Le bureau du *juge d'instruction** finit par appeler pour convoquer Breton au Palais de justice un lundi matin.

Il grimpa à pied au cinquième étage, s'arrêtant à l'arrivée afin de reprendre son souffle et d'affûter ses excuses. Le juge Félix avait un côté donneur de leçons, et Breton s'attendait à se faire remonter les bretelles.

Il ne s'attendait pas à un guet-apens.

« Théo. Ravi de vous voir. »

Félix avait une petite cinquantaine, les cheveux ternes et des yeux incroyablement écartés donnant l'impression qu'il essayait de toutes ses forces de regarder derrière lui et d'y parvenir dans une mesure assez terrifiante.

« Entrez, dit-il. Asseyez-vous. »

Breton s'attarda sur le seuil avant d'aller prendre place sur la chaise vide entre Lambert, qui tripotait sa cravate tel un organe sensoriel obscène, et Odette Pelletier, coiffée, pimpante, un magazine roulé sur les genoux, comme si elle était en vacances et qu'elle s'apprêtait à descendre à la piscine.

Il aurait dû s'en douter. Pourtant non, et il se sentait ridicule.

Le *juge** lui-même était en bras de chemise, les manches d'un joli bleu pastel roulées au coude, les poignets posés sur deux endroits usés de son bureau en cuir. Flanqué d'imposantes piles de dossiers, surplombé par un mur rutilant de décorations, éclairé par une magnifique lampe Art nouveau, il était l'image même de l'aristocratie bureaucratique.

« Excusez-moi pour la chaleur, dit-il. Caroline s'est plainte, mais autant parler à un mur. Mettez-vous à l'aise, nous sommes entre nous. »

Breton esquissa un sourire crispé, remua dans son gros pull et son gros manteau.

« Ça ira, merci.

– Nous étions justement en train d'écouter vos excellents résultats. Odette ? »

Pelletier ouvrit le magazine sur le bureau, tourna les pages.

« Comme je disais, nous avons pensé que l'uniforme de la victime pouvait être une piste intéressante. La marque s'appelle Dur et Doux. Il y a neuf boutiques dans Paris qui la distribuent. Même si on ne peut pas exclure la possibilité qu'il ait été acheté ailleurs ou commandé directement auprès du fabricant.

– Ou d'occasion, ajouta Félix.

– En effet, *monsieur le juge**. »

Le magazine était en fait un catalogue. Pelletier s'était arrêtée sur une double page présentant des tenues de domestique, le doigt pointé vers une robe noire et un tablier blanc à volants. Elle avait les ongles impeccablement rouges, remarqua Breton. Il ne s'était pas trompé pour la manucure, au moins.

« Malheureusement, la plupart des directeurs de magasins auxquels j'ai parlé m'ont fait savoir que c'était une de leurs meilleures ventes, poursuivit Pelletier en souriant. Apparemment très prisée des mères de famille aussi. Il paraît que c'est un fantasme chez certains hommes.

– Une pute déguisée en soubrette ? demanda Lambert. Ou une soubrette déguisée en pute ? »

Les *magistrats** se tournèrent vers Breton.

« Le *capitaine** préfère ne pas spéculer », répondit Pelletier.

Elle parlait à sa place. Comme s'il était sourd-muet.

« Et l'enfant ? » s'enquit Lambert.

Breton retrouva sa langue.

« Il semblerait qu'il n'ait pas été scolarisé.

– Si ce sont des gitans, ce n'est pas étonnant, suggéra Lambert.

– Il y a un campement à l'extrémité sud du bois, indiqua Pelletier. Ils n'ont reconnu aucune des deux victimes d'après photo.

– Vous savez aussi bien que moi que les gitans sont incapables de parler à la police sans mentir, objecta Lambert. C'est dans leur culture. »

Alors que la discussion se focalisait sur l'appartenance ethnique des victimes, Breton décrocha volontairement. Il savait à présent ce que Pelletier avait fabriqué pendant tout ce temps. En revanche il avait plus de mal à comprendre pourquoi elle l'associait à ses découvertes.

« Vu les obstacles auxquels vous êtes confrontés, je suis très satisfait. »

Breton se rendit compte que Félix lui parlait.

« Merci, *monsieur le juge**. »

Que pouvait-il dire d'autre ? On le félicitait pour son beau travail. Seuls Pelletier et lui savaient qu'il n'y était pour rien.

Il ne pouvait s'empêcher d'admirer l'intelligence dont elle faisait preuve. Elle aurait pu monter un assaut frontal en se plaignant qu'il l'avait mise sur la touche, que c'était un affront à son statut de membre de la Brigade criminelle, etc. Ça n'aurait donné l'impression que d'une guéguerre de territoire.

Il était bien plus destructeur de s'attaquer à une personne de l'intérieur.

Oui, il l'admirait.

Il fut pris de sueurs froides.

« Théo ? demanda Félix. Vous allez bien ? »

Breton fourra ses mains tremblantes dans ses poches.

« Trop de caféine, dit-il.

– J'imagine que vous n'avez pas dû beaucoup dormir. Bien, écoutez, je ne vais pas marcher sur vos plates-bandes. Sauf si vous avez besoin de quelque chose.

– Il va nous falloir les factures des boutiques d'uniformes, dit Pelletier.

– Exact, approuva Félix. Caroline ? »

La secrétaire termina de taper la *commission rogatoire**.

« S'il y a quoi que ce soit d'autre, ajouta Félix en la signant, n'hésitez pas. Jean-Marc, tu peux rester une minute ?

– Bien sûr, répondit Lambert. Continuez comme ça, vous deux. »

« Capitaine ! Attendez. »

Le couloir bondé faisait qu'il n'était pas socialement acceptable pour Breton d'ignorer Pelletier. Il la laissa le rattraper puis s'engouffra dans l'escalier, où elle le suivit au pas de course.

« Vous ne pouvez quand même pas m'en vouloir, protesta-t-elle. Je n'étais pas obligée de la jouer comme ça.

– Non, c'est vrai.

– Ça vous paraît si incroyable que j'essaie de vous aider ?

– J'avais déjà demandé à Dédé de se renseigner sur l'uniforme.

– Je n'en doute pas.

– Il n'a pas eu une minute.

– Je comprends. Moi oui. Sinon, dites-moi ce que vous voudriez que je fasse à la place.

– J'ai un rendez-vous, coupa-t-il. Je vais être en retard. »

Ils arrivèrent dans le grand hall sonore en marbre, poli par la lumière grise de l'hiver. Breton esquiva un groupe d'*avocats** en robe.

« C'est quoi, votre rendez-vous ? demanda Pelletier.

– Je vais voir mon père.

– Vous pouvez me déposer au commissariat ?

– C'est dans la direction opposée. Et puis, ajouta-t-il en désignant son bracelet connecté, je ne voudrais pas vous enlever des pas. »

La circulation risquait d'être épouvantable, il aurait dû lui-même laisser sa voiture et y aller à pied. Il n'y avait que deux kilomètres jusqu'à l'Institut. Mais il se sentait épuisé, essoufflé, à côté de ses pompes. Ça faisait des heures qu'il n'avait rien mangé. Il n'avait pas d'appétit. Il lui fallait un joint, bordel.

Il s'arrêta, épongea la sueur à son front.

« Poursuivez la piste des fournisseurs d'uniformes, dit-il. Après ça, commencez à appeler les agences de personnel de maison. »

Il marqua un temps avant d'ajouter :

« À moins que vous ne l'ayez déjà fait aussi.

– C'était la prochaine mission sur ma liste, répondit-elle. Merci.

– Emmenez Dédé avec vous. Un peu d'air frais ne lui fera pas de mal. »

Chez lui le lendemain soir, il mit l'album *Friday Night in San Francisco* et fit bouillir des spaghettis, se débattant avec un pot de sauce tomate au milieu de salves d'applaudissements et de guitares. Il essuya ses mains moites sur un torchon, mais le couvercle refusait de bouger, tant et si bien qu'il finit par jeter violemment le pot dans l'évier en poussant un juron, dans l'espoir de le voir exploser et d'en tirer une sorte de catharsis.

Mais le pot rebondit mollement contre l'inox, intact.

Breton se laissa glisser au sol, la tête ballante.

Chaque fois qu'il finissait un traitement, il y avait toujours une gentille et jolie infirmière pour lui proposer de pousser son fauteuil jusqu'à l'ascenseur et l'aider à héler un taxi. Pas besoin, disait-il, sa copine l'attendait à l'accueil. Les infirmières n'insistaient pas. Elles comprenaient qu'il voulait sortir de la clinique tout seul, sur ses deux pieds et par ses propres moyens. Ou peut-être supposaient-elles que c'était l'idée de la petite copine, cette fiction pleine d'orgueil, qui comptait pour lui.

Ça n'avait pas toujours été une fiction : lors de sa première cure, cinq ans plus tôt, Hélène tenait sa tête sur ses genoux dans le taxi qui les ramenait chez lui à Belleville. Elle lui préparait des pâtes nature avec juste une noisette de beurre, une salade légère sans sauce, surtout pas de viande ni de fromage car il ne les digérait pas.

Un jour, elle avait annoncé qu'elle ne pouvait plus supporter ce stress. L'ironie du sort était que ses derniers examens n'avaient montré aucune trace de rechute. Elle avait survécu au pire, ils avaient survécu ensemble, maintenant si elle restait ils pourraient enfin être heureux. Mais sa décision était prise. Quelques jours plus tard, elle emménageait avec un type qui vendait de la hi-fi haut de gamme.

Breton et elle étaient toujours en contact. Les enceintes qui diffusaient la musique de Paco de Lucía étaient son cadeau de Noël de l'année précédente. Elle les lui avait envoyées avec une carte disant qu'elle était heureuse de l'avoir encore dans sa vie. Il comprenait ce qu'elle voulait dire mais trouvait sa formulation à la fois macabre et amusante.

C'étaient de très bonnes enceintes. Breton avait regardé sur Internet : dans le commerce, elles coûtaient huit cents euros, un tiers de son salaire mensuel. Évidemment, Hélène ne les avait pas payées ce prix-là, si tant est qu'elle les ait payées tout court. Connaissant leur valeur, Breton faisait de sincères efforts pour les maintenir en parfait état, de façon que, lorsqu'il mourrait, elle puisse les rapporter à son petit ami pour qu'il les revende sans problème.

Affalé sur le sol de sa kitchenette, il regardait la vapeur s'échapper de la casserole. L'énergie qu'il lui faudrait pour se redresser, la soulever, la vider dans la passoire… Il était épuisé rien que d'y penser.

*Frevo Rasgado* commença, son morceau préféré sur les cinq de l'album. Il sentit tout à coup son estomac se révulser et se pencha sur le côté pour éviter de se vomir dessus.

Comme il n'avait rien mangé, presque rien ne sortit. C'était pire, en fait : le peu qui sortit faisait partie de lui.

La pompe de son cathéter se décrocha de sa ceinture. On aurait dit une grenade explosive ; il avait toujours peur de se retourner dans son sommeil, d'entortiller accidentellement le tube et de se provoquer tout seul un anévrisme. On lui avait dit que ce n'était pas possible, mais il était bien placé pour savoir que des choses impossibles se produisaient tous les jours. Pendant les deux premiers cycles, il restait assis toute la nuit jusqu'à ce que l'infirmière du matin vienne lui retirer la pompe et nettoyer le tube.

Sans doute ferait-il la même chose ce soir. Après quoi il irait au travail vêtu d'un gros pull et d'un gros manteau pour couvrir la bosse du cathéter sous sa chemise. Ce n'était pas plus mal qu'il ait toujours froid, ça lui permettait de garder ses couches de vêtements à l'intérieur sans que personne ne s'en étonne. Et pour devancer la question de savoir *pourquoi* il avait si froid, il avait arraché le couvercle du thermostat dans son bureau et l'avait poignardé au cœur à l'aide d'un tournevis jusqu'à ce qu'il rende l'âme dans une agonie de bips-bips. À présent il bossait dans un igloo.

Personne ne lui demandait ce qui l'empêchait de faire réparer son thermostat. La réponse tombait sous le sens. Ils n'avaient même pas de quoi acheter des trombones.

Trois cycles, encore neuf en tout.

Ce coup-ci, c'était un régime beaucoup plus intense que les fois précédentes : une combinaison de cinq médicaments au lieu d'un seul. L'oncologue disait qu'à ce stade ils ne pouvaient pas prendre de risques, ils étaient obligés d'être agressifs. Les études montraient un doublement de la durée moyenne de survie. Breton avait demandé quelle était la durée moyenne de survie et on lui avait répondu cinq mois et demi. Ce qui lui laissait moins d'un an.

Avec un peu de chance, il aurait trouvé l'assassin de la mère et de l'enfant d'ici là.

Une nouvelle vague de nausée l'assaillit et il rampa pour aller éteindre la musique. Il pensait à cette scène d'*Orange mécanique*. Il ne voulait pas développer une association entre ce morceau qu'il adorait et la maladie. La chaîne se trouvait à côté du matelas futon, tous les deux à même le sol. Il avait déplacé au sol les choses les plus importantes.

Il appuya sur le bouton ON/OFF et s'écroula sur le ventre.

Des coups à la porte résonnèrent dans le silence soudain.

« Théo ? Vous êtes là ? »

C'était Odette Pelletier.

« Cassez-vous, répondit-il.

– Théo. Ouvrez-moi.

– Cassez-vous ! » répéta-t-il plus fort.

En l'entendant, elle se mit à tambouriner de plus belle. On aurait dit qu'elle lui donnait des coups de poing dans les yeux et dans les oreilles.

« Ouvrez cette porte ou je la défonce ! »

Son ton laissait penser qu'elle pourrait bien mettre ses menaces à exécution. Il se remit à ramper jusqu'à la porte.

Pelletier était debout sur le palier, une main sur la hanche. Elle baissa les yeux vers lui, fit claquer sa langue.

« *Pauvre chou**. »

Elle l'enjamba avant de refermer derrière elle ; s'accroupit, passa les mains sous ses aisselles et le traîna jusqu'au matelas, le lâchant au milieu des draps rances.

« Vous avez mangé ? demanda-t-elle.

– Allez-vous-en. »

Dans la périphérie floue de son champ de vision, il la vit essuyer le vomi, égoutter les pâtes.

« Où est-ce que vous rangez l'huile d'olive ? Je ne vais pas en mettre beaucoup. C'est bon, j'ai trouvé. »

Elle s'assit à côté de lui, le soulevant d'un bras tandis que son autre main enroulait les spaghettis autour d'une fourchette.

« Mangez, dit-elle.

– Vous n'existez pas, répliqua-t-il.

– Mangez. »

Il réussit à ingurgiter quelques bouchées avant de vomir à nouveau, évitant le matelas mais pas les chaussures de Pelletier.

Il laissa échapper un rire rauque.

« Ne jouez pas au connard, dit-elle.

– C'est moi qui donne les ordres.

– Vous n'étiez pas là aujourd'hui. Il a bien fallu que quelqu'un vous remplace.

– Allez vous faire foutre.

– J'ai réfléchi et je me suis dit : “Là, il se passe quelque chose. Il n'a pas l'air d'un de ces petits branleurs qu'on croise si souvent à la PJ.” Ensuite j'ai pensé à votre père, que vous étiez censé aller voir hier. Et je me suis demandé : “Pourquoi il fait ça ? Ça doit être drôlement grave pour qu'il se tire en plein milieu d'une grosse enquête.” J'ai posé la question à Dédé. Je me suis dit qu'il saurait. Il vous aime vraiment, vous savez ; vous êtes comme un père pour lui. »

Breton se sentit mal à nouveau, d'une façon un peu différente cette fois.

« “Qu’est-ce qui se passe avec le père du capitaine Breton ? j’ai demandé. Il est malade ? – Non, non, vous devez faire erreur, son père est mort depuis des années.” Et puis j’ai pensé à vos saignements de nez et à cette odeur de hasch qui émane de vous. J’ai pensé que vous preniez peut-être aussi des trucs plus durs. Mais ça, évidemment, personne ne va me le dire, ils n’ont pas confiance en moi, surtout Dédé Vallot. Je ne peux qu’imaginer ce que vous avez dû raconter sur moi dans mon dos. Alors j’ai fouillé dans votre dossier perso. Et là, surprise ! Vous êtes aussi clean qu’un enfant de chœur. Je me suis demandé si vous aviez fait une cure de désintox en réussissant à le cacher. J’ai appelé mon collègue à la Crim pour qu’il vous cherche dans la base de données de la Sécu. Et voilà. »

Avec un grognement, il écarta la fourchette de spaghettis qui se dirigeait vers lui, s’arracha à l’étreinte de Pelletier et roula sur le ventre en faisant attention à la pompe.

« Au moins je ne suis pas obligée de vous embarquer », dit-elle.

Elle se releva et se mit à explorer la pièce, poussant du pied des vêtements détrempés.

« Quoique, je devrais peut-être le faire quand même, reprit-elle. Vous vivez dans une porcherie. Combien vous payez pour ce bouge ? Pas plus de six cents, j’espère. »

Elle revint s’agenouiller près de lui.

« Ils ne sont vraiment pas au courant ? Personne dans l’équipe ? Comment vous avez fait pour le leur cacher si longtemps ?

– Vous devriez vous occuper de chercher l’assassin, rétorqua-t-il. Au lieu de m’emmerder.

– La seule explication qui me vienne à l’esprit, c’est qu’ils doivent être complètement bouchés. Je vous connais depuis deux semaines et j’ai su immédiatement que quelque chose clochait. Mais si vous voulez mon avis, ce n’est pas fair-play de votre part de leur mentir. Ils méritent mieux. *Beurk**, ça schlingue comme dans un concert de reggae, ici. »

Elle ouvrit une fenêtre. Une bourrasque d’air froid entra en mugissant. Breton en eut le souffle coupé.

« Cassez-vous », cria-t-il, ou essaya-t-il de crier.

Sa voix semblait si faible.

« Pauvre Théo, dit-elle. Vous voulez connaître ma bonne nouvelle ? Peut-être que ça vous requinquera. J'ai parlé avec un marchand d'uniformes professionnels à Oberkampf. Il y a six mois, ils ont vendu un lot de ces tenues-là à l'ambassade de Russie. Et vous savez où elle se trouve ? »

Il savait.

« Boulevard Lannes, poursuivit-elle. Juste de l'autre côté du périph par rapport au bois de Boulogne. À moins d'un kilomètre de là où ont été trouvés les corps. »

Elle se pencha pour lui caresser l'épaule.

« Vous devriez vraiment rester au lit demain. Vous n'êtes pas en état de venir travailler. Mais ne vous en faites pas. J'ai la situation en main. »

# 18

La sonnette carillonna quand Jacob pénétra dans le 7-Eleven.

« Tu as eu mon message ? demanda-t-il.

– Quel message ? répondit Henry, l'air vanné.

– Cette bagnole, elle est volée. Si tu la revois, il faut tout de suite prévenir les flics.

– Elle était là hier soir. Elle a juste traversé le parking. Entrée d'un côté, ressortie de l'autre.

– Tu as pu voir les types à l'intérieur ?

– J'ai dit à mon père qu'il nous fallait un flingue. Mais il est trop radin, putain.

– Écoute-moi. Je n'ai pas envie que tu fasses le con. Henry ?

– Ouais.

– Je vais appeler les collègues au poste de Los Angeles Ouest et les avertir qu'il y a un véhicule volé qui traîne dans les parages. Je ne peux pas te garantir qu'ils viendront si la voiture se pointe à nouveau, mais c'est déjà une façon d'attirer leur attention sur le secteur. À condition que tu me promettes de ne pas faire de connerie. »

Le caissier avait les yeux rivés de l'autre côté de la vitrine. La place de la Mazda verte était désormais occupée par un break inoffensif sans personne au volant. Il était neuf heures et demie du matin.

« Tu termines bientôt ? demanda Jacob.

– Dans une demi-heure.

– Rentre chez toi, repose-toi, essaie de te détendre. »

Henry hocha la tête sans grande conviction.

« Tu veux quelque chose ? proposa-t-il. Un hot-dog, ou bien… C'est cadeau. »

Jacob songea à ce qui l'attendait.
« Un pack de bière ne serait pas de refus », dit-il.

La plupart des samedis, il évitait de sortir le matin, quand les rues du quartier Pico-Robertson grouillaient de jeunes familles en route pour la synagogue. Il craignait de tomber sur un de ses anciens camarades de classe, il craignait les regards apitoyés.

Pour la énième fois, il se demanda s'il ne ferait pas mieux de déménager. Sa relation avec son père était la raison pour laquelle il n'avait jamais bougé, et maintenant ça n'avait plus cours.

Mais il avait déjà essayé de partir. En vain. La leçon la plus importante de ses deux mariages désastreux était qu'il n'arrivait à se sentir chez lui nulle part, ici pas plus qu'ailleurs.

C'était un incroyant qui parlait la langue des croyants. Ayant réussi à s'extirper de la bulle, il était resté collé à sa paroi externe, condamné à glisser tout autour de cette surface irisée en contemplant à l'intérieur un mode de vie qu'il avait rejeté.

Il sortit du 7-Eleven. Presque tous les piétons se dirigeaient vers Pico Boulevard, et Jacob dut lutter contre le courant pour se frayer un chemin au milieu d'une marée vertueuse de poussettes doubles. Sam Lev évitait les grosses congrégations, qu'il trouvait trop politiques, trop occupées à rivaliser avec leurs voisines. Il leur préférait un petit groupe de fidèles qui se réunissaient dans le sous-sol miteux d'une boutique appartenant à Abe Teitelbaum. C'était un endroit austère : du lino ocre, des chaises pliantes, avec juste une arche de la Torah en contreplaqué pour le distinguer d'une salle de bingo.

Toute son enfance, Jacob y avait été le plus jeune à des décennies d'écart, et il se souvenait d'une atmosphère plus ou moins supportable en fonction des odeurs qui filtraient des locaux du rez-de-chaussée. Il y avait eu la bonne époque du traiteur (rôti de bœuf, tarte au citron meringuée) ; les mauvaises du salon de beauté (peroxyde, acétone, burritos) et du toiletteur pour chiens (épagneul mouillé). Dans tous les cas de figure, il restait pleinement conscient que ses petits camarades étaient ailleurs, dans les grandes *shoul.* À s'échanger des ragots et des chewing-gums Bazooka, et à mater les filles.

À présent, planqué sous un arrêt de bus, il sirotait une bière et surveillait l'entrée de la synagogue de son père cinquante mètres plus loin, attendant la fin de l'office.

Il en était à sa troisième canette de cinquante centilitres quand Sam émergea bras dessus bras dessous avec Abe. Ils restèrent un moment à papoter sur le trottoir. Puis Abe mit son chapeau et traversa Robertson Boulevard pour rentrer dans sa villa de Beverlywood.

Sam déploya une canne blanche télescopique.

La gorge de Jacob se noua. *Ça*, c'était nouveau. Même s'il savait parfaitement que la vue déclinante de son père n'avait aucun lien avec leur brouille, il n'en éprouva pas moins un accès de culpabilité.

Il s'ouvrit une autre bière et prit Sam en filature alors que celui-ci se dirigeait à tâtons vers chez lui, puis le rattrapa au petit trot quand ils furent presque arrivés.

« Abba. »

Sam s'arrêta et se retourna lentement. Le spectacle qu'il donnait de près était déplorable : une barbe grise pas entretenue, les joues creusées, les yeux tombants, les lèvres gercées.

Avant qu'il ait le temps d'ouvrir la bouche, Jacob s'empressa de dire :

« Je te préviens, je ne suis pas là pour nous rabibocher ni pour te consoler. J'ai besoin d'informations. Si tu peux me les donner, super, sinon je repars. »

Sam se voûta un peu plus. Mais il hocha la tête.

Ils entrèrent dans le patio en béton craquelé qui précédait l'appartement de Sam. Pendant que son père cherchait ses clés, Jacob cacha ses deux dernières canettes derrière une plante morte. Pour plus tard.

L'intérieur était toujours aussi oppressant, l'air saturé de poussière entre les cartons de livres qui délimitaient le monde de son père. Jacob eut un pincement au cœur en voyant dans la salle à manger la table mise à l'avance pour un maigre déjeuner de chabbat. Les petits pains *hallah* comme ceux que

Jacob apportait à sa mère, de l'eau du robinet et du jus de raisin dans des gobelets en polystyrène, une serviette en papier solitaire pliée en un triangle décoratif. Les couverts en plastique incluaient une petite cuillère qui ne serait pas utilisée.

Une erreur, de venir ici. Jacob sentait sa détermination faiblir.

Il se jura de ne pas oublier : son père avait menti.

« Je peux t'offrir quelque chose à manger ? proposa Sam.

– Non, merci. Mais toi, vas-y. »

Sam récita le *kiddouch*. Jacob résista au réflexe de répondre « amen ».

Alors que son père clopinait jusqu'à la cuisine pour se laver les mains, Jacob s'installa à sa place habituelle. Son cœur menaçait d'exploser.

« Je suis désolé de débouler comme ça sans prévenir », dit-il.

*Tu n'es pas désolé. Tu n'as rien fait de mal.*

Sam revint avec une assiette de thon. Il prononça la bénédiction sur la *hallah*, en déchira un morceau qu'il trempa dans le sel avant de le manger.

« Je suis déjà content de t'avoir près de moi, répondit Sam.

– Ne fais pas ça », répliqua Jacob.

Sam parut sincèrement perplexe.

« Quoi ? Qu'est-ce que j'ai fait ? »

Jacob choisit de l'ignorer.

« Je suis allé voir Ima, dit-il.

– Je sais. Ça me fait très…

– Arrête ! »

Sam tressaillit.

Jacob avait du mal à respirer. Il se leva.

« On étouffe, ici. »

Dans la cuisine, il ouvrit la fenêtre et passa la tête dehors. Il avait consommé assez d'alcool pour se sentir fébrile, pas assez pour émousser cette fébrilité.

Il regarda dans le frigo en espérant trouver du vin.

Rien. Désespérément vide.

« Quand est-ce que Nigel est venu t'apporter des courses ? lança-t-il.

– Mercredi, je crois. »

Jacob secoua la tête avec amertume, interprétant l'état pitoyable de son père comme un petit numéro orchestré pour titiller la conscience de son fils.

C'était injuste : Sam ne pouvait pas prévoir sa visite.

Injuste ou pas, rien à foutre.

Il revint dans la salle à manger, laissant une chaise vide entre eux deux.

« Comment tu connais Divya Das ? demanda-t-il.

– Je ne la connais pas.

– Pipeau. Quand elle est venue me rendre visite à l'hôpital, tu l'as reconnue. Je l'ai vu.

– Je ne lui ai jamais parlé à part ce jour-là.

– Arrête, arrête, arrête. Arrête de me baratiner.

– C'est la vérité. Je ne la connais pas particulièrement.

– Qu'est-ce que ça veut dire, "particulièrement" ? »

Sam se leva de table.

« Où tu vas ?

– Une seconde. »

Sam se fraya un passage jusqu'à l'autre bout du salon. Jacob l'entendit déplacer des cartons. À son retour, il avait échangé ses lunettes noires contre ses loupes de lecture, et il profita de l'occasion pour se rapprocher de Jacob, s'asseyant à côté de lui et lui posant sous le nez un gros livre cartonné en piteux état.

« Attention, c'est un exemplaire ancien », dit-il.

Le livre était aussi volumineux qu'un dictionnaire, sans rien d'écrit sur la couverture.

Jacob l'ouvrit à la page de titre.

*Dorot chel Beinonim.*

« Les Générations des intermédiaires. »

Si c'était un texte sacré, il ne ressemblait à aucun que Jacob ait jamais vu.

Pas d'écritures. Pas de commentaires. Rien que des diagrammes intriqués tracés manuellement à l'encre sur du vélin épais. Des caractères inconnus remplissaient les vingt ou trente premières pages avant de céder la place à du sanscrit, de l'hébreu, du grec, de l'arabe, du latin, du cyrillique, des pictogrammes.

« C'est quoi, ça ? demanda Jacob en désignant un alphabet mystérieux.

– Du guèze. D'Éthiopie.
– Abba. »
Sam releva la tête, les yeux ridiculement grossis.
« Quoi ?
– Tu y vois encore.
– À peu près.
– Tu marches avec une canne.
– Les automobilistes font plus attention s'ils te croient aveugle. »

Jacob secoua la tête, reprit sa lecture.

Il y avait un système, ça, c'était clair. Il avançait dix pages par dix pages, cherchant péniblement à comprendre. Des lignes en pointillé, des lignes ondulées, des lignes brisées, des lignes qui ne menaient nulle part : il avait sous les yeux les relations entre des maris et des femmes, des parents et leurs enfants, des frères et des sœurs. Quand une ligne touchait le bord, un numéro apparaissait ; en se rendant à la page correspondante, on trouvait la suite.

Il s'aperçut qu'il serait possible d'arracher toutes les pages et de les assembler comme un puzzle.

Créant ainsi un seul et gigantesque arbre généalogique.

Le dernier nom, avant que les pages ne restent blanches, était écrit de la main de son père.

« C'est pour ta mère que j'ai essayé de garder leur trace », dit Sam.

Jacob referma le livre. Il sentait pointer un début de migraine.

« La trace de qui ? demanda-t-il.
– Tu ne me croiras pas. Et puis ce n'est qu'une théorie.
– Vas-y, juste pour le fun. »

Sam laissa échapper un soupir. Il retourna fouiller dans ses réserves et revint avec plusieurs autres ouvrages.

Le premier, Jacob le connaissait bien : la Bible.

Sam l'ouvrit au sixième chapitre de la Genèse et se mit à lire à voix haute dans l'hébreu originel.

« "Lorsque les hommes eurent commencé à se multiplier à la surface de la terre et que des filles leur furent nées, les fils d'Élohim virent que les filles des hommes étaient belles et ils en prirent pour femmes parmi toutes celles qu'ils choisirent. Alors l'Éternel dit : 'Mon Esprit ne contestera pas toujours avec l'homme, car l'homme n'est que chair. Il vivra cent vingt ans.' Il y avait des déchus sur la terre à cette époque-là. Ce fut aussi le cas après que les fils d'Élohim se furent unis aux filles des hommes et qu'elles leur eurent donné des enfants." »

Sam interrompit sa lecture et releva la tête.

« C'est tout ? demanda Jacob.

– "Les fils d'Élohim", les "déchus", tu t'es sans doute demandé ce que signifiait tout ça.

– Je me le suis demandé.

– Et ? Quelle est ton interprétation ?

– Mon interprétation, répondit Jacob, est que c'est un mythe écrit il y a très longtemps par des types assis autour d'un feu de camp, qui sentaient le bouc et croyaient à la magie. »

Sam haussa les épaules.

« D'accord.

– C'est *toi* qui m'as dit ça.

– Je t'ai dit que c'était un mythe ?

– Tu m'as dit… Je n'arrive pas à croire que tu ne t'en souviennes pas. Je suis venu te voir en te demandant comment c'était possible que Dieu ait une main. Pour châtier. Tu ne te souviens pas de ce que tu m'as répondu ?

– Que c'était une métaphore, sans doute.

– Ouais. Une métaphore. Ce qui est un concept assez ardu à manier pour un gamin de six ans, à propos. Tu m'as foutu dans une merde noire à l'école. »

Pour la première fois, Sam sourit.

« "Élohim" signifie "les juges", reprit Jacob. C'est une façon de dire que c'étaient des hommes puissants et qu'ils se sont choisi les meilleures femmes. Sur ce point, rien n'a changé aujourd'hui.

– Tu sais très bien que ce n'est pas le sens premier.

– Si c'est pour me dire que ça signifie "les dieux"…

– Je te dis juste que tu dois regarder le contexte, coupa Sam. Ce n'est pas "Élohim" mais "les fils d'Élohim". Un groupe de mots qui possède sa définition propre. Ça rejoint ce que disait Mark Twain sur la différence entre "*lightning*" et "*lightning bug*"[1].

– Tu ne crois pas que tu es un poil trop littéral ?

– Au contraire. Tu sais qui sont les fils d'Élohim. Je sais que tu sais. On l'a appris ensemble. »

Jacob savait.

Des anges.

« Si tu veux bien m'accorder encore une minute, enchaîna Sam en saisissant un deuxième livre, j'aimerais te montrer d'autres sources... »

Jacob leva une main pour l'interrompre.

« Ce n'est pas grave, dit Sam. On pourra voir ça plus tard.

– Je n'ai pas besoin de voir ça.

– Je ne sais pas pourquoi tu t'énerves contre moi, Jacob. Tu m'as posé une question. J'essaie d'y répondre de la façon la plus détaillée possible. Je t'ai dit que tu n'allais pas me croire.

– Ce qui m'énerve, c'est que *toi*, tu y croies. »

Sam ne releva pas.

« Divya Das est médecin, reprit Jacob.

– En effet, acquiesça Sam.

– Elle travaille pour le bureau du coroner.

– Exact.

– Mike Mallick est flic.

– Exact. »

Que Sam n'ait pas demandé *Qui est Mike Mallick ?* ébranla Jacob. Il poursuivit néanmoins.

« Mel Subach est flic. Paul Schott aussi. Ce sont des gens qui ont un boulot. Ils ont une maison, une voiture, des enfants.

– Les gens peuvent être plus d'une chose à la fois, rétorqua Sam.

– Ça reste *des gens*.

– Je ne conteste pas ça, dit Sam. En un sens. »

Il parlait d'une voix hypnotique, indifférente : peu lui importait que Jacob le croie ou pas.

1. Pour illustrer la différence entre le mot juste et le mot « presque juste », Mark Twain prenait l'exemple des termes *lightning* et *lightning bug* en anglais, qui signifient respectivement *éclair* et *luciole*. (*NdT*)

« C'est à ça que le "*Beinonim*" dans *Dorot chel Beinonim* fait référence : ils ne sont pas exclusivement l'un ou l'autre. Ils sont les deux.

– Des hybrides mi-anges, mi-humains », rétorqua Jacob en riant d'un rire beaucoup trop forcé.

Sam resta imperturbable.

« Le verset le dit clairement : "après que les fils d'Élohim se furent unis aux filles des hommes et qu'elles leur eurent donné des enfants". Il n'y a qu'à écouter. Tiens, écoute encore ça. »

Il tendit la main pour s'emparer d'un autre livre, *Les Manuscrits de la mer Morte de Qumrân*.

« Tu peux passer la journée à me lire des citations, intervint Jacob, ça ne fera pas que c'est vrai. »

Sam se racla la gorge, but une gorgée d'eau.

« Une partie du problème réside dans le fait que ces sujets, de par leur nature même, ont tendance à attirer un certain genre de personnes, enclines à la superstition et aux spéculations. La littérature qui s'y rapporte est truffée de fausses informations.

– Mais toi, tu ne t'y laisses pas prendre.

– Je me suis bricolé mes propres idées au fil des années. Et j'ai remarqué certains schémas récurrents, oui.

– Par exemple ?

– À l'évidence, ils sont extrêmement grands. Une des traductions alternatives fréquente pour "déchus" est "géants".

– À l'évidence.

– Ils ne mangent pas, ou de façon très frugale.

– Des géants anorexiques. Pigé. Quoi d'autre ?

– Ils sont entièrement dévoués à leur mission, mais ils ont un pouvoir limité sur les affaires humaines. Ils fonctionnent principalement par pressions et intimidation.

– Donc, des géants anorexiques cadres moyens, résuma Jacob.

– Ils refusent de mettre un pied dans une synagogue.

– Hé, mais peut-être que j'en suis un !

– Impossible. Je n'en suis pas un, et ta mère non plus.

– Alors là, ouah, vraiment, tu m'enlèves un poids. Merci.

– Tu devrais être mieux placé que moi pour savoir. Tu as été témoin aux premières loges. »

Aussitôt, Jacob replongea dans un tourbillon de souvenirs affreux.

La serre.

Mai se contractant en un gros point noir dans le ciel.

Mallick, Subach et Schott, trois hommes démesurés, s'avançant vers lui et se démultipliant en une légion hurlante. Accusateurs.

*Vous avez commis une grande faute.*

Comme sur le moment, Jacob sentit son esprit s'ouvrir en deux, et il ferma les yeux de toutes ses forces pour colmater le gouffre.

Lorsqu'il les rouvrit, il était épuisé, vidé. La lumière sur le mur s'était adoucie. Son père le regardait sans rien dire.

« Ils se font appeler les "Projets spéciaux", reprit Jacob.

– Pas mal trouvé, non ?

– Et toi, tu les appelles comment ? »

Sam ouvrit un troisième volume, *Les Livres d'Hénoch*. Les marges étaient remplies d'annotations, un mot en particulier souligné chaque fois qu'il apparaissait.

*Irim.*

Le Vigilant.

« Ils veulent la tuer, reprit Jacob. Mai.

– Encore une fois, tu devrais le savoir mieux que moi. Mais je ne pense pas, non. D'après ce que je comprends, elle est une sorte de sous-traitant. Enfin, peut-être que ce n'est pas le bon terme.

– C'est une tueuse à gages, précisa Jacob.

– Oui, bien sûr, on peut dire que ça fait partie de sa description de poste. Mais la forme qu'elle revêt, sa mission, tout ça dépend de l'époque et du lieu. D'une certaine manière, ils l'empruntent au coup par coup. Qu'est-ce qu'un golem, sinon un récipient ? Son esprit… *lui* est éternel. Et c'est de ça qu'ils ont peur, Jacob. Au bout du compte, ce sont eux qui sont responsables si elle s'échappe. »

Silence.

« À Prague, dit Jacob, j'ai vu une figurine en terre cuite. Dans le grenier de la synagogue Alt-Neu. Le gardien m'a expliqué que c'était le visage du Maharal. Mais c'était ton portrait craché. Ton portrait craché.

– Je t'ai déjà dit que je n'étais pas le maillon important. »

Jacob se souvint de la tombe de la femme du Maharal, dont le prénom était le deuxième prénom de Bina. Une idée troublante lui vint à l'esprit.

« Je descends de lui des deux côtés », dit-il.

Il dévisagea son père un moment avant d'ajouter :

« Ima et toi. Vous êtes cousins. »

Sam hésita.

« Pas proches.

– Pas proches comment ?

– Il n'y a pas d'inquiétude à avoir. Les aristocrates faisaient ça tout le temps.

– Vous n'êtes pas des aristocrates.

– Je pourrais aussi te faire remarquer que ce n'était pas rare parmi les immigrants de la première génération. Les couples se rencontraient souvent dans le cercle familial.

– Vous n'êtes *pas* des immigrants de la première génération.

– Ce que j'essaie de t'expliquer, fils, c'est qu'il y a eu des tas d'unions de ce genre…

– Dans l'Alabama.

– Je comptais te le dire. Je voulais. Mais on ne se parle plus.

– Arrête tout de suite. »

Sam l'observa d'un air soucieux.

« Tu es sûr que ça va ?

– Tu veux dire, à part le fait que je suis issu de parents consanguins ?

– Ne te dénigre pas, répliqua Sam. Tu es un héritier. Doublement.

– Ce qui fait de moi un aimant pour elle. Et pour eux. Et moi qui croyais que c'était juste à cause de ma belle gueule. Il y a autre chose que tu voudrais me faire partager ? »

Sam se leva une nouvelle fois, allant jusqu'au bout du salon et continuant dans sa chambre, dont il revint bientôt avec un petit objet qu'il posa sur la table.

Un oiseau d'argile.

# 19

Los Angeles, Californie
Août 1982

Bina trie le courrier.

Factures, factures, prospectus, puis une surprise : le fin papier bleu-vert familier d'un aérogramme israélien, presque impossible à ouvrir sans en abîmer le contenu.

Elle allume un feu de la gazinière, remplit une bouilloire, attend que l'eau chauffe.

Jacob, attaché sur sa chaise-bébé, le visage barbouillé de sauce tomate, fait « Hiiiiiiiiiiiiiiiii ».

C'est une imitation sinistrement réussie du sifflement de la bouilloire, tant et si bien qu'une voix lance depuis le salon : « Bina ? Tu fais du thé ? »

Sam arrive dans la cuisine, un livre dans chaque main.

« Hiiiiiiiii », dit Jacob.

Il s'arrête de brailler et se fend d'un large sourire. Sam et Bina éclatent de rire.

« Très bien », le félicite Sam en l'embrassant sur le front.

Pendant ce temps, la vraie bouilloire a commencé à chanter. Bina agite l'aérogramme dans le jet de vapeur pour ramollir la colle.

« Tu pourras prendre l'eau quand j'aurai fini, dit-elle.

– Ça vient de qui ? »

Elle secoue la tête. Pas d'adresse d'expéditeur. Pendant les premiers mois après leur départ d'Israël, Sam et elle ont entretenu une correspondance fournie avec leurs amis. Elle s'est tarie quand tout le monde a compris que les Lev ne reviendraient pas.

Ces derniers temps, il est rare de trouver autre chose que des factures au courrier. L'ironie étant qu'ils sont pourtant venus à Los Angeles dans l'espoir d'alléger la pression financière.

Toujours cette vieille blague : comment fait-on pour finir avec un million de dollars en Israël ?

On commence avec deux.

Quand Sam avait reçu la proposition de travail – une chaire avec un contrat pour deux ans, éventuellement trois –, ils avaient mis en balance la perte spirituelle contre le gain en sécurité. S'ils s'astreignaient à des économies féroces, ils pourraient retourner à Jérusalem avec un petit pactole. Assez, peut-être, pour acheter un appartement.

Huit ans plus tard, ils sont toujours à L.A., dans un logement de location sans climatisation, à vivoter comme ils peuvent. Bina regarde son fils, qui martèle la table avec sa cuillère en plastique, et elle mesure avec stupeur à quel point ils étaient naïfs.

À L.A., il faut une voiture. L'essence. L'entretien et les réparations. Et puis il y a les factures médicales. Le loyer. L'extravagant coût de la vie en Amérique.

Bina décolle prudemment le rabat de l'aérogramme ; une opération délicate, avec ses ongles coupés si court. Dans un monde idéal, elle préférerait leur laisser un peu plus de longueur. Mais l'argile vient se coincer dessous, lui donnant l'allure d'une petite orpheline crasseuse sortie d'un roman du dix-neuvième siècle. Et elle a beau racler avec le bout pointu de la lime, rien n'y fait. L'argile sèche, se rétracte, et finit par tomber d'elle-même, semant partout de minuscules croissants de lune contre lesquels l'aspirateur est impuissant, ce qui l'oblige à ramper dans tout l'appartement pour les ramasser entre les poils des tapis.

Qui a le temps pour le glamour ? Elle doit s'occuper du bébé. Et son mari – son adorable et gentil mari, la tête toujours perchée dans les nuages – la trouve magnifique, parfaite, telle qu'elle est. Il le lui répète constamment.

Parfois elle aimerait qu'il arrête.

Bina réussit à ouvrir l'aérogramme sans le déchirer.

« C'est Frayda, annonce-t-elle. Elle va venir nous voir.

– Merveilleux ! s'exclame Sam en versant de l'eau bouillante dans un mug. Quand ça ?

– Elle arrive lundi, répond Bina en repliant le papier détrempé. Elle aurait pu nous prévenir un peu plus tôt.

– Tu sais le temps que mettent ces trucs à arriver. Si ça se trouve, elle l'a posté il y a un mois. »

Assis à la table du petit-déjeuner, il trempe un sachet de thé dans sa tasse d'une main tout en câlinant de l'autre son fils qui babille joyeusement.

« Qu'est-ce qui l'amène ? demande-t-il.

– Une levée de fonds pour Soulam.

– Ah, dit Sam en soufflant sur son thé. Il faudrait que je la présente à Abe.

– Ne te sens pas obligé. On va la loger, c'est déjà pas mal.

– Comme tu veux », répond Sam.

Que veut-elle, au juste ? Elle veut qu'il soit plus contrarié. Il ne peut pas s'empêcher d'être quelqu'un de bien. Elle l'aime *parce que* c'est quelqu'un de bien.

Mais ce n'est pas toujours drôle de vivre avec un saint.

« Je me demande ce qu'on va bien pouvoir trouver à se dire, reprend-elle.

– Je suis sûr que ce sera plus facile que tu ne le penses. »

Il boit une seule gorgée de thé avant de consulter sa montre.

« Oups, il faut que j'y aille ! J'ai l'étude avec le D^r^ Prero. Au revoir, bouba, ajoute-t-il en embrassant Jacob.

– Voua', Abba. »

Après son départ, Bina met son mug au frigo et pose le sachet de thé sur le rebord de la fenêtre pour le faire sécher et le réutiliser.

Frayda est agenouillée au milieu du salon, les mains plaquées sur les joues de stupéfaction.

« Mais regardez-moi qui voilà ! »

Jacob se cache derrière les jambes de Bina. Elle le tire gentiment pour qu'il se montre.

« D'habitude, il n'est pas si timide, dit-elle.

– Oh, je t'en prie, répond Frayda en souriant. Moi aussi, j'aurais peur de moi. »

Elle se relève, haute comme un arbre.

« C'est fou d'avoir autant d'espace, s'extasie-t-elle.

– Tu plaisantes ?

– Tsss. Tu as oublié ce que c'était. Pour Jérusalem, c'est un hôtel particulier. »

Venant de n'importe qui d'autre, ça pourrait paraître mesquin, mais Frayda est sincèrement heureuse pour elle.

« Où est-ce que tu fais ta poterie ?

– Sur le toit.

– Non ? Tu rigoles ?

– Il y a une petite terrasse.

– Et quand il pleut ?

– Il ne pleut jamais à Los Angeles. »

Frayda rit.

« J'ai dit à Sari Wasserman que j'allais loger chez vous, elle m'a demandé de lui rapporter un autographe !

– De qui ?

– N'importe, pourvu qu'il soit célèbre.

– Un des fidèles de Sam a inventé une nouvelle sorte de fil dentaire, ça ira ? »

Jacob a filé se réfugier derrière l'accoudoir du canapé. On voit sa petite tête blonde qui dépasse et qui les observe avec cet air sombre qu'il a. Bina lui trouve une ressemblance frappante avec Věra.

« Alors, murmure Frayda, ça fait longtemps, hein ? »

Leur deuxième étreinte est plus longue, muette, chaleureuse, interrompue lorsque Sam ouvre la porte d'entrée en traînant péniblement une valise en tissu écossais.

« Je sais, s'excuse Frayda, j'ai pris trop de choses. Si ça peut vous consoler, j'ai des cadeaux pour vous. »

Une kippa en tricot pour Sam, des bijoux en argent pour Bina, des livres en hébreu à se partager tous les deux. Mais c'est Jacob qui est le plus gâté : des jouets en bois artisanaux, du chocolat, des livres pour enfants, un tee-shirt avec les personnages de *Sesame Street* en hébreu.

Cet étalage de générosité touche beaucoup Bina. Les Cohen ne sont pas riches. Elle se souvient de sa réaction grincheuse à l'annonce de la visite de Frayda et retient des larmes coupables.

« Tu dois mourir de faim », lance-t-elle d'une voix qu'elle veut la plus joviale possible.

Du *hovězí guláš*, épais et marron, pas du tout de saison dans la canicule estivale.

Le paleron était en promotion.

C'est officiel : elle est devenue sa mère.

Frayda leur fait passer une photo de ses enfants, dont les âges s'étalent de quatorze mois à onze ans.

« Dov, Shlomo, Tamar, Reuven, Hadassah, Aliza, énumère-t-elle.

– Magnifiques, commente Sam.

– Ce n'est pas trop dur pour toi de les laisser ? demande Bina.

– Tu rigoles ? rétorque Frayda en montrant le gris à ses tempes. Le plus dur, ça va être de me convaincre d'y retourner. »

Sur la photo, les enfants prennent la pose au bord du cratère de Ramon, on dirait une version israélienne de la série *Les Petites Canailles*. Bina observe le plus jeune des garçons en plissant les yeux.

« Il a six ans ? Il en fait douze !

– Il tient de moi », répond Frayda.

Los Angeles est la dernière étape de sa tournée américaine. Elle est déjà allée à New York, Miami et Chicago, afin de collecter des fonds pour le projet d'extension du dortoir du séminaire. Au cours des treize années passées, Soulam a prospéré, il y a maintenant cinquante et une filles réparties dans trois classes. Yonatan gère les affaires courantes tandis que Frayda enseigne le Talmud. Mais la plus grande réussite de l'établissement, ce sont peut-être les dizaines d'autres *yechiva* pour femmes qui ont fleuri sur son modèle.

« Et Rav Kalman ? demande Bina. Comment va-t-il ? »

Frayda se mordille les lèvres, baisse les yeux vers son assiette.

« Oh, Fraydie… soupire Bina. Quand ?

– Juste après Pessah.

– On ne l'a pas su, dit Sam.

– J'aurais dû vous prévenir avant. Je ne voulais pas vous faire de peine. »

Bina pose une main sur le bras de son amie et récite la formule de condoléances traditionnelle :

« Puisse l'Éternel te consoler parmi les endeuillés de Sion et de Jérusalem.

– Il parlait souvent de toi, répond Frayda avec un maigre sourire de guingois. Tu as toujours été sa préférée. »

Gênée, Bina rit et attrape la cuillère de service.

« Je te ressers ?

– Non, merci, décline Frayda. C'est délicieux. »

Pourtant, elle n'a pas touché à son assiette. Comme d'habitude. Quand donc se nourrit-elle ?

« Et toi, rétorque Bina, tu as toujours été une piètre menteuse. »

« J'étais désolée d'apprendre pour tes parents. »

Minuit. Assises toutes les deux sur le parquet du salon, elles discutent à la lueur d'une bougie. Sam avait raison. Elles n'ont eu aucun mal à se retrouver. Bien que Bina ait changé – et elle a beaucoup changé, sur tous les plans –, Frayda est plus ou moins restée la même qu'à dix-neuf ans : toujours prompte aux rires et aux louanges, tour à tour désinvolte et pieuse, optimiste malgré le stress de la vie en Israël.

« Honnêtement, répond Bina, c'était un soulagement. Ils ont souffert.

– Quand même. Ce n'est pas facile. »

Bina opine. Curieusement, elle a toujours su de quelle façon ils partiraient : Věra la première, rapidement, moins de trois mois entre le diagnostic et les funérailles ; Jozef obstiné, mécontent, insultant en tchèque le personnel de la Maison hébraïque du troisième âge.

Encore une ironie du sort : son père finissant ses jours entouré par les oripeaux de cette religion qu'il haïssait tant. Il n'y avait pas le choix. En tant que rescapé, il avait droit à un tarif préférentiel. Sinon il aurait atterri dans un établissement public du comté de Kings.

La fin, quand elle vint, fut à son image. Pendant le Séder de Pessah, un bénévole plein de bonnes intentions voulut lui poser une kippa sur le crâne. Jozef fit un geste brusque pour l'en empêcher, tomba de sa chaise, se cogna la tête. Bina ne savait pas si elle devait rire ou pleurer en apprenant que la dernière chose qu'il avait entendue sur cette terre étaient les

« quatre questions » chantées par M^me Gerber, qui du haut de ses soixante-dix-neuf printemps était la plus jeune de la bande.

Bina était alors enceinte de trois mois. Dans le vol de retour de New York après l'enterrement, Sam lui demanda si elle voulait donner le prénom de son père au bébé, dans le cas où ce serait un garçon.

Elle n'avait pas envie d'en parler. En parler leur porterait malheur. Ils n'avaient pas besoin de plus de malheur.

Et, bien entendu, cette grossesse se solda par une nouvelle fausse couche. La douleur et la tristesse la poussèrent à bout. Elle fit alors une chose… elle a honte d'y repenser à présent… Elle se mit à crier sur Sam que c'était de sa faute, que c'était lui qui lui avait fait ça.

Mais « ça », quoi, au fond ? L'entraîner dans la religion ? L'épouser ? L'emmener à Los Angeles ? La mettre enceinte, encore et encore ?

De quoi d'autre pouvait-elle bien l'accuser ?

Le combat n'était jamais équitable entre eux. Elle écumait de colère tandis que lui restait planté à encaisser les coups en attendant qu'elle revienne à la raison, ce qui ne faisait que l'exaspérer davantage. Dans ses plus grands accès de désespoir, elle en venait à se dire que le calme de Sam était en réalité une faiblesse de caractère, prouvant que, d'une certaine façon, il ne l'aimait pas autant qu'elle l'aimait.

Et puis sa foi inébranlable la rendait marteau.

Ça marchera quand Dieu le voudra.

Mais tais-toi, tais-toi !

Qu'elle le veuille ou non, il resterait toujours son professeur, et elle chercherait toujours son approbation. Elle lisait et relisait les sources. Sarah, Rachel, Hannah, Ruth… la Bible ne manquait pas de femmes stériles. C'étaient des héroïnes. Des femmes de valeur. Toutes avaient fini par voir leurs prières exaucées, au bout du compte.

Mais entre-temps, Bina avait suffisamment étudié les textes pour savoir qu'on ne pouvait pas s'en tenir à des interprétations faciles. Aucun personnage ne lui semblait plus proche que Mical, la fille versatile du roi Saül, première épouse du roi David.

Elle était morte sans enfant.

Ce n'était pas seulement le corps de Bina qui se rebellait. Son esprit aussi commençait à la trahir. Sa concentration vacillait. Les sons lui parvenaient avec un décalage d'une demi-seconde. La nourriture lui semblait fade ; le sexe, une blague cruelle, un vide en expansion qui remplaçait le désir. Un rien pouvait la faire fondre en larmes. Le slogan d'une publicité vantant les mérites de croquettes pour chiens (*Prenez soin d'eux comme ils prennent soin de vous*). La triste vérité d'une bulle de savon tourbillonnant dans un bol sale ; les formes infinies et inaccomplies du monde.

Elle avait tellement l'habitude de se mettre à pleurer sans raison qu'elle était contente d'avoir l'excuse des traitements hormonaux.

Levée avant l'aube, la poitrine écrasée par l'angoisse comme un sac en papier, elle sortait furtivement de la chambre et montait sur le toit en emportant son matériel dans une cagette de citrons. Elle étalait sa bâche sur le revêtement goudronné, prenait un morceau d'argile dans une main et le pétrissait tout doucement pour ne pas déranger son mari qui ronflait innocemment juste en dessous.

La communauté la soutenait autant que possible, elle avait des commandes au compte-gouttes. Des cadeaux de mariage, de bar-mitsvah, des coupes, des assiettes et des bols. Sam s'efforçait de lui remonter le moral : la preuve que les gens appréciaient son talent !

Bina voyait ces commandes pour ce qu'elles étaient : de la pitié.

Elle y travaillait pendant la journée.

Mais la nuit, en proie à la mélancolie, elle façonnait des figurines qui n'étaient destinées à personne, recréant en trois dimensions les habitants de ses cauchemars, des corps noircis. Elle ébouriffait les gueules satisfaites des corbeaux alignés sur les câbles téléphoniques tel un peloton d'exécution. Elle lissait les nuques innocentes des pigeons qui nichaient dans les soupentes.

Invariablement, elle n'allait pas jusqu'à faire cuire ces pièces-là. Elle les jetait du haut du toit pour les regarder exploser sur le trottoir. Elle les laissait s'effriter sous le soleil impitoyable.

Ces jours-là sont derrière elle, à présent. Elle n'a plus le temps de broyer du noir, plus aucun motif de se plaindre. Elle a un fils. Un magnifique petit garçon, qui porte non pas le prénom de son père mais du frère de sa mère, un jeune homme arraché à la vie avant d'avoir pu fonder une famille lui-même. Elle brandit sa satisfaction comme un bouclier contre la tristesse qui revient s'emparer d'elle aux petites heures du jour, qui vient quémander à la porte de son esprit. Elle a eu ce qu'elle voulait : elle n'est plus jamais seule, jamais, pas une seconde. Quelle ingrate elle fait de le regretter si souvent.

Trois heures du matin, elles sont encore en train de papoter, et Bina commence à sentir le poids du jour qui approche, devoir courir après Jacob sans avoir eu son compte de sommeil.

« Tu sais à quoi je pensais ? dit Frayda. Ce cours où on s'est rencontrées. Avec les hippies.

– Sri Sri, répond Bina en riant.

– Je me rappelle la première fois que je t'ai vue créer quelque chose. Un petit bol minuscule. Comme un dé à coudre. Tu t'en souviens ?

– Bien sûr.

– Tu l'as encore ?

– Le… le bol ? Non. Non, il a disparu depuis longtemps.

– Quel dommage…

– C'était juste un petit machin ridicule, dit Bina.

– Le mien était ridicule. Le tien était parfait.

– J'aimerais croire que j'ai fait des progrès depuis.

– Tu ne m'écoutes pas », rétorque Frayda.

Sa véhémence prend Bina de court.

« D'accord, dit-elle.

– Il faut que tu acceptes la nature de ton talent. Le contraire serait irresponsable. Il y a des choses que tu es la seule à pouvoir faire. »

Bina laisse échapper un rire bref.

« Ce n'est pas difficile de faire un bol. Je suis sûre que, même toi, tu pourrais apprendre. »

Mais Frayda ne sourit pas. Elle s'est redressée de toute sa hauteur, et quand elle se penche vers Bina, c'est avec un élan si terrifiant que Bina a un mouvement de recul, craignant bêtement d'être écrasée.

« J'ai vu Dieu ce jour-là », dit Frayda.

Elle attrape les mains de Bina et les lève vers le ciel comme une offrande.

« Là. Dans tes mains. Voilà ce que j'ai vu. »

La bougie s'est presque entièrement consumée, et la fin de la flamme éclaire le visage de Frayda différemment.

« Nous avons besoin que tu fasses quelque chose », poursuit-elle.

La curieuse façon dont cette phrase est formulée, son sujet pluriel et son verbe imprécis, conduit Bina à imaginer des hypothèses. *Nous* désigne Frayda et Yonatan ; ils veulent qu'elle *fasse quelque chose*, c'est-à-dire qu'elle leur fabrique une pièce, un verre à *kiddouch*, peut-être, pour le vendre aux enchères et lever de l'argent.

« Bien sûr, répond Bina. Tout ce que tu veux.

– Dans deux mois, explique Frayda sans lâcher les mains de Bina, un groupe d'artistes juifs va voyager en Tchécoslovaquie dans le cadre d'un échange culturel.

– D'accord.

– Il faut que tu partes avec eux. »

Bina étouffe un nouveau rire.

« Pardon ?

– Ta demande de bourse a déjà été approuvée. Mais tu dois encore écrire au consulat tchécoslovaque pour obtenir un visa. Ça, je ne peux pas le faire à ta place.

– … Frayda…

– Demande un traitement prioritaire. On prendra les frais à notre charge.

– Frayda, Frayda, sourit Bina. Mais de quoi tu parles ?

– Si ça ne tenait qu'à moi, je viendrais aussi. J'ai essayé. Ils ne veulent pas. Ils disent que je n'ai aucun rôle à jouer.

– Qui ne v… je ne comprends rien à ce que tu racontes.

– Je te dis ça pour que tu ne croies pas que je t'abandonne, ajoute Frayda avant de finalement lâcher les mains de Bina pour chercher quelque chose dans son sac. Je veux que tu comprennes à quel point je tiens à toi. Pour moi, il n'a jamais été question uniquement d'en arriver là. Tu as toujours été beaucoup plus que ça à mes yeux. Je suis ton amie. Nous le sommes tous. Et nous le resterons toujours. Il faut que tu me croies. Tiens. Regarde. »

Elle sort de son sac une photo d'un arbre aux feuilles argentées. Au bout d'un moment, Bina reconnaît le vieil olivier dans le jardin de Soulam… celui qui n'a jamais donné de fruits.

Ses branches ploient sous le poids d'une quantité exceptionnelle de grosses boules noires.

*Et ce sera un jour merveilleux.*

« Retourne-la », dit Frayda.

Au dos de l'image se trouve une inscription en hébreu.

> *Aucun malheur ne t'arrivera, aucun fléau n'approchera de ta tente. Car Il ordonnera à Ses anges de te garder dans toutes tes voies.*
>
> *Va en paix.*
>
> *Kalman Ovadiah ben R. Nachum Gonshor*

Frayda indique la date notée dans le coin en haut à gauche.

« Il a écrit ça la veille de sa mort. Il a dit que tu comprendrais quand tu le verrais. »

Bina se tait. Elle aimerait tellement pouvoir trouver à cette conversation un angle rationnel. Elle connaît l'horreur de sentir son propre esprit partir à la dérive ; le voir arriver à sa meilleure amie est encore plus terrible.

« Tu n'auras pas besoin d'emporter tes outils, continue Frayda. On te fournira tout ce qu'il faut sur place. »

Bina repose la photo, s'efforce de garder une voix calme.

« Si tu veux que je… Enfin, je veux dire, je peux te faire n'importe quoi. Dis-moi juste ce que tu préfères et je m'y mets.

– Non. On a besoin que tu sois présente physiquement. »

Bina ne sait pas comment réagir, à part en jouant le jeu.

« Et Jacob, alors ?

– Tu ne devras t'absenter que deux ou trois semaines. Ne t'en fais pas pour lui.

– Deux ou trois sem… Frayda. Il a *deux ans.* »

Pourquoi discute-t-elle ? Ça donne l'impression qu'elle envisage de dire oui, ce qui n'est évidemment pas le cas, car toute cette histoire est grotesque. Elle va le dire à Frayda, sans détour : *il faut que tu ailles voir quelqu'un.*

Mais alors Frayda se penche encore vers elle et son ombre jaillit, ridiculement disproportionnée dans la lueur mourante de la bougie.

« Toutes ces années, murmure-t-elle en lui saisissant de nouveau les mains, quand tu n'arrivais pas à procréer. Quand tu souffrais. Quand tu pensais être seule. »

L'ombre s'étire telle une canopée, terrifiante, inhumaine, se propageant au-delà des limites du possible, de sorte que Bina ne peut s'empêcher de se demander si ce n'est pas elle qui devient folle, après tout.

« Tu n'étais pas seule », poursuit Frayda.

Des mots de réconfort, qui brûlent comme une menace.

La bonté a son contraire.

Ce qui est donné peut être repris.

« Tu n'as jamais été seule, dit Frayda en serrant les mains de Bina encore plus fort. Nous ne t'avions pas oubliée.

– Frayda. S'il te plaît.

– Nous n'avons jamais cessé de prier, pas une seconde. Nous avons prié pour toi, Bina Reich.

– Tu me fais *mal.*

– Nous avons agi avec bonté, et à présent tu vas nous témoigner ta bonté en retour. »

La douleur croît – ses mains, elle tient tellement à ses mains –, mais Bina ne peut se dégager, et l'ombre continue à grandir, absorbant la lumière, siphonnant l'oxygène jusqu'à ce que la bougie s'éteigne et que l'obscurité s'abatte. Bina reconnaît à peine sa propre voix vacillante.

« Qu'est-ce que je vais dire à Sam ? »

Aussitôt, Frayda la relâche. Bina recroqueville ses bras contre son corps, tel un oiseau blessé.

« Dis-lui ce que disent toutes les jeunes mères, répond Frayda. Que tu as besoin de vacances. »

# 20

Jacob tenait l'oiseau d'argile dans ses paumes en coupe, comme s'il s'agissait d'une créature vivante.

Il était difficile de le comparer à celui qu'avait fait récemment Bina – la purée de pomme de terre n'étant pas un matériau d'une grande précision –, mais la forme et les dimensions générales correspondaient assez bien.

« D'où tu sors ça ? demanda-t-il à son père.

– Elle en a fait des centaines, répondit Sam. C'était une obsession. Autant que je sache, celui-ci n'a rien de particulier, si ce n'est qu'il a survécu.

– Survécu ?

– Elle a détruit tous les autres. »

Brusquement, cet oiseau de terre lui parut aussi toxique que du plomb, et Jacob le reposa. Il se balança un moment sur sa base, comme s'il tanguait sur un lac. Sam l'immobilisa en plaçant un doigt sur son dos, avant d'ôter ses lunettes-loupes. Il avait les yeux hagards et rougis.

« Elle est allée à Prague, dit-il. Elle n'a plus jamais été la même après ça. »

Jacob sentit comme un coup de poing dans le ventre.

« Quand ? demanda-t-il.

– Tu étais tout petit. Tu venais d'avoir deux ans. On a reçu la visite d'une vieille amie. Elle a parlé à ta mère d'une mission d'artistes juifs qui allaient se rendre à Prague pour y donner des conférences, y animer des ateliers, ce genre de choses. »

Il marqua une pause avant de poursuivre.

« Cette femme, Frayda, elle est des leurs. Je ne le savais pas, à l'époque. Sinon je n'aurais jamais fait ce que j'ai fait, à savoir que j'ai encouragé ta mère à y aller.

– Pourquoi ?

– Je pensais que ça lui ferait du bien de quitter un peu la maison. Elle n'était pas en forme. On n'appelait pas ça une dépression, en ce temps-là. Et elle n'avait encore aucun symptôme maniaque. Juste un gros coup de cafard. Son père – paix à son âme – a sans doute été dépressif toute sa vie. Mais pour cette génération, c'était un sujet tabou. Tout le monde connaissait quelqu'un qui avait été interné, mais c'était considéré comme honteux. On… en tout cas *moi*, j'aurais dû le voir venir. Mais ta mère était jeune, en bonne santé, éduquée. Je me suis dit que si elle partait s'aérer un peu, ça lui passerait, qu'elle redeviendrait normale. »

Sam avait les lèvres qui tremblaient.

« Elle était censée s'absenter deux semaines et demie. Je n'ai pas eu de nouvelles après son départ, mais ça ne m'a pas inquiété plus que ça. N'oublie pas que c'était bien avant les portables et les e-mails. Le bloc de l'Est… Autant dire, une autre planète.

« Au bout de dix jours, j'ai reçu un coup de fil de la fondation qui organisait le voyage. Il y avait eu des troubles à Prague, la mission allait être interrompue. Ils étaient en train de rapatrier le groupe par différents vols, mais ils avaient du mal à joindre ta mère. Ils sont restés très vagues. Je pense qu'ils voulaient m'éviter de paniquer, ce qui bien sûr a eu l'effet inverse. Ils ont fini par admettre qu'elle avait disparu depuis plusieurs jours. »

Il porta son verre d'eau à ses lèvres, le bord cogna contre ses dents.

« C'était le chaos. Je ne dormais plus. Je crois que j'ai dû perdre cinq kilos la première semaine. Comme je t'ai dit, les communications étaient presque impossibles. J'ai essayé de contacter l'ambassade américaine à Prague, mais ça ne faisait que sonner dans le vide. J'ai fini par les avoir et ils ont entrepris d'appeler les hôpitaux de ma part. Je suis allé à la police. Je suis allé au FBI. Le mieux qu'on pouvait faire pour moi, c'était prendre ma déposition ou me renvoyer vers un autre service. Je suis allé au Federal Building et j'ai arpenté les couloirs dans tous les sens, avec toi dans ta poussette. Je frappais à toutes les portes. On me prenait pour un fou. Et c'est vrai, j'étais devenu fou, comme pétrifié.

« La communauté m'a beaucoup soutenu. Des gens s'occupaient de toi quand je ne pouvais pas, d'autres ont alerté les médias locaux. La plupart du temps, on nous ignorait. Les journalistes n'y comprenaient rien, ils croyaient que ta mère était une refuznik.

« J'ai voulu demander un visa pour me rendre à Prague moi-même et la chercher là-bas. Le consulat tchécoslovaque ne m'a jamais accordé de rendez-vous. Abe m'a obtenu un entretien avec un membre du Congrès et, quelques jours plus tard, le consulat m'a répondu : "D'accord, vous aurez un rendez-vous pour votre demande de visa, le prochain créneau est en mars." On était en novembre.

« Un mois sans nouvelles, les gens commençaient à parler d'elle comme si elle était morte. Il y a même quelqu'un qui m'a suggéré de dire le *kaddich*.

« Et puis j'ai reçu un coup de fil de l'ambassade de Prague. Ta mère avait réapparu à leur porte. Elle avait fait une sorte de dépression nerveuse. Elle était couverte de sang et elle délirait. Ils ont voulu appeler une ambulance, mais elle s'est mise à pousser des cris incohérents. Ils ont été obligés de la mettre de force sous sédation.

« Quand j'ai fini par pouvoir lui parler, j'avais l'impression qu'elle était au fond d'un tunnel. Ce n'était pas seulement la qualité de la liaison. Sa voix… je ne l'ai pas reconnue.

« Il s'est écoulé encore une semaine avant qu'ils réussissent à lui faire prendre l'avion. Ils avaient dû la droguer, et ils ont envoyé un médecin à bord avec elle, pour lui faire des piqûres afin qu'elle reste calme pendant le vol.

« Je suis allé la chercher à l'aéroport. Je t'ai emmené avec moi, et d'autres personnes de la communauté sont venues aussi. Tout le monde hurlait de joie quand les portes se sont ouvertes sur elle. Elle était en fauteuil roulant. Jacob, quand j'ai vu sa tête… »

Il ferma les yeux pour repousser ce souvenir.

« Je t'ai soulevé pour qu'elle te prenne, mais elle n'a pas bougé. Elle restait immobile, une sacoche de la TWA sur les genoux, les yeux dans le vide. J'ai voulu l'embrasser, la serrer dans mes bras. Je sentais ses os sous mes mains. »

Pris de nausée, Jacob promenait ses doigts sur les fins motifs de la nappe.

« Les gens attendent des explications, reprit Sam. Ils s'attendent à ce que leurs héros soient héroïques, et à ce que les victimes souffrent d'une façon qu'ils peuvent comprendre. Ta mère les décevait des deux côtés. Elle était absente. Au début, il y avait des tas de gens qui passaient nous voir, nous dire bonjour, nous apporter à manger. Elle s'enfermait dans la pièce du fond. À force, ils ont arrêté de venir.

« Moi, je n'étais pas mieux, je me sentais aussi bafoué. Je peux le reconnaître, à présent. Ça me blessait de devoir faire chambre à part. Elle refusait de se déshabiller devant moi. Quand j'essayais de lui poser des questions, elle se murait dans le silence. Ce qu'elle vivait se passait derrière des portes closes.

« Je l'ai traînée chez un psychiatre contre son gré, mais à la seconde où elle l'a vu elle s'est mise à trembler et elle s'est enfuie de son cabinet. La même chose s'est répétée à chaque rendez-vous. C'était clairement une torture pour elle, alors j'ai renoncé. On habitait l'appartement de Doheny Drive, à l'époque. Elle avait son atelier sur le toit. C'était la seule chose qui semblait lui procurer un peu de paix. Elle passait des heures toute seule là-haut, à fabriquer ces foutus oiseaux.

« La colère, j'aurais pu gérer. La peur aussi. Mais qu'est-ce que tu fais face au vide ? Je me suis repassé le film un millier de fois et je n'arrive toujours pas à trouver une brèche. Je m'en veux de ne pas avoir mieux cherché. Mais elle souffrait et je ne voulais pas l'accabler davantage. Je pensais qu'elle finirait par s'ouvrir quand elle serait prête. Et je sais que j'ai l'air de me chercher des excuses, mais j'étais aussi tellement content qu'elle soit rentrée.

« Le plus dur a été de voir évoluer sa relation avec toi. Tout à coup, c'était un calvaire pour elle de t'avoir dans les parages. Elle t'aimait. Elle n'a jamais cessé de t'aimer, il faut que tu le saches, Jacob. Mais le moindre signe d'affliction de ta part lui était devenu insupportable. Dès que tu commençais à pleurer, c'était comme si le volume était plus fort pour elle que pour les autres. Elle a lutté, lutté, mais au bout du compte elle a capitulé, elle n'y arrivait pas. C'est devenu plus simple de lâcher prise.

« Je regrette que tu n'aies pas eu la chance de la connaître telle que je l'ai connue. Sa vie – sa vraie vie – a démarré au moment où tu es venu au monde. Elle a fait sept fausses couches avant toi.

– Tu ne me l'as jamais dit, fit remarquer Jacob.

– Pourquoi te le dire ? À quoi ça aurait servi ?

– Tu ne m'as jamais rien dit de tout ça.

– Je suis désolé. Ça change quelque chose que je sois désolé ? »

Jacob ne répondit pas.

« Un tel niveau de stress, reprit Sam, tu ne peux pas vivre avec à chaque instant. Il y a des moments où tu refoules, parce que tu as besoin d'aller faire les courses. Ma plus grande réussite a été qu'elle accepte de prendre du lithium, ce qui permettait un niveau minimum de fonctionnement, du moins tant qu'elle n'oubliait pas ses médicaments.

« Rétrospectivement, je me rends compte que c'était fou de penser que ça ne t'affectait pas. C'est ma faute, je te traitais comme un adulte. Tu avais l'air d'un adulte. Grave et raisonnable. Tu faisais tellement d'efforts pour être un enfant sage.

« Environ six mois après son retour, je suis monté sur le toit lui apporter une tasse de thé et je l'ai trouvée les poignets en sang. J'imagine qu'elle n'était pas complètement déterminée, parce qu'elle aurait aussi bien pu se jeter dans le vide. Et elle n'avait pas coupé dans le bon sens, Dieu merci.

« J'aurais peut-être dû la laisser à l'hôpital plus longtemps. Ils ont voulu lui faire des électrochocs et elle s'est mise à hurler comme si on l'écorchait vive. J'ai défait les sangles moi-même et je l'ai ramenée à la maison.

« L'été que tu as passé à Boston, poursuivit Sam, c'était sa deuxième tentative. J'étais censé faire cours, mais le cours a été annulé et je suis rentré plus tôt que prévu. »

Seul dans sa résidence universitaire sur le campus de Harvard, à écouter les derniers mots que sa mère lui avait adressés, un message qu'elle lui avait laissé le prétendu jour de sa mort.

*Je suis désolée, Jacob.*

« Cette fois, elle avait coupé dans le bon sens, reprit Sam, le visage déchiré d'angoisse. J'avais baissé la garde. Ça faisait tellement longtemps, désormais. J'avais l'illusion que le pire était derrière nous. On formait une famille, on s'était fabriqué une vie. Peut-être pas une vie idéale, mais qu'est-ce que l'idéal ? Il n'y a pas d'idéal. On s'habitue à tout, finalement. On a tendance à oublier. Un mois d'horreur, sur la totalité d'une existence… ce n'est rien. Un simple hoquet.

« Et puis on était heureux, par moments. En tout cas c'est ce que je pensais. Est-ce que j'avais tort ? J'avais tort de nous croire hors de danger. J'ai eu tort sur tellement de points…

« Je sais que ça ne va pas changer grand-chose pour toi. Et je sais que tu ne veux pas entendre encore des excuses. Mais quand je t'ai dit qu'elle était morte, ce n'était qu'un demi-mensonge. Parce que, pour moi, elle était vraiment morte. »

La pièce était plongée dans la pénombre, à présent.

« Qui est Maïka ? » demanda Jacob.

Sam secoua la tête.

« Elle a crié ce nom dans son sommeil.

– Je ne sais pas, Jacob.

– Tu l'as fait interner.

– Je ne pouvais plus m'occuper d'elle. Elle était trop malade. Elle ne parlait plus, elle refusait de prendre ses médicaments. C'était seulement une question de temps avant qu'elle fasse une nouvelle tentative. Je ne pouvais pas la surveiller nuit et jour. Mes yeux… Je ne pouvais plus gérer tout seul, Jacob. Et j'avais peur, en permanence, qu'ils reviennent la chercher.

– Les Projets spéciaux.

– J'ai voulu la protéger. Vous protéger tous les deux.

– N'essaie pas de me faire porter le chapeau !

– Je ne… »

Un rare éclair de colère traversa son regard, vite étouffé.

« Je ne te tiens pas pour responsable de mes propres décisions. Tu es mon fils, Jacob. Je voulais que tu puisses vivre sans fardeau. J'ai fait l'autruche. Peu importe ce que ça dit de moi, j'assume. Tu me trouves idiot ? D'accord.

– Ce n'est pas le premier mot qui me vient à l'esprit. »

Sam ne répondit pas.

« Tu aurais pu me le dire, reprit Jacob.

– Tu ne m'aurais jamais cru.

– Peut-être pas tout de suite, mais tu aurais pu me dire quelque chose, à un moment. »

Sam n'avait pas l'air d'accord, pourtant il dit :

« Je suis désolé. »

Silence.

« Il y a deux ans, elle a vraiment demandé après moi ?

– Je ne t'aurais pas menti là-dessus.

– Écoute, Abba, excuse-moi, mais je ne comprends pas très bien où tu places tes limites. »

Sam détourna le regard, contrit.

« Je vais la voir toutes les semaines, continua Jacob, je ne l'ai jamais entendue prononcer un mot.

– Je te donne ma parole. Elle a dit ton prénom.

– À quelle occasion ? »

Sam se frotta les tempes.

« C'était peu de temps avant Roch Hachana.

– Autour de mon anniversaire.

– Oui, je crois.

– J'ai eu trente-deux ans cette année-là. C'est-à-dire trente ans après son voyage. »

Silence.

« Tu as essayé de m'empêcher d'aller à Prague, continua Jacob. Tu pensais qu'il allait m'arriver la même chose ? »

Sam hésita.

« Il t'est arrivé la même chose ? » demanda-t-il.

Le souvenir transperça Jacob. L'infinie ascension d'une échelle pourtant bien finie. Un nuage de poussière. La voix de Peter Wichs, le bedeau de la synagogue, qui le pressait de continuer à monter.

Rien dans sa vie n'était plus pareil depuis.

« On le saura bien assez tôt », répondit Jacob.

# 21

En quittant l'appartement de son père, Jacob avait la sensation qu'on lui avait fait ingérer des litres de poison, puis qu'on avait perforé tout son corps pour le vider entièrement.

Une fois chez lui, il alluma la télévision, devant laquelle il resta planté tout le dimanche et une bonne partie du lundi, se levant uniquement pour aller chercher une nouvelle bouteille ou pisser. Et, en fin de compte, pour répondre à la sonnette de la porte.

Un coursier lui remit un classeur portant le logo de l'agence $A^2$.

*Tu ne peux pas vivre avec à chaque instant.*

*Il y a des moments où tu refoules, parce que tu as besoin d'aller faire les courses.*

Jacob balança le classeur sur le canapé et fila prendre une douche.

Peut-être Alon Artzi se sentait-il coupable, ou peut-être que c'était juste un brave gars. Dans un cas comme dans l'autre, il était allé bien au-delà de ce qu'on lui demandait : Jacob lui avait réclamé des infos sur les six mois précédant la mort de Marquessa, et il se retrouvait avec l'intégralité de ses contrats ainsi qu'un book et plusieurs séries de portraits.

Il étala l'ensemble sur la moquette de son salon.

Les premiers portraits étaient flous et plutôt amateurs, sans doute faits maison. Marquessa juchée sur le rebord d'une fontaine dans un parc, vêtue d'un jean, de chaussures à semelle compensée et d'un bustier blanc qui contrastait magnifiquement avec ses épaules d'un brun éclatant.

Elle avait joint à ces photos un CV mentionnant une expérience de travail chez Burger King. Caissière.

Jacob était impressionné par son audace, comme par la confiance dont avait fait preuve l'agence en misant sur elle. Même si c'était une jolie fille, L.A. regorgeait de beauté physique jusqu'à la nausée.

Son premier contrat pro avait été un shooting pour le magazine *Ventura Blvd.* Rémunéré deux cents dollars, sur lesquels l'agence avait retenu une commission de vingt pour cent.

Cent soixante dans la poche.

Mieux que sept dollars de l'heure pour griller des burgers. Et comme il devait être valorisant d'être payée à être jolie… à être soi-même.

Pendant toute une période, les boulots étaient tombés au compte-gouttes, jamais pour plus de cinq cents dollars, la plupart du temps beaucoup moins. Et puis la chance avait tourné. Elle avait décroché un catalogue de maillots de bain, après quoi des offres plus lucratives avaient commencé à affluer. À son plus haut, elle avait gagné jusqu'à mille dollars nets par semaine.

Largement de quoi quitter le toit familial.

Une portion de ces revenus provenait de sessions photo, mais une part de plus en plus importante émanait de ce que le système de classement de l'agence $A^2$ appelait des « apparitions personnelles » : galas de bienfaisance, tapis rouges. Elle avait aussi fait la potiche sur un ring de boxe.

La plupart du temps, elle travaillait sur des salons professionnels, vantant les mérites de ventilateurs de plafond, lubrifiants industriels, serveurs de réseaux, crèmes hydratantes et autres lave-linge séchants haute performance. Pour interagir avec les visiteurs « de façon avenante et informée », elle empochait entre trente et cinquante dollars de l'heure.

Les « prestations mondaines » pour les soirées VIP rapportaient trois fois plus.

Le langage aride des contrats ne disait rien de ce qu'elle faisait une fois la soirée terminée.

Comparés au reste, ses six derniers mois avaient été incroyablement surchargés. Il fallut plusieurs jours à Jacob pour éplucher les différentes pistes. Se remémorant les mots de Farrah

Duvall – *tout à coup, elle avait du fric* –, il cibla plutôt les événements de prestige, se retrouvant au bout du compte avec quatre candidats en pole position.

Une conférence annuelle de directeurs financiers.

La fête de lancement d'un parfum « nouvelle génération ».

La présentation d'une voiture de luxe.

Le soixante-dixième anniversaire d'un producteur de cinéma.

Il commença par le parfum, trouvant des tas de commentaires assassins archivés sur le Web. La marque s'appelait TMC, pour « Trop Méga Cool ». Le jeune créateur arriéré qui l'avait prétendument concocté affirmait s'être inspiré « des beignets et de la crème solaire… bref, tout ce qui fait qu'on kiffe la plage et l'été ».

Jacob fit défiler les images sur l'écran. Un escadron de mannequins dans des robes de cocktail en satin orange ultra-décolletées vaporisait les invités à coups d'atomiseurs géants.

Marquessa se tenait au bout du bar, seule fille noire du groupe.

Elle avait l'air de s'amuser comme une folle.

Jacob se resservit un verre en son honneur avant d'envoyer un mail au distributeur en lui demandant la liste des convives. Il doutait que ça donne quelque chose, mais c'était un début.

L'anniversaire du producteur n'avait occasionné que peu d'articles sur les sites people. Jacob trouva sur un blog la liste des stars présentes : un couple d'acteurs, un rappeur.

*Pris en flag de pelotage ! Hannah Deuxneurones et Trent Débilos !*

En se reportant aux contrats, il s'aperçut que les deux prestations avaient été bookées par la société Chic Party Design & Catering.

Il la chercha sur Internet.

Dépôt de bilan. Du Los Angeles tout craché.

En explorant les Pages Jaunes, il tomba néanmoins sur une SARL périmée enregistrée au nom d'une certaine Marlee Watchorn, avec un numéro de téléphone et une adresse à Silver Lake.

Jacob l'appela. Elle se montra d'abord assez joviale mais le ton devint vite amer quand Jacob lui demanda si elle avait encore la liste des invités.

« Je n'ai plus rien, répondit-elle. Roberto a tout pris.
– Roberto étant…
– Mon ex-mari. Ex-associé. Ex-tout-ce-que-vous-voulez.
– Vous pensez qu'il peut l'avoir gardée ?
– Je ne pense pas à lui, dit-elle. Jamais.
– Vous pourriez me donner son numéro de téléphone actuel ?
– Il risque d'avoir des ennuis ?
– Je n'appellerais pas ça un risque, non.
– Moi non plus. Plutôt un espoir. »

Roberto gérait désormais sa propre boîte d'événementiel. Il confirma que la rancœur était réciproque.

« En temps normal, je ne divulguerais jamais une liste d'invités. À vous ni à personne. Nos clients aiment la discrétion. Cela dit… Vu que c'est Marlee qui avait signé ce contrat, qu'elle en est donc responsable et que c'est elle qui en pâtirait si cette information venait à fuiter, je vais me faire une joie de vous la communiquer, et je vous encourage même à la partager avec tous les gens que vous pourrez croiser dans la rue. Je ne suis pas au bureau cette semaine, mais je vous l'envoie par mail lundi matin sans faute.

– Merci.

– Tout le plaisir est pour moi. »

Les infos sur les deux autres événements se révélèrent plus difficiles à dégoter. La conférence annuelle des directeurs financiers était un énorme barouf de quatre jours auquel participaient les représentants de dizaines de banques. Jacob écrivit à l'organisateur dans l'espoir de recevoir une réponse, tout en priant pour ne pas en avoir besoin.

Il ne lui restait plus que le lancement de la voiture de luxe, qui lui posa le problème inverse : zéro photo, zéro communiqué de presse, zéro blog.

Aucune couverture d'aucune sorte.

La société dont le nom figurait sur le contrat, Seta Event Management, présentait une façade cent fois plus léchée que le flamboyant bordel de Marlee et Roberto. La page d'accueil du site était un entrelacs d'arabesques noires et magenta encadrant une galerie tournante de photos glamour. De l'électro puissante se mit à résonner par le haut-parleur miniature de l'ordinateur.

Jacob coupa le son, passa sa souris sur la barre de menu et cliqua sur l'onglet CLIENTÈLE.

*Leader en Californie du Sud dans les domaines de l'événementiel haut de gamme et de l'art de vivre…*

Il descendit son curseur.

***Ils nous ont fait confiance :***

LVMH MOËT HENNESSY • LOUIS VUITTON

ROLEX

NBC

BVLGARI

APPLE

VAN CLEEF & ARPELS

Du beau linge pour une fille de Watts.

D'après son contrat, Marquessa avait travaillé sur un événement pour Gerhardt Technologie AG. C'était un constructeur de voitures de sport à haute performance, qui ressemblaient davantage à des fusées spatiales qu'à des véhicules terrestres. Une vidéo sur leur site montrait une traînée rouge sang hurlant sur un circuit de course ; Jacob dut la regarder trois fois avant de réussir à distinguer une voiture. La devise de la firme était *Geschwindigkeit… ohne Kompromisse*, ce que Google traduisait par : *La vitesse… sans compromis.*

Quiconque avait les moyens de s'offrir une Gerhardt n'avait sans doute pas à faire beaucoup de compromis. Le modèle premier prix était à 1 345 000 dollars. Les « options » le faisaient assez vite flamber.

Jacob téléphona à Seta Event Management. Comme il fallait s'y attendre, il se heurta à un mur.

« Tout ce que je vous demande, c'est grosso modo une idée de qui était invité, insista-t-il. Vous n'êtes pas obligée de me donner des noms, juste une notion générale.

– Je ne peux pas révéler cette information.

– C'est pour une enquête sur un homicide. »

La femme laissa échapper un soupir.

« Si vous croyez qu'on ne m'a jamais fait le coup. »
*Bip bip bip...*

N'ayant pas grand-chose à perdre, il écrivit directement à Gerhardt. Puis il eut une autre idée et se rendit sur le site Internet du *Los Angeles Times*.

Le chroniqueur auto était un certain Neil Adler. Jacob lui envoya un mail avec une demande d'entretien téléphonique et se leva pour aller pisser. Trente secondes plus tard, il sortit des toilettes en courant, la braguette ouverte, et se jeta sur son téléphone portable qui vibrait dangereusement près du bord de la table basse.

« Allô ?

– Ici Neil. »

Une voix juvénile, tendue.

« Ah. Merci. Ouah, vous avez fait vite.

– Vous êtes flic ?

– Ouais. Je...

– Vous me payez à dîner ?

– Pardon ?

– Kings Road Café, dans vingt minutes. Vous avez quoi comme voiture ?

– Une Accord, dit Jacob.

– Quelle année ?

– 2002.

– Alors disons dans trente minutes », rétorqua Adler avant de raccrocher.

# 22

Le restaurant était sombre, plein d'endomorphes en jean moulant. Parmi eux, Adler constituait une espèce à part, croisement entre le motard et l'intello. Il ôta sa casquette Bugatti, révélant un crâne chauve ; sa large mâchoire s'élargissait en un cou musculeux, lui-même s'élargissant en de massives épaules, son torse explosant sous un polo bleu avec une poche poitrine estampillée d'un logo Porsche. Il ajusta ses minuscules lunettes à monture invisible et tritura son nœud papillon en examinant le menu pendant trois secondes et demie.

« Le Protéine Power, annonça-t-il. Avec œufs au plat et saucisse. Et un triple expresso. »

La serveuse se tourna vers Jacob.

« Ça ira, merci.

– C'est vous qui payez ? vérifia Adler.

– Puisque je vous l'ai dit.

– D'accord. »

Le journaliste fouilla dans une sacoche en toile élimée (LEXUS) et en sortit une pile de brochures Gerhardt sur papier glacé.

« Quel modèle ? demanda-t-il.

– Euh… Elle est sortie en 2004, donc…

– La Falke S », compléta Adler avant de se mettre à chercher le bon document dans la pile.

Sans attendre de l'avoir trouvé, il se mit à débiter des chiffres : moteur W16 neuf litres (en montrant sa casquette sur la table : « C'est un litre de plus que la Veyron »), cinq turbocompresseurs, 1 100 chevaux à 8 300 tr/min, avec une zone rouge à 8 500, ce qui vous donne un zéro à cent de 2,34 secondes et une vitesse maximale de 407 km/h.

« Enfin, à condition que vous n'ayez pas décollé entre-temps, ou que votre ADN n'ait pas été pulvérisé, du coup, officiellement, c'est limité à trois cent soixante.

– Génial, commenta Jacob. Je voulais vous demander si…

– Carrosserie hybride en Kevlar et fibres de carbone prépreg, ce qui fait gagner facilement cinq kilos par rapport à la Model G, l'équivalent d'une liposuccion sur un enfant éthiopien. Ils ont dû utiliser partout de l'électronique à base de semi-conducteurs solides parce que, pendant les premiers tests, ça secouait tellement que les soudures ont pété. J'ai eu l'occasion de faire un tour avec. J'ai cru que j'allais avoir un orgasme.

– Et alors ? s'enquit Jacob.

– Intérieur en peau de sanglier. Cousu main. Je me suis retenu. »

Jacob l'interrogea sur la fête de lancement. Adler s'en souvenait parfaitement.

« Je n'étais pas invité. »

Les épaules de Jacob s'affaissèrent.

Adler poursuivit, joyeusement remonté.

« Quels abrutis. Je leur fais de la pub gratos. Je n'ai pas honte de l'admettre. C'est pour ça que je suis là. Ils me permettent de réaliser un fantasme, et moi je leur ponds une chronique. Tout le monde est gagnant. Chez Gerhardt, ils fabriquent des super-bagnoles, mais c'est une bande de connards. Je crois qu'ils voulaient faire monter le prestige en se la jouant ultra-sélect.

– Ce n'est pas la pratique habituelle ?

– Certainement pas ! La plupart des constructeurs louent le musée Petersen, font venir un groupe, des filles, un traiteur, du champagne. Pas cette fois. J'ai dû courir à perpète, dans un parc industriel de Los Angeles Est. Un bâtiment anonyme, avec sécurité à l'entrée.

– Vous n'étiez pas invité et vous y êtes allé quand même ? s'étonna Jacob.

– Attendez, je reste avant tout journaliste. J'ai un diplôme de l'école de journalisme de l'USC. Première fois de ma carrière que je peux décrocher un scoop ! Sur les forums, ça discutait de savoir où et quand ça aurait lieu, alors j'ai tenté ma chance.

– Et vous avez pu entrer ?

– Ils n'ont même pas voulu me filer un tee-shirt. Bande de nazis. »

Jacob songea que le dîner gratos n'était pas une requête si déraisonnable que ça, finalement : ce type avait pris l'habitude de ne jamais rien payer.

Adler secouait la tête.

« Et moi qui pensais que ce serait mon moment Pulitzer. »

La serveuse lui apporta son expresso. Il l'avala cul sec et en commanda un deuxième.

« Enfin bref, reprit-il, j'ai trouvé tout ça incroyablement puant. Vous vendez des bagnoles à un million de dollars, c'est déjà assez prestigieux comme ça, faut arrêter de se la péter.

– Quelle est la clientèle pour ce genre de voitures ?

– Toute la clique Gulf Stream-méga yachts-îles privées. Avec quelques milliards en plus pour les dépenses courantes. Il y a par exemple un Saoudien qui possède quatre cents voitures, avec un bidet plaqué or dans chacune.

– Pas pour s'en servir pendant qu'il conduit, quand même ? »

Adler éclata de rire.

« Personne ne *conduit* ces engins. Tout le truc, c'est d'avoir un joujou que personne d'autre n'a et de pouvoir dire : "Regardez, en plus je m'en tape." La Falke S, ils en ont fabriqué quatre-vingts, pour célébrer le quatre-vingtième anniversaire du vieux Gerhardt. Elles se sont toutes écoulées comme des petits pains alors qu'elles étaient encore en préproduction.

– Quel est l'intérêt de la fête de lancement si ce n'est pas pour la promo ?

– Autocongratulation, répondit Adler. C'est vraiment de la branlette collective.

– Et où partent les voitures ?

– Beaucoup finissent au Moyen-Orient. Je ne serais pas étonné d'apprendre que M. Bidet était là ce soir-là. Ou un de ses cousins. Sinon il y avait la Chine, jusqu'à pas si longtemps, même si en ce moment ils n'ont plus trop les moyens. Quant aux États-Unis… partout où il y a ce niveau de fric : Beverly Hills, New York, Greenwich, la Floride. Et les Russes. Oh, mamma mia, les Russes raffolent de ces trucs-là. Ils les font blinder, ce qui à mon avis est un vrai sacrilège.

– La société est basée à Stuttgart, fit remarquer Jacob. Pourquoi organiser la fête ici ?

– Il y avait des rumeurs disant qu'ils allaient fabriquer une voiture "verte" plus abordable... genre une électrique à sept chiffres. Plus tard ils ont changé d'avis, mais sur le moment c'était un sujet qui faisait beaucoup parler, alors ils se sont arrangés pour que la fête coïncide avec le Salon de l'automobile de L.A. Tous les gens importants étaient en ville. »

Jacob imaginait la scène : des dizaines de mâles alpha barbotant dans une cuve de pure testostérone.

« Parlez-moi des femmes qui viennent à ces événements, demanda-t-il.

– Il n'y a pas de femmes.

– Vous m'avez dit...

– J'ai dit des *filles*. Qu'est-ce que vous voulez savoir ?

– Elles sont là pour papoter avec les acheteurs ?

– Ouais.

– Repartir avec eux ? »

Adler se pencha en avant, brusquement intéressé.

« C'est ça, l'histoire ? Une des pin-up s'est fait buter ?

– Je ne peux rien dire là-dessus.

– Je suis toujours à la recherche de mon scoop.

– Je verrai ce que je peux faire. Vous pensez que vous pourriez me trouver la liste des propriétaires d'une Falke S ?

– Ça m'étonnerait. Mais je vais essayer. Et vous ne vous intéressez qu'aux acheteurs d'origine, n'est-ce pas ? C'est là où ça risque de se compliquer. À ce niveau, les bagnoles changent de main constamment.

– Comment ?

– Parfois dans les ventes aux enchères. Mais je lis les catalogues de Gooding et RM régulièrement et je ne me souviens pas d'en avoir vu passer. Donc ce serait plutôt des ventes entre particuliers. Pas de trace. Pas d'impôts.

– Mais pour immatriculer la voiture, il faut bien...

– Non, non, non, non. Vous ne comprenez pas. Pourquoi dépenser cent cinquante dollars de plus pour immatriculer quelque chose qui ne va jamais sortir de votre musée privé ? »

Le dîner d'Adler arriva : un blanc de poulet grillé, deux œufs au plat, une portion de fromage blanc et la saucisse dans une assiette à part.

« Vous allez quand même essayer ? le relança Jacob. Pour la liste des acheteurs.

– Ben pourquoi pas ? Ce sera l'occasion d'exercer mes talents sur une mission avec un peu plus de contenu. »

Adler empala la saucisse au bout de sa fourchette, mordit dedans et ajouta avec un grand sourire :

« Bouffer du richard, hein ? »

Sur le coup de deux heures du matin, Jacob commença à avoir les yeux qui piquaient et décida de s'en tenir là pour le moment. Il avait lancé autant d'hameçons qu'il pouvait ; restait maintenant à voir ce qui allait mordre.

Il ouvrit un placard de la cuisine, affolé de se découvrir à court d'alcool.

Il alla vérifier dans la poubelle à verre. Quatre cadavres.

*À quand remonte la dernière fois que vous êtes allé à une réunion des Alcooliques anonymes ?*

Il enfila des baskets et une veste légère.

Dehors, il s'arrêta pour admirer les insectes qui grouillaient autour du réverbère.

« Bonsoir, mesdemoiselles. »

En chemin, il songea à Marquessa, une femme-objet, entourée d'hommes qui n'avaient pas l'habitude de s'entendre dire non. Sa courte vie était une courbe qui grimpait avec optimisme avant de finalement s'effondrer d'un coup.

Il y avait aussi quelques énigmes. Dont TJ était la plus importante.

Pourquoi l'enfant ?

*Je n'imagine pas que quelqu'un ait pu vouloir du mal à cette femme.*

Jorge Alvarez avait dit ça comme ça. En tournant le coin sur Airdrome, Jacob se rendit compte que ces paroles pourraient bien renfermer une vérité plus profonde.

Peut-être que personne ne voulait de mal à cette femme.

Jusque-là, il avait considéré Marquessa comme la cible, TJ comme un dégât collatéral.

Le contraire était également possible.

D'une certaine façon, c'était même plus logique. Massacrer un gamin, le mutiler et l'installer en face de sa mère… ce n'était pas le caprice d'un type à qui on avait refusé une proie, même si le type en question était un égocentrique. Jacob avait étudié suffisamment d'homicides pour reconnaître la patience qui sous-tendait la perversion, le troublant mélange de rage et de dévotion.

Il approchait du 7-Eleven lorsqu'une forte détonation le tira de ses pensées. Le *bang* sec et métallique d'un pistolet bon marché.

Il piqua un sprint en direction de Robertson Boulevard.

# 23

Le braquage était encore en cours.

À cinquante mètres de distance, il pouvait voir la Mazda verte garée parallèlement à la vitrine du 7-Eleven, les phares allumés. Tout en courant, Jacob classait mentalement les priorités : Henry. Henry pouvait être mort, ou alors blessé mais vivant, à moins que ce ne soit lui qui ait tiré le coup de feu.

Jacob porta la main à sa hanche pour y chercher une arme qui n'y était pas. Il ne la prenait pas avec lui chaque fois qu'il sortait se réapprovisionner en picole. Il sortait se réapprovisionner souvent.

Il courait toujours.

En atteignant le côté est de Robertson Boulevard, il distingua l'intérieur du magasin désert sous un éclairage cru, et la porte de la chaufferie grande ouverte. C'était là que se trouvait le coffre.

La Mazda se mit à klaxonner frénétiquement pour sonner la retraite. Il avait été repéré.

Il traversa le passage piéton à toute berzingue, en hurlant « Police, ne bougez pas » à un homme, le visage caché sous un bandana, qui déboulait par la porte du 7-Eleven, tenant à la main un sac en plastique estampillé du logo vert et orange du supermarché. Le type se jeta dans la voiture, les pneus crissèrent, et le pire pour Jacob fut de prendre conscience qu'il avait merdé ; il l'avait vu venir depuis des jours, exactement tel que c'était en train de se dérouler sous ses yeux, avec le réverbère qui clignotait dans le rétroviseur, le raclement du pare-chocs contre le bitume alors que la Mazda bondissait du trottoir et zigzaguait sur la chaussée ; les os de ses pieds qui s'écrasaient dans ses baskets et le souffle rauque de ses poumons fatigués ; sa lèvre supérieure qui se mettait à le démanger de plus en plus fort.

Un morceau de ciel se détacha.

Une lumière noire, déchiquetée, résolue. Qui piquait vers la voiture et transperça la portière conducteur.

La tôle se voila comme une joue qu'on aspire. Les quatre roues décollèrent du sol. La Mazda fit une demi-douzaine de tonneaux avant d'atterrir sur le toit, dérapant dans une mare de verre brisé, de métal torturé, sur fond de chuintements et de craquements mécaniques.

Des râles de douleur humaine s'échappaient faiblement par le trou béant des vitres explosées.

Médusé, Jacob scruta le ciel pour y repérer la source de l'assaut.

Rien.

Mais il savait, et il éprouva un élan de gratitude avant de se souvenir de Henry et de courir vers le magasin.

Il le trouva dans la chaufferie, les poignets ligotés à un tuyau près du coffre grand ouvert, un filet de sang coulant de son oreille.

« Ça va ? Tu es blessé ?

– Il m'a frappé », répondit Henry, la voix pâteuse.

Tout en appelant les secours, Jacob l'examina rapidement pour voir s'il avait été touché par une balle, constata que non. Il donna son numéro de matricule au standard, demanda une ambulance et une voiture de police, puis retourna chercher derrière la caisse une paire de ciseaux et un gobelet qu'il remplit de glaçons. Un des frigos avait été perforé, du Gatorade bleu dégoulinant sur la vitre.

« J'ai entendu un coup de feu, dit-il à Henry en s'agenouillant pour couper ses liens et lui appliquer de la glace sur la tête. Le frigo des boissons ? C'est ça que j'ai entendu ?

– Mon père va se chier dessus, répondit Henry.

– Reste ici, lui ordonna Jacob. N'essaie pas de te lever. »

Il ressortit dans la rue en courant.

La Mazda s'était immobilisée complètement. Jacob s'en approcha en décrivant un large et prudent demi-cercle.

« Police, dit-il. Sortez du véhicule. Les mains en l'air. »

Aucune réaction ; aucun mouvement. Il s'accroupit au niveau du pare-brise. Il était maculé de sang, brisé en mille morceaux mais toujours en place.

« Ça va là-dedans ? »

La caserne 58 se trouvait deux rues plus au nord. Il entendait déjà la sirène. Il se déplaça en crabe vers le côté conducteur, tenant son téléphone portable à bout portant des deux mains.

« Je vais m'approcher du véhicule, cria-t-il. Je ne veux pas que vous bougiez. Si vous bougez, je tire. Vous comprenez ? Ne bougez pas. Je vais venir. J'arrive. »

La bravade de M. Sans-Arme. Il trottina rapidement en direction de la voiture.

À l'intérieur, un chaos de bras et de jambes, de billets ensanglantés, de verre.

Il rangea son téléphone dans sa poche et intercepta les secouristes qui arrivaient.

« Eux, c'est les méchants. Ils n'ont pas l'air très en forme. Le gentil est dans le magasin, il s'est fait un peu tabasser. »

Un des secouristes suivit Jacob vers le 7-Eleven, se retournant pour jeter des coups d'œil à la voiture chavirée.

« Mais qu'est-ce qui s'est passé, putain ? »

Jacob secoua la tête.

« Vous n'avez pas vu ?

– Seulement le résultat. »

Jacob le conduisit dans la chaufferie et le regarda vérifier le réflexe pupillaire de Henry : normal. Il lui donna une petite tape sur le genou et ressortit attendre les flics.

À dix heures du matin, il était de retour derrière son bureau aux archives, tout à sa mission.

« Bonjour, inspecteur. »

Les lampes à arc n'avaient pas encore atteint leur pleine puissance d'éclairage. La chemise amidonnée du commandant

Mike Mallick luisait faiblement tandis qu'il s'approchait et se penchait pour examiner la pile de dossiers de Jacob.

« J'aurais pensé que vous auriez davantage avancé, depuis le temps, dit-il en refermant un dossier puis en se redressant. Vous êtes content de me voir ?

– Je suis toujours content de vous voir, monsieur.

– Hélas, je ne peux pas en dire autant aujourd'hui. »

Jacob s'attendait à recevoir une visite ; mais peut-être pas si vite.

« Je suppose que vous avez vu le rapport d'incident ?

– Tout ce que vous faites finit sur mon bureau.

– Je comptais vous appeler.

– Mais vous ne l'avez pas fait.

– Je ne voyais pas à quoi ça servirait. C'est passé, maintenant. Il n'y a pas d'urgence.

– *L'urgence*, inspecteur, c'est que quelqu'un – quoiqu'il semble y avoir une petite polémique sur *qui* ça peut être – joue au bowling avec des voitures.

– Je vous demande pardon, monsieur. J'aurais dû vous appeler plus tôt.

– Oui, vous auriez dû. Parce que, maintenant, on a un problème de cohérence du récit. Vous avez dit aux secouristes que vous n'aviez rien vu. Ensuite vous avez dit aux policiers arrivés sur les lieux qu'il y avait eu délit de fuite.

– Comment vous appelleriez ça, vous ? rétorqua Jacob.

– J'appellerais ça un gros bordel. On se retrouve avec deux petites frappes à l'hosto qui ne vont peut-être pas s'en tirer, et s'ils s'en tirent ils vont jurer leurs grands dieux qu'il n'y avait aucune autre voiture dans les parages. »

Jacob n'avait jamais entendu de gros mots dans la bouche de Mallick.

« Ils étaient en train de prendre la fuite après un braquage, monsieur. Crédibilité zéro.

– Ça ne signifie pas qu'ils méritent de mourir.

– Non, monsieur. Bien sûr que non. Ce que je veux dire, c'est que j'ai vu dans quel état ils étaient. Il n'y a aucune chance qu'ils se souviennent de quoi que ce soit à part de l'impact.

– Et si elle avait touché un autre véhicule ? Si elle avait touché un piéton ?

– La rue était déserte…

– Et la femme qui prenait de l'essence de l'autre côté d'Airdrome, alors ? »

Jacob marqua un temps d'arrêt.

« Je ne l'avais pas remarquée, monsieur.

– Une prof de piano. Crédibilité maximale.

– Elle va bien ?

– Très bien, répondit Mallick. Tellement bien, d'ailleurs, qu'elle a été capable de fournir une déposition détaillée. Elle a raconté que la voiture avait commencé à faire des tonneaux comme si elle avait été frappée par un missile. Sauf qu'elle n'a pas vu de missile. Elle n'a pas vu de flamme. Elle n'a pas vu d'explosion. Elle a dit, et là je la cite : “La voiture a simplement sauté en l'air et elle est partie en vrille.” »

Jacob devait reconnaître que c'était une description assez fidèle.

« Vous ne pensez pas que ça risque de soulever quelques questions ? demanda Mallick.

– Écoutez, dit Jacob, il faisait nuit, c'était…

– Oubliez cette femme. Ce qu'elle dit ou pas est secondaire. L'essentiel, à présent, est d'éviter un bis repetita. Cela ne doit jamais, jamais se reproduire. C'est clair ?

– Je ne la contrôle pas, monsieur.

– Vous m'aviez promis que vous ne la laisseriez pas s'échapper une deuxième fois. »

C'était faux ; il avait bien pris soin de ne surtout pas faire cette promesse.

« Je n'ai rien pu faire, répondit-il. Ça s'est passé en moins d'une seconde.

– Je veux que vous me décriviez ce que *vous* avez vu. Tout. Ne m'épargnez aucun détail. »

Au fil du récit de Jacob, le visage du commandant se plissait de plus en plus de détresse. Il s'était assis sur le bord du bureau, son long cou flétrissant à vue d'œil.

« Avant qu'elle s'en mêle, dit-il, vous n'étiez pas en danger manifeste ?

– Pas immédiatement, non. La menace n'était pas dirigée contre moi. À votre place, monsieur, je verrais ça comme une raison d'espérer. Elle prend des risques. »

Mallick lui jeta un regard noir.

« Elle a choisi de se montrer. Pourquoi ?

– Ils étaient en train de s'enfuir.

– Combien de fois par jour des criminels s'en tirent à bon compte sans qu'elle intervienne ? Elle l'a fait pour *vous*. Vous étiez en colère. Elle a vu là une façon d'aider.

– Comment pourrait-elle savoir ce que je ressens ?

– À votre avis ? Vous êtes comme une putain de chandelle romaine pour elle. »

Son aura.

Les vagues de couleur liminales qu'il avait perçues autour des gens, et qui avaient décidé son médecin à l'envoyer chez un psy. Elles avaient commencé après que Mai l'avait transfusé, et s'étaient estompées à mesure que son corps guérissait.

« Monsieur ? Vous les voyez, vous aussi ?

– Réveillez-vous, inspecteur. Si c'était le cas, vous croyez vraiment que j'aurais accepté de lever le dispositif de surveillance autour de vous ? »

Mallick se mit à faire les cent pas.

« Elle prend des risques parce qu'elle le peut, poursuivit-il. Chaque jour où elle est libre, elle acquiert un peu plus de force.

– Jusqu'à ?

– Aucune idée. Elle n'est jamais restée aussi longtemps en liberté.

– Et vous perdez des forces », devina Jacob.

Touché. Mallick tressaillit.

« J'ai vu le livre, confia Jacob. *Dorot chel Beinonim.* Mon père en possède un exemplaire. »

Le commandant resta un moment sans rien dire, à se mordiller la joue. Lorsqu'il reprit la parole, sa voix était basse… presque honteuse.

« Ça évolue plus lentement que ça. D'une génération à l'autre plutôt que d'un jour sur l'autre. Mais oui, tôt ou tard, nous allons atteindre un stade où nous ne pourrons plus facilement la maîtriser à nous seuls.

– Je crois que vous en êtes déjà là, répondit Jacob. C'est pourquoi vous avez besoin de moi.

– Nous avons besoin de vous parce que, quel que soit le rapport de forces une fois que nous serons face à elle, elle peut très bien continuer à se cacher.

– Vous ne savez pas où elle est ?

– Bien sûr que non, rétorqua Mallick d'un ton irrité. Je ne suis pas prophète.

– Personne n'a jamais pris le temps de m'expliquer les règles.

– Demandez à votre père. Je suis sûr qu'il sera ravi de vous mettre au parfum.

– Je lui ai demandé. Il m'a montré le livre. Il m'a aussi raconté ce que vous avez fait à ma mère. »

Mallick se raidit.

« Vous l'avez détruite, assena Jacob.

– C'est inexact.

– Vous vous êtes servis d'elle comme vous vous servez de moi.

– Ce qui s'est passé est extrêmement regrettable. »

Jacob ne put s'empêcher de rire.

« Honnêtement, monsieur ? Parce que, là, je suis moi-même en train d'essayer de ne pas dire quelque chose d'extrêmement regrettable. »

Mallick croisa ses longs bras sur sa poitrine.

« Ça ne s'est pas produit sous ma surveillance. Et nous avons revu notre politique depuis. Votre sécurité est pour nous de la plus haute importance.

– Mon cul », répliqua Jacob.

Silence.

« J'étais censé prendre ma retraite, dit Mallick. Vous saviez ça ?

– Non, monsieur, je l'ignorais.

– Mel a organisé une collecte pour mon pot d'adieu. J'avais déjà choisi ma montre. Et puis brusquement… *ça*.

– C'est donc votre stratégie vis-à-vis d'elle ? Le confinement.

– Demandez-vous ce que vous feriez à ma place. »

Jacob ne dit rien.

« Je sais que vous l'aimez bien, reprit Mallick. Mais croyez-moi, je vous assure : ce n'est pas prudent de la laisser en liberté dans ce monde. Pour personne. Pour vous. Mais surtout, pour elle. Elle représente un danger pour elle-même. Si vous tenez à elle, aidez-nous. »

Puis, changeant totalement d'attitude, il posa une main cireuse sur la pile de dossiers.

« Vous avez trouvé des choses intéressantes ? »

Ce brusque élan d'affabilité troubla Jacob. Il était convaincu que Divya Das lui avait rapporté la teneur de leur conversation, et que Mallick était déjà au courant de son intérêt parallèle pour l'affaire Duvall. Or la curiosité du commandant paraissait sincère, et teintée de regret, comme s'il commençait tout juste à prendre conscience de la nature punitive de cette mission d'archivage.

« Il y a une affaire sur laquelle je me suis un peu penché, confia Jacob.

– Ah oui ? Et laquelle donc ?

– Un double homicide. Une mère et son fils. Pas jojo.

– Je vois.

– J'aurais besoin d'un peu de temps pour travailler dessus. »

Mallick resta muet un moment. Puis il dit :

« J'imagine qu'il vous faudra un nouvel ordinateur. »

Les Projets spéciaux qui essayaient de se racheter de s'être rachetés ?

Ou bien juste de changer de sujet, histoire de détourner la colère de Jacob à propos de Bina ?

Quelle que soit la motivation du commandant, Jacob n'avait pas l'intention de discuter. Il préférait de loin l'horreur relativement humaine du meurtre.

« Ce ne serait pas de refus, monsieur.

– Je vous le ferai expédier chez vous. Autre chose ? »

Jacob se souvint de la carte de crédit au plafond illimité, mais uniquement dans le cas de certaines dépenses.

« Un compte dédié pour les frais de mission ? » suggéra-t-il.

Mallick se baissa pour refaire son lacet.

« Vous voulez travailler comme tout le monde, vous remplirez des notes de frais comme tout le monde.

– Et la prof de piano, qu'est-ce qu'elle va devenir ?

– Laissez-nous nous occuper de ça.

– Qu'est-ce que vous allez lui faire ? »

Mallick se redressa. Le fixa du regard.

« J'espère que vous n'insinuez pas ce que vous avez l'air d'insinuer, inspecteur. »

Jacob ne répondit pas.

« Nous ne sommes pas les méchants, dans cette affaire, reprit Mallick. Ne l'oubliez jamais. »

# 24

L'école de Stoner Avenue se trouvait à huit cents mètres de la maison où vivaient Marquessa et TJ. Jacob montra rapidement son insigne à la gardienne et se présenta comme un officier chargé du suivi de l'obligation d'assiduité scolaire.

Elle lui dit d'entrer pendant qu'elle prévenait la directrice.

Patricia Eubanks était une femme noire d'une cinquantaine d'années. Elle referma la porte de son bureau et serra la main de Jacob, visiblement inquiète.

« Vous devez être nouveau, non ?

– Je suis là au sujet de TJ White », répondit Jacob.

Elle eut un brusque mouvement de recul.

« Pardon ? »

Il lui tendit sa carte de police, ajoutant qu'il avait préféré rester discret.

Elle le jaugea avant d'acquiescer d'un hochement de tête reconnaissant.

« On m'a demandé de reprendre ce dossier, dit-il. Je ne voulais pas créer d'agitation. »

Eubanks opina. Elle s'assit derrière son bureau et se mit à ouvrir et fermer des tiroirs.

« Ça fait longtemps que je n'ai pas repensé à TJ, dit-elle. Mais pendant longtemps, je n'ai pu penser à rien d'autre.

– Tout ce que vous pourrez me dire me sera utile. »

La directrice trouva ce qu'elle cherchait : une balle antistress vert fluo, qu'elle commença à pétrir méthodiquement.

« Malheureusement, je ne crois pas pouvoir ajouter grand-chose. J'essaie d'établir une relation personnelle avec chacun des élèves, mais ça prend du temps, et je n'ai pas eu la chance de connaître TJ ni sa mère. Ils venaient d'arriver dans le quartier. »

Elle marqua une pause avant de poursuivre.

« Pourtant je me souviens de l'endroit où j'étais quand j'ai appris la nouvelle. Ça, je ne l'oublierai jamais. C'était un jeudi soir, deux jours avant Noël. J'étais en train de faire mes paquets cadeaux quand mon téléphone a sonné. Un de nos anciens instituteurs habitait dans leur rue.

– Jorge Alvarez, devina Jacob. Je lui ai parlé.

– Je connaissais Jorge depuis dix ans, mais jusqu'à ce soir-là je ne l'avais jamais entendu pleurer », raconta Eubanks en écrasant la mousse verte dans son poing.

Jacob songea à l'état émotionnel d'Alvarez lors de leur récent entretien : moins extrême, mais c'était normal avec le reflux naturel du chagrin.

« Est-ce que la police est venue vous interroger ?

– Non.

– Ni l'équipe enseignante ?

– Personne ne s'est présenté à l'école, inspecteur, à part l'assistante sociale du quartier, avec qui nous avons organisé une réunion pour les parents dans le gymnase. Mais peut-être qu'ils ont eu Susan au téléphone.

– Susan ?

– Lomax. L'institutrice de TJ. Nous avons deux classes de maternelle. Dans l'une, on n'arrive jamais à garder quelqu'un plus d'un ou deux ans d'affilée ; c'est les chaises musicales. L'autre a toujours été la classe de Susan. Elle était déjà là avant que j'arrive. Nous avons tenu une réunion d'urgence avec toute l'équipe le lendemain de Noël pour savoir comment parler aux élèves de ce qui s'était passé. Susan était au centre de la discussion, parce que les siens étaient les plus directement concernés. Au final, on a essayé de s'en servir comme d'une opportunité pour apprendre.

– Sur la mort ?

– Sur la vie. »

Patricia Eubanks reposa la balle.

« Ce pauvre petit gosse, reprit-elle. Tout le monde, et je veux dire vraiment tout le monde, était en vrac. À la rentrée, après les vacances, on avait l'impression que la température avait chuté de dix degrés.

– Si ça ne vous ennuie pas, j'aimerais bien m'entretenir avec M$^{me}$ Lomax.

– Ça ne m'ennuie pas du tout, mais je ne vous conseille pas de l'appeler comme ça.

– Comment faut-il l'appeler ?

– Mademoiselle, répondit Eubanks avant de jeter un coup d'œil à son ordinateur. La récréation est dans sept minutes. »

Elle partit en emportant sa balle fluo.

Huit minutes plus tard, la porte se rouvrit, et entra dans le bureau une petite femme corpulente vêtue d'un pantalon de treillis. Susan Lomax devait mesurer un mètre cinquante, mais son arrivée déplaça radicalement le centre de gravité de la pièce, incitant Jacob à se tenir un peu plus droit sur sa chaise.

« Ça fait dix ans que j'attends que quelqu'un de chez vous me rappelle », dit-elle.

Susan Lomax et Jacob étaient assis l'un en face de l'autre.

« Nous avons une feuille d'émargement affichée sur le mur de la classe. Il y a une colonne pour signer quand on dépose l'enfant le matin, et une autre quand on vient le chercher le soir. C'est important pour nous de savoir qui prend quel enfant et à quelle heure, et d'en garder une trace. La mère de TJ oubliait systématiquement de signer le soir. C'était un problème récurrent. À la fin de la semaine, je suis censée soumettre la feuille à la directrice, et sur la ligne de TJ il y avait cinq cases blanches, là où sa mère n'avait pas signé. »

Se rendant compte qu'elle incriminait une femme morte, elle nuança légèrement son propos.

« Je n'aimais pas trop l'embêter avec ça, parce que je savais qu'elle était mère célibataire, et elle avait toujours l'air épuisée. Vers le milieu du premier trimestre, début novembre, un homme est venu chercher TJ à sa place.

– Vous pourriez le décrire ? Âge, race, taille, corpulence ?

– Il était blanc. Grand et costaud, même si, pour être sincère, tout le monde me paraît grand et costaud par rapport à moi.

Je ne vous aide pas beaucoup, hein ? demanda l'institutrice avec une grimace.

– Si, si, c'est parfait.

– Je me sens une responsabilité d'être le plus précise possible. »

Ses yeux se voilèrent alors qu'elle remontait dans le temps.

« J'aurais du mal à vous donner son âge. Les gens ne vieillissent pas tous pareil. Il portait un chapeau, un de ces... vous savez, en fourrure, avec des rabats sur les oreilles. Il était beaucoup trop couvert. Ça m'a frappée. On aurait dit qu'il s'apprêtait à alunir. Un gros manteau, une écharpe, des gants. Et puis je l'ai entendu parler et j'ai pensé : "Ah, il est russe, c'est pour ça." »

Un frisson d'excitation.

« Comment savez-vous qu'il était russe ?

– Ma belle-mère est de Saint-Pétersbourg. J'ai reconnu l'accent. Et TJ l'appelait *Diadia*. Oncle.

– TJ le connaissait ? »

Elle confirma d'un hochement de tête.

« Et il l'aimait bien, ça se voyait. L'homme a expliqué que la mère de TJ était occupée et qu'elle lui avait demandé d'aller chercher le petit. Mais il n'était pas sur la liste des personnes autorisées. Je lui ai dit que j'étais désolée mais que je ne pouvais pas le laisser repartir avec TJ. Il a essayé de discuter : "Juste pour aujourd'hui." Je lui ai répondu de dire à M^me^ Duvall de venir chercher TJ avant six heures, et qu'elle aurait les frais à payer. »

Elle s'interrompit pour apporter une précision :

« On a un programme de garderie après l'école. Il faut être inscrit, et TJ ne l'était pas. Ça coûte huit dollars par jour. Moins à l'époque, mais chaque sou compte.

– Et comment ça s'est fini ? demanda Jacob.

– Il a sorti un billet de cent dollars et me l'a agité sous le nez. "Pour les frais", il a dit. »

Jacob arrêta de prendre des notes et releva la tête.

« Une grosse brute, acquiesça-t-elle.

– Vous avez retenu son nom ? Peut-être en vérifiant la liste ?

– Je, euh... bredouilla-t-elle, la mine abattue. Je ne m'en souviens pas. Je... »

Elle ne termina pas sa phrase, les yeux ronds.

« Autre chose. Je viens d'y repenser. Il portait une bague.

– Quel genre de bague ?

– Je ne sais pas. Ce n'était pas de l'or, ça j'en suis… Noire, je crois, et très grosse. Il avait enlevé un gant pour sortir son portefeuille et il agitait l'argent sous mon nez. J'ai eu peur qu'il me frappe. Ça vous aide, tout ça ?

– Énormément, dit Jacob.

– Je pourrais vous la dessiner, reprit-elle, sauf qu'il n'y a pas grand-chose à dessiner, en fait. C'était juste un gros bout de métal, presque comme un coup-de-poing américain. Vulgaire. Mais noire, en tout cas. Ça c'est sûr.

– C'est parfait, merci.

– Je m'en veux de ne pas me rappeler son nom.

– Ça ne fait rien, la rassura Jacob. Que s'est-il passé ensuite ? Après qu'il vous a agité l'argent sous le nez ?

– Je lui ai demandé de partir. Il est sorti et je ne l'ai jamais revu. La mère de TJ est venue le chercher plus tard. Elle était manifestement énervée contre moi. »

La réprobation s'était à nouveau insinuée dans sa voix.

« Ma seule et unique préoccupation, indiqua Susan Lomax, c'est le bien-être de l'enfant. Les parents ne le comprennent pas toujours. Ça peut être très frustrant. »

Jacob voulut savoir si elle avait raconté tout ça à la police.

Tel le faisceau d'un phare, la réprobation pivota alors dans sa direction.

« J'ai essayé, dit-elle. Personne ne m'a jamais rappelée. Vous pouvez m'expliquer pourquoi ?

– J'aimerais bien, répliqua-t-il.

– Au moins vous êtes honnête. Qu'est-ce que ça coûte de retourner un appel ? Je me suis même déplacée en personne au poste de police, mais on m'a répondu que je n'étais pas au bon service, qu'ils ne pouvaient pas m'aider. »

Elle secoua la tête, jeta un coup d'œil à sa montre, qu'elle portait avec le cadran à l'intérieur du poignet. Jacob songea qu'elle avait dû prendre cette habitude après trop d'accidents professionnels.

« La récréation est finie », annonça-t-elle.

Pourtant elle ne se leva pas tout de suite.

« C'était un gamin adorable, ajouta-t-elle.

– C'est ce que j'ai cru comprendre.

– Quand ils arrivent dans une pièce, certains petits garçons se jettent immédiatement sur la première chose qu'ils peuvent détruire. Ce n'est pas méchant, c'est juste l'âge. TJ n'était pas comme ça. Il était sérieux, prudent. Plus jeune que les autres. Il préférait jouer avec les filles. Il aimait dessiner. Il aimait les jeux de construction. Un petit côté solitaire, mais je respectais ça chez lui. »

Elle attrapa la boîte de Kleenex posée sur le bureau de la directrice.

« Je fais ce boulot depuis que j'ai vingt-trois ans, dit-elle en s'essuyant les yeux. J'en ai quarante-sept à présent. Sauf à la mort de ma mère, je n'ai jamais été absente plus d'une semaine. J'ai programmé mes deux grossesses pour accoucher en été. J'adore mon métier. Mais je vais vous dire une chose, inspecteur. Cet hiver-là, j'ai été à deux doigts de démissionner.

– Et pourtant vous ne l'avez pas fait », répondit Jacob.

Elle le dévisagea afin d'évaluer son degré de sincérité. Hocha la tête et reposa le mouchoir chiffonné, qu'elle regarda lentement éclore. Puis elle se remit à pleurer, sans fanfare.

« Je me suis dit que je devais donner l'exemple pour les enfants », murmura-t-elle.

# 25

Jacob téléphona à Neil Adler de la voiture.

« La vache, ce que vous êtes impatient !

– Il me faut des Russes, annonça Jacob. Ça vous aide à restreindre vos recherches ?

– Y a pas mal de Russes dans cet univers.

– Faites de votre mieux.

– J'espère que ça me vaudra un autre repas, au moins.

– Accordé.

– Et un scoop.

– Sans garantie », rétorqua Jacob avant de raccrocher.

Il atteignit péniblement Hollywood en empruntant des rues secondaires, s'engouffra dans l'allée où les corps avaient été retrouvés et s'arrêta pile derrière la boulangerie.

Deux places de parking, occupées par une camionnette de livraison blanche et une Nissan Sentra marron. Il s'arrangea pour les bloquer toutes les deux et pénétra dans la boutique par la porte de service, longeant un couloir rempli de produits ménagers.

Une chaleur sèche émanait de la cuisine, où travaillaient deux Latinos, coiffés de charlottes en résille, l'un badigeonnant de jaune d'œuf une plaque de *pirojki*, l'autre versant un sac de vingt kilos de farine dans un pétrin. Aucun ne leva la tête au passage de Jacob.

La même vendeuse était derrière le comptoir. Elle tourna la tête et resta interdite une seconde avant de se concentrer à nouveau sur la cliente qui se trouvait devant elle.

Jacob s'inséra dans la file.

Il profita de l'attente pour examiner le tableau en liège couvert de prospectus bilingues. Anglais et russe. Il lut les étiquettes dans la vitrine, rédigées à la fois en caractères latins et cyrilliques.

*Syrnik. Vatrouchka. Ptitché moloko.*

La cliente était une vieille dame. Elle laissait des traces grasses sur la vitre en montrant les différentes pâtisseries qu'elle voulait.

« *Dva… Piat'…* »

La vendeuse remplissait consciencieusement la boîte, jetant de brefs coups d'œil en biais à Jacob.

« C'est bon, dit la vieille dame. *Kharacho, dastatotchno.* »

La vendeuse tendit le bras pour tirer une longueur de ficelle au dévideur fixé au mur. La dame ouvrit un porte-monnaie brodé de perles et se mit à compter ses pièces. Le regard de Jacob tomba sur la fillette en photo sur la boîte de barres chocolatées à côté de la caisse.

Comme TJ, une enfant qui n'avait jamais grandi.

La dame finit de régler ses gâteaux, dit « *Spasiba* » et sortit d'un pas chancelant, actionnant au passage le carillon électrique.

« Vous désirez ? » demanda la vendeuse.

Inratable, ce coup-ci. Cette façon typiquement russe de rouler les *r*.

Il s'apprêtait à sortir le dossier de son sac lorsque la porte tinta à nouveau. Un homme en costume gris mais sans cravate se rangea derrière lui, se balançant impatiemment d'un pied sur l'autre.

Le début de l'affluence du déjeuner. Jacob commanda un café, deux *pirojki* aux champignons et alla les manger sur le banc sous le tableau d'affichage. Il attendit que l'homme en costume gris ressorte avec son sandwich, puis il posa son café, marcha jusqu'à la porte, tourna la pancarte du côté FERMÉ et poussa le verrou.

« Pardon, excusez-moi, s'indigna la vendeuse. Qu'est-ce que vous faites ? »

Jacob sortit le dossier, choisit un gros plan de TJ avec ses paupières découpées et l'abattit violemment sur le comptoir en marbre.

« Regardez », dit-il.

Comme la fois précédente, elle leva les yeux au plafond. Il avait alors pensé qu'elle réagissait à la brutalité de l'image.

*J'ai des clients.*

Là, il ne s'y laissa pas prendre. Elle détournait les yeux parce qu'elle avait peur.

« Regardez-le », insista Jacob.

La femme pinça les lèvres.

« Sortez de ma boutique, s'il vous plaît.

– Pas avant que vous ne l'ayez regardé.

– Je vais appeler la police », dit-elle en haussant la voix.

Jacob brandit son insigne.

« Mais je vous en prie, faites donc. »

Elle resta muette.

« Regardez son visage.

– Je n'ai pas besoin.

– Je crois que si.

– Je n'ai rien à dire.

– J'entends souvent ça. Et personne ne dit jamais ça à moins d'avoir quelque chose à dire.

– Je veux un avocat.

– Vous n'êtes pas en état d'arrestation. On discute. »

Silence.

« Vous avez des enfants », tenta Jacob.

Elle cilla, mais ne répondit pas.

« Ils doivent être grands, maintenant. Est-ce qu'ils ont eux-mêmes des enfants ? Vous êtes grand-mère ? »

Du raffut à la porte… deux ouvriers en tenue de travail qui la secouaient pour essayer d'entrer.

« Lui, il a une grand-mère, poursuivit Jacob. Vous voulez la rencontrer ? Je peux vous l'amener. »

Les hommes se mirent à toquer.

« J'ai des clients, dit la femme. S'il vous plaît.

– On n'en a pas pour longtemps, ne vous en faites pas. »

Jacob agita l'index à l'intention des deux hommes, puis leur montra le panneau FERMÉ.

Consternation, haussement d'épaules. Ils rebroussèrent chemin.

Un des deux employés sortit une tête enfarinée du couloir.

« Zina ? *Todo bien ?*

– Dites-lui d'aller voir ailleurs », ordonna Jacob.

La vendeuse avait une légère cicatrice à la mâchoire, juste à gauche du menton. Elle la frotta machinalement, comme pour essayer de l'effacer.

« *Vete fuera* », dit-elle.

Le type ne bougea pas.

« *Rafael, tambien*, ajouta-t-elle. *Ahora, por favor.* »

L'employé disparut. Jacob entendit la porte de service s'ouvrir et se refermer.

« Ça fait dix ans, reprit-il. Et vous y pensez encore. »

Elle tortillait le tissu de son tablier.

« Mais ce n'était pas votre faute. N'est-ce pas ? Je ne pense pas. Je pense que vous n'aviez rien à voir là-dedans. Je pense juste que vous avez eu peur, comme maintenant.

– S'il vous plaît, implora-t-elle. Je ne sais pas.

– Alors pourquoi refusez-vous de regarder ?

– Parce que je ne veux pas voir, rétorqua-t-elle d'une voix stridente.

– Vous croyez que ça m'amuse, moi, de le regarder ? »

Elle secoua la tête d'un air dégoûté.

« Vous faites des problèmes.

– À qui ? À lui ? Il est mort. Sa mère est morte. Ça, on ne le changera jamais. Mais moi, je suis policier. C'est mon boulot de m'assurer que celui qui a fait ça ne recommence pas, avec personne d'autre, jamais. Ce qui signifie que je vais devoir vous poser des questions, encore, encore et encore, jusqu'à ce que vous me parliez. »

Elle se mit à rire.

« Très bien, monsieur.

– Vous trouvez ça drôle ?

– *Vous* êtes drôle, rectifia-t-elle. Vous savez ce que c'est, un policier ? Quelqu'un qui vient chez vous au milieu de la nuit. Qui défonce la porte. Qui vous crache à la figure. Qui vous brise les os, dit-elle en montrant sa cicatrice à la mâchoire. Qui vous jette dans une cellule. Vous ne savez pas ce que vous avez fait, vous ne savez pas combien de temps vous allez rester là. *Ça*, c'est un policier. Vous ? Vous n'êtes *rien.* »

Elle croisa les bras en hochant la tête, satisfaite.

« Ce n'est pas comme ça que ça marche, ici, répondit Jacob. Ce genre de loi ne dure pas. »

Un autre client tambourinait à la porte en hurlant à travers la vitre.

« Je ne sais rien », répéta la femme.

Jacob ramassa la photo de TJ. Il la punaisa au tableau en liège, ainsi que sa carte de visite, et sortit par la porte de derrière.

# 26

Aéroport international de Prague-Ruzyně
Prague, République socialiste tchécoslovaque
25 octobre 1982

Les yeux collés de sommeil, Bina descend de l'avion et suit le reste du groupe jusqu'au terminal, où deux hommes les attendent. Le premier, mince, le teint cireux, porte un costume en polyester marron et sourit mollement derrière l'épaule d'un comparse mastoc, aux cheveux touffus, vêtu d'un jean serré et d'un col roulé vert pelucheux.

**PRAGUE SOUHAITE LA BIENVENUE
À L'ALLIANCE INTERNATIONALE DES ARTISTES JUIFS**

Ils sont au nombre de dix-huit, venus des quatre coins des États-Unis, plus un Canadien de service pour que l'alliance soit bel et bien internationale. S'ils ne se connaissaient pas avant de se retrouver à l'aéroport JFK, ils partagent désormais l'étrange intimité, légèrement délirante, qui provient d'un vol long-courrier dans la promiscuité de la classe économique.

L'homme au col roulé replie sa pancarte et s'adresse à eux dans un anglais impeccable, ses yeux noirs brillant au-dessus d'une barbe d'un jour.

« Chers invités, je m'appelle Ota Wichs. De la part de toute la communauté juive, c'est un honneur d'être le premier à vous dire : *vítejte* ! »

Grommellement général de *bonjour* et *merci*. Bina se retient de justesse de répondre en tchèque.

« Mes amis, nous attendions votre arrivée avec impatience. Il y a beaucoup de choses à faire et à voir. Avant de poursuivre, cependant, j'ai l'honneur supplémentaire de vous présenter mon estimé confrère, M. Antonín Hrubý, sous-secrétaire aux Cultes du ministère de l'Éducation et de la Culture, sans le soutien duquel cette opportunité de vous accueillir n'aurait pas été possible. »

Il se met à applaudir ostensiblement. Un instant de confusion traverse le groupe avant que tout le monde ne comprenne le message et ne l'imite. L'homme en costume marron s'incline vaguement.

« Mes amis, reprend Ota Wichs, suivez-moi je vous prie. »

Ils traversent le hall des arrivées en troupeau, comme des moutons, mal à l'aise. Un vendeur de souvenirs propose des pin's en métal aux couleurs du drapeau tchécoslovaque. D'autres stands paraissent abandonnés, recouverts de lourdes bâches et de chaînes, bien qu'il soit midi. Bina compte davantage de soldats que de passagers et, même si tout a l'air normalement agencé, même s'il flotte une odeur normale de plastique et de renfermé, quelque chose semble sonner faux... un peu trop théorique, comme si on avait chargé quelqu'un qui n'a jamais mis les pieds dans un aéroport d'en construire un.

Une photographe de Seattle aux cheveux blond roux retire le cache de son objectif, attirant aussitôt l'attention de Hrubý. Il fait arrêter tout le groupe.

Ota Wichs s'éclaircit la voix.

« Pour des raisons de sécurité, dit-il, nous vous demandons s'il vous plaît de vous abstenir de prendre des photos à l'intérieur de l'aéroport. »

Hrubý tend la paume.

Il y a un moment de tension le temps que la photographe ouvre le boîtier de son appareil, en extraie la pellicule et la lui remette. Il l'empoche et se remet en marche.

« Allons-y, s'il vous plaît », dit Wichs.

Bina se souvient du reproche de son père.

*Tu n'y étais pas.*

Elle y est, maintenant.

Afin d'éviter une queue de trois cents personnes à l'immigration, Hrubý les conduit par un corridor latéral jusqu'à un petit bureau étriqué où il fait l'appel et contrôle les passeports en suivant une liste pré-imprimée. Gloussements nerveux alors qu'ils répondent tour à tour « Présent » comme des écoliers.

Histoire de compenser la grossièreté du procédé, Ota Wichs s'applique à sourire à chacun d'entre eux individuellement.

« Bina Reich Lev », lit Hrubý.

Wichs la regarde dans les yeux : « Bienvenue. »

« Bina Reich Lev ? répète Hrubý en relevant la tête de son bloc-notes.

– Présente », répond-elle.

Il raye son nom et continue sa liste, laissant Bina songeuse quant au fait que Wichs savait qui elle était avant même qu'elle ait prononcé un mot.

Ils montent à bord d'un autocar. Bina trouve une rangée vide à l'arrière, posant les jambes sur le siège d'à côté pour éviter d'avoir de la compagnie. Jusque-là, elle a réussi à rester plus ou moins dans son coin, et les autres l'ont tacitement désignée comme l'excentrique du groupe, avec sa jupe longue, son foulard sur la tête et son repas casher dans l'avion.

Alors qu'ils s'engagent sur l'autoroute, le joint défectueux autour de sa vitre laisse passer un courant d'air froid. Pas une mauvaise chose, dans la mesure où plusieurs personnes ont allumé une cigarette et où l'habitacle commence à se remplir de fumée. Bina regarde défiler le paysage, les toits orange des fermes léchant le gris piqueté du ciel.

Ota Wichs souffle dans un micro.

« Test, test, un deux… Ok. À présent, mes amis, je dois vous demander s'il y a parmi vous des gens qui sont déjà venus à Prague. »

Bina manque de lever la main. Mais elle n'a que des faux souvenirs. Des souvenirs fantômes.

« Dans ce cas, je vous souhaite à nouveau la bienvenue. S'il vous plaît : sur votre gauche, vous pouvez admirer la réserve naturelle de Divoká Šárka, ainsi nommée en l'honneur d'une grande guerrière, la sauvage Šárka. Selon la légende, il y a fort longtemps, ces terres étaient gouvernées par des femmes. Vous voyez, mes amis, nous sommes un peuple très progressiste, nous avons eu des femmes dirigeantes bien avant que cela devienne la mode à l'Ouest… »

Il y a peu de circulation sur la route jusqu'à ce qu'ils atteignent les abords de la ville. Dans une tentative pour les distraire du paysage de plus en plus morne, Wichs continue son baratin, agrippé au dossier d'un siège tandis que le bus tangue entre des blocs de béton peints dans des couleurs primaires crues.

« Sur votre droite, vous pouvez voir l'hôpital militaire. »

Tout, des chaussures aux réverbères, a été conçu avec pour unique critère la fonctionnalité, et le soleil qui filtre tant bien que mal à travers les nuages ne parvient qu'à durcir les angles et exposer les coutures.

« Sur votre gauche, un gymnase flambant neuf… »

Bina n'a que faire des réalisations de l'État.

Elle regarde les immeubles d'habitation.

Derrière un de ces rideaux miteux, sa mère est en train de couper des légumes.

Elle regarde cet homme voûté qui fume, assis sur un banc : son père, après une journée de quatorze heures, pas tout à fait prêt à rentrer affronter sa famille.

*J'y suis, maintenant, Taťka.*

La coquille brutaliste de la ville commence à se fendiller, mètre après mètre, cédant la place à la Vieille Ville, dont l'élégance architecturale demeure car personne ne s'est donné la peine de la démanteler. La circulation se fige. Après une demi-heure coincés sur le pont Hlávka, suspendus au-dessus d'une Vltava visqueuse de polluants, ils votent à l'unanimité de finir le dernier kilomètre à pied. Ils traînent leurs valises sur les mégots de cigarettes jusqu'à la réception humide de l'hôtel Důlek. Wichs leur distribue les clés des chambres et leur accorde une courte pause pour se rafraîchir avant la cérémonie d'accueil.

Elle a lieu dans l'ancien hôtel de ville du quartier juif, et y sont invités tous les leaders communautaires ainsi qu'un échantillon d'artistes locaux. Avant le repas viennent les salutations, les témoignages de sympathie, et un discours du rabbin en chef de Bratislava, qui a fait le trajet en train pour l'occasion et qui parle longuement du lien entre la Torah et la lutte des classes.

« On constate que nombre de règles religieuses ont un caractère socialiste, traduit Wichs, comme l'abrogation des droits de propriété tous les sept ans, au cours de l'année de la *chemita*, si bien qu'au sens strict du terme on peut considérer Moïse comme un précurseur de Marx. »

Adossé au mur, le sous-secrétaire Hrubý prend des notes.

La fenêtre la plus proche de Bina donne sur le toit galeux de la synagogue Alt-Neu. Sur le chemin depuis l'hôtel, Wichs s'est arrêté devant la *shoul* le temps de leur fournir une mini-biographie de Juda Loew, le Maharal. Connaissaient-ils l'histoire du golem de Prague ?

Tout le monde la connaissait, quoique sans doute personne de façon aussi intime que Bina. Sam est un grand admirateur du rabbin Loew, dont il partage les idées à presque tous les repas de chabbat. Elle a entendu la légende du golem et ses variantes un nombre incalculable de fois.

Quelqu'un a demandé à Wichs s'il était déjà monté au grenier.

Il a posé les mains sur son cœur. *J'ai le regret de vous informer qu'il n'y a rien là-haut que des vieux meubles cassés. Mais nous en apprendrons plus demain. Pour le moment, avançons, s'il vous plaît.*

Le rabbin de Bratislava conclut son discours, s'attirant des applaudissements fatigués. Les adolescents qui font office de serveurs distribuent des corbeilles de pain et des pichets d'eau et de bière.

À la table de Bina prennent place cinq Tchèques, un artiste de San Francisco qui fait des installations, une peintre de Dallas et, à sa gauche, un austère lithographe de Brooklyn qui boit pinte sur pinte de pilsner, se montrant de plus en plus pâteux et insistant alors qu'il essaie d'entraîner les Tchèques sur le terrain politique et que ces derniers lui sourient, gênés, en s'efforçant de ramener la conversation vers l'art.

Le dîner arrive : un plateau de saucisses baignant dans leur graisse.

« Je ne dis pas que j'étais *content* que Reagan se fasse tirer dessus, poursuit le lithographe en faisant glisser une saucisse dans son assiette.

– Hello, mes amis. »

Ota Wichs attrape une chaise libre et s'insère à côté de Bina, faisant tourner le plateau avant qu'elle ait le temps de se servir.

« Alors, on s'amuse bien ? demande-t-il.

– Je ne me réjouis jamais que quelqu'un se fasse tirer dessus », enchaîne le lithographe.

Wichs lui donne une grande tape sur l'épaule.

« Oui, bien sûr, dit-il, c'est tragique, mais ne gâchons pas la fête, parlons de sujets plus agréables. »

Il remplit le verre le plus proche.

« À l'art ! lance-t-il. Le langage universel. *Na zdraví.*

– Je croyais que l'amour était le langage universel, rétorque le lithographe.

– L'amour, l'art, répond Wichs. Pour un artiste, c'est la même chose, non ? »

Entre-temps, les saucisses ont migré à l'autre bout de la table, pour s'arrêter devant un écrivain tchèque qui est en train de dire à la peintre de Dallas qu'elle a des lèvres ravissantes. Alors que Bina lève la main dans l'espoir d'attirer leur attention, elle est interrompue par Wichs qui lui murmure à l'oreille :

« J'ai cru comprendre que vous mangiez casher. »

Bina le regarde.

« Il me semble que c'était écrit dans votre formulaire d'inscription, dit-il. À moins que je me trompe.

– Non, répond-elle lentement. C'est vrai.

– Dans ce cas, je ne vous conseille pas de toucher à ça.

– Ce n'est pas casher ?

– Malheureusement, nous n'avons pas de boucher dans la communauté. Mais je vous ai prévu un menu spécial.

– Merci. »

Wichs fait signe à un serveur.

« Ne me remerciez pas avant d'avoir vu ce que c'est. »

Une salade flétrie, sans sauce, un petit pain et une mini-tablette de margarine.

« Je vous prie d'accepter mes excuses, reprend Wichs. La bière est plutôt bonne, cela dit.

– Je ne bois pas, rétorque Bina.

– Je n'ai jamais rencontré de Tchèque qui ne boive pas. »

Elle le dévisage en haussant un sourcil.

« Je ne suis pas tchèque.

– Votre formulaire d'inscription disait que vous parliez tchèque.

– Et qu'est-ce qu'il disait d'autre, encore ? »

Un sourire narquois.

« Vous devriez le savoir. C'est vous qui l'avez rempli. »

Mais c'était faux : Frayda l'avait rempli.

« Mes parents parlaient tchèque à la maison.

– Ah. Et ils ne buvaient pas ?

– Mon père, si, dit-elle en ouvrant le petit pain en deux. Trop.

– Encore une fois, répète Wichs en pressant ses paumes l'une contre l'autre, toutes mes excuses.

– N'en parlons plus, répond-elle en étalant la margarine. Veuillez m'excuser. »

Aux toilettes, elle se lave les mains et récite la bénédiction. Quand elle retourne à table, Wichs l'attend pour bénir le pain et en manger un morceau pour reprendre la conversation.

« Qu'est-ce que ça doit être pour vous de revenir au pays », dit-il.

Le pain a un goût de craie, elle boit une gorgée d'eau pour le faire passer.

« Je suis née à New York, répond-elle.

– Mais votre âme est de Prague.

– Ça aussi, c'était sur mon formulaire d'inscription ? »

Il rit.

« Non. Mais je vois votre nature comme votre nez au milieu de la figure, dit-il en penchant son verre vide, festonné de mousse, vers son piètre repas. C'est dans la nature de notre peuple d'accepter son sort sans se plaindre. »

1968, les chars russes qui avancent sur la place Venceslas.

Son père qui étrangle son journal.

« Je suis aussi juive, nuance-t-elle. Les Juifs adorent se plaindre.

– Oui, c'est vrai. Je vous ai peut-être offensée en vous réduisant à un seul aspect alors que vous avez clairement plusieurs facettes.

– Comme tout le monde, non ? Est-ce que mon inscription mentionnait aussi que j'observe le chabbat ?

– Absolument, oui. Vendredi soir, vous dînerez chez moi, en famille.

– C'est très gentil à vous.

– C'est gentil à vous d'être venue, conclut-il en se levant. J'espère que vous trouverez ce séjour inspirant. »

Le lendemain, tous les autres ont la gueule de bois et se pelotonnent dans leur manteau pour lutter contre le froid du petit matin. Il y a eu un jeu de lits musicaux pendant la nuit. Bina est restée couchée sans pouvoir dormir jusqu'à deux heures, écoutant les rires et les râles à travers les fines parois, et à présent circulent des cigarettes et des sourires penauds.

« Bonjour, mes amis. »

Ota Wichs est habillé comme la veille, de nouveaux poils drus affleurent déjà sous sa peau fraîchement rasée. Il espère qu'ils sont contents de leur hôtel, se montre satisfait de leur réponse et leur annonce le programme de la journée : un tour de Josefov, l'ancien quartier juif.

Ils s'y rendent à pied par des rues aux pavés mouillés. Wichs les assomme d'un mélange de statistiques, de rhétorique communiste et de contes du ghetto éculés. Bina n'arrive pas à savoir à quel point il croit à ce qu'il dit, et elle se sent attristée par cette caricature, qui détonne tellement avec l'image de Prague qu'elle a héritée de ses parents, celle d'une ville à la fois profonde et quotidienne.

Elle conçoit tout de même la nécessité d'être prudente. En quittant le dîner, l'écrivain tchèque l'a agrippée par le bras pour lui chuchoter qu'il y avait des micros dans sa chambre. Il lui a proposé de venir dormir chez lui à la place, ce qui jetait un certain doute sur ses motivations.

Leur première étape est le vieux cimetière juif. Officiellement, les visites ne commencent pas avant neuf heures et demie. Le sous-secrétaire Hrubý est là pour leur ouvrir les grilles.

Derrière elles s'étend un chaos de stèles brisées et de végétation sauvage, de bouteilles et de capotes usagées, de mousse et de feuilles en décomposition.

« À vue d'œil, commente Wichs, ce n'est pas très grand. Mais n'oubliez pas : les morts s'empilent sur douze couches de profondeur. En termes de nombre de sommités au mètre carré, vous ne trouverez pas nécropole plus illustre en Europe. »

Il les précède le long du sentier balisé, leur désignant la tombe de l'astronome et mathématicien David Ganz, puis le monument majestueux du financier Mordecai Meisel.

Hrubý les suit en prenant des notes.

« Et nous en arrivons à notre plus célèbre résident, le rabbin Juda Loew, le Maharal. »

Ils s'attroupent autour d'une imposante tombe en marbre encadrée par des cartouches. Wichs se lance dans un laïus interminable sur les motifs de la stèle – les raisins, le lion – et les inscriptions qui détaillent les exploits littéraires de Loew.

« Et à ses côtés pour l'éternité, son épouse adorée, Perel. »

Bina ne peut s'empêcher de sourire. Une femme de rabbin comme une autre. Certaines choses ne changent jamais.

« Maintenant que nous avons présenté nos respects aux morts, reprend Wichs, nous allons continuer par la synagogue Alt-Neu, où, dit-on, le fameux golem a reçu la vie. »

Il ramasse un caillou par terre, le pose au sommet de la tombe et s'éloigne.

Bina s'attarde, attendant que le groupe se disperse. Sam voudrait sûrement qu'elle rende hommage au rabbin. Elle s'agenouille pour chercher un caillou à son tour.

« Pardon, s'il vous plaît. »

Hrubý se tient sur le sentier et la regarde en fronçant les sourcils.

« Désolée, bredouille-t-elle, je voulais juste… »

Elle se relève, époussette les genoux de son pantalon, rigole timidement.

« Désolée », répète-t-elle.

Hrubý tourne une page de son carnet et recommence à écrire.

Bina se presse de rejoindre le groupe. Ce n'est qu'après être sortie du cimetière qu'elle se rend compte qu'elle a oublié de déposer son caillou.

Trois jours passent, trois jours de visites et d'ateliers, clôturés par de longues soirées indolentes dans des bars à vin ou des brasseries, à débattre de points d'esthétique insignifiants dans le but d'atteindre le véritable objectif : déterminer les couples pour la nuit qui va suivre.

Et pendant tout ce temps, Bina flotte à la marge.

Ils visitent la Alt-Neu et stationnent dans le vestibule pour écouter une conférence en bonne et due forme sur l'architecture gothique. Bina regarde la chaire du Maharal, puis l'arche de la Torah. Par les ouvertures dans le mur, elle jette un œil à la section des femmes. Elle caresse le bois lisse des bancs de prière, attendant en vain un signe du Ciel.

Ils visitent le site du camp de concentration de Theresienstadt, où la famille de Věra a péri, où une plaque commémorative rend hommage aux *35 000 citoyens tchécoslovaques* sans faire mention des Juifs. Bina tend l'oreille au vent et n'entend rien.

Elle assiste à une table ronde sur les arts et les classes sociales sans ouvrir la bouche.

Hrubý prend des notes.

Seule dans sa chambre miteuse, elle supplie une nouvelle fois le standardiste de l'hôtel de lui établir une connexion avec les États-Unis.

« Je vous paie d'avance, dit-elle. S'il vous plaît. »

Cela fait quatre jours qu'elle n'a pas parlé à son mari ni à son fils.

Qu'est-ce qu'elle fait là ?

Elle voudrait considérer sa décision de venir à Prague comme une forme de folie passagère, entraînée par Frayda. Mais il lui a fallu des semaines pour se préparer. Elle a dû obtenir un visa, trouver une solution de garde pour Jacob. C'est donc qu'elle n'est pas folle, ou alors ce n'était pas passager.

Le matin de son départ, Sam l'a accompagnée jusqu'à la porte d'embarquement, soulevant Jacob comme une marionnette dont il agitait la main : *Au revoir, Ima ! Tu vas nous manquer !* Quand elle s'est penchée pour les embrasser, Jacob s'est agrippé à elle. Elle a senti ses ongles s'enfoncer dans sa nuque. Ils poussent tellement vite, et Sam ne sait pas se servir du coupe-ongles. Elle a marmonné quelque chose au sujet d'une lime dans la salle de bains ; elle s'est arrachée aux bras de son fils et s'est éloignée vers la passerelle au son de ses cris.

*Vous avez clairement plusieurs facettes.*

Jamais elle n'a été consciente d'en avoir autant simultanément ; jamais elles ne lui ont paru aussi antagonistes. Artiste. Juive. Américaine. Tchèque. Épouse. Mère. La tempête qui couve sous son crâne explose alors que le standardiste l'informe, pour le quatrième jour de suite, qu'il n'est pas possible d'appeler l'étranger en ce moment.

Bina lui raccroche au nez.

Le jeudi 28 octobre est un jour férié dans tout le pays, l'anniversaire de la fondation de l'État tchécoslovaque indépendant. Comme des milliers d'autres gens, le groupe prend le tram pour aller assister au défilé sur la plaine de Letná. D'énormes ballons gonflables flottent dans le ciel, numérotés par arrondissements de la ville, chaque section étant ensuite subdivisée par employeur : l'usine automobile Skoda, le ministère de l'Information, etc. Des membres de la Milice ouvrière guident les nouveaux arrivants dans une marée ondulante de drapeaux tricolores. En grattant un peu sous le patriotisme, cependant, on trouve de la malice ; un gobelet déchiré se transforme en mégaphone, utilisé pour lancer une question en direction de l'estrade.

« Je suis là, monsieur Husák, hurle l'homme à l'adresse du président de la République absent. Où êtes-vous ? »

L'Alliance internationale des artistes juifs a sa propre section réservée, pourvue de chaises afin qu'ils puissent observer la cérémonie confortablement. Jolie surprise, Ota Wichs est venu en famille : son épouse, Pavla, une femme anguleuse munie d'un panier de pique-nique, et leur fils Peter, qui a neuf ans mais en paraît cinq, avec ses traits délicats et sa crinière de cheveux noirs brillants. Bina ressent un pincement au cœur en voyant son sourire.

Les tentatives de traduction de Wichs sont noyées par des hourras tonitruants. S'ensuit une démonstration de force intelligible dans n'importe quelle langue : des MiG traversent le ciel en rugissant, des soldats défilent au pas, une fanfare militaire retentit. L'hymne national démarre, trente mille personnes lèvent la voix à l'unisson et Hrubý grimpe sur une chaise, agitant les bras tel un chef d'orchestre. Des mots que Bina croyait avoir oubliés coulent de ses lèvres comme des larmes.

*Kde domov můj ? Kde domov můj ?*

*Où est ma patrie ? Où est ma patrie ?*

Ils le chantaient, ses parents et leurs amis ; lors des banquets improvisés à Prospect Park, où les adultes étaient saouls dès midi et racontaient des blagues idiotes. *Où est ma patrie ?* Bina comprend, maintenant.

Ce n'est pas une question, mais une accusation.

Où est ma patrie ?

Qu'en avez-vous fait ?

Les festivités durent des heures, les divisions par arrondissements implosent, les gens piétinent les vastes pelouses brunes, portent des toasts, chantent, dansent, s'enlacent. Ils partagent des sandwichs, une précieuse bouteille de vin. Un inconnu offre à Bina un concombre, qu'il affirme fièrement avoir fait pousser à la sueur de son front dans son jardin communautaire. Il insiste pour qu'elle le mange, la regarde avec un plaisir non dissimulé ; quand elle a fini, il l'embrasse sur la joue et part en courant.

Alors que la nuit commence à tomber, elle n'a rien avalé d'autre de la journée à part de l'eau âcre. Sa vessie va éclater. Elle s'éloigne à la recherche de toilettes qui se révèlent inexistantes. Les hommes comme les femmes se débrouillent simplement pour faire ce qu'ils ont à faire où ils peuvent. Bina slalome entre les caroubiers, ses pieds s'enfonçant dans la boue. Sur la plaine grondent un air d'accordéon et une sensation d'urgence sexuelle. Un feu d'artifice explose. Elle va avoir besoin d'une longue douche brûlante.

Ayant dégoté un massif de troènes idoine, elle attend qu'il fasse complètement noir pour remonter sa jupe. Vers l'ouest, les tourelles du château de Prague sont illuminées en bleu, blanc, rouge : une vue d'un romantisme hilarant pour pisser. Elle se met à rire.

« *Promiňte.* »

Bina pousse un cri et se relève d'un bond.

Un sifflement déchire le ciel, une lumière éclate et elle discerne la silhouette d'un garçon.

« Excusez-moi, dit Peter Wichs, je ne voulais pas vous faire peur. »

Elle a le cœur qui bat à cent à l'heure, une goutte d'urine qui lui dégouline à l'intérieur de la cuisse. Elle se sent vaguement agressée. Jusqu'à ce qu'elle se rappelle que c'est un enfant.

Elle lui demande en tchèque s'il s'est perdu.

« Suivez-moi, s'il vous plaît », répond-il avant de disparaître dans la nuit.

Il file entre les arbres, s'éclairant à l'aide d'une maigre torche électrique, ses petites jambes galopant.

Bina a du mal à le suivre. Ils ont déjà fait pas mal de chemin avant qu'elle s'aperçoive qu'ils sont partis dans la mauvaise direction.

« Il faut qu'on y retourne, dit-elle. Ton père va s'inquiéter.

– C'est mon père qui m'a envoyé.

– Pour faire quoi ?

– Vous amener.

– M'amener où ?

– Vous pouvez parler anglais, lui dit-il. Je le parle. »

Ils avancent en trébuchant le long de sentiers qui descendent en pente douce vers la Vltava.

« Peter, dit-elle en prenant son ton le plus maternel. Peter, arrêtons-nous un instant et explique-moi ce qui se passe.

– Vous ne pouvez pas marcher plus vite ? »

Ils atteignent une zone non habitée. L'orée de la ville apparaît au loin.

« Ça suffit », crie-t-elle en l'attrapant par la manche.

Il la dévisage avec une patience lasse.

« Je pensais que vous iriez plus tôt, rétorque-t-il.

– Hein ?

– Faire pipi. J'ai attendu toute la journée. Pourquoi vous avez mis si longtemps ? Venez, ajoute-t-il en repoussant sa main, on est en retard. »

En traversant le pont Čech, dont les balustrades rouillées hurlent de graffitis, Bina se surprend à presser le pas, et finalement à dépasser son petit guide.

Elle sait où ils vont.

Dans la lueur blafarde du clair de lune, la *shoul* Alt-Neu se dresse tel un oiseau de proie.

« Mon père va arriver dès qu'il pourra », dit Peter en plongeant une main dans sa chemise.

Il en sort une clé qui pend à une ficelle autour de son cou.

Ils entrent dans la synagogue et descendent quelques marches jusqu'au vestibule, glacé, qui résonne de façon lugubre. Elle suit Peter dans un couloir, au fond duquel il déverrouille une porte et révèle un escalier qui plonge dans la pénombre.

« Je vous attends ici pour que vous soyez tranquille », dit-il en lui tendant la lampe de poche, sans autre explication.

Bina descend les marches prudemment, en faisant courir ses doigts le long du mur pour ne pas perdre l'équilibre. La pierre devient de plus en plus glissante, l'air moite, imprégné d'une forte odeur de moisi.

Elle arrive en bas, dans une pièce éclairée à la bougie, équipée d'une petite commode, d'une pile de serviettes effilochées et d'une douche de camping dans une bassine en plastique. À travers une arcade, elle distingue une deuxième pièce. D'autres bougies dansent sur la surface clapotante d'un bain rituel.

Il n'y a personne pour la surveiller. Pas de mari savant pour lui faire la leçon, pas d'amie pour lui imposer des demandes obscures.

*On a besoin que tu sois présente physiquement.*

Elle y est. Elle ne saurait expliquer pourquoi elle y est, pourtant il lui semble reconnaître ce moment, comme une chanson dans une langue oubliée.

Elle se dénude, se douche et s'immerge dans le bassin, trouvant l'eau du *mikvé* agréablement tiède. Puis elle se rhabille et remonte, atteignant le haut des marches juste à l'instant où Ota Wichs arrive.

Il referme la porte principale à double tour et vient les rejoindre.

« Ok ? demande-t-il.

– Ok, répond Peter. Personne n'a rien vu.

– Bien joué », le félicite Ota en l'embrassant sur la tête.

Puis il se tourne vers Bina.

« Pardonnez-moi de ne pas vous avoir prévenue. Évidemment, nous sommes obligés d'être extrêmement prudents. Hrubý… vous l'avez assez pratiqué pour comprendre quel genre de type c'est. Son père était un marteau, sa mère une faucille. Mais tout va bien, ce soir il sera saoul. »

Il sourit avant d'ajouter :

« On monte ? »

# 27

« Le commandant m'a demandé d'apporter ça. »

L'inspecteur Paul Schott se tenait sur le palier de l'appartement de Jacob, avec un ordinateur qui paraissait nain entre ses mains de géant.

Jacob se recula pour le laisser entrer.

De tous les membres des Projets spéciaux, c'était Schott, avec son air de toujours vouloir faire du zèle, qui dérangeait le plus Jacob. Le gros et rougeaud Mel Subach avait le sens de l'humour et n'était pas en reste sur ce terrain ; Mike Mallick était opiniâtre et condescendant, mais avant tout pragmatique.

Schott ne fit rien pour dissimuler son mépris tandis qu'il entrait d'un pas lourd, lançant négligemment l'ordinateur sur le canapé comme un Frisbee. Il s'était rasé la moustache, ce qui lui allongeait le visage et accentuait son froncement de sourcils.

« Je vous offrirais volontiers un verre, dit Jacob, mais vous allez le refuser.

– C'est bon, répliqua Schott avec un geste impatient. Vous êtes au courant. Je suis au courant que vous êtes au courant. Félicitations. Mais je tiens à déclarer publiquement que je n'ai aucune confiance en vous.

– Bienvenue au club. Vous pouvez appeler mon ex-femme, c'est la présidente.

– Laquelle ? demanda Schott avec un grand sourire, tel un bouledogue devant un steak. Eh ouais, Lev, moi aussi je suis au courant de tout.

– Il faut bien occuper son temps libre.

– Vous pourriez commencer la poterie, suggéra Schott.

– Et vous, vous pourriez fermer votre grande gueule. »

Schott sursauta.

« Vous ne parlez pas d'elle, reprit Jacob. Vous ne faites aucune allusion à elle. Jamais. Compris ? »

Silence.

« Ce sera tout, Votre Altesse ?

– Ouais. Foutez-moi la paix, maintenant. »

Schott ricana.

« C'est ça, comptez là-dessus. »

Disposer d'outils de recherche dignes de ce nom lui fit l'effet de remonter à la surface après une longue apnée. Jacob passa les vingt-quatre heures suivantes à revérifier tous les noms, à éplucher les bases de données.

Son soulagement fut de courte durée. Il ne trouva aucune autre affaire ayant un mode opératoire similaire, même de loin.

Il concentra alors son attention sur la propriétaire de la boulangerie. Elle s'appelait Zinaida Moskvina. Son casier judiciaire était immaculé, pas même un PV de stationnement, et il se sentit confirmé dans son intuition que, quoi qu'il se soit passé, elle n'en avait pas été au centre mais entraînée dedans par accident.

Sa fille, c'était une autre histoire.

Ekaterina Moskvina, vingt-sept ans, avait récolté trois conduites en état d'ébriété au cours des quatre dernières années. Sans parler des arrestations pour possession de cocaïne, vol à l'étalage, et pour avoir jeté un verre au visage d'un agent de police. Elle se faisait appeler « Katie » sur sa page Facebook et se présentait comme « la meuf ki vo mieu pas faire chier ». Ses statuts consistaient à annoncer qu'elle allait en boîte et que ça allait pArTiR eN CoUiLleS gRaaaaVe.

Sur ce point, Jacob était plutôt d'accord.

Il passa la soirée à planquer devant son appartement de Van Nuys dans une voiture banalisée. Elle se montra d'une sagesse décevante, rentrée à sept heures, extinction des feux à dix. Même chose les jours suivants. Mais il persista et, tard le vendredi soir, il eut sa récompense.

Vingt-trois heures, le moment de partir en couilles graaaave. Il avait sauté sa visite hebdomadaire à Bina et était en train d'envoyer un texto repentant à Rosario lorsque Katie ressortit de l'immeuble vêtue d'un dos nu noir et d'un jean à vous couper la circulation.

Elle monta dans sa Kia et démarra.

Jacob la prit en filature jusqu'à un rade miteux sur Magnolia Boulevard. Sa respiration s'accéléra alors qu'il entrait et passait devant la table de Katie pour aller s'installer sur un tabouret au bout du comptoir, dont l'assise en bois patiné était un vrai réconfort sous ses fesses.

« Je vous sers quoi ? »

Jacob arracha son regard à la silhouette ambrée de la bouteille de Jim Beam et demanda une Bud Light. Une forme de modération.

Derrière lui, Katie & Co s'amusaient comme des petites folles, une bande multi-ethnique, toutes aussi court vêtues : un mix entre *Playboy* et United Colors of Benetton. Autour de pichets de margarita, elles étaient en plein débat animé pour savoir où continuer la soirée.

« Voilà, vieux. Bien fraîche. »

Jacob avait commencé à saliver bien avant de boire la première gorgée. Il dut se retenir pour ne pas vider la bouteille d'un trait.

Katie, elle, ne semblait pas embarrassée par ce genre de préoccupation. Pendant l'heure suivante, Jacob compta le nombre de fois où elle se resservit. Il songea qu'à ce rythme ça irait assez vite. Elle était plutôt menue, un mètre soixante-cinq sans ses talons compensés. Mais elle avait des gènes russes. Et il y avait aussi une inconnue : le dosage des margaritas.

Dans le seul but de son enquête, Jacob en commanda une : force moyenne.

Une heure plus tard, il était sûr qu'elle serait largement positive à l'éthylotest.

Il n'y avait plus qu'à espérer qu'elle se propose comme chauffeur.

« C'est moi qui conduis », annonça-t-elle en avalant un dernier demi-verre cul sec.

Telle une ribambelle de canetons, les jeunes femmes sortirent du bar en file indienne avant de se contorsionner pour s'entasser dans la minuscule voiture de Katie.

Il les suivit sur Laurel Canyon Boulevard jusqu'au Sunset Strip. On voyait qu'elle était entraînée à conduire bourrée : pas de tergiversations à trente kilomètres heure, pas de changements de file intempestifs. On aurait pu diffuser une vidéo d'elle dans les cours de code de la route comme un modèle de courtoisie au volant. Cette pauvre Katie et lui avaient ce triste constat en commun : tous les deux fonctionnaient mieux avec une certaine dose d'alcool dans le sang.

Enfin, au croisement de Sunset et Fairfax, elle effectua un demi-tour illégal : Jacob fixa son gyrophare sur le tableau de bord et alluma son clignotant.

La Kia bondit en avant. Délit de fuite ?

Non. Elle se rangea sur le bord de la route.

Quand Jacob arriva à sa hauteur, Katie avait les yeux pleins de larmes, la bouche pleine de pastilles à la menthe. Il lui demanda de bien vouloir sortir du véhicule.

Elle souffla dans le ballon à 0,6 et exigea aussitôt une vérification par prise de sang.

« Accordé », répondit Jacob.

Elle monta dans sa voiture et il prit Sunset Boulevard jusqu'à Wilcox Avenue, où il tourna à droite en direction du poste central du district d'Hollywood, sauf qu'il bifurqua aussitôt pour se garer dans le parking d'un magasin Staples. Il coupa le moteur et pivota vers la banquette arrière.

« Écoute, dit-il. Tu es dans la merde. Tu le sais, non ?

– Je veux une prise de sang. »

Son mascara coulait en grosses traînées noires.

« J'essaie d'abord de te faire entendre raison.

– Un avocat. Un avocat.

– Mets-la en sourdine deux minutes.

– Avocat. Avocat. Avocat.

– Il y a peut-être une autre solution.

– Hein ? fit-elle en ouvrant de grands yeux.

– Tu m'aides et on oublie tout ça.

– Vous êtes répugnant, putain. »

Jacob éclata de rire. Même à sa grande époque, il avait toujours conservé un standing d'hygiène minimum. Katie Moskvina avait les mots *vecteur de contamination* écrits sur le front.

« Tu prends tes rêves pour des réalités, rétorqua-t-il.

– Allez vous faire foutre ! hurla-t-elle en redoublant de larmes.

– Un conseil d'ami : ferme-la.

– Je vais vous coller un procès au cul.

– Écoute-moi bien. C'est ta dernière chance. Tu peux choisir de m'aider ou on peut continuer jusqu'au poste et ils te feront ta piquouse. Quatrième conduite en état d'ébriété en quatre ans ? Ça devrait aller chercher dans les seize mois ferme. Encore plus si je raconte au juge comment tu m'as craché dessus.

– Je ne vous ai *jamais*...

– ... surtout après m'avoir agrippé par le bras. Surtout après avoir jeté un verre au visage d'un autre flic. Ça s'appelle un schéma récurrent d'agressivité envers les forces de l'ordre.

– Vous êtes un *sale menteur*.

– Et toi, tu es bourrée. »

Katie se mit à sangloter sans bruit.

« Connard, putain.

– Super, dit-il en composant un numéro sur son portable. Je vois qu'on est sur la même longueur d'onde. »

Il mit son téléphone sur haut-parleur pendant la sonnerie.

« Dis à ta mère de venir nous rejoindre ici. En anglais. »

Quand Zinaida Moskvina arriva, Jacob lui laissa le temps de jeter un coup d'œil à sa fille, menottée ivre morte sur la banquette arrière. Puis il l'entraîna à l'écart, vers une auréole de lumière orangée sur le bitume du parking.

« Ce petit speech sur les flics qui viennent défoncer votre porte au milieu de la nuit ? Très efficace. Ça m'a clairement donné quelques idées. »

Zina lui lança un regard furieux, qu'elle déplaça ensuite vers la voiture banalisée.

« Vous devez vous arracher les cheveux, avec elle, poursuivit Jacob. Une bosseuse comme vous, toutes les opportunités que vous lui offrez, et elle qui fait tout foirer. »

Les tempes de Zina tressaillirent.

« Je n'ai pas envie de l'envoyer au trou. Je ne crois pas que ce soit sa place. En désintox, peut-être. Mais une fille comme elle en taule ? Elle va se faire bouffer toute crue. »

Il s'avança d'un pas vers elle.

« Je sais que vous avez peur.

– Vous ne savez rien du tout.

– Parlez-moi, dit-il. Je peux vous protéger. »

Elle éclata de rire.

« Vous ne pouvez rien contre lui.

– Qui ? »

Elle rit de plus belle.

« Vous croyez que je suis idiote ?

– Je crois que vous êtes terrorisée. J'ai vu votre réaction quand je vous ai montré la photo du gamin. Je vois ce que ça vous fait, de tout garder à l'intérieur. Vous serez soulagée si vous me parlez. »

Silence.

« Je n'étais pas là, finit-elle par dire.

– Qui était là ? »

Nouveau silence, plus long, plus épais.

« Souvenez-vous de ce qu'il a fait à un enfant, Zina. Il va plonger, que vous m'aidiez ou pas. La seule question est de savoir si vous laissez votre propre fille plonger par la même occasion. »

Il marqua une pause avant de continuer.

« Enfin, je ne sais pas… Peut-être qu'elle aussi est mouillée, après tout. »

Zina releva la tête d'un coup.

« Non.

– Bon, tant pis, je finirai bien par trouver, dit-il en retournant vers la voiture. Je veillerai à ce qu'elle ait un avocat. »

Il se remit au volant et claqua la porte un peu fort, réveillant Katie en sursaut.

« Qu'est-ce… quoi, putain ? marmonna-t-elle.

– En route pour la prise de sang, répondit-il en démarrant le moteur. C'est maman qui décide. »

Il passa une vitesse.

Katie se laissa tomber sur le dos et se mit à hurler en donnant de grands coups de pied dans la portière.

Il écrasa la pédale de frein.

« Oh ! Tu te calmes ! »

Elle avait roulé de la banquette et était à présent affalée au sol en un tas pleurnichant.

Il poussa un juron entre ses dents. Maintenant il allait devoir la coffrer pour de bon.

Des emmerdements. De la paperasse. Une déposition. Et toujours aucune piste.

Il manœuvra en direction de la sortie, et il était sur le point de s'engager dans la rue lorsqu'il entendit un cri. Dans son rétroviseur, il vit Zinaida Moskvina leur courir après en agitant les bras.

# 28

Même là, elle refusait de prononcer son nom à voix haute.

« On avait un accord, Zina. »

Elle était blême. Elle lui prit son stylo et son carnet et écrivit d'une main tremblante :

Тремсин

« En anglais ? » demanda Jacob.

Elle hésita, puis ajouta : *Tremsin.*

« Super, dit-il. C'est son nom de famille ? »

Hochement de tête.

« Et son prénom ? »

Elle griffonna un autre mot.

*Arkady.*

« Arkady Tremsin. »

Elle fut prise d'un violent frisson.

« D'accord, fit Jacob. Maintenant racontez-moi ce qui s'est passé.

– Je vous ai dit, je n'étais pas là.

– Vous devez bien avoir vu quelque chose, sinon nous n'aurions pas cette conversation. »

Zina jeta un coup d'œil à Katie par la lunette arrière de la voiture.

« C'était le soir, je nettoyais le four. Quelqu'un frappe à la porte. "Allez vous-en, c'est fermé." Ça frappe, ça frappe. Alors je sors, et je vois un homme.

– Tremsin. »

Nouveau frisson.

« Non, un autre.

– Qui ?

– Je connais pas.
– Qu'est-ce que Tremsin a à voir là-dedans, alors ?
– Il travaille pour lui.
– Et vous savez ça parce que…
– C'est ce que les gens disent.
– Quels gens ?
– Personne. Tout le monde. C'était il y a dix ans.
– Donc vous laissez entrer ce type.
– Il n'a pas demandé permission.
– Pourquoi s'est-il adressé à vous ?
– Il était déjà venu plusieurs fois. Acheter manger. Il disait qu'il était là avec boss, pour vacances. Et son boss trouvait que je fais les *vatrouchki* comme à la maison, expliqua-t-elle avec un sourire acerbe.
– Il vous a menacée ?
– Il m'a dit : "Rentre chez toi." Je suis rentrée.
– Il ne vous a rien donné ? De l'argent ?
– Non », répondit Zina en se mordant la lèvre.
Jacob ne la croyait pas, mais il ne voulait pas la braquer.
« D'accord, dit-il. Continuez.
– Le matin, quand je suis arrivée pour travail, il y avait voitures de police partout.
– Il s'est servi d'une de vos poubelles. Pour soutenir le corps de la mère.
– Je n'ai rien vu. À aucun moment.
– Pourquoi est-ce que vous n'en avez pas parlé aux flics ? »
Elle le dévisagea avec de grands yeux.
« Vous êtes fou ?
– Il est comment, physiquement ? »
Elle secoua la tête. Elle avait commencé à se rétracter.
« Il les a tués dans la boulangerie ?
– Je ne sais pas.
– Il y avait du sang ?
– Non.
– Est-ce que…
– Ça suffit », dit-elle.
Il essaya d'insister, mais son visage s'était durci et elle avait les yeux tournés vers la voiture.

« Je ne pourrai pas toujours la sauver », soupira-t-elle.

Il avait atteint la limite.

« D'accord, conclut-il. Je vais vous la rendre.

– Ça ne va pas lui plaire, commenta Zinaida Moskvina. Je crois qu'elle va vous regretter. »

De retour chez lui, il ouvrit son ordinateur portable et coinça la bouteille de bourbon qu'il s'était refusée entre deux coussins du canapé. Il était deux heures et demie du matin.

Il tapa *Arkady Tremsin* dans son moteur de recherche.

La quantité de résultats lui donna à elle seule une idée des proportions que pouvait prendre la terreur de Zina.

Arkady Lavrentyevich Tremsin, soixante-trois ans, fondateur de la société Metallurgy TechAnsch ZAO, une des plus grosses raffineries de Russie. Wikipédia, citant le magazine *Forbes*, estimait sa fortune à huit cent cinquante millions de dollars.

Trois ans plus tôt, il avait brusquement démissionné et déménagé à Paris. La raison de ce départ avait donné lieu à des conjectures enthousiastes : tout, du scandale sexuel à l'entourloupe financière. Depuis, il faisait profil bas, évitant les apparitions publiques et refusant les interviews. Au printemps précédent, le gouvernement russe avait gelé ses avoirs et saisi une part majoritaire de TechAnsch, sur la base d'irrégularités fiscales. Des procès étaient en cours.

Quel que soit l'argent qu'il ait perdu dans cette affaire, tout laissait à penser qu'il en avait planqué suffisamment sur des comptes offshore pour vivre son exil dans l'opulence.

Les résultats de la recherche images montraient un type rougeaud aux traits mous. Non qu'il fût gras, mais son visage manquait de fondations : les structures profondes s'étaient affaissées, ce qui lui donnait une physionomie plate, mal définie. Il y avait des photos plus récentes, très pixélisées ; des clichés au téléobjectif d'un homme aux cheveux blancs, entouré de gardes du corps, alors qu'il s'engouffrait dans une limousine.

Susan Lomax serait peut-être en mesure de l'identifier formellement. En attendant, Jacob relut les notes de leur conversation.

Grand et costaud ; grosse bague noire.

Derrière une herse d'épaules, de coudes et de visages de marbre, Tremsin faisait à peu près la même taille que ses gardes du corps. Aucun plan sur ses mains, mais peu importait. Les apparences changeaient. L'essentiel, au fond, c'était sa façon de se comporter.

Jacob entreprit d'exhumer le passé.

Ce type était nulle part, puis partout, puis de nouveau nulle part.

Avant 2002, il semblait ne pas exister. Après, son nom commençait à surgir sur des blogs de finance et dans des revues professionnelles sur l'industrie, la plupart en russe. Jacob parvenait à les déchiffrer à tâtons, en s'appuyant sur des sites de traduction en ligne, mais il envoya un mail à Mallick pour lui demander un interprète le plus vite possible.

Le plus gros filon se révéla être un portrait d'une dizaine de pages d'abord publié dans la *Novaïa Gazeta* en 2006 et repris plus tard par le *Financial Times*.

L'article commençait par une description de l'appartement dans lequel avait grandi Tremsin, vingt-huit mètres carrés dans le district Kapotnia de Moscou, avec vue sur la colossale raffinerie de pétrole où travaillait son père. Enfant, il avait souffert de problèmes aux poumons et avait dû rester alité pendant une longue période. Sa mère avait quitté son poste de comptable pour pouvoir s'occuper de lui à plein temps, le soumettant à un régime harassant de gymnastique suédoise et de bachotage, de sorte que le petit Arkasha était retourné à l'école avec un physique robuste et trois ans d'avance sur ses camarades.

La disposition de la scène du crime revint à l'esprit de Jacob.

Mère et fils, dans une concentration écarquillée ; comme en pleine leçon.

Quel genre de pression pouvait bien pousser un enfant si loin devant le reste de la meute ?

La journaliste, Natalia Honcharenko, avait du mal à dissimuler le dégoût que lui inspirait son sujet ; elle employait un ton qui glissait périodiquement du cynisme à la paranoïa pure et simple. Un travers inévitable, songea Jacob, dans une culture où le mensonge avait prévalu si longtemps.

À un moment, cependant, elle ne pouvait s'empêcher de reconnaître le génie de Tremsin. Ses anciens professeurs à l'université de Moscou se souvenaient de lui avec une admiration respectueuse. À vingt-trois ans, il avait obtenu son premier niveau de doctorat en chimie appliquée, un exploit sans précédent.

Jacob examina la photo en encart.

Le *Kandidat* Tremsin avait des rouflaquettes et des lunettes carrées.

En 1975, il avait emménagé à Leningrad, officiellement pour y occuper une chaire de professeur. Honcharenko avançait une autre hypothèse, citant une source anonyme qui le donnait comme un ancien de l'école du KGB. C'était là, écrivait-elle, qu'il avait rencontré et s'était lié d'amitié avec celui qui permettrait plus tard son ascension jusqu'au sommet de la chaîne alimentaire.

> Le Dr Tremsin et le président Poutine se découvrirent de nombreux points communs. Les deux hommes aimaient le grand air, et plusieurs collègues se rappellent les avoir vus souvent se promener ensemble dans le jardin Alexandre. Parfois, ces balades se transformaient en concours de muscles : des courses, ou des combats de lutte.
>
> « Il y avait un peu de rivalité entre eux, témoigne un ancien camarade de classe sous couvert d'anonymat. La plupart du temps, c'était bon enfant. N'oubliez pas que le KGB est une institution très compétitive, qui attire des gens aimant la compétition et qui encourage ce penchant en eux. »
>
> Quand on lui demande lequel des deux était la personnalité dominante, ce même homme répond : « Je dirais que c'est une question de point de vue. Poutine donnait les ordres, il donnait des ordres à tout le monde. En même temps, Arkasha avait le don de le faire sortir de ses gonds comme personne. »
>
> Un incident semble particulièrement parlant.
>
> « Ce devait être à la fin janvier, poursuit ce camarade de promo. La Neva était entièrement gelée, et les garçons parlaient d'organiser une sortie pour aller découper des trous dans la glace et se baigner.

« Poutine a décliné, en prétextant qu'il l'avait fait la semaine précédente. En l'entendant dire ça, Tremsin a pris un air malicieux. "Ah bon, Vladimir Vladimirovitch, mais quand y es-tu allé ? J'étais avec toi dimanche, et nous avions cours tous les autres jours. Peut-être que tu confonds avec la semaine d'avant ? Mais ce n'est pas possible, c'était le Nouvel An… À moins que tu y sois allé de nuit ? Non, c'est impossible, tu ne serais pas aussi irresponsable, tu aurais pu avoir un accident et personne n'aurait été là pour te repêcher… Alors quand y es-tu allé ?"

« Poutine est devenu livide. Il n'a rien dit, mais on voyait bien à quel point il était furieux.

« Le lendemain, Tremsin est arrivé avec le bras en écharpe et un œil au beurre noir. Et ça le faisait rire.

« Ce genre de chose s'est produit à plusieurs reprises. Le plus curieux, c'est que ça n'avait pas l'air de nuire à leur relation. Poutine finissait toujours par en rire lui aussi. Et il n'y avait pas beaucoup de monde qui arrivait à le faire rire. »

En effet, ce talent allait se révéler fort utile à Tremsin dans les années à venir…

À partir de 1977, il avait commencé à travailler pour Norilsk, le gigantesque consortium de nickel du gouvernement soviétique. Il avait un titre officiel de chercheur ; il était l'auteur principal de dizaines d'articles, le coauteur de dizaines d'autres. En 1978, il avait obtenu son deuxième niveau de doctorat, devenant membre correspondant de l'Académie des sciences de Russie et recevant une médaille civile pour « contributions au développement de techniques conduisant à une plus grande efficacité dans l'affinage électrolytique du cuivre ».

Honcharenko considérait son poste chez Norilsk comme une couverture. Son véritable travail, affirmait-elle, avait lieu au Laboratoire 12, la division du KGB consacrée aux poisons et aux armes chimiques.

Comme pour le reste, les preuves qu'elle avançait étaient minces. Une poignée d'archives du KGB avaient été ouvertes au public, mais la plupart restaient classées secrètes.

Un des indices tendant à dénoter le statut particulier de Tremsin résidait dans sa liberté de circulation, bien plus importante que celle d'un citoyen soviétique lambda. Son nom apparaissait sur les listes d'intervenants dans des conférences de chimie aux quatre coins du monde ; il avait passé l'année scolaire 1978-1979 à Paris pour enseigner à l'université Pierre-et-Marie-Curie dans le cadre d'un programme d'échange franco-soviétique.

Un bref mariage s'était soldé par un divorce sans lui avoir donné d'enfants. Une rancœur persistante avait poussé son ex-femme, qui travaillait au ministère de l'Information et de la Presse, à le dénoncer comme homosexuel, un crime passible de cinq ans de travaux forcés.

Tremsin parvint on ne sait comment à échapper à ce sort funeste. En avril 1981, il fut licencié de son poste à Norilsk, et dans la même semaine il avait quitté Moscou pour Prague.

# 29

Jacob avait les yeux rivés sur l'écran, qui semblait être en train de muer, les lettres se détachant telles des écailles.

*Elle est allée à Prague.*

*Elle n'a plus jamais été la même après ça.*

Il posa l'ordinateur sur la table basse, termina la bouteille de bourbon, se leva pour aller à la cuisine. En chemin, la bouteille vide lui échappa des mains, tombant sur la moquette avec un bruit sourd.

Il en ouvrit une nouvelle, dont il but la moitié en longues gorgées appliquées. Il la laissa sur le plan de travail et regagna le canapé.

L'écran s'était mis en veille, l'écusson du LAPD ricochant d'un coin à l'autre. Jacob appuya sur la barre espace et le texte réapparut comme une gifle.

Honcharenko n'avait retrouvé aucune trace officielle des activités de Tremsin en Tchécoslovaquie. Elle avait cependant réussi à dégoter un formulaire portant sa signature, émanant d'un hôpital psychiatrique pragois du nom de Bohnice. Une ancienne infirmière de cet établissement – parlant sous couvert d'anonymat, comme toutes les autres sources – le désignait comme le directeur du service d'hospitalisation à partir du printemps 1981.

> Quand on s'étonne que le Dr Tremsin, un chimiste russe sans aucune formation médicale officielle, ait pu en arriver à occuper un poste de direction dans un hôpital tchécoslovaque, l'infirmière éclate de rire.

« Ses qualifications n'avaient pas la moindre importance, dit-elle. Il n'a été mis là que dans un but : resserrer les vis. »

On lui demande ce qu'elle entend par là. Elle explique que le directeur précédent avait laissé sortir une patiente dont il s'était amouraché.

« On s'est rendu compte par la suite qu'il s'était fait duper. La patiente en question était du KGB, une *vlaštovka*, et après sa sortie elle est passée à l'ennemi. L'administration était humiliée. À Moscou, ils étaient furieux. Ils ont tout mis sur le dos des Tchèques et ils ont exigé des actes. Ils ont viré toute l'ancienne équipe et l'ont remplacée par leurs propres pions. J'ai survécu à la purge uniquement parce que je parlais bien russe. Ils avaient besoin d'au moins quelques personnes capables de communiquer avec les patients. »

Peut-être que cette infirmière avait peur, ou alors elle n'avait pas la conscience tranquille, en tout cas elle avait refusé de donner davantage de détails sur le rôle de Tremsin dans le service, laissant Honcharenko à ses spéculations.

Quel que soit le projet ayant occupé le temps du Dr Tremsin en Tchécoslovaquie, il semble s'en être suffisamment bien acquitté pour retrouver les faveurs de Moscou. En janvier 1983, il fut réintégré chez Norilsk, où il fut chargé de

Jacob remonta quelques lignes plus haut.
De 1981 à 1983.
Ce qui englobait le séjour de Bina.
*Elle n'a plus jamais été la même après ça.*

Le reste de l'article couvrait les périodes pré- et post-mur de Berlin ; la patiente accumulation par Tremsin d'amis et de ressources ; l'ascension de la première vague d'oligarques sous Eltsine, puis leur effondrement orchestré par Poutine. Entre 1999 et 2004, la liste des plus grandes fortunes de Russie s'était entièrement inversée, laissant Tremsin osciller tranquillement vers le milieu du lot.

Pour autant, il avait toujours conservé un mode de vie relativement modeste. C'était la chimie qui le passionnait avant tout ; le fait que cette passion se trouve générer des paquets de fric importait peu. Honcharenko soulignait le contraste entre la maison de son enfance et sa dernière résidence en date, un appartement de huit pièces rue Ostojenka à Moscou, qui restait inoccupé la plupart du temps, Tremsin préférant séjourner dans sa datcha, non loin du site de TechAnsch à Chtchiolkovo. Les contremaîtres disaient qu'ils le voyaient souvent dans l'usine.

Jacob avait du mal à l'imaginer au volant d'une Gerhardt Falke S.

Peut-être l'avait-il amenée en cadeau lors d'un dîner chez des amis, à la place d'une bouteille de vin.

*Veuillez accepter ces mille cent chevaux en guise de remerciements.*

Paru plusieurs années avant que Tremsin ne tombe en disgrâce, le texte finissait sur une note ambiguë.

*Que deviendra la Russie si elle est peuplée d'hommes comme Tremsin, des hommes pour qui rien n'est jamais trop onéreux, et pour qui rien n'a de valeur ?*

Espérant trouver une suite quelques années plus tard, Jacob ouvrit la page d'accueil de la *Novaïa Gazeta*, cliqua sur le petit drapeau britannique pour avoir l'édition en anglais. Il tapa le nom de Natalia Honcharenko dans la barre de recherche.

Le premier article qui sortit datait de 2008.

Il n'était pas de Honcharenko, mais sur elle.

## LES JOURNALISTES SE SOUVIENNENT DE LEUR CONSŒUR ET LOUENT SON COURAGE

MOSCOU, 21 mai. – La mine sombre et apeurée, entre colère et chagrin, ils se sont réunis au sous-sol du bar Ogonek pour rendre hommage à leur collègue assassinée.

Il y a tout juste une année, à l'âge de trente-deux ans, Natalia Romanovna Honcharenko, collaboratrice de ce journal plusieurs fois primée, a été abattue devant chez elle.

L'enquête n'a toujours pas abouti.

« On a d'abord pensé se retrouver dans l'église juste au coin, explique Alexei Kozadayev, un rédacteur en chef qui a travaillé avec Honcharenko sur une série d'articles dénonçant la corruption au sein du Service de développement urbain de la ville de Moscou.

« Mais on a décidé qu'ici, ça ressemblait plus à Natka. Elle venait souvent boire un verre après le travail. Et nous voulons nous rappeler qu'elle n'était pas du genre à s'incliner devant l'autorité. »

Plusieurs des personnes présentes ce soir-là reprennent ce thème : l'insatiable soif de vérité de Honcharenko.

« Elle en dérangeait plus d'un, raconte Renata Givental, une journaliste ayant travaillé pour la *Novaïa Gazeta* et la *Nezavissimaïa Gazeta*. Ils veulent qu'on ait peur. »

Givental refuse de préciser qui est ce « ils », ajoutant : « Il suffit d'un demi-cerveau pour le comprendre tout seul. »

Si les amis et les collègues de Honcharenko ont l'air de considérer comme une évidence l'identité responsables de sa mort, la police garde une attitude plus circonspecte.

Le praporchtchik Youri Filippov, s'exprimant au nom du GUVD, a déclaré : « Nous continuons d'examiner toutes les possibilités. »

Jacob fit défiler la liste des résultats pour retrouver les articles parus au moment de l'assassinat de Honcharenko.

Juin 2007, environ neuf mois après la publication de son papier sur Tremsin.

Un homme masqué s'était approché à moto alors qu'elle sortait de son immeuble. Il avait dégainé un pistolet, lui avait tiré une balle dans la nuque, deux autres alors qu'elle était à terre, et il était reparti.

Les suspects ne manquaient pas. C'était bien là le problème. Elle était journaliste d'investigation dans la Russie nouvelle. Les menaces faisaient partie du métier, et emmerder les puissants était devenu sa marque de fabrique. Parmi tous ceux qu'elle avait passés au scalpel de sa plume, Tremsin n'était ni le plus important, ni le plus illustre.

Jacob chercha des heures sans trouver d'autres informations sur les fonctions qu'avait occupées Tremsin en Tchécoslovaquie. On comprenait aisément que peu de journalistes aient eu envie de s'attaquer au sujet étant donné ce qui était arrivé à Honcharenko.

Il lui fallait vraiment un interprète, et vite. Il envoya une deuxième demande à Mallick avant de revenir à l'article du *Financial Times*, lisant et relisant le passage sur Prague, décortiquant chaque tournure de phrase avec une ferveur talmudique. Il avait l'impression d'incliner une photo pour essayer de truquer l'angle de la prise de vue : mais tout n'était que surface chatoyante. Il tapa dans Google les mots « TechAnsch, Norilsk, Laboratoire 12 ». Plein de choses à lire. Rien d'intéressant.

Il tapa *vlaštovka.*

La première ligne du premier résultat lui fit faire un bond sur le canapé.

*Originaire de tous les continents sauf l'Australie et l'Antarctique, l'hirondelle rustique est l'espèce de passereaux la plus répandue dans le monde.*

En sueur, Jacob cliqua sur le lien.

La page Web montrait la photo d'un petit oiseau, délicatement posé sur une branche.

La purée en train de prendre vie.

Sa mère s'étouffant avec son pain.

Puis l'avalant[1].

Elle essayait de lui parler, tout du long.

Il ne l'avait pas écoutée.

Il sentit à son tour sa gorge se révulser.

Titubant jusqu'à la salle de bains, il vomit pour cinquante dollars de bourbon. Il se rinça la bouche jusqu'à ce que ça ne brûle plus, arracha sa chemise et se passa un gant de toilette imbibé d'eau froide sur le corps.

Dans sa chambre, il s'allongea sur le lit défait. Il s'accorda quatre-vingt-dix minutes de sommeil, réglant son réveil pour huit heures et demie du matin, dix-sept heures trente à Prague.

1. En anglais, les mots « hirondelle » et « avaler » sont des homonymes : *swallow*. (*NdT*)

Jacob avait enregistré le numéro du capitaine Jan Chrpa dans son téléphone sous l'appellation *Enquêteur tchèque*. Il ne savait pas s'il était toujours valide. La voix qui répondit *ahoj* paraissait différente, sans le chuintement asthmatique. Mais l'environnement sonore était le même : des enfants qui hurlaient.

Depuis combien de temps se disputaient-ils ? Deux ans d'affilée ?

« Je ne sais pas, tu ne peux pas allumer la télé ? » suggéra Jacob.

Il y eut une légère pause.

« C'est le problème, dit Jan. Ils bagarrent pour choisir la chaîne. »

Un aboiement en tchèque, une accalmie passagère, un retour à plein volume quelques instants plus tard.

« Une seconde », marmonna Jan.

Jacob s'allongea sur son canapé. Il avait avalé quatre Advil et un bout de toast desséché ; physiquement, il se sentait un peu moins mal, mais ses cauchemars continuaient à le hanter.

Un grenier, un jardin, les mains agitées de Bina.

Alors qu'il entendait le vacarme s'estomper, il se rendit compte qu'il ne savait quasiment rien de la vie privée de Jan, si ce n'est qu'il avait une sœur. Au départ, il avait supposé que les enfants étaient ceux de Jan. Puis il avait changé d'avis, décidant que c'étaient plutôt ses petits frères et sœurs. Il n'avait toujours pas la réponse. Il ignorait si Jan était marié, homo, s'il vivait chez ses parents ou quoi. Ils s'étaient parlé deux fois au téléphone, avaient passé une seule matinée ensemble, à reconstituer un crime atroce.

Pourtant il savait que Jan se souviendrait de lui. Ce qu'ils avaient partagé était indélébile. Plus que la victoire, c'était le trauma qui unissait les hommes.

Jan reprit le combiné.

« Ça me fait plaisir de t'entendre, dit-il.

– Moi aussi. Tu as l'air en forme.

– Ça va, oui. »

Jacob décida de s'accorder quelques minutes pour papoter. Il demanda des nouvelles de la sœur de Jan, Lenka, et reçut un soupir agacé en guise de réponse.

« Elle va entrer dans la police.

– Sans blague ? Elle est allée jusqu'au bout, alors ?

– Je lui ai dit que c'est très mauvaise idée. Elle n'écoute pas. C'est ta faute, tu sais !

– Moi ? Qu'est-ce que j'ai fait ?

– Après quand tu es parti, elle parlait de toi très souvent. J'ai dit : "Oublie ce type, c'est que des problèmes."

– J'aimerais pouvoir mal le prendre, mais tu as sans doute raison.

– Bien sûr, j'ai raison. Tu es dangereux. Tu viens à Prague, tu poses des questions, je n'ai pas envie de répondre. Je réponds quand même. Ensuite tu pars et j'ai zéro nouvelle, que dalle.

– Tu as drôlement progressé en anglais, commenta Jacob.

– Pourquoi tu n'as pas appelé ?

– Quand l'affaire a éclaté, ils m'ont foutu dans un placard. Ils ont tout fait pour m'éloigner de l'enquête.

– Ils t'ont cassé les bonbons, quoi. »

Jacob partit d'un grand rire, qui libéra une partie de la tension dans sa poitrine.

« J'ai voulu t'appeler. Mais ils surveillaient mon téléphone et mes e-mails. Je n'avais pas envie de te causer davantage de problèmes.

– C'est bon. Je te pardonne. Mais, Jacob, j'ai eu une chose très étrange. Avant de te connaître, j'avais de gros soucis.

– Je me souviens.

– Ensuite, deux ou trois mois après ton départ, mon chef m'appelle dans son bureau : "Félicitations, vous avez une promotion."

– Ah.

– Oui, mais il y a encore plus étrange. »

Un léger raté dans la respiration de Jan, relique de son souffle rauque d'antan.

« Avant ça, j'étais *kapitán*. Après, normalement, on devient *major*. Mon chef, il me dit qu'il va être nommé *plukovník*, colonel, et moi *podplukovník*, lieutenant-colonel. C'est pas normal.

– Et moi, quand ils m'ont retiré l'affaire, ils m'ont donné dix mille dollars. »

Il y eut un silence avant que Jan demande :

« Qui sont ces gens ? »

Jacob ne voulait pas lui mentir.

« Je ne sais pas comment te répondre », dit-il, en espérant que Jan ne relèverait pas la nuance entre ça et *je ne sais pas* tout court.

Jan laissa échapper un grommellement.

« Je n'ai jamais su qui a tué cette personne », reprit-il.

Jacob lui débita la version officielle du LAPD : avec l'aide d'un complice, Richard Pernath était responsable du meurtre d'un précédent complice, Terrence Florack. Scotland Yard, acceptant cette explication, avait clôturé l'enquête concernant l'assassinat d'un troisième complice de nationalité britannique, Reggie Heap, en territoire étranger.

« Je pense que tu ne me dis pas tout, rétorqua Jan.

– Crois-moi, c'est pour ton bien. »

Jan se tut un moment.

« La personne qui a fait ça. Elle a été punie ? » demanda-t-il.

Jacob songea au chagrin dans le regard de Mai pendant les dernières secondes avant qu'elle ne l'abandonne.

« Ça, je peux te dire que oui », répondit-il.

Jan écouta sans un mot les détails du double homicide Duvall / White.

« Ce type, Tremsin, était à Prague au début des années quatre-vingt, poursuivit Jacob. Il dirigeait le service psychiatrique d'un hôpital appelé Bohnice.

– Je connais, dit Jan.

– Ça existe encore ?

– Oui, oui. Ils ont plein de fous.

– Tu pourrais les contacter ?

– Je vais essayer. Tu te demandes si Tremsin a fait la même chose ici ?

– C'est une question qui mérite d'être posée.

– Je suis d'accord. Mais ça ne va pas être facile à savoir. Après le communisme, il y a eu une grande confusion. Les dossiers ne sont pas complets, beaucoup sont détruits. »

Jacob se représenta les archives Vollmer, en dix fois pire.

« Je vois, dit-il.

– C'est terrible, reprit Jan. La mère et le fils. »

Jacob songea à Bina tenant la photo de Thomas White Jr.

Le visage mutilé.

Le regard fixe à jamais.

Elle avait reconnu la scène.

Elle l'avait déjà vue quelque part.

« Ce que je peux faire, disait Jan, c'est parler à l'ÚDV, la division des affaires spéciales sur lesquelles on ne pouvait pas enquêter avant, pour des raisons politiques.

– Si Tremsin travaillait pour le KGB, il avait sans doute des protections locales.

– Oui, non, peut-être. On a les dossiers de la StB, pas du KGB. Il n'y avait pas beaucoup de coopération, ils ne s'aimaient pas. Tu as demandé aux Russes ?

– J'attends un interprète. J'ai comme l'impression qu'ils ne parleront pas si facilement.

– Je crois que tu as raison.

– Tu veux bien me rendre un service ? Demande, on ne sait jamais. Toute piste sera la bienvenue. Tout ce que tu arrives à dénicher.

– Tu vas revenir à Prague ?

– Pour être honnête, je n'y avais pas pensé. Mais j'adorerais, en tout cas. Un jour ou l'autre. Je te dois toujours une bière.

– Maintenant, tu m'en dois deux. »

# 30

Comme l'avait suggéré Jan, en toute logique, l'étape suivante était d'appeler la police de Moscou. C'était là que Tremsin avait passé la majeure partie de ces trente dernières années.

Au final, on butait toujours sur les trucs les plus simples : Jacob ne réussit pas à identifier le bon numéro. Il en essaya plusieurs au hasard et ça ne le mena nulle part.

Il renvoya un troisième mail à Mike Mallick.

Il écrivit aussi à Neil Adler pour lui donner le nom de Tremsin.

Il se fit un café et commença à éplucher péniblement les sites d'information russes, à la recherche de doubles meurtres mère / fils, de paupières mutilées, ce qui lui valut une rafale de fenêtres en pop-up avec des pubs pour de la chirurgie esthétique à bas prix. À midi, il en était arrivé à un point où il parvenait tant bien que mal à déchiffrer le cyrillique. Sans pour autant comprendre le moindre mot.

La sonnette retentit : son interprète, enfin.

L'officier Anna Polinsky était une petite rousse menue en uniforme du LAPD. Jacob lui demanda d'attendre une minute le temps qu'il ratisse le salon à toute vitesse, collectant les bouteilles dans un sac-poubelle, preuve à conviction cliquetante qu'il planqua dans sa baignoire. Il se brossa les dents, aplatit ses épis et s'excusa pour le bazar en la faisant entrer.

« Ne vous inquiétez pas, je suis pareille », dit-elle sur un ton qui indiquait clairement le contraire.

Le colonel qu'ils parvinrent à joindre à la police judiciaire de Moscou était résolu à leur fournir le moins d'informations possible tout en en soutirant le plus possible à Jacob.

« J'aimerais savoir s'ils ont quelque chose présentant un mode opératoire similaire. »

Du russe, du russe, du russe.

« Il dit que c'est impossible à déterminer. Moscou est une grande ville.

– Je ne m'attends pas à ce qu'il me donne une réponse de but en blanc, précisa Jacob. Il va falloir qu'il cherche. Dites-lui de me rappeler. »

Du russe, du russe, russe, russe, russe.

« Il dit que ce n'est pas sa responsabilité.

– Alors, à qui doit-on s'adresser ?

– D'abord, il aimerait savoir quelles preuves vous avez contre Arkady Tremsin.

– C'est précisément pour ça que je… »

Russe, russe, russe, russe.

« Il aimerait savoir, reprit Polinsky, s'il y a d'autres crimes que vous soupçonnez Tremsin d'avoir pu commettre sur le sol américain.

– Dites-lui que non et demandez-lui ce qu'il sait sur l'assassinat de Natalia Honcharenko. »

Russe, russe, russe russe russe.

« Il dit qu'il ne s'en souvient pas.

– Ça a fait la une des journaux pendant trois mois. »

Russe.

« Il n'y a pas de suspects, traduisit Polinsky.

– Maintenant il s'en souvient ? »

Polinsky haussa les épaules.

« Est-ce que Tremsin a jamais été dans le collimateur ?

– Il ne peut pas répondre à cette question.

– À quoi peut-il répondre ?

– Il aimerait d'abord savoir ce que vous comptez faire.

– Bon sang, c'est une enquête en cours… Ok, dites-lui que pour l'instant je ne compte rien faire. »

Russe russe, russe russe.

« Si vous ne comptez rien faire, transmit Polinsky, pourquoi est-ce que vous le dérangez ? »

Encore trois heures à appeler divers autres départements ; trois heures de louvoiements et de rebuffades.

« Vous ne parlez pas français, par hasard ? demanda Jacob à Polinsky.

– Désolée, dit-elle, ce n'est pas dans mes cordes. De toute façon j'ai bientôt fini mon service. »

Il était heureux de l'apprendre. Cela ferait bientôt trop longtemps qu'ils étaient assis côte à côte sans qu'il ne lui ait rien offert à manger, mais pour lui offrir quelque chose il allait devoir lui avouer que son frigo était vide et courir au 7-Eleven. Il la remercia de son aide et ils décidèrent tous les deux de s'en tenir là.

Lui ne s'en tint pas là.

Il concentra désormais son attention sur Paris, où Tremsin vivait à présent, et il travailla jusque tard dans la nuit avant de tomber sur une piste intéressante.

### *QUI EST LA FAMILLE X ?*

Une brève dans un quotidien parisien, datée de l'hiver précédent. Une femme et un jeune garçon avaient été retrouvés assassinés dans un bois. Les flics faisaient appel au public pour les aider à identifier les victimes.

Curieusement, il n'y avait pas de photo, ce que Jacob aurait pourtant trouvé utile à des fins d'identification. Il supposait qu'ils n'avaient pas voulu publier d'images trop choquantes ou risquant de dévoiler trop d'éléments probants ; des paupières découpées, par exemple, ou des plaies de balles au front.

Le communiqué du bureau du procureur tirait sur le mélo. *Avilir une mère et l'enfant est ainsi le plus grand mal concevable. Nous ne nous reposerons pas jusqu'à ce que nous ayons livré ce monstre à la justice.*

Se demandant quelle nuance lui échappait, Jacob s'efforça de retraduire la phrase mot à mot. Les dictionnaires en ligne indiquaient qu'*avilir* signifiait « faire perdre de sa valeur, déprécier ».

Mais aussi « rendre vil, dégrader, abaisser » : une assez bonne façon de décrire ce qu'avaient subi Marquessa et TJ, finalement.

Un second article, un mois plus tard, laissait entendre que l'enquête piétinait.

*Le capitaine Odette Pelletier, de la DRPJ, a déclaré : « Il nous reste beaucoup d'avenues à explorer. »*

Il était environ onze heures du matin à Paris. À force de persévérance, Jacob finit par avoir au bout du fil un type qui parlait anglais avec un très fort accent et qui lui promit mollement de localiser le service de Pelletier et de le rappeler.

« Après déjeuner », ajouta-t-il avant de raccrocher.

Jacob s'allongea sur le canapé.

Il faisait jour quand il rouvrit les yeux.

Il jeta un coup d'œil à son téléphone : 06:48. Aucun appel en absence au cours des cinq dernières heures.

Une sacrée longue pause déjeuner. Il rappela au même numéro.

« *Allô ?*

– Pardon si je vous interromps en plein dessert, dit Jacob.

– Elle va vous contacter, rétorqua l'homme.

– Quand ?

– Plus tard. »

À la grande surprise de Jacob, il reçut un appel dans l'heure. Et il fut encore plus soulagé en entendant Odette Pelletier se présenter dans un anglais limpide.

« Ça n'arrive pas tous les jours, dit-elle. Que me vaut ce plaisir ? »

Il lui décrivit l'homicide Duvall.

« Puis-je vous demander ce qui vous a conduit à penser qu'il pourrait y avoir des similitudes avec notre affaire ?

– Il n'y avait pas de photos des victimes dans le journal.

– Naturellement. Ce serait irrespectueux.

– Alors comment vouliez-vous que quiconque les reconnaisse ?

– On espérait que quelqu'un serait à leur recherche. Une amie, un petit copain, une grand-mère.

– Et personne ne s'est présenté.

– Malheureusement non.

– Le communiqué indiquait que les victimes avaient été avilies.

– Le procureur Lambert ne craint pas l'hyperbole.

– Avilies comment ? Les paupières ?

– Vous comprendrez sûrement que je ne peux pas vous en parler par téléphone.

– Et en personne ? »
Elle rit.
« Je suis sérieux, reprit-il. J'ai du temps.
– Vous allez devoir envoyer votre demande par écrit au bureau du *juge**.
– Mes victimes ont reçu chacune une balle dans le front. Petit calibre. Ça correspond ?
– Je vous répète que…
– Si vous me dites que les vôtres ont été étranglées, je raccroche tout de suite. »
Silence.
« Elles n'ont pas été étranglées, devina-t-il.
– Je n'ai jamais dit ça.
– Mais vous êtes toujours là. »
Un temps.
« Autre chose, inspecteur ?
– Quid d'éventuels suspects ? Des pistes ? »
Nouveau temps.
« Nous ne sommes jamais arrivés jusque-là, concéda-t-elle.
– Merci.
– Et vous ?
– Juste Arkady Tremsin. »
Il attendit sa réaction.
« Ce nom n'a jamais fait surface dans votre affaire ? poursuivit-il.
– Non.
– Mais vous le connaissez.
– Seulement de réputation.
– À savoir ?
– Il est très riche. Comme la plupart des gens très riches, il protège sa vie privée.
– Vous pourriez peut-être vous renseigner sur lui, suggéra Jacob.
– C'est au *procureur** et à moi d'en décider.
– Le *procu*… qu'est-ce que c'est ?
– *Procureur**. Ce que vous appelez chez vous *prosecutor*. Techniquement, je suis sous ses ordres. »
Pressentant un autre point d'entrée possible, Jacob rebondit :

« Ça doit être pénible.
– Lambert et moi avons une très bonne relation professionnelle.
– Oui, j'imagine. Je dis juste que, si vous pensez que Tremsin mérite qu'on s'y intéresse…
– Je n'ai jamais dit ça, inspecteur. C'est vous qui l'avez dit.
– J'essaie juste de vous simplifier la vie.
– Autre chose ? demanda à nouveau Pelletier.
– Les victimes, répondit Jacob. Des progrès depuis cet article ?
– Très peu. Nous avons creusé la question pendant plusieurs mois. Leurs empreintes n'apparaissaient ni dans notre base de données, ni dans celle d'Interpol. Le légiste pense qu'ils sont d'Europe de l'Est.
– Sur quoi se fonde-t-il ?
– La mère n'avait pas des traits typiquement français.
– Qu'est-ce que ça veut dire "typiquement français" ? Elle ne se baladait pas avec une baguette ?
– Nous ne sommes pas en Amérique. Ici, les gens portent leur identité sur eux.
– L'Europe de l'Est, ça peut vouloir dire russe.
– J'imagine que oui, en effet.
– Arkady Tremsin est russe.
– Je ne vois pas bien le rapport, répliqua-t-elle. À moins que ça marche comme ça en Amérique ? Les gens ne tuent que leurs congénères ?
– J'espérais que vous pourriez me mettre en contact avec lui, enchaîna Jacob.
– Je suis flattée que vous me pensiez capable de vous obtenir une audience.
– Vous pourriez m'obtenir un mandat.
– Le *juge** voudra un motif irréfutable pour vous le délivrer.
– Laissez-moi vous envoyer les photos de ma scène de crime, proposa-t-il. Peut-être que ça vous convaincra.
– Faites comme vous voulez. Mais n'attendez pas une réponse rapide.
– Pas de problème. Je vous rappelle plus tard.
– Pourquoi ?
– J'aime bien votre voix. »

Il avait dit ça pour la garder au bout du fil, mais à l'instant où les mots sortaient de sa bouche il se rendit compte que c'était vrai.

« On n'est pas obligés de parler de meurtres, ajouta-t-il. On peut parler d'autre chose.

– De quoi, par exemple ?

– De tout. Sauf de foot. Je n'aime pas le foot.

– Ce n'est pas un sport pour les impatients », rétorqua-t-elle avant de lui raccrocher au nez.

# 31

Bizarrement, la conversation avec Odette Pelletier lui avait remonté le moral. L'effet se prolongea sur plusieurs jours, tandis qu'il recontactait les différents témoins potentiels.

Il envoya par mail une photo de Tremsin à Alon Artzi, Farrah Duvall, Jorge Alvarez et Susan Lomax.

Personne ne le reconnut.

« Il ne descendait jamais de sa limousine, expliqua Alvarez quand Jacob lui téléphona. Il a peut-être sorti la tête une ou deux fois, mais je ne crois pas avoir jamais eu un bon aperçu de lui. »

« Il faudrait que je le voie avec une chapka, suggéra Susan Lomax. Vous ne pouvez pas lui en rajouter une ? Avec Photoshop ? »

Jacob envoya aussi la photo à Zinaida Moskvina. Elle ne répondit pas, ce à quoi il s'attendait à moitié : elle lui avait déjà dit que c'était un sous-fifre qui était venu la voir, pas Tremsin lui-même. Il doutait de pouvoir lui tirer davantage les vers du nez, y compris s'il réarrêtait Katic.

Découragé, il monta dans sa Honda et roula jusqu'à Culver City.

Divya Das ouvrit la porte. Haussa un de ses fins sourcils noirs.

« Ça alors, c'est une surprise.

– Une bonne, j'espère. »

Elle lui fit signe d'entrer.

« Je vous le dirai quand j'aurai décidé. Un thé ?

– Volontiers, merci », répondit-il en s'installant au comptoir de la kitchenette.

Elle alluma la bouilloire.
« Je crains de ne pas avoir grand-chose à manger.
– Ah ouais, sans blague ? »
Elle lui lança un regard étonné, après quoi ils se mirent à rire tous les deux.
« En général, j'ai toujours un petit truc qui traîne, dit-elle en fouillant dans un placard. En cas d'imprévu. Ah, voilà, annonça-t-elle en brandissant triomphalement un paquet de crackers décoloré. Qu'on ne puisse pas dire que je ne suis pas un fin gourmet. »
Elle disposa les crackers sur une assiette, lui servit une tasse de thé et se jucha sur un tabouret de l'autre côté du comptoir.
« Puis-je vous demander ce qui vous amène ?
– Rien de spécial. Je tournais en rond, alors...
– Et comment saviez-vous que je serais chez moi ?
– Je ne le savais pas. J'ai pris le risque. Mais votre voiture est garée devant l'immeuble. Dans la police, c'est ce qu'on appelle "un signe distinctif".
– En effet », acquiesça-t-elle en resserrant son peignoir autour d'elle.
C'est alors seulement qu'il se rendit compte qu'elle était en pyjama, prête à aller se coucher.
« J'ai bossé toute la nuit, dit-elle.
– Merde. Je m'en vais.
– Ne dites pas de bêtises, vous venez d'arriver. Qu'est-ce qui vous tracasse ? La mère et l'enfant ? »
Il lui résuma ses progrès tâtonnants.
« Quand j'ai demandé à la flic française si ses victimes avaient les paupières coupées, elle n'a pas dit non. Je sais, ajouta-t-il, elle n'a pas dit oui non plus.
– Quelle a été sa réaction ?
– De changer de sujet, ce qui veut dire à mon sens que j'ai mis le doigt sur quelque chose.
– Ce serait bien d'avoir la confirmation que ce fameux Tremsin était effectivement à Los Angeles au moment des meurtres.
– J'ai contacté le service de l'immigration et des douanes pour leur poser la question. »
Il mordit dans un cracker : un goût de poussière moisie.

« En attendant, reprit-il, je flotte dans un grand vide factuel, entouré de toutes sortes de petits détails marrants pour m'occuper.

– Du genre ?

– Susan Lomax dit que le type qui s'est présenté à l'école de TJ portait une grosse bague noire. Je suis tombé sur un blog qui insinuait que Tremsin était un ancien membre d'un groupe du KGB baptisé le Cercle Jelezo. Je parie que vous allez deviner ce que veut dire *jelezo* en russe.

– "Gros et noir" ? tenta Divya.

– Presque. Ça veut dire "fer".

– "Le cercle de fer", résuma-t-elle. Sympa.

– Pas sympa. C'était une brigade de tortionnaires. Une bande de psychopathes bardés de diplômes.

– Mon Dieu, souffla Divya en se mordant la lèvre.

– C'est un blog, nuança Jacob, ça ne prouve rien. Mais il y a de quoi se poser des questions, pas vrai ? Et Zinaida Moskvina m'a répété avec insistance que le type qui était venu à la boulangerie était un des hommes de Tremsin.

– Humm », fit-elle.

Il la dévisagea.

« Quoi ?

– Vous êtes assez persuasif, et je n'ai pas envie de jouer les rabat-joie.

– Dites ce qui vous trotte dans la tête.

– Cette boulangère, c'est elle qui vous a mis sur la piste de Tremsin au départ. Vous n'avez jamais envisagé qu'elle vous fasse marcher ?

– Elle ? Impossible. Elle se faisait quasiment pipi dessus tellement elle avait peur.

– D'accord. Mais ce n'est pas forcément de lui qu'elle a peur. Peut-être que le véritable danger vient de quelqu'un de plus proche et qu'elle vous jette le nom de Tremsin en pâture parce que c'est relativement sans risque. Il est à l'autre bout du monde, ça ne lui arrivera jamais aux oreilles. »

Maligne, cette Divya.

« Est-ce qu'elle a des ennuis ? demanda-t-elle. Elle doit de l'argent ?

– Pour les dettes, je ne sais pas, mais son casier est vierge.
– Eh bien, si j'étais vous, je commencerais par là.
– Flûte, soupira-t-il en donnant une chiquenaude à son mug.
– Je suis désolée. Je ne voulais pas vous saper le moral.
– Non, non, c'est justement pour ça que je suis venu. Ça fait une semaine que je suis terré chez moi à parler tout seul. »
Il se leva et se mit à faire les cent pas.
« Hier soir, reprit-il, je me suis un peu égaré, j'ai lu des tas de trucs sur la guerre froide. C'est dingue, ce qui s'est passé. Ils avaient des femmes espions, les "hirondelles", spécialement formées pour séduire les hommes. Elles développaient une relation avec une proie ciblée et elles lui soutiraient des renseignements. Parfois, ça durait des années, et les pigeons étaient convaincus d'avoir trouvé le grand amour. Il y a même eu des mariages. Ce n'était pas Eux contre Nous, en fait, c'était Eux contre Eux. Les Soviétiques, les Tchécoslovaques, les Allemands de l'Est… tout le monde s'espionnait dans tous les sens. C'est en grande partie ce qui les a perdus.
– Sans confiance, il n'y a rien », répliqua-t-elle.
Il fut légèrement agacé par sa remarque, ne sachant si c'était une façon de lui faire la morale.
« La première fois que les Projets spéciaux m'ont envoyé à Castle Court, dit-il, on n'était que tous les deux. Vous saviez déjà que c'était Mai. »
Elle hésita.
« Je voulais vous le dire dès le départ.
– Et ?
– Le commandant Mallick pensait qu'elle réagirait mieux si vous étiez contrarié. »
Jacob secoua la tête.
« Vous êtes vraiment des créatures étonnantes.
– Des créatures ?
– Vous voyez très bien ce que je veux dire.
– Et puis d'ailleurs, ajouta-t-elle en le débarrassant de son mug, on ne peut pas reprocher à Mallick d'avoir eu tort : ça a marché.
– Maintenant, je suis contrarié, dit Jacob.
– J'espère que ça passera. Sincèrement.

– Je crois que je vais vous laisser dormir.

– Vous n'êtes pas obligé de vous enfuir à la seconde où j'exprime de l'empathie.

– Je ne m'enfuis pas. Mais au fait, j'y pense, est-ce que vous *dormez* ? »

Elle éclata de rire.

« Ne faites pas comme si c'était une question débile, reprit-il.

– Pas débile, juste étrange. Je ne vous comprends pas. D'abord, vous prétendez qu'on vous baratine, maintenant vous me parlez comme un adepte convaincu. Il faudrait savoir, c'est l'un ou l'autre ?

– Les deux, répondit Jacob. Ni l'un ni l'autre.

– Décidez-vous ! Et pour votre information, oui, je dors.

– Tout entière ? Ou il y a une part de vous qui reste éveillée ? »

Divya prit une grosse voix grave :

« Inspecteur Lev, ne nous perdons pas en détails théoriques. »

C'était une imitation de Mallick d'une acuité terrifiante.

« Il sait que vous pouvez faire ça ? demanda Jacob.

– Absolument pas, rétorqua-t-elle en riant. Et ne le lui répétez pas, sinon je vais me prendre un savon. »

Elle se pencha vers lui d'un air conspirateur, et le décolleté de son peignoir s'écarta pour laisser apparaître un triangle de peau brune.

« Vous savez, chuchota-t-elle, parfois j'ai même l'impression de ressentir un début de faim.

– Ah oui ? Et après ?

– J'attends. Ça passe.

– Je trouve ça triste.

– C'est vrai ? Il me semble que la plupart des gens adoreraient avoir cette aptitude. Si j'arrivais à la mettre en gélules, je deviendrais milliardaire. On pourrait appeler ça le Volontex.

– Je ne parle pas du besoin, je parle de l'envie.

– Le désir est une tyrannie.

– J'en suis la preuve vivante. Pourtant je ne m'en débarrasserais pour rien au monde. Il n'y a pas de lumière sans chaleur.

– C'est une sensation qui ne m'est pas complètement étrangère », dit-elle.

Elle attrapa une mèche de cheveux égarée qu'elle coinça dans l'élastique de sa queue-de-cheval. Elle avait le cou lisse, une invitation, et Jacob détourna la tête pour regarder n'importe où sauf vers elle.

La moquette râpée.

Les murs cloqués par un dégât des eaux.

Les affiches de dieux et de déesses, aux couleurs fanées et aux coins déchirés.

Un être si rayonnant. Qui vivait dans un endroit si miteux.

Mais alors elle fit le tour du comptoir pour se rapprocher de lui, et soudain il ne vit plus qu'elle, rien d'autre, elle et ses lèvres qui s'entrouvraient près des siennes, brûlantes, aveuglantes.

# 32

Alors même que ça se passait, Jacob attendait d'une seconde à l'autre que ça s'arrête ; il attendait le cri de douleur, les yeux révulsés, les muscles tétanisés. Son cœur battait à tout rompre et en ordre dispersé, la terreur s'ajoutant à l'excitation ; il avait à la fois follement envie d'elle et de se sauver avant d'avoir détruit la psyché d'une autre femme.

Mais Divya Das n'était pas une femme ordinaire.

À califourchon sur lui, elle avait les yeux brillants. Elle pouvait faire ce qu'elle voulait, rouler sur le dos, le positionner sur elle comme s'il était en papier, l'encercler de ses jambes, le serrer fort contre elle, lui griffer les reins, l'embrasser avec suffisamment d'intensité pour enflammer l'air à l'intérieur de ses poumons.

À la fin, elle resta allongée, immobile.

« Ça va ? » demanda-t-il.

Elle se tourna sur le côté, un grand sourire aux lèvres.

Un grand sourire béat.

Et elle l'attrapa de nouveau.

Sur le chemin du retour, Jacob avait l'impression que tout lui sautait au visage.

Divya était des leurs.

Et donc immunisée.

Mais lui ? Il ne cessait de se pencher vers le pare-brise pour jeter des coups d'œil inquiets au ciel en train de s'assombrir, guettant les représailles.

Un poing invisible qui foncerait sur lui et enverrait sa voiture faire des tonneaux.

Est-ce qu'il en serait ainsi pour le restant de sa vie sexuelle ?

Il ne pourrait plus coucher qu'avec des membres des Projets spéciaux ?

*La* membre. Singulier. Schott, Subach et les autres types dans les camionnettes de surveillance : pas son genre.

Il laissa échapper un petit rire fragile, redoutant la prochaine bouffée d'angoisse.

Un kilomètre de plus. Toujours rien.

Il était devenu le protagoniste d'une ballade mélo à deux balles.

*Send me an angel.*

*Envoyez-moi un ange… hybride.*

Il fit la route jusque chez lui en un temps record, se gara de travers et fonça dans l'escalier, impatient de retrouver la sécurité illusoire de son plafond, de ses murs, de son sol.

Il prit une douche, but jusqu'à se sentir mieux, réchauffa un reste paléolithique de macaronis au fromage qu'il mangea à même la casserole, debout devant la gazinière. De sa main libre, il tapotait sur son ordinateur pour explorer le passé de Zinaida Moskvina.

Elle avait ouvert la boulangerie en 1998.

Des associés de l'ombre ? Des hommes qui portaient de grosses bagues vulgaires ?

Naturalisée en 1999.

Une dette qui remontait à la mère patrie ?

Il en était réduit à des conjectures. Rien qui puisse le mettre sur la voie d'un soupçon concret.

Sa fille restait encore sa faille la plus criante.

Son arrestation pour possession de cocaïne ne concernait qu'une petite quantité, qui la classait dans la catégorie « usage personnel » et non « trafic ». C'était après sa première conduite en état d'ébriété, avant que Katie n'apparaisse clairement comme une consommatrice régulière de stupéfiants. Elle avait plaidé coupable et négocié sa peine, échappant à la prison.

Pas de faillite, pas de surendettement, pas de défaut de paiement.

L'icône de sa boîte mail lui signala l'arrivée d'un nouveau message, interrompant le fil de ses pensées. Songeant qu'il venait peut-être de Divya, il ouvrit sa messagerie.

C'était un agent de l'immigration et des douanes qui lui répondait.

*Objet : demande sur TREMSIN Arkady*

Jacob parcourut la première ligne et se jeta sur son téléphone.

Divya décrocha d'une voix groggy.

« Allô ?

– Il était sur le territoire américain, annonça-t-il. Tremsin. Il est entré par l'aéroport de Los Angeles avec un visa de six mois le 11 juillet 2004. Les victimes ont été tuées le soir du 19 décembre, découvertes le lendemain matin. Son tampon de sortie est daté du 22 décembre. »

Il marqua une pause.

« Allô ?

– Je suis là, dit-elle.

– Ok. Alors ? Intéressant, non ?

– Très », fit-elle en bâillant.

Son manque d'enthousiasme irrita un peu Jacob. Puis il se souvint qu'elle venait de passer une nuit blanche.

« Je te réveille, non ?

– En effet. »

Nouveau bâillement.

« Je suis contente pour toi, Jacob, bravo.

– Merci, dit-il. Ça va, sinon ?

– Pourquoi ça n'irait pas ?

– Non, je veux dire, tout… tout va bien ?

– Si tu veux qu'on parle, *parle* !

– Non, non, je n'y tiens pas spécialement.

– Alors on n'a qu'à se dire que c'était chouette et point à la ligne.

– C'est vrai. C'était chouette.

– J'ai trouvé, oui. »

Jacob ne put s'empêcher de rire.

« Allez, retourne te coucher, va.

– Et toi, tu ne vas pas dormir ? »

Il jeta un coup d'œil à l'horloge de l'ordinateur. Vingt-trois heures. Cela faisait deux semaines qu'il se contentait de quatre ou cinq heures de sommeil par nuit. Le fait qu'il ne ressente pas la fatigue réveilla en lui une vieille peur enfouie : dans ses phases maniaques, sa mère était capable de tenir sans dormir plusieurs jours d'affilée.

Son ordinateur était ouvert devant lui. Il avait encore plein de travail à faire, de fils à tirer.

« Tu restes en ligne deux secondes ? demanda-t-il.

– Dépêche-toi », répondit-elle en bâillant.

Il ne prit pas la peine de se brosser les dents. Il ôta ses chaussures, ses vêtements, et se coula entre les draps. Il mit le téléphone sur haut-parleur et le posa sur son torse.

« Tu es toujours là ?

– À peine. »

Ils restèrent quelques minutes sans rien dire, glissant ensemble dans le silence. Puis il murmura « Bonne nuit, Divya », elle répondit « Bonne nuit, Jacob », alors il tapa un coup sur l'écran et roula sur le ventre.

Dans son rêve, le jardin a changé.

Ce qui était autrefois vert et doré a viré au gris boueux, des feuilles en pierre et des lianes de graphite, mortes et sans épaisseur.

Voletant dans un lointain recoin de sa conscience :

*Pour l'éternité.*

Le sol se met à trembler et fumer, et Jacob se retourne pour la chercher. *Mai ?*

*Tu avais dit l'éternité.*

Il ne la voit toujours pas. *Tu peux venir, s'il te plaît ?*

*Tu as menti.*

L'air miroite dangereusement.

*Il faut que tu te mettes à ma place*, dit-il. *Je suis un être humain. Je suis seul.*

Lorsqu'elle répond, sa voix est emplie d'une menace tranquille.

*Que sais-tu de la solitude ?*

*Mai.* Il commence à marcher en direction de la voix, mais il est repoussé par une intense éruption de chaleur, et en clignant des yeux il aperçoit le jardin qui ondule derrière un rideau de flammes invisibles.

*Est-ce qu'on pourrait être un peu raisonnables ?* dit-il.

Un rire hystérique. *Oh, non. Oh, non non non. Je ne vais pas te laisser t'en tirer à si bon compte encore une fois.*

*Me tirer de qu…*

*Tu penses que, sous prétexte que tu sais manier les mots, tu peux te sortir impunément de toutes les situations ?*

*Je ne pense pas ça.*

*« Je t'aime de toute éternité, et pour l'éternité. »*

*Mai. Je ne sais pas de quoi tu parles.*

*Tu crois que j'ai oublié ? « J'ai besoin de toi dans mon foyer. » Des mensonges.*

*Je ne t'ai jamais dit ces choses-là*, rétorque-t-il.

Pourtant ces phrases lui sont familières, comme innées.

*Si je te les ai dites*, ajoute-t-il, *je m'en excuse.*

Pas de réponse.

*Je suis désolé*, reprend-il. Puis il le répète en criant.

Mais la chaleur se rapproche, et dans une puanteur de cheveux grillés, de chair calcinée, il s'aperçoit que lui aussi est en flammes.

Jacob se réveilla en sursaut.

Sa lèvre supérieure le démangeait atrocement.

Tous les détecteurs de fumée de l'appartement hurlaient en chœur.

Il se leva d'un bond et fonça vers les volutes âcres qui émanaient de la cuisine.

Le reste de macaronis, d'où s'élevait une colonne de fumée noire.

Il ouvrit une fenêtre en grand, s'enroula un torchon autour de la main, balança la casserole dans l'évier, fit couler l'eau froide. L'aluminium se mit à crépiter sous l'effet du choc thermique.

Le brûleur au fond à gauche, allumé au maximum, crachait une flamme bleue chuintante.

Il se souvenait pourtant de l'avoir éteint avant d'aller se coucher.

Il n'en était plus sûr, à présent.

Il tourna le bouton sur zéro.

Un courant d'air glacé caressa son corps nu et, en pivotant, il constata que la fenêtre du salon était entrebâillée.

Ça, il en était sûr : il ne l'avait jamais ouverte.

Il s'approcha.

Dehors, le réverbère, le nuage d'insectes, un pissenlit électrique.

Il ferma la fenêtre et resserra d'un coup sec les deux pans du rideau.

Il inspecta le reste de l'appartement centimètre par centimètre, sans remarquer d'autre anomalie.

Il retourna dans sa chambre et resta assis sur son lit, le dos moite collé au mur.

« Je ne sais pas si tu peux m'entendre, dit-il tout haut. Je vais supposer que oui. »

Silence.

« Je ne vais pas appeler Mallick, au cas où tu t'inquiéterais pour ça. Je ne te ferai jamais de mal. »

Il imagina sa réponse : *Des promesses, des promesses.*

« Je ne crois pas non plus que tu me veuilles réellement du mal. »

Il le pensait vraiment. Elle aurait pu faire dix fois pire si elle avait voulu.

« Mais je voudrais que tu réfléchisses, poursuivit-il. Qu'est-ce qui se serait passé si les piles de mon détecteur de fumée étaient mortes et que je ne me sois jamais réveillé ? »

Frissonnant, il remonta la couverture sous son menton.

« J'avais une seule casserole potable, dit-il. Tu me l'as bousillée. »

Le soleil finit par se lever, déchirant la pénombre de sa chambre. Il commença à s'habiller, en songeant aux mille choses qui l'attendaient.

Le lit se mit à vibrer.

Jacob se recroquevilla, terrifié.

Son téléphone rampa par saccades hors des draps.

L'écran affichait une ribambelle de chiffres : un numéro étranger.

Odette Pelletier, saisie de remords ?

Mais c'était une voix d'homme qui prononça les mots : « *Allô**. Police ?

– Ici l'inspecteur Jacob Lev. À qui ai-je l'honneur ? »

Une toux grasse.

« Capitaine Théo Breton. »

L'homme se mit à parler dans un murmure précipité.

« Plus lentement, s'il vous plaît, je ne vous comprends pas.

– Pelletier, reprit-il. Elle dit que des conneries.

– Pell... Vous êtes flic ? »

Il y eut un grand tumulte au bout du fil.

« Allô ? fit Jacob. Allô ? »

Un bruit de frou-frou, puis un flot de colère incohérente, de plus en plus fort jusqu'à ce que Breton réussisse à coasser un seul mot de sa voix enrouée : « Tremsin ».

Avant que Jacob ait pu répondre, une femme s'empara du combiné et le réprimanda dans un français cinglant. Puis la communication fut coupée.

Jacob rappela le numéro affiché.

« *Institut Curie, bonjour**.

– Hello. English ?

– Yes, *monsieur**.

– Vous venez de m'appeler, dit-il. On a été coupés.

– Avec qui parliez-vous, *monsieur** ?

– M. Théo Breton. C'est un collègue.

– Pardon ?

– Du département de police.

– Un instant. »

La ligne sonna, sonna, sonna. Il réessaya plusieurs fois avant de renoncer.

Assis sur le bord de son lit défait, Jacob réfléchit.

Il avait encore l'odeur de fumée dans les narines.

Au bout de quelques minutes, il attrapa un petit sac de voyage sur l'étagère haute de sa penderie. Il y fourra un assortiment de vêtements susceptibles de convenir à diverses tâches. Comme on était en décembre, il ajouta les trois pulls qu'il possédait. Puis il entreprit de retrouver son passeport.

Le premier avion pour Paris était un vol de nuit qui partait le soir même. Il acheta la dernière place disponible en classe éco et envoya un mail à Mallick.

Dans l'après-midi, ses affaires bouclées, il se demanda s'il avait le temps de passer voir sa mère. Au bout du compte, il décida de ne pas y aller. Que pourrait-il lui dire sans risquer de la faire souffrir ?

À la place, il téléphona à Sam, sautant les salutations et allant droit au but :

« Est-ce qu'Ima a jamais mentionné le nom "Arkady Tremsin" ?

– Je ne crois pas. Qu'est-ce que c'est ?

– Tremsin. Réfléchis, Abba, c'est important.

– Ça ne me dit rien. Mais je peux lui poser la question quand j'irai…

– Surtout pas. Ne fais *surtout* pas ça. »

Silence.

« Oublie que je t'en ai parlé, reprit Jacob. Je suis sérieux.

– Comme tu voudras, répondit Sam.

– Promets-moi.

– Je te promets.

– D'accord, fit Jacob, en espérant pouvoir lui faire confiance. En revanche tu peux lui dire que je viendrai la voir dès mon retour. »

Une respiration anxieuse.

« Ton retour d'où ?

– De Paris. Je ne sais pas combien de temps je vais rester.

– Jacob ? Je peux te donner de l'argent pour la *tsedakah* ? »

C'était une vieille coutume : offrir à un voyageur de quoi faire l'aumône afin de le protéger du danger. Sam lui avait fait la même proposition avant son voyage à Prague.

Et pour quel résultat ?

« Non merci », rétorqua Jacob.

Quand le taxi klaxonna en bas de l'immeuble, il ramassa son sac et se retourna sur le pas de la porte pour lancer dans le vide : « Essaie de ne pas foutre le feu pendant mon absence. »

À ceci près que ce n'était pas un taxi qui l'attendait le long du trottoir, mais une Lincoln Town Car argent.

Jacob s'en approcha prudemment.

La vitre conducteur se baissa.

« C'est une blague », lâcha Jacob.

Paul Schott se trouvait au volant de la voiture. Il tapota le siège à côté de lui avec un sourire sombre.

« *Mais oui** », dit-il.

# 33

PRAGUE
28 OCTOBRE 1982

Plus tard, Bina se souviendra par bribes de l'ascension jusqu'aux combles de la synagogue.

Au bout de la section des femmes, une pièce lambrissée de la taille d'une cabine téléphonique, Ota Wichs, le petit Peter et elle agglutinés les uns contre les autres, la moiteur de ses cheveux dans sa nuque.

Une corde pendait du plafond. Ota l'a attrapée, s'est arrêté un instant pour lui suggérer de fermer les yeux.

Elle s'est exécutée, et une explosion de poussière a rempli tous les orifices de sa tête. Quatre mains l'ont guidée vers les barreaux d'une échelle, la poussant vers le haut, en direction d'une obscurité sans fin.

Et puis plus rien.

À présent elle est allongée sur le sol du grenier. Le visage luisant de Wichs se balance comme un appât au-dessus d'elle.

« Inspirez », dit-il.

Une inhalation rauque, avec un râle de mort en bruit de fond.

« Et maintenant expirez. Voilà. Encore. Merci. »

Le père et le fils la soulèvent en position assise.

Son environnement lui apparaît par cercles progressifs.

Une lanterne aveuglante. Un tas de chiffons.

Et, plus loin, une vision extraordinaire se déploie : un jardin enclavé, les collines de Jérusalem, la Jérusalem dont elle se souvient, son horizon vert et or, sec et verdoyant.

L'olivier, en pleine floraison.

Elle laisse échapper un cri de stupeur. Sa voix se craquelle. Mais Ota veut l'obliger à boire au goulot d'une flasque.

« Vous avez eu du mal à monter », insiste-t-il.

Elle crachote, prend une gorgée d'eau mêlée de poussière, qui dans sa bouche se transforme en boue. Manquant s'étouffer, elle finit par l'avaler, les larmes aux yeux.

Quand elle les rouvre, la ville a disparu.

L'arbre, le jardin… une promesse éclatante, brisée.

Elle pousse un nouveau cri, de chagrin cette fois.

« Un souvenir, rien de plus, commente Ota Wichs en la soutenant. Vous êtes ici, maintenant, Bina Reich. »

Elle se dégage de son étreinte et se relève toute seule, scrutant autour d'elle l'interminable fouillis d'ombres et de toiles d'araignées, les poutres menaçantes.

« Dès que vous êtes prête », reprend Ota Wichs.

Le grenier s'étire aussi loin que son imagination.

Une volonté s'empare d'elle, comme sortie d'une vie antérieure.

« Je suis prête », déclare-t-elle.

Ils marchent pendant ce qui lui paraît des heures, couvrant une distance considérable qui ne concorde pas avec les dimensions extérieures du bâtiment. Peter porte la lanterne, évitant des obstacles invisibles à Bina jusqu'à ce qu'elle trébuche dessus. Le sol est glissant de givre, irrégulier sous un océan de bric-à-brac : des portemanteaux de guingois, des malles cabines, des chaussures fossilisées, des chandeliers oxydés, des lunettes orphelines.

Le tout – et plus encore – mêlé à suffisamment d'objets rituels pour équiper dix synagogues : châles de prière, bougies, lambeaux d'étuis à Torah en velours, bouteilles de vin couvertes de poussière, livres, livres, des tonnes de livres.

« Nous y sommes presque », annonce Ota.

Après s'être faufilés entre deux piles de chaises ployant sous leur propre poids, ils arrivent dans une sorte de clairière, un demi-cercle qui s'étire autour d'un énorme objet rectangulaire poussé contre le mur et recouvert d'une bâche en toile.

Disposés par terre, les composants d'un atelier de potier improvisé. Un tabouret bas, un tour manuel en bois, des chiffons, une trousse à outils en cuir, un seau d'eau en fer galvanisé dont la surface commence à geler.

Enveloppée dans une mousseline tachée, une motte de la taille d'un ballon de football.

Une seule touche de modernité : un réchaud à propane portatif.

*On te fournira tout ce qu'il faut sur place.*

Peter Wichs craque une allumette pour mettre le réchaud en marche et hisse le seau sur le brûleur.

Bina s'agenouille devant le tour. Il est vieux, le bois fendu et gauchi. Quand elle tente de le faire pivoter, il vacille.

« Je ne sais pas si je vais pouvoir me servir de ça, dit-elle.

– Essayez, répond Ota Wichs.

– Je ne pourrai rien faire si la terre ne tient pas sur le tour.

– Ça tiendra. »

Elle fronce les sourcils, se déplace pour inspecter la trousse à outils. Elle contient une vingtaine d'ustensiles de tailles et formes variées. Ébauchoirs, goupillons, couteaux. Les parties en métal ont l'air neuves, mais les manches en bois sont usés, la texture enrichie par de l'huile de peau humaine.

Elle choisit une estèque et son pouce vient se loger parfaitement dans un petit creux formé par l'usure, comme si elle l'avait utilisée pendant des années.

« À l'origine, explique Ota, ils appartenaient à la femme du Maharal. Ils se sont transmis d'artisan en artisan. Maintenant ils sont à vous. »

*Il faut que tu acceptes la nature de ton talent.*

*Le contraire serait irresponsable.*

*Il y a des choses que tu es la seule à pouvoir faire.*

« Elle s'appelait Perel, rétorque-t-elle. Pas "la femme du Maharal". »

Ota s'incline respectueusement.

« Si elle était là, je suis sûr qu'elle dirait la même chose. »

Peter a presque fini de détacher les cordes qui maintiennent la bâche en toile, perché sur la pointe des pieds sur une pile de caisses afin d'atteindre le nœud plus haut. Son père attrape un coin du tissu et compte : « *Ráz, dva, tři.* »

Ils tirent en même temps.

Un nuage géant les engloutit.

Quand la poussière retombe, Bina distingue un meuble massif. Ce pourrait être un bahut, sauf que ses côtés sont percés de multiples petits trous. Ota Wichs défait le loquet des portes, qui s'ouvrent toutes seules en pivotant sur leurs charnières en bois. Les étagères aussi sont trouées, et jonchées de tessons de poterie.

C'est une armoire de séchage, servant à entreposer les objets avant de les passer au four.

Bina en a une chez elle, beaucoup plus petite, en grillage.

Ota plonge le bras à l'intérieur et en ressort un pot de la taille d'une balle de tennis. Lorsqu'il le tend à la lumière de la lanterne, l'argile paraît translucide, marbrée de subtiles nuances de couleurs, comme une feuille de mica.

« C'est du beau travail, acquiesce-t-elle.

– Comme le sera le vôtre.

– Vous n'avez jamais vu mon travail.

– Votre réputation vous précède », répond Ota.

Il penche le pot, révélant une infime fissure sur le couvercle.

« Comme vous pouvez le voir, il a déjà commencé à se détériorer. Quand ça se produit, nous nous efforçons de le remplacer le plus vite possible. Mais dites-moi, je vous prie : vous allez avoir assez de terre ?

– Pour un pot ? Largement !

– Non, non. Plus d'un. Autant que vous pourrez. Voyons voir, dit-il en grattant sa tête hirsute tandis qu'il calcule. Vous pouvez travailler quelques heures ce soir. Demain, c'est chabbat, ensuite il reste quatre nuits la semaine prochaine avant votre départ… »

Il se raidit, jette un coup d'œil à son fils.

« J'espère sincèrement que les vôtres dureront plus longtemps que le lot précédent. Alors, si vous pensez avoir besoin de davantage de terre, dites-le-moi, j'enverrai Peter en chercher sur les berges. »

Le garçon s'active en silence, il nettoie l'espace de travail. Bina frémit en l'imaginant courir dans les rues de Prague en pleine nuit, à trimballer un seau de boue.

« Pourquoi on ne commence pas avec ça, et on verra après ? suggère-t-elle.

– Très bien.

– Je peux ? » demande-t-elle en tendant la main vers le pot.

Ota hésite, puis le dépose dans sa paume.

Sa peau se met à picoter. Elle sent de la chaleur, et une légère pulsation, comme si l'argile était vivante.

Un désir irrépressible l'envahit soudain : soulever le couvercle.

Elle approche l'autre main.

Ota lui agrippe le poignet, et sans ménagement.

« Je ne vous conseille pas », dit-il.

Mais l'argile chante aux oreilles de Bina.

« J'ai besoin de voir l'intérieur si je veux pouvoir le copier », insiste-t-elle.

Ota hésite à nouveau.

« Je vais le faire, dans ce cas. »

Il lui reprend le pot et soulève délicatement le couvercle.

Dedans se trouve un énorme cafard, ventre en l'air. Noir comme jais, une grosse corne plantée dans la tête, il lui rappelle le *djouk* qui était sorti de la bonde de sa douche dans une vie antérieure.

Mais en plus gros. Deux fois plus large.

Ce n'est pas un cafard. C'est un scarabée.

Elle devrait se recroqueviller de dégoût mais elle se trouve au contraire submergée par un sentiment de paix, fascinée par les reflets sur l'abdomen de l'insecte. Elle rêve de le toucher.

Sa main commence à bouger dans l'espace liquide.

Le scarabée remue les pattes.

Ota s'empresse de refermer le couvercle, manquant lui pincer le doigt.

« Vous ne devez jamais faire ça », dit-il.

Elle a les yeux rivés sur le pot.

« Bina Reich. Vous m'entendez ? Il ne faut jamais le laisser sortir. Sous aucun prétexte il ne doit quitter ce bâtiment. Vous comprenez ? »

Elle acquiesce, en songeant confusément qu'il s'est encore trompé en prononçant son nom.

« Ceux qui vous ont envoyée ne vous ont pas expliqué ce qui vous attendait ? » reprend-il.

Elle secoue la tête.

« Qu'est-ce qu'ils vous ont expliqué ?

– Seulement que j'allais devoir produire une pièce. »

Le rire d'Ota s'achève dans un soupir.

« Je ne les comprendrai jamais. Mais je suppose qu'ils ne doivent pas comprendre grand-chose aux gens non plus. »

Il replace le pot dans l'armoire en le poussant le plus loin possible sur l'étagère, hors de sa portée.

De petites bulles commencent à remonter à la surface de l'eau dans le seau. Alors que Bina pose l'argile près du réchaud pour la dégeler, Ota s'excuse : il doit retourner au parc avant que Hrubý ne remarque son absence. Il reviendra la chercher avant l'aube.

« Peter va rester pour vous assister. »

Elle jette un regard en direction de l'enfant, vaillant petit soldat qui attend ses ordres. À vrai dire, elle préférerait travailler seule, sans l'avoir dans les pattes. Mais elle acquiesce.

Ota fait une petite courbette et s'en va, le bruit de ses pas s'estompant dans le silence.

Elle tâte l'argile. Toujours pas assez molle. À ce rythme, ça risque de prendre une heure.

« Il nous faudrait un récipient », dit-elle.

Peter part en courant.

Raclements, tintements métalliques.

Il revient avec une casserole ternie.

« Ça devrait faire l'affaire, approuve-t-elle. Bien joué. Et il va aussi nous falloir une télé couleur. »

Il hésite, repart.

« Attends, attends ! le rappelle-t-elle. Je plaisante. »

Il esquisse un sourire incertain.

Bina plonge la casserole au bain-marie dans l'eau désormais frémissante du seau. En se réchauffant, l'argile se disloque, certaines parties deviennent sèches et friables, d'autres visqueuses.

Elle retire le seau du feu, ramasse une poignée de terre et commence à la pétrir afin de l'amalgamer, puis elle l'écrase contre les lattes du plancher.

« Tu vois ce que je suis en train de faire ? demande-t-elle. C'est pour chasser l'air et mieux répartir l'eau, ce qui est essentiel quand tu travailles avec de la terre qui a gelé. On va devoir bien laisser sécher les pièces. Sinon il y a des poches de vapeur qui se forment et qui gonflent quand on les met à cuire. Et à ton avis, qu'est-ce qui se passe ? »

Peter réfléchit.

« Ça casse.

– Exactement. Très bien. Tiens, vas-y, essaie. »

Il prend un peu de terre dans la casserole, l'aplatit entre ses paumes, puis jette le tout par terre, encore et encore, avec une férocité surprenante.

« Parfait, dit-elle, un peu inquiète de cette violence. Il ne faut pas non plus trop la travailler. Je crois que ça va aller. »

Elle humecte ses paumes et forme une boule, évaluant le caractère de l'argile : sa flexibilité, sa résistance. Autant de personnalités que chez les humains.

« Une fois que j'aurai lancé le tour, j'ai besoin que tu t'assures qu'il ne s'arrête pas. Et tu seras aussi chargé d'empêcher l'eau de geler. Mais il ne faut pas non plus qu'elle chauffe trop, sinon je vais me brûler. Tu vas devoir sans cesse la retirer et la remettre sur le feu. »

Elle marque une pause avant de poursuivre.

« Je sais que ça fait beaucoup de choses à la fois. Tu penses pouvoir y arriver ? »

Peter hoche la tête.

Elle pose un morceau d'argile assouplie sur le plateau du tour.

« C'est parti. »

Avec la vitesse, le tour cesse de tanguer, se stabilisant à l'horizontale. Déjà, elle sent ses bras fatiguer. Chez elle, elle utilise un tour à pied, et le froid lui a raidi les muscles.

Elle enfonce les doigts dans le haut de la boule, formant les prémices d'un intérieur. Peter maintient le tour en mouvement par des poussées régulières, ses lèvres remuant tandis qu'il compte la mesure. À le regarder, elle ressent la distance qui la sépare de sa propre famille et elle s'abandonne brièvement à la mélancolie, essuyant ses yeux humides dans le creux de son coude.

Peter s'interrompt et la dévisage curieusement.

Elle sourit.

« Allez, ne t'arrête pas, surtout. »

Il se remet à actionner le tour. Bina se mouille de nouveau les mains.

« Tu vas à l'école ? l'interroge-t-elle.

– Bien sûr.

– Quelle est ta matière préférée ?

– L'histoire.

– Ah oui, c'est bien, l'histoire, dit-elle en se demandant quelle version ils enseignent en Tchécoslovaquie. Et tu aides beaucoup ton père ?

– Je suis obligé, répond Peter en bombant le torse. Ce sera à moi de m'occuper de la synagogue quand il sera mort.

– Je vois. Et tes frères et sœurs, alors ? »

Il secoue la tête.

« Ça ne peut être que moi.

– Tu es fils unique. »

Il acquiesce.

« Mon fils aussi, dit-elle. Les enfants uniques sont des personnes spéciales. »

Haussement d'épaules.

Elle approfondit le creux, formant les parois du pot.

« Ton père doit être très fier de toi. Ta mère aussi.

– Ma mère est morte.

– La femme que j'ai rencontrée au pique-nique…

– Pavla. C'est ma belle-mère. Ma vraie mère est morte quand j'avais cinq ans.

– Je suis désolée de l'apprendre. »

Il suit du bout du pied le bord d'une latte de plancher.

« Mes parents sont morts il y a quelques années, reprend Bina. Ils étaient vieux. Moi aussi, j'étais plus vieille que toi. Mais ils me manquent encore. »

Peter hoche la tête.

« Comment s'appelait ta mère ? demande-t-elle.

– Rachel.

– C'est un joli nom. Un nom important. Dans la Bible, c'est la femme de Jacob.

– Vous avez dit à mon père de ne pas appeler Perel "la femme du Maharal" », rétorque l'enfant avec un grand sourire.

Bina éclate de rire. Recule son tabouret du tour.

« Tu veux essayer ? propose-t-elle.

– Mon père n'aimerait pas.

– Ça tombe bien, il n'est pas là. »

Peter sourit, s'approche timidement.

« On va d'abord te mouiller les mains… Voilà. Maintenant, moins tu bouges, mieux c'est. L'argile va prendre forme toute seule. Ton rôle, c'est de l'encourager, pas de la contrôler. »

Elle donne deux coups pour conserver au tour son élan, guide les doigts de Peter dans la bonne position.

« Comme ça. Tu vois ? Tu vois comment ça grandit ? »

Il a les yeux écarquillés, ravi et pétrifié à la fois.

« Tu t'en sors très bien… Oups ! Pas grave, ne t'en fais pas. On va réparer ça… Voilà. Attends, on perd de la vitesse. Rends-moi la place un moment et tu pourras réessayer plus tard. »

Il maintient le tour en mouvement, l'eau à la bonne température. Bina pensait qu'elle allait devoir prendre modèle sur l'ancien pot mais, comme elle est absorbée dans sa concentration, ses doigts improvisent sur une cadence confiante, innée. L'argile est d'une qualité exceptionnelle, à la fois souple, solide et réactive. Bina s'interroge : peut-elle faire des parois plus fines ? Jusqu'où avant qu'elles ne ploient ? Et les couvercles… Ce sont les couvercles qui prennent le plus de temps. Pour s'assurer qu'ils s'emboîtent à la perfection, elle les façonne à la main, elle les racle, elle les lisse.

Quand Ota revient, elle a terminé deux pots, qu'elle a mis à sécher sur une étagère.

Il examine le résultat et lui sourit avec un soulagement manifeste.

« Je savais que vous réussiriez. »

Il se penche, le nez à quelques centimètres de l'argile.

« Je suis presque tenté d'effectuer le transfert tout de suite, dit-il.

– Il faudra quand même les faire cuire, réplique-t-elle. Et ils doivent d'abord sécher. »

Il hoche la tête à contrecœur.

Peter a commencé à ranger, éteignant le réchaud, enveloppant le reste de terre.

« Oui, impeccables, réaffirme Ota, avant de froncer les sourcils. Maintenant, si vous pouvez en faire cent autres, ce sera bon. »

Le lendemain soir, c'est le début du chabbat. Rien n'étant prévu au programme, le reste du groupe s'éparpille dans divers bars à vin et divers lits aux quatre coins de la ville.

En montant dans le tram en direction de l'arrondissement de Prague 11, Ota Wichs fait remarquer à Bina que Hrubý doit s'arracher les cheveux à se demander lequel d'entre eux suivre en priorité.

La soirée de chabbat chez les Wichs se résume à un dîner minimaliste, à l'image du décor : cinquante mètres carrés au sixième étage d'un triste monolithe de béton. Le mari, la femme et l'enfant partagent une chambre, un cabinet de toilette et une combinaison de cuisine / salle à manger / salon. Par mesure d'économie – et pour éviter la claustrophobie –, l'ameublement est réduit au strict minimum.

Ota, Peter et Bina s'assoient par terre autour de la table basse tandis que Pavla Wichs fait la navette depuis le coin cuisine, apportant une succession d'assiettes de pain noir et de fromage, vaine tentative pour créer une impression de diversité.

Quand les dernières miettes sont englouties, ils récitent la bénédiction de fin de repas. Pavla n'y participe pas et, comme elle se penche pour débarrasser le couvert de son mari, un petit crucifix s'échappe de son corsage. Croisant le regard de Bina, elle sourit et hausse les épaules d'un air résigné.

Les chants se terminent.

« *Děkuji vám*, dit Bina. Tout était délicieux. »

Pavla s'excuse et disparaît dans la chambre.

Pendant que Peter fait la vaisselle, Ota sort un album d'une étroite bibliothèque en aggloméré. Ses genoux craquent alors qu'il s'installe à même le sol et se met à feuilleter des pages de photos noir et blanc aux bords festonnés.

Il s'arrête sur un cliché montrant deux hommes d'une vingtaine d'années, la chemise largement ouverte sur le torse, les manches roulées. C'est un moment d'intimité, de camaraderie complice.

Le plus grand des deux a les cheveux noirs gominés en vagues ondulées ; il est face à l'objectif mais ne semble pas le remarquer, les yeux plissés de rire, les joues tirées jusqu'aux molaires.

Son compagnon est de carrure trapue, légèrement dégarni ; la main sur la hanche et l'air goguenard, il a le regard dirigé vers un point en dehors du cadre. De la fumée s'élève du mégot qu'il tient entre les doigts.

« Karel Wichs, mon père », annonce Wichs en désignant le fumeur.

Il fait glisser son index jusqu'à l'autre homme.

« Votre oncle Jakub. »

Sauf que… non. Bina n'est pas dupe. Elle sait à quoi ressemblait son oncle. Il y avait son portrait sur la cheminée du salon chez ses parents.

« Regardez », ajoute Wichs en détachant la photo de la page.

Bien entendu, la date au dos est fausse : *3. května 1928*. Sa mère est née en 1927. Jakub avait cinq ans de plus, il aurait donc eu six ans à l'époque de cette photo.

« Je crois que vous vous trompez, dit-elle. Il était encore enfant quand cette photo a été prise.

– Ah, évidemment, vous confondez. C'est le frère de votre père, Jakub Reich. Pas le frère Jakub de votre mère. Oui, il y a de quoi s'y perdre. Deux Jakub. Comme pour les empereurs du Saint Empire romain germanique qui s'appelaient tous Otton ou Henri. »

Son sourire vacille.

« Je pensais que ça vous ferait plaisir, reprend-il.

– Oui, oui, répond-elle. Bien sûr. Je suis… »

Quoi, au fond ? Une partie d'elle est remplie de gratitude. Et une autre, étonnamment large, est chargée de ressentiment. L'homme de la photo paraît bien trop heureux pour être de sa famille.

« Mon père n'a jamais mentionné aucun Jakub, dit-elle.

– Ça ne signifie pas qu'il n'a pas existé. Je vous garantis qu'il a existé. Mon père parlait souvent de lui. C'étaient de grands amis. Ils ont combattu ensemble dans la résistance. Jakub a été tué en essayant de faire sauter la voie ferrée de Theresienstadt. »

Peut-être bien que c'était son oncle, après tout. Ils ont en commun le gène de la futilité.

Et s'il avait réussi ?

Peut-être que la famille de sa mère ne serait pas morte ; que Jozef ne serait pas parti en Amérique ; qu'elle-même n'aurait jamais vu le jour.

« Moi, ça me fait du bien de connaître ces choses-là, poursuit Ota. Ça m'ôte un peu de solitude ; de savoir que nous ne sommes pas les premiers, que nous ne serons pas les derniers. C'est votre oncle qui avait fabriqué le lot de pots le plus récent, quand mon père était le bedeau de la synagogue. Il y avait un lien entre eux, comme il y en a maintenant un entre nous. Nous avons tous les deux un fils...

– Je préfère ne pas parler de ça », le coupe-t-elle.

L'eau cesse de couler dans l'évier de la cuisine, remplacée par le frottement léger du torchon.

« Il faut que je rentre », dit-elle.

Ota acquiesce, la mine déçue. Il replace la photo dans l'album.

« Bien sûr. Vous devez être fatiguée. Je vais vous accompagner jusqu'au tram.

– Je pensais plutôt marcher.

– Dans ce cas, nous marcherons ensemble. Pour votre sécurité.

– Tout le monde dit que les rues sont sûres.

– C'est vrai. Il n'y a presque rien à voler. Mais ce ne serait pas galant de vous laisser rentrer seule. Ne discutez pas, s'il vous plaît, j'insiste.

– Je peux venir, papa ? demande Peter.

– Certainement pas.

– Alors, qui va te raccompagner ? Ce n'est pas galant. »

Son père soupire, vaincu.

« Mets ton écharpe. »

Ils ne vont pas très loin. Elle les attend juste devant l'immeuble : une voiture noire au nez aplati, moteur en marche, volutes de fumée s'envolant du pot d'échappement vers le ciel. Derrière le pare-brise sale se dessine une silhouette massive, ses grosses mains gantées de noir posées sur le volant. La portière passager s'ouvre dans un grincement déchirant et le sous-secrétaire Antonín Hrubý en descend.

Il porte toujours son costume marron.

Bina se demande s'il l'enlève jamais.

« Bonsoir, dit-il. Si vous pouviez avoir l'obligeance de venir avec moi, madame Lev. Vous aussi, monsieur Wichs.

– Très cher monsieur, répond Wichs avec un sourire servile. Serait-il possible de connaître le motif de cette demande, je vous prie ? »

Hrubý penche la tête.

« Serait-il *possible*... ? » répète-t-il.

Il y a peu de circulation à cette heure de la nuit. Ota pose une main sur l'épaule de Peter.

« Rentre à la maison. Dis à Pavla que je reviens bientôt. »

Le garçon ne bouge pas.

« Écoute ton père, lui lance Hrubý en ouvrant la portière arrière. C'est un homme intelligent. »

# 34

Jacob s'agitait sur un fauteuil de classe éco conçu par des sadiques.

Un voile de sommeil avait enveloppé la cabine, lumières tamisées, boucles de ceinture enfoncées dans les hanches, cous moites tordus selon des angles qui laissaient présager des réveils douloureux. Il s'était assoupi pendant la phase de décollage mais avait été interrompu par le dîner, et à présent, incapable de se rendormir, il se détacha et enjamba son voisin, qui ouvrit un œil agacé.

Il remonta l'allée centrale, écarta le rideau rêche qui séparait la classe éco des business. Ne rencontrant pas d'obstacle, il continua jusqu'au degré suivant de stratification sociale et pénétra en première, où huit âmes chanceuses roupillaient dans des capsules individuelles.

Sept âmes chanceuses, et un Quelque Chose.

Paul Schott était recroquevillé en position fœtale, la couverture jetée sur sa croupe faisant l'effet d'un timbre-poste sur un rhinocéros, tout sauf « vigilant ».

Il était en tenue décontractée de voyage, version XXL : un jean façon chapiteau de cirque, une chemise en flanelle suffisamment vaste pour modifier le cours du coton à elle seule. Une paire de vieilles bottes de cow-boy marron, déchaussées. Il bougea, et la coque en plastique de la capsule demanda grâce.

Un physique pareil, sans jamais rien avaler. Est-ce qu'il faisait du sport, ou bien c'était compris dans le package « ange » ?

Un puissant ronflement. Manifestement, il dormait.

Le réveiller allait être jouissif. Mesquin, mais jouissif.

Jacob lui enfonça un doigt dans l'épaule : « Hé ! »

Le colosse se redressa en sursaut sur un coude, arracha son masque, clignant des yeux.

« Quoi. Quoi. Quoi. »

Puis : « Vous n'êtes pas censé être là.

– Je me dégourdis les jambes, c'est tout, répondit Jacob. Je ne crois pas que Mallick serait très content d'apprendre que vous pioncez en mission.

– Il n'y a pas de mission pour l'instant. On est au milieu de l'Atlantique, bordel.

– Je croyais que vous étiez chargé de me garder à l'œil.

– Je suis là pour vous servir d'interprète, répliqua Schott d'un ton égal.

– Je n'en ai pas demandé.

– Vous devriez vous estimer heureux d'avoir un locuteur natif.

– Natif d'où ? »

Schott lui jeta un regard méfiant.

« De Montréal.

– Sans blague ! Vous jouez au hockey ?

– Vous et moi ? rétorqua Schott. On n'est pas copains.

– Comment se fait-il que vous ayez droit au traitement royal ?

– J'ai besoin de place pour mes jambes.

– Et pas moi ?

– Mais pour qui vous vous prenez, putain ? »

Schott se rallongea, replaçant son masque sur ses yeux.

Une heure et demie avant l'atterrissage, alors que Jacob sciait en deux un croissant dur comme du bois en imaginant amèrement l'omelette en train de refroidir dans l'assiette en porcelaine de Schott, une hôtesse de l'air s'approcha de lui, un plateau entre les mains.

« Un monsieur en première classe voudrait vous offrir ça », dit-elle en échangeant le petit-déjeuner de Jacob contre un autre qui lui valut des regards envieux.

Un bout de papier était coincé entre la salière et la poivrière. Jacob le déplia.

*gardien de but*

Il sourit et goûta les œufs encore tièdes.

Les largesses accordées à Schott prirent fin dès qu'ils eurent touché terre. À Charles-de-Gaulle, ils montèrent dans un bus qui les bringuebala sous un ciel de plomb.

« Merci pour le petit-déj », dit Jacob.

Grognement de Schott.

« Gardien, donc ?

– Ça vous en bouche un coin, hein ? » rétorqua le colosse en bandant ses biceps.

Il essuya la buée sur la vitre.

« J'ai toujours voulu voir Paris. »

Ils plongèrent sous un tunnel couvert de graffitis.

« Pour l'instant, c'est très moche, reprit Schott.

– Je pensais que vous connaissiez déjà.

– Non.

– Mais vous êtes allé à Prague.

– C'était pour le boulot.

– Moi, je suis venu une fois. Avec mon ex-femme. La deuxième », précisa Jacob.

Une tentative de la dernière chance, dont l'apogée avait été une nuit de printemps bruineuse à errer sur les berges de la Seine après que Stacy l'avait chassé de leur chambre d'hôtel.

« Apparemment, ça n'a pas aidé, commenta Schott.

– A posteriori, je me dis que cet argent aurait été mieux dépensé dans un bon avocat pour le divorce.

– *C'est la vie**», conclut Schott.

La circulation empira en traversant les *banlieues**. Le bus se mit à gîter, haletant, pour finir par s'effondrer gare de Lyon. Ils s'engouffrèrent alors dans le métro, refaisant surface à Saint-Paul, où ils remontèrent la rue de Rivoli sous une averse de neige fondue, Schott pestant contre sa valise à roulettes qui cahotait et accrochait sur les dalles du trottoir.

Le portable de Jacob avait trouvé un opérateur local et l'horloge affichait onze heures du matin, bien qu'on se serait plutôt cru le soir, avec une épaisse lumière grisâtre qui semblait venir colmater les creux du paysage urbain. Des plaques de rue en métal mauve vissées dans des pierres cinq fois centenaires ; des jardinières vides pendues à des balcons en fer forgé Art nouveau. Des ados détrempés et sous-alimentés, le nez collé à leur écran, le visage bleu comme des noyés. Des mobylettes geignardes et des vitrines criardes, des arbres dénudés formant une barricade contre des femmes sveltes qui titubaient sur des talons hauts, balançant leurs sacs de courses et leurs hanches. Jacob sentait une odeur de marrons chauds.

C'était bientôt Noël, se souvint-il.

Dans une ruelle derrière une *boulangerie**, un Africain en tablier réduisait en miettes des cageots de fruits, déversant sur eux une rage multigénérationnelle.

Jacob et Schott déposèrent leurs affaires à l'hôtel, une pension miteuse du Marais, dans une étroite venelle pavée baptisée la rue des Mauvais-Garçons, dont Schott traduisit le nom mot à mot à Jacob.

« Ça me fait penser au film avec Will Smith et Martin Lawrence, commenta ce dernier. *Bad Boys : Flics de choc.* »

Schott le regarda d'un air bizarre.

« Je te le dis, mon pote, reprit Jacob en lui donnant un coup dans le bras. Toi et moi, amis pour la vie. »

L'institut Curie n'était pas un mais plusieurs bâtiments collés les uns aux autres dans le cinquième arrondissement. Les fumeurs se massaient sur les marches de l'hôpital, comme une sorte d'élevage intensif de futurs patients.

Ils réussirent à trouver le bon service. Une infirmière leur fit savoir que M. Breton avait déjà de la visite et qu'ils allaient devoir attendre. Ils signèrent le registre et Jacob partit en quête d'un café.

Quarante minutes plus tard, un homme portant un frêle bouc blond traversa le hall d'accueil d'un pas trébuchant, l'air perdu, ses doigts nerveux tripotant un paquet de cigarettes fourré dans la poche poitrine de sa chemise. Il se retourna sur Schott avant de s'engouffrer dans l'ascenseur.

L'infirmière réapparut et leur fit signe de la suivre.

Ils s'arrêtèrent devant un placard pour enfiler une blouse et des gants. Schott, les mains comprimées dans une paire extra-large, se débattait en essayant d'attraper les cordons de sa blouse.

« Rentrez votre ventre », dit Jacob.

Schott lui jeta un regard noir mais obéit, laissant suffisamment de mou pour que Jacob réussisse à lui faire un nœud, même si, de dos, sa blouse avait l'air d'un corset.

Devant la chambre de Breton, l'infirmière marqua une pause et leur murmura quelque chose en français.

« Il est très malade, traduisit Schott. Même parler le fatigue. »

Jacob acquiesça d'un signe de tête, et l'infirmière toqua doucement.

Le capitaine Théo Breton était étendu sur son lit, les yeux mi-clos, les bras ballants et contusionnés, le drap dessinant une bosse saillante au niveau de ses hanches, de ses genoux, de ses chevilles. Seule sa tête paraissait avoir encore quelque poids, enfoncée dans l'oreiller, ridiculement grosse au bout d'un cou fin comme une tige.

« *Bonjour, monsieur*, lança l'infirmière. *Encore de la visite pour vous**. »

La poitrine de Breton se soulevait et retombait faiblement, au rythme des moniteurs.

« *Bonjour, capitaine*, enchaîna Schott. *Excusez-nous de vous déranger**. »

Jacob se pencha en arrière sur ses talons, surpris de se sentir mal à l'aise. Il avait une certaine expérience en matière de déchéance physique, et dans des contextes bien plus déprimants que ça. Sans doute que l'austérité de l'environnement en faisait-elle apparaître la véritable fonction de manière beaucoup plus crue.

« *Vous avez vingt minutes** », annonça l'infirmière avant de sortir.

Tout en gardant un œil sur la pendule, Jacob se présenta et demanda à Breton comment il avait eu son numéro. La traduction de Schott ne suscitant aucune réaction, Jacob passa à l'exposé de l'affaire Duvall, s'arrêtant occasionnellement pour brandir une photo sous le regard absent de Breton.

Au nom de Tremsin, le moniteur cardiaque se mit à hoqueter, et Breton à glisser sur le côté de son oreiller.

« Du calme, du calme », dit Jacob.

Ils le redressèrent prudemment. Breton entrouvrit les lèvres.

« *De l'eau**. »

Jacob lui remplit un verre avec une carafe posée sur la table de chevet, releva légèrement le lit en position assise. Breton faisait des bruits douloureux en déglutissant, comme un tuyau entortillé sur lui-même. De l'eau coula sur son menton quand il commença à parler dans un râle précipité. Schott avait du mal à suivre.

« Il a demandé au juge de mettre un… *Comment on appelle ça* ?* D'accord. Il voulait placer le téléphone de Tremsin sur écoute. Le lendemain, son chef l'a convoqué pour lui expliquer qu'il l'envoyait en retraite anticipée. Et c'est là que la femme a pris le relais.

– Odette Pelletier, devina Jacob.

– *Une menteuse**, souffla Breton d'une voix rauque.

– Quelles raisons a-t-elle de mentir ? s'enquit Jacob.

– Tremsin a des relations dans le cabinet du Premier ministre. Ça fait des années qu'il arrose les gens de pots-de-vin. Tout le monde le sait.

– Est-ce qu'il a des preuves de ce qu'il avance ? » demanda Jacob à Schott.

Ce dernier fronça les sourcils en entendant la réponse.

« Il dit que ce qui lui est arrivé est une preuve.

– Mais à part ça ?

– Le timing. Dès qu'il a évoqué le nom de Tremsin, le couperet est tombé. Il a fait appel de sa mise en retraite forcée. Il attend de voir ce que va dire le syndicat. »

Breton esquissa un sourire sarcastique.

« Qui d'autre serait dans le coup ? reprit Jacob. Son chef ? »

Schott hésita, freiné par le scepticisme du ton de Jacob.

« Il ne pense pas, dit-il.

– C'est pourtant lui qui lui a retiré l'affaire.

– Sous la pression.

– Comment s'appelle-t-il ?

– Ne le mêlez pas à ça, traduisit Schott, c'est quelqu'un de bien.

– Et Pelletier, non ? »

Breton se contenta de répondre par un grommellement méprisant.

Le délai de vingt minutes était largement dépassé.

« Et les victimes ? poursuivit Jacob. Pelletier m'a dit qu'elles n'avaient pas été identifiées. »

Breton n'attendit pas la traduction de Schott, sortant son mot passe-partout en anglais :

« *Bullshit.*

– Vous savez qui c'est ? s'étonna Jacob.

– La femme était une domestique, traduisit Schott. Elle travaillait à l'ambassade de Russie, près du bois où les corps ont été retrouvés. »

L'infirmière passa la tête à travers le rideau.

« *Excusez-moi, messieurs. Le patient a besoin de repos**.

– *Un moment**, répliqua Breton.

– *Désolée, monsieur Breton, ce n'est pas possible**.

– Quand pouvons-nous revenir ? insista Jacob. Ce soir ? »

Elle secoua la tête.

« *Certainement pas. Demain. Midi. Pas avant**. »

Schott transmit la consigne à Jacob.

« *Ma musique*, réclama Breton. *S'il vous plaît**. »

L'infirmière laissa échapper un soupir. Sur la table de chevet, derrière un mur de cartes de prompt rétablissement, se trouvait un encombrant lecteur de CD. Elle l'alluma et un son de guitare acoustique trépidante s'en échappa. Elle baissa le volume jusqu'à un niveau à peine audible, puis leur désigna la porte.

« *Bonne journée, messieurs**. »

Une fois dans le couloir, Jacob retira ses gants. Il était en train d'aider Schott à enlever sa blouse quand la musique provenant de la chambre enfla prodigieusement, saturée au maximum. Il entendit l'infirmière pousser un cri, suivi d'un rire rocailleux.

# 35

L'adresse de la résidence d'Arkady Tremsin était un secret de polichinelle. Des sites d'immobilier parisien avaient relevé l'achat par un acquéreur anonyme, en 2008, d'un hôtel particulier de cinq étages style Beaux-Arts rue Poussin, près de la villa Montmorency. Largement en retrait de la rue, la demeure était en grande partie masquée par un haut mur en grès surmonté de fioritures en ferronnerie, et par d'épaisses haies de buis qui bouchaient les interstices. Le lieu avait servi par le passé d'institution pour jeunes filles de bonne famille ; dans sa version actuelle, les blogueurs l'avaient surnommé *le Petit Kremlin*.

« Il avait prévu le coup », fit remarquer Jacob.

Ils se tenaient sur le trottoir d'en face, appareil photo et plan de Paris bien en évidence sous la grisaille de ce milieu d'après-midi, tels de banals touristes luttant contre le décalage horaire. Du moins, c'était l'idée.

« Il a acheté en sachant qu'il allait peut-être devoir s'exiler précipitamment, poursuivit Jacob.

– Et pourquoi donc ? demanda Schott.

– J'ai lu ici et là qu'il s'était mis à dos les mauvaises personnes. Mais ce ne sont que des rumeurs. La plupart des oligarques que Poutine a chassés sont partis s'installer à Londres. Quelques-uns en Israël. Tremsin est un cas à part. Il est de la deuxième vague, et il a choisi Paris. »

Jacob orienta le plan selon leur position.

« L'ambassade de Russie, où travaillait la victime, se trouve à deux kilomètres et demi au nord d'ici, annonça-t-il.

– Ah oui ? » fit Schott en s'animant soudain.

Il y avait plus de flic en lui que Jacob ne l'aurait cru, finalement.

« Et vous voulez savoir ce qu'on a juste au bout de la rue, jouxtant les deux endroits ?

– Le bois où les corps ont été retrouvés.

– Ma parole, Paulo, mais on dirait que ça commence à vous intéresser ! »

Ils traversèrent la rue pour longer la grille. Jacob se hissa sur la pointe des pieds et glissa une main à travers les barreaux, essayant d'écarter les branchages.

« Vous êtes en train de bousiller son jardin, dit Schott.

– Je voudrais savoir s'il a une voiture garée dans la cour.

– À mon avis, pas qu'une seule. Mais de toute façon vous n'y verrez que dalle.

– D'accord, répliqua Jacob en secouant sa manche mouillée. Tant pis. »

Mais le portail avait commencé à coulisser, une meute de gorilles déboulant dans l'allée de gravier.

« Bien joué », murmura Schott.

Un mastodonte s'avança vers eux, son manteau claquant dans le vent.

« *Propriété privée. Foutez-moi le camp**.

– Venez, dit Schott à Jacob, on n'a pas le droit d'être là.

– Il n'est pas propriétaire du trottoir.

– Peut-être bien que si.

– Deux gros bourrins, et vous flippez ?

– J'en compte huit. »

Le chef de la meute fit claquer ses deux mains gantées. Il était bizarrement fichu : des bras trop longs et asymétriques, une cicatrice formant une grosse protubérance noueuse sur le côté gauche de son cou.

« *Plus vite que ça**, lança-t-il.

– Belle baraque, rétorqua Jacob en levant le pouce. C'est chez vous ? »

Deux hommes se détachèrent du groupe, mais le chef les arrêta. Il sourit à Jacob et écarta le pan de son manteau de quelques centimètres, révélant la crosse d'un revolver.

« *Allez**, dit-il.

– *Au revoir** », répondit Jacob.

Leur dernière étape était le commissariat de l'avenue Mozart, à dix minutes à pied au nord de chez Tremsin. Après être passés sous le détecteur de métal, ils arrivèrent dans un hall plutôt chic, aux formes galbées en aluminium et verre dépoli, comme une volonté d'affirmer qu'un beau design pourrait sauver la journée.

Mais l'odeur disait la vérité : urine, eau de Javel et découragement.

Tandis que la personne à l'accueil prévenait Odette Pelletier, Jacob traîna devant le tableau d'affichage, contemplant des affiches contre la drogue et les gangs organisés auxquelles de jolies couleurs et de joyeux points d'exclamation conféraient un aspect à moitié sérieux. Il songea qu'ils devraient peut-être venir faire un stage à Los Angeles, pour voir ce qu'était un *vrai* gang. Et puis il songea qu'il n'y avait pas lieu de s'en vanter.

« Inspecteur Lev. »

Odette Pelletier incarnait l'élégance sortie du fumier. Mince et blonde, un visage à la Modigliani, elle portait un jean en fuseau et des bottes à franges qui soulignaient ses mollets. Un bracelet de fitness vert fluo bondissait à son poignet tandis qu'elle serrait la main de Jacob.

« Je ne vous attendais pas si tôt », dit-elle.

Pas *Comment m'avez-vous retrouvée* ni *Qu'est-ce que vous faites là.*

« Et vous êtes venu avec un ami », ajouta-t-elle en souriant à Schott.

Son bureau était un cube vitré qu'elle partageait avec trois autres flics. Sur un murmure de sa part, ils disparurent sans un mot.

« Je suis désolée qu'il fasse aussi froid, dit-elle. Un imbécile a cassé le thermostat il y a des mois et on n'a pas encore réussi à le faire réparer.

– On connaît ça », répondit Jacob.

Elle sourit à nouveau.

« Alors, reprit-elle. En quoi puis-je vous aider ? »

« Pipeau, rétorqua-t-elle quand Jacob lui rapporta que Breton avait resserré l'étau autour de Tremsin. Pipeau total. C'est *moi* qui ai voulu mettre ses téléphones sur écoute.

– Vous m'avez dit que son nom n'avait jamais fait surface, objecta Jacob.

– Je sais ce que j'ai dit.

– Pourquoi m'avoir menti ?

– Et pourquoi diable est-ce que je vous dirais la vérité ?

– Vous me la dites maintenant.

– Oui, enfin… si Breton essaie de s'accaparer le mérite de mon travail.

– Il prétend qu'on l'a écarté parce qu'il s'est approché trop près.

– Ce n'est pas dans mes habitudes de cracher sur un collègue.

– Compris, répondit Jacob.

– Cet homme est une catastrophe ambulante. Il a un cancer du pancréas au stade quatre, qu'il a dissimulé à ses supérieurs. Ce serait déjà une raison suffisante pour le relever de ses fonctions. Mais la décision a tardé à venir. Le fait est que Théo Breton a une très haute opinion de lui-même, que sa carrière ne justifie en rien.

– Je lui ai parlé, indiqua Jacob. Il m'a paru quelqu'un de sérieux.

– J'imagine que vous n'avez pas de seins, n'est-ce pas ? J'ai une collègue à la Crim, une enquêtrice extrêmement douée. Elle a débuté sous Breton. Elle a failli démissionner pour harcèlement, ce qui aurait été une grande perte puisqu'elle est maintenant chef du service anti-cybercriminalité. Breton fonctionne en vase clos avec sa petite clique de mecs, ça a toujours été comme ça. »

Une mèche blonde lui retomba sur le visage. Elle la coinça derrière son oreille.

« En un sens, poursuivit-elle, c'est dans la culture. J'aimerais pouvoir dire qu'il est unique en son genre. C'est un des pires, en tout cas. Il y a eu je ne sais combien de plaintes contre lui. Voilà pourquoi le *parquet** est venu me chercher. Ils font un vrai effort pour essayer de changer les mœurs.

– Je vois. Mais s'il faisait bien son boulot…

– C’est précisément le problème. Si j’avais le temps, je vous montrerais ses dossiers. Croyez-moi, vous en feriez des cauchemars. Des analyses forensiques bousillées. Des pistes qui restent en plan. »

Elle s’était mise à sortir des chemises d’un tiroir et à les empiler sur son bureau.

« Des preuves qui disparaissent, des preuves qui “réapparaissent”... Les règles n’ont aucune importance. Sauf qu’en fait elles en ont, et maintenant je suis chargée de passer en revue toutes les arrestations auxquelles il a procédé qui ont débouché sur une peine de plus d’un an. Si l’individu est encore en prison, je dois aussi vérifier. »

Elle souleva rageusement un tas de paperasse entre deux doigts, comme si elle attrapait un animal par la peau du cou.

« Ce n’est pas comme ça qu’on procède. Tout, je dis bien *tout*, repose sur le dossier d’instruction. Une affaire vit et meurt en fonction de ce qu’on écrit. Un homme comme Breton peut à lui seul entacher l’issue d’une enquête. Nos priorités ne sont pas les mêmes que les vôtres. Avant tout, nous voulons la vérité.

– Nous aussi, intervint Schott.

– J’ai bien peur de devoir vous contredire. Vous voulez des condamnations. À votre avis, pourquoi vos prisons sont aussi surpeuplées ?

– Politique mise à part... commença Jacob.

– Mais vous ne pouvez pas mettre la politique à part, le coupa Pelletier. Ce que Théo Breton représente, c’est une perversion du système. On ne peut pas tolérer cela. Le boulot – *notre* boulot – est essentiellement un travail de répression. Et parce qu’il est répressif, il doit être finement ajusté. Breton... Quatre fois, il a postulé pour un transfert à la Crim. Les quatre fois, on le lui a refusé. On lui expliquait qu’on avait besoin de lui ici, mais la réalité c’est qu’il n’a jamais été à la hauteur. »

Elle se leva, les franges de ses bottes virevoltant alors qu’elle faisait les cent pas dans la pièce.

« Je n’arrive pas à croire qu’il ait eu le culot de revendiquer la piste de Tremsin. C’était mon idée. *Mon* boulot.

– Et où est-ce que ça vous a menée ?

– Nulle part. Il n’y a rien pour l’incriminer.

– Vous l'avez mis sur écoute, finalement ?

– On n'a pas eu besoin. Le temps que le *juge** signe le mandat, on avait déjà éliminé Tremsin de la liste des suspects. Il était en voyage à l'étranger la semaine du meurtre.

– Vous en êtes sûre ?

– À cent pour cent. Il était en vacances à Chypre. »

Un braillement de protestation déchira le silence alors que deux policiers traînaient un homme en haillons dans le couloir.

« Breton est au courant ? demanda Jacob.

– Bien sûr. Il était encore en charge de l'enquête à ce moment-là. Je lui ai transmis l'information. Il a quand même voulu placer Tremsin sur écoute.

– Sur quel motif ?

– Le grand complot, répondit Pelletier avec un sourire. Le KGB, la CIA, les Illuminati, ajouta-t-elle en levant les bras au ciel. Dieu sait quels médocs ils lui font gober là-bas. Il débloque. Si vous le prenez au sérieux, c'est *vous* qui débloquez.

– Les paupières, insista Jacob. Ça ne peut pas être une coïncidence.

– Le monde est vaste, inspecteur. Les coïncidences sont des choses qui arrivent.

– Vous avez regardé les photos que je vous ai envoyées par mail ?

– Je suis légèrement occupée », répliqua-t-elle en désignant la pile de dossiers qui s'amoncelaient devant elle.

Sans se laisser démonter, Jacob ouvrit son sac.

« Ce n'est pas grave, dit-il, je vous les ai apportées. »

Il se mit à sortir des clichés de Thomas White Jr.

« Inspecteur…

– Regardez juste deux secondes. Regardez et dites-moi que ce n'est pas la même chose. »

Pelletier balaya des yeux les violentes images qui couvraient son bureau. Il guetta un haut-le-cœur ou un frisson, des perles de sueur involontaires à son front.

« Je ne dis pas qu'il n'y a pas de lien entre votre affaire et la nôtre, commenta-t-elle. Simplement qu'Arkady Tremsin n'est pas ce lien.

– Il n'en reste pas moins qu'il est mon principal suspect et que j'aimerais quand même lui parler.

– Que me suggérez-vous de faire, exactement ?

– De m'accompagner. De lui montrer votre insigne.

– Il existe des services dont la fonction expresse est de répondre à ce genre de besoins. Le mien n'en fait pas partie.

– Je ne vous demande pas de le faire coffrer. Tout ce que je veux, c'est pouvoir le rencontrer sur son territoire et étudier sa réaction. Avant que je rentre en Californie et que ça atterrisse entre les mains du FBI et du Département d'État et que tout le monde, des deux côtés, croule sous la paperasse. Y compris vous.

– Vous êtes pire que Breton, dit-elle.

– La vérité m'importe. Malgré ce que vous avez l'air de penser. »

Un temps. Elle posa de nouveau les yeux sur les photos de Marquessa et de TJ.

« C'est horrible, déclara-t-elle calmement. Je ne conteste pas cela. Que l'individu que nous recherchons soit le même ou pas, c'est en tout cas un démon. Rangez-moi ça, s'il vous plaît. »

Il s'exécuta.

« Maintenant, reprit-il, dites-moi ce que vous avez.

– Et si je refuse ? »

Jacob haussa les épaules.

« De la paperasse pour tout le monde », devina-t-elle.

Nouveau haussement d'épaules.

Elle plongea la main dans un tiroir. En sortit un dossier. L'ouvrit.

« Écoutez attentivement », dit-elle.

« Elle s'appelait Lidiya Georgieva, annonça Pelletier.

– Russe.

– Bulgare. Vous devriez réviser vos langues slaves, inspecteur. Née en 91 à Pleven, elle quitte l'école à quinze ans, elle tombe enceinte peu de temps après. Le garçon s'appelait Valko. J'ai retrouvé la famille. La mère dit que Lidiya est arrivée à Paris environ un an avant le meurtre. Elle a fait toutes sortes de petits boulots, principalement des ménages. Une brave fille. Elle envoyait tout son argent à ses parents.

– Breton m'a dit qu'elle travaillait à l'ambassade de Russie.

– Encore une fois : une information que *je* lui ai procurée.

– Que disaient d'elle les gens là-bas ?

– Elle n'y était pas depuis longtemps. Quelques mois.

– Des amis à Paris ? De la famille ?

– Personne.

– Elle avait au moins un propriétaire, non ?

– Il ne s'est pas montré très bavard. Elle résidait en France illégalement, ce qui le rend passible d'une amende pour l'avoir hébergée.

– Où est-ce qu'elle habitait ?

– À Clichy-sous-Bois. Une banlieue assez dure. C'est à l'autre bout de la ville, et on cherchait plutôt quelqu'un dans les environs immédiats. Un opportuniste.

– Et le père de l'enfant ?

– Il vit à Sofia. Ils n'étaient plus en contact.

– J'ai la même situation de mon côté. Mère célibataire.

– Ça n'a rien d'exceptionnel. Vous connaissez les hommes.

– Ou alors on peut dire que le tueur a ses préférences.

– Vous savez quoi ? Tout ça commence à m'amuser. C'est un peu comme un jeu télévisé.

– J'essaie de comprendre comment son fils s'est retrouvé là-dedans.

– J'y viens, répondit Pelletier en tournant les pages du dossier. Le soir du 11 décembre, il y avait une réception à l'ambassade pour une délégation commerciale. L'intendant m'a dit qu'ils avaient eu un problème de dernière minute : une des serveuses était malade. Ils ont appelé Lidiya pour la remplacer. Comme elle n'avait personne pour garder Valko, elle est venue avec lui et l'a laissé dans une pièce à l'étage.

– Tremsin était invité à la fête ?

– Je viens de vous dire qu'il était à l'étranger, rétorqua-t-elle en refermant le dossier. Comment dit-on ça en anglais, déjà ? Je ne retrouve plus le mot… Ah oui, fit-elle en riant, *monomaniac*. Ça existe ?

– Ça existe, confirma Jacob. Vous disiez donc ?

– La dernière personne à avoir été en contact avec les deux victimes est une autre serveuse, qui a croisé Lidiya dans l'escalier aux alentours de minuit. Lidiya était pressée, elle montait en courant chercher Valko. Le trajet est long pour rentrer à Clichy, et elle avait peur de rater son bus. Elle a demandé à l'autre serveuse de signer le registre des sorties à sa place. Quatre jours plus tard, les corps ont été découverts dans le bois de Boulogne.

– Montrez-moi où », demanda Jacob en étalant la carte sur son bureau.

Pelletier fit planer la pointe de son stylo au-dessus d'un espace vierge, un triangle d'encre verte au sud-est de l'allée de Longchamp.

« Vers là, dit-elle.

– Vous ne pouvez pas être plus précise ?

– Apportez-moi une carte plus précise. Je vous garantis que vous ne verrez plus rien là-bas, à part de la boue et des arbres. »

Jacob traça du doigt une ligne invisible jusqu'à l'ambassade sur le boulevard Lannes.

« Ça fait quoi ? Plus ou moins un kilomètre ? demanda-t-il.

– Huit cents mètres, dit-elle en levant son bracelet de fitness. J'ai mesuré moi-même.

– Comment Lidiya et son fils sont-ils passés de l'un à l'autre ?

– On en est réduits à des hypothèses. La mienne est qu'ils sont tombés dans une embuscade après avoir quitté l'ambassade, qu'on les a convaincus ou forcés de monter dans une voiture. Comme je vous disais, un opportuniste.

– A-t-on la certitude qu'ils ont quitté l'ambassade seuls ? Est-ce que quelqu'un les a vus de ses yeux ?

– Si vous imaginez que les meurtres aient pu être commis à l'intérieur de l'ambassade, la réponse est non. Même un jour normal, c'est bourré d'agents de sécurité, et ce soir-là il devait y en avoir encore plus. Il y a des caméras partout.

– Vous avez visionné les bandes ?

– Personne n'a témoigné avoir entendu de coups de feu ni aucun trouble d'aucune sorte. L'idée que quelqu'un ait pu exfiltrer deux cadavres au milieu d'une soirée pleine de gens en smoking est tout bonnement inconcevable. N'oubliez pas que, techniquement, l'ambassade se trouve en territoire russe. Ils ont été accommodants, mais rien ne les y obligeait. J'avais une quantité limitée de bonne volonté à épuiser, je me suis contentée de poser les questions qui en valaient la peine.

– Je suppose que vous avez vérifié la liste des invités.

– Dans la mesure du possible. Les ressortissants étrangers qui étaient là – des membres de diverses délégations – avaient déjà quitté le pays le temps que nous ayons identifié les corps. Qui ont été retrouvés dans un bois. Qui est l'endroit sur lequel nous avons concentré notre enquête. »

Parfait exemple de logique circulaire. Maintenant qu'elle s'était décidée à parler, cependant, il préféra ne pas la braquer.

« Est-ce qu'ils ont été tués sur place ? demanda-t-il.

– C'est ce qu'on soupçonne. Mais on n'a pas retrouvé de douilles.

– Des traînées au sol ? Des empreintes de pas ? »

Elle secoua la tête.

« Juste avant leur disparition, il y a eu de fortes chutes de neige, puis plusieurs jours de redoux et de gel en alternance. L'équipe de la police scientifique est rentrée quasi bredouille.

– N'y a-t-il pas moyen que vous me montriez les lieux ? Je vous en serais très reconnaissant. »

Pelletier se mordilla la lèvre, et finit par dire :

« Laissez-moi régler quelques urgences d'abord. Vous ne pouvez pas débarquer ici sans rendez-vous et espérer que je bouleverse mon emploi du temps pour vos beaux yeux. Je vous rappelle.

– D'accord, répondit-il en sortant une carte de visite sur laquelle il griffonna le nom de son hôtel. Merci. »

Elle acquiesça d'un hochement de tête.

« Dernière question, ajouta Jacob. Votre contact à l'ambassade. L'intendant. Comment s'appelle-t-il ? »

Elle fronça les sourcils.

« Vous n'avez pas l'intention d'y aller, j'espère ?

– Ça m'a traversé l'esprit.

– Comme je vous l'ai dit, c'est une affaire délicate sur le plan diplomatique, je vous saurais gré par avance de ne pas interférer.

– Vous avez subi des pressions ? demanda-t-il.
– Pardon ? fit Pelletier en plissant davantage le front.
– Sans vouloir vous offenser. »

Elle se leva.

« J'ai des dossiers sur les bras. J'ai des hommes dont je supervise les dossiers. J'ai un thermostat en panne. Je vous rappelle, dit-elle en ouvrant la porte. *Si* j'ai le temps. Mais vous ne regretterez pas d'être venu, poursuivit-elle. L'hiver est le meilleur moment pour visiter Paris. Moins de touristes. »

# 36

« Bravo, vous l'avez jouée finaude », ironisa Schott.

Ils étaient tous les deux serrés à une table en devanture d'un kebab, le froid filtrant à travers la baie vitrée, la chaleur du gril leur picotant le dos. Une petite radio scotchée à la hotte éructait du rap français. Jacob n'avait pas encore entamé son agneau ni son Orangina.

« Merci pour le soutien moral, répondit-il.

– De toute façon, elle ne vous aurait probablement pas rappelé. »

Jacob opina.

« Comment vous voyez les choses ? demanda-t-il.

– Guerre de territoire. Entre elle et Breton. Tout simplement.

– D'accord, mais un des deux a raison. Soit c'est lié à Marquessa, soit ça ne l'est pas.

– Elle n'a pas contesté qu'il puisse y avoir un lien.

– Du moment que ce n'est pas Tremsin.

– Il était à l'étranger.

– Selon elle.

– J'ai tendance à la croire davantage que Breton, qui, au passage, m'a paru complètement cinglé.

– Et elle, un poil susceptible.

– Mettez-vous à sa place deux minutes. Un inconnu débarque de nulle part, se met à fouiner partout, énerve les Russes. Ils se plaignent, et c'est sur elle que les emmerdes retombent.

– Ne me dites pas qu'elle ne voit pas la similitude. Cette histoire d'opportuniste, franchement ? Quand on cherche une proie facile, on choisit une femme seule, pas une femme avec un gamin.

– Et donc ?

– Et donc, laissons à Breton une chance d'avoir raison.

– Et si ça ne donne rien ?

– Je ne repars pas tant que je n'ai pas parlé à Tremsin.

– Mais qu'est-ce que vous avez avec ce type ? On dirait qu'il a écrasé votre chien. »

Jacob coupa un bout d'agneau. Schott tressaillit.

« Quoi ? fit Jacob, la bouche pleine.

– De la viande.

– Et alors ?

– L'odeur, dit-il avec un nouveau frisson. Ça sent la mort. »

Le morceau que Jacob était en train de mâcher devint aussitôt fétide et caoutchouteux. Il réussit à l'avaler et repoussa son assiette.

« C'est vous qui m'avez posé la question », fit remarquer Schott.

Jacob décapsula sa boisson.

« Abstenez-vous de me dire ce que cette odeur-là vous évoque.

– Ça ne m'a jamais vraiment tenté, confessa Schott. Prendre de la matière étrangère, la réduire en bouillie, pour que le lendemain elle ressorte par l'autre bout ? Répugnant.

– Vous devriez être juge à *Top Chef*.

– Vous pouvez enrober ça comme vous voulez, ça ne fait jamais que nous rappeler que nous sommes des animaux.

– Et vous n'aimez pas qu'on vous le rappelle. »

Schott haussa les épaules.

« Je préfère mettre en valeur mes côtés plus raffinés, dit-il.

– La vanité, soupira Jacob. Totalement humain, pour le coup. »

Il s'était mis à pleuvoir, des trombes d'eau moroses qui rendaient la rue luisante de néons.

« J'avais une vingtaine d'années quand j'ai découvert la vérité sur mon compte », expliqua Schott.

Jacob le dévisagea.

« Vous plaisantez ?

– Je m'estime heureux. La plupart d'entre nous ne l'apprennent jamais. Il suffit que quelqu'un à un moment décide de la leur cacher. Ils vivent leur vie, ils épousent des gens normaux, la chaîne s'affaiblit de plus en plus. Au bout de deux ou trois générations, ils sont perdus.

– Et vous, alors, qu'est-ce qu'il vous est arrivé ?

– Je suis venu m'installer à Los Angeles. Je travaillais dans le cinéma. »

Jacob éclata de rire.

« Pas la peine de vous marrer. J'avais ma carte du syndicat des acteurs et tout et tout. »

Jacob devait reconnaître qu'un type de la carrure de Schott pouvait en effet remplir – et même obturer à lui seul – une niche de casting bien précise.

« Vous avez joué dans des trucs que j'ai pu voir ? demanda-t-il.

– Vous êtes calé en films de zombies ?

– Pas trop.

– Alors non, rien que vous ayez pu voir. Quand on sera rentrés, je vous enverrai ma bande-démo. »

Jacob sourit.

« Toute cette culture me filait la chair de poule, reprit Schott. Comme petit boulot parallèle, j'étais chauffeur de limousine. C'est comme ça que j'ai rencontré le commandant. Je l'ai déposé à un gala de charité. Il m'a reconnu – ce que j'étais – en un clin d'œil. »

Il marqua une pause avant de poursuivre.

« Je crois qu'en fait je l'ai toujours su. J'étais différent, à l'évidence. Et j'avais des réminiscences de gens que je n'avais jamais croisés, d'endroits où je n'étais jamais allé. Moi, c'est du côté de ma mère. Quand j'ai fini par lui poser la question sans détour, elle ne s'est pas excusée le moins du monde. Elle m'a dit : "Je voulais te protéger."

– Je compatis à deux cents pour cent », intervint Jacob.

Mais Schott ne l'écoutait pas.

« C'est dingue, quand j'y repense, toutes ces années, à la table du dîner, mon père et mon frère qui dévoraient leur entrecôte pendant que ma mère et moi, on était là à se forcer pour avaler encore une bouchée.

– Je croyais que vous ne pouviez pas manger.

– Ce n'est pas la question de pouvoir ou pas. Pour commencer, j'ai la moitié des gènes de mon père, donc il y a déjà ça. Mais le vrai problème, c'est de vouloir se sentir normal. Si vous n'êtes pas au courant et que les gens vous regardent en s'attendant à ce que vous mangiez, vous mangez. Et si, à chaque fois, vous avez l'impression que vous allez dégueuler vos boyaux, c'est sans doute que vous avez une maladie. Vous mangez. »

Jacob se détesta soudain en se remémorant la fois où il avait poussé Divya à avaler une bouchée de pain.

« La transition n'a pas été facile pour moi, continua Schott. Entre ne pas savoir et savoir. À vrai dire, je ne crois pas que j'aurais tenu le coup sans Mel. Il m'a quasiment sauvé la vie. Pas quasiment. Il *m'a* sauvé la vie. J'étais en dépression, et c'est lui qui m'en a sorti.

– Vous avez de la chance de l'avoir comme collègue, observa Jacob.

– Et comment ! Dites-moi, Lev, vous avez un livre préféré ?

– Plus d'un.

– Moi, c'est *Le Maître et Marguerite*, de Boulgakov. Vous l'avez lu ?

– Il me semble que oui, à la fac.

– Mouais, rétorqua Schott en bombant le torse d'un air de connaisseur. Si vous l'aviez lu, vous vous en souviendriez. C'est ce genre de livre.

– Il y a beaucoup de choses que j'ai oubliées, depuis la fac.

– D'accord, eh ben dans ce cas vous devriez le relire. C'est absolument *gé*-nial. »

Son enthousiasme fit sourire Jacob.

« Ça parle de quoi ? demanda-t-il.

– Du bien et du mal. De la nature humaine. De la foi. De tout, en gros. Satan débarque à Moscou et commence à semer la pagaille. Boulgakov vit et écrit à l'époque de Staline, alors la bureaucratie, il connaît. Par exemple… Satan, il n'arrive pas seul. Il a *une équipe*. C'est trop bien trouvé, non ? Parce qu'un méchant, c'est un méchant. Mais le diable ? Il délègue. »

Jacob ne put s'empêcher de rire.

« Il y a une scène au début du livre : deux types reçoivent un télégramme d'un de leurs amis, qu'ils ont vu le matin même. Et tout à coup le gars leur envoie des messages d'une autre ville, à mille cinq cents bornes de là. C'est le diable qui l'a enlevé et déposé là-bas. Mais bien sûr ils ne le savent pas, et ils se grattent la tête à essayer de comprendre, en invoquant toutes sortes de raisonnements tordus.

« Ils sont perplexes, évidemment. Mais surtout, ils sont *furieux*. Ils se heurtent aux frontières de leur discernement, et ça leur fiche une trouille folle. Ça les vexe. Il est dit sur un des deux : "Il lui fallait, ici même, sur place, découvrir des explications ordinaires à des faits qui ne l'étaient pas du tout." »

Schott étala ses deux mains sur le plateau éraflé de la table.

« C'est une phrase qui n'a l'air de rien si on n'y prend pas garde. "Il lui fallait." Pourquoi une telle nécessité ? Pourquoi ne peut-il diriger son esprit dans une autre direction ? C'est justement ce que veut dire Boulgakov. Vous pouvez avoir l'évidence sous le nez, la plupart des gens préféreront quand même trouver mille et une façons de la contourner. Franchir le pas dans sa tête… c'est douloureux. Ça rend marteau. Ça peut vous tuer, si vous ne faites pas attention. En tout cas c'est ce qui s'est passé pour moi, ce qui explique que j'aie eu autant besoin du soutien de Mel.

– Et lui ? demanda Jacob. Il a toujours su ? »

Schott secoua la tête.

« Il a aussi été recruté par le commandant. C'était dans les années quatre-vingt-dix, quand il a monté les Projets spéciaux.

– Je croyais que vous existiez depuis plus longtemps que ça, s'étonna Jacob.

– C'est bien ce que je vous dis : pendant un moment, tout laissait penser que la chaîne était réellement rompue.

– Et Mallick ? s'enquit Jacob. Qui le lui a dit ? »

La voix de Schott s'épaissit de révérence.

« Lui, c'est un pure race. Un des derniers. »

Jacob regarda soudain le colosse en face de lui avec une empathie nouvelle. C'était peut-être un chien d'attaque, mais il était loyal.

Et, d'un certain point de vue, nécessaire.

Ayant goûté à la colère de Mai, il pouvait bien l'admettre.

« Je sais que vous n'êtes pas là pour me rendre service, dit-il. Mais puisqu'on doit travailler ensemble, j'aimerais qu'on parvienne à un accord temporaire. »

Il le pensait sincèrement ; il avait cru percevoir un cœur qui battait sous les couches de l'armure, et son instinct lui soufflait de répondre sur le même registre.

Il se demanderait plus tard si sa formulation avait pu prêter à confusion, ou son ton.

Quoi qu'il en soit, l'effet fut on ne peut plus clair.

Le rideau retomba brutalement.

« Nous avons déjà un accord, répliqua Schott. Je suis là pour m'assurer que vous respectez bien votre part. »

À la radio, c'était la page de pub. Le type derrière le comptoir tritura le bouton, s'arrêtant sur de la techno mollassonne qui dissipa le charme, les ramenant autour d'une table huileuse à surjouer l'indifférence pour un public indifférent de gobelets en papier et de verre rayé.

« Admettons que vous réussissiez à la capturer, suggéra Jacob. Vous avez apporté le couteau ? »

Schott pianotait sur ses cuisses.

« Si vous devez tuer quelqu'un avec mon couteau, j'ai le droit de le savoir, insista Jacob.

– Pour commencer, ce n'est pas votre couteau.

– Permettez-moi de ne pas être du même avis.

– Et personne ne va tuer personne.

– Qu'est-ce que vous en savez ?

– Parce qu'elle n'est pas vivante.

– À moi, elle m'a paru bien vivante.

– Elle sait parfaitement donner le change. Mais c'est faux.

– Ouais, d'accord, grommela Jacob. Dans ce cas, je pourrais en dire autant de vous. »

Il prit son kebab avant de poursuivre.

« D'ailleurs, au commissariat tout à l'heure, comment vous avez fait pour passer le détecteur de métal avec ? Vous le planquez dans votre cul, ou dans un autre endroit que je ne peux pas espérer comprendre ?

– Finissez de manger, qu'on se tire de là », rétorqua Schott.

Rapprochant son assiette, Jacob mordit une bouchée, qu'il mâcha lentement. Avec emphase.

« C'est peut-être de la matière étrangère, dit-il, mais putain, qu'est-ce que c'est bon. »

Schott émit un grognement de dégoût et recula vivement sa chaise.

« Je vous attends dehors. »

# 37

Tombé de sommeil à vingt heures, Jacob se retourna dans son lit sur le coup d'une heure et demie du matin, les yeux grand ouverts.

Schott était allongé sur le dos, ronflant, le matelas formant un hamac sous son poids. Jacob resta un moment immobile, à scruter les sons qui montaient de la rue, puis finit par se lever.

Après avoir ramassé ses vêtements à tâtons, il trébucha contre la table de chevet, projetant son téléphone par terre.

Schott ne broncha pas.

« Faites de beaux rêves », lui lança Jacob, suffisamment fort pour réveiller n'importe qui.

Sauf Schott, apparemment.

Il essaya encore plus fort : « Hé, le gros ! »

Schott continua à roupiller.

S'ils ne mangeaient pas, en revanche ils dormaient. Ah ça, ils dormaient.

Le sommeil du juste ? Ou le confort de ne pas avoir de conscience ?

Jacob s'habilla, sans même se donner la peine de ne pas faire de bruit.

À la réception de l'hôtel, il boutonna sa veste pour se protéger du froid, attrapa au passage un plan gratuit sur un présentoir et sortit explorer le Marais.

Jadis principale enclave juive de la ville, ce quartier était devenu un repaire de bobos. Même phénomène que pour le ghetto de Prague et le Lower East Side de New York : la misère aseptisée, la vieille âme décomposée en fertilisant.

Une rue plus loin, il trouva un pub irlandais baptisé le Molly Bloom, parfait cliché du genre : décor vert, orange et blanc, musique celtique testant les limites des haut-parleurs. Il commanda trois shots de tequila à onze euros pièce, ainsi qu'une Guinness à neuf. Il but le tout rapidement et ressortit.

Il avait l'intention de rentrer directement à l'hôtel, mais se perdre dans la foule n'était pas désagréable après une journée passée avec Schott, qui lui collait aux basques comme une avalanche au ralenti. Son plan indiquait une zone d'environ dix rues sur dix colorée en rose, dans laquelle les bars étaient repérés fort à propos par de petits verres à martini. Il la sillonna pendant plusieurs heures, remontant et redescendant la rue Vieille-du-Temple et ses affluents, plissant les yeux pour déchiffrer sur des tableaux noirs dégoulinants de pluie la liste des cocktails du jour. Il finit par s'en faire une sorte de défi personnel : combien d'endroits pourrait-il essayer ?

La réponse se révéla être : presque tous. Il but dans une soucoupe volante en plastique dans un bar à thème sur l'espace. Il entra dans un pub gay et, le temps d'un manhattan, récolta trois numéros sans avoir rien demandé à personne. Il descendit des araks dans un troquet appelé La Médina.

Le videur d'une boîte de nuit jaugea ses baskets et son jean sans marque et lui agita son index sous le nez. Jacob le salua et passa son chemin.

Les trottoirs vibraient d'électricité sexuelle en tout genre. Un drapeau arc-en-ciel soulevé par le vent découvrit une étoile de David gravée au fronton d'un immeuble, et Jacob s'arrêta devant la vitrine d'une boutique sur laquelle on pouvait encore discerner les traces d'une inscription en lettres dorées.

**BOUCHERIE – VIANDE CASHER – בשר כשר**

Jadis un magasin où les mères de famille juives venaient acheter leurs poulets.

Désormais, des portants de vêtements en denim remplaçaient les quartiers de bœuf.

Il avait choisi cet hôtel pour ses tarifs bon marché et sa situation centrale, mais il se demandait à présent s'il n'avait pas été guidé par son subconscient.

En se retournant pour localiser un nouveau bar, il aperçut une silhouette massive, immobile dans la lumière verte d'une enseigne de pharmacie.

Schott ?

Non. Cet homme était aussi grand que lui, mais plus mince. En aucun cas svelte, disons proportionné. Il ne bougeait pas, regardait son téléphone. La seule personne isolée dans les parages, à part Jacob.

Est-ce qu'il attendait un ami ?

Jacob se remit en route.

Dans l'idée d'ingurgiter quelque chose de vaguement nourrissant, il trouva un bar à cocktails où il dépensa douze euros pour une mixture comportant plus de jus de fruits que d'alcool. Comme il ressortait avec les poches pleines de petite monnaie, il vit de nouveau le même homme, qui rangeait son téléphone.

Jacob fit demi-tour en direction de la rue des Mauvais-Garçons.

Étant donné la stature du type, sa filature n'était pas des plus discrètes. Il ne faisait aucun effort pour se courber. Peut-être se fichait-il d'être repéré. Peut-être le but était-il avant tout l'intimidation.

Bonne nouvelle, en un sens : quelqu'un ne voulait pas de Jacob ici.

Tout en marchant, celui-ci repêcha son propre téléphone dans l'intention d'appeler Schott, ou au moins de lui envoyer un texto. Mais il se ravisa. Il n'avait pas besoin d'une leçon de morale. À la place, il leva son portable comme pour prendre un selfie, décalant légèrement l'angle par-dessus son épaule.

Le flash creva l'obscurité, révélant un manteau long, un gros durillon de chair scarifiée dans le cou, comme un bouton de volume pour la carotide : le chef de la meute, à la résidence de Tremsin.

La photo disparut, remplacée par une image en mouvement : l'homme, un sourire agacé aux lèvres.

Jacob pressa le pas.

Il avait réussi son coup : il était complètement beurré. Il pensait savoir retrouver l'hôtel mais, après quelques centaines de mètres, il s'était mis à prendre des rues au hasard, cherchant des points de repère alors que les passants se faisaient de plus en plus rares. Ses chaussures lui paraissaient lourdes, comme si elles étaient remplies d'eau. Il enfonça la tête dans les épaules, resserra sa veste, sentant la carte repliée lui rentrer dans les côtes. Il aurait voulu la sortir, mais l'homme gagnait rapidement du terrain dans son dos grâce à ses foulées de géant.

Jacob tourna à gauche et déboucha sur un petit parc clôturé. Des échafaudages masquaient les plaques des rues. Pourquoi est-ce qu'ils ne mettaient pas les noms sur des poteaux, comme dans n'importe quelle ville normale ?

Le romantisme de se perdre dans Paris…

Il descendit du trottoir, contournant deux Citroën garées pare-chocs contre pare-chocs.

Le type était à cinq mètres derrière lui, il entendait le bruit de ses pas.

Jacob bifurqua de nouveau et retomba sur le même parc.

Ok. Non. Un *autre* parc. Cette ville était pleine de parcs. Des grands, comme le bois où Lidiya et son fils étaient morts. Des petits, tels des joyaux éparpillés.

Une plaque : rue Payenne. Il suivit une faible lueur, arriva rue des Rosiers, qui par bonheur était encore un peu animée ; tourna à droite, se pressa en longeant des vitrines éteintes. Sacs à main. Vêtements de sport. Lunettes de soleil. Arbustes en pot, scooters enchaînés sous des bâches de protection, réverbères ruisselant de gouttelettes glacées qui lui dégoulinaient dans le cou et le long du dos. Il atteignit le cœur du quartier juif : restaurants casher, boulangeries casher, un chocolatier.

« Monsieur Lev. »

Les poils se dressèrent dans sa nuque.

Comment ce mec connaissait son nom, putain ?

« Monsieur Lev. »

Fort accent russe.

« Conversation, s'il vous plaît. »

Un vernissage dans une galerie d'art avait débordé sur le trottoir. Flûtes en plastique, bavardages mélodieux, rires mécaniques. Jacob fendit la foule et risqua un coup d'œil derrière lui. L'homme était empêtré dans la masse, sa tête flottant à la surface comme un bouchon de liège sur l'océan.

Jacob piqua un sprint.

Au bout de la rue, perpendiculaire, la rue Vieille-du-Temple, déserte à présent. Il la prit vers la gauche, ce qu'il pensait être le sud, courant dans le noir, manquant se cogner dans une poubelle sortie en prévision du passage des éboueurs, évitant de justesse la suivante. Encore deux ou trois zigzags et il serait à l'hôtel. Une trouée apparut et il s'y engouffra.

Mauvaise pioche.

Un cul-de-sac, encore des boutiques fermées, moins glamour, des entrées murées. Revenir sur ses pas le mettrait nez à nez avec son poursuivant. Il fonça droit devant, cherchant un refuge possible, et se retrouva face à un grand immeuble en grès d'apparence maussade.

## ק'ק רודפי צדק
## SYNAGOGUE RODFEI TSEDEK

Elle avait été vandalisée, la pierre attaquée à la pioche. Les graffitis qui partout ailleurs égayaient le Marais et traduisaient la ferveur de sa jeunesse revêtaient ici la couleur de la haine.

Des croix gammées. Des étoiles de David au bout d'une potence. Des insultes en plusieurs langues. *Mort aux juifs**.

Des colonnes de vitraux s'étiraient sur toute la hauteur de la façade ; les parties basses avaient subi des dégâts similaires, des tessons rouges pendouillant aux baguettes de plomb tordues, comme des croûtes qu'on aurait envie de gratter.

L'homme surgit au bout de l'impasse et s'élança vers lui.

Jacob enjamba des tréteaux, des sacs de ciment ; il agrippa la poignée de la porte, un gros poing en métal, glissant de pluie. Il s'attendait à ce qu'elle résiste, mais elle céda et les lourds panneaux de chêne s'entrebâillèrent vers l'intérieur.

« Monsieur Lev. »

Jacob se fraya un passage dans le vestibule et repoussa les portes de tout son poids, les bloquant avec une barre de fer qui se cala en place dans un fracas retentissant.

Mauvaise pioche, bis.

Le type était un mastodonte, et les fenêtres brisées ne se trouvaient qu'à deux mètres ou deux mètres cinquante du sol, facilement accessibles s'il empilait deux ou trois sacs de ciment. Les bâches en plastique claquaient dans le vent ; les plombs restants étaient gauchis, fragiles, ils céderaient au premier coup de talon.

Jacob se rua vers le sanctuaire, une salle caverneuse sur trois étages, disposée selon le plan traditionnel : estrade centrale, arche surélevée sur le mur est, balcon en U pour la section des femmes. Il remonta l'allée en courant, ressortit par la porte du fond, débouchant dans une cour.

Des murs en brique, des barbelés. Sans issue.

De retour dans la synagogue, il s'arrêta sur le seuil. Les poignets de sa veste dégoulinaient sur le marbre érodé du sol. Ce qui restait des vitraux projetait des éclats de lune colorés sur les bancs en bois.

Il laissa ses yeux s'habituer à la pénombre.

Personne n'était venu se recueillir là depuis longtemps. Des sièges délabrés, des livres moisis, des châles de prière en lambeaux pendus à un portant bancal. Une cataracte de poussière recouvrait la plaque avec le nom des fondateurs et celle en hommage aux disparus. Des toiles d'araignées emmaillotaient les deux lustres, énormes fantaisies néoclassiques en fer forgé, telles des armures explosées.

Ils devaient valoir une fortune. Incroyable que personne ne les ait volés.

Jacob revint à pas de loup jusqu'au vestibule. Accroupi pour ne pas être visible depuis les fenêtres cassées, il se dirigea vers l'escalier qui montait au balcon, écartant une nouvelle bâche en plastique (ACCÈS INTERDIT) et grimpant trois étages.

Les bancs des femmes étaient plus étroits que ceux des hommes, le sol sévèrement en pente et grinçant sous ses pas. Une autre volée de marches, plus courte, conduisait jusqu'au mur de la façade, au sommet des colonnes de vitraux.

Jacob tituba, encore saoul, luttant contre le vertige.

Il se percha sur une chaise et jeta un coup d'œil dehors à travers un vitrail bleu.

L'homme avait reculé vers l'entrée de l'impasse, les épaules voûtées, l'air abattu.

Il jouait le mort ?

Quelques minutes plus tard, il partit.

Peur d'intervenir tout seul ? Il allait chercher des renforts ?

Dans un cas comme dans l'autre, c'était le moment de déguerpir. Jacob sauta de sa chaise, atterrissant lourdement sur ses deux pieds.

Le balcon émit un grognement sinistre.

Le plancher céda.

L'espace d'un instant, Jacob resta suspendu dans les airs, puis s'écrasa dans un tas de décombres alors que le plancher s'était stabilisé un bon mètre au-dessous de son niveau initial. Il y eut alors une atroce éructation structurale, et de puissants craquements retentirent en cascade sur toute la longueur de l'édifice, les murs crachant du plâtre comme les explosions en série d'une démolition programmée.

Puis le silence revint.

Jacob essaya de se relever.

Un autre grognement de bois, plus profond, plus mécontent.

Une multitude de fissures toutes fraîches se mirent à courir sur les murs et le plafond.

Jacob resta immobile, laissant au bâtiment le temps de retrouver son calme, retenant son souffle pour que sa prochaine expiration ne fasse pas tout s'écrouler, conscient des minutes qui s'égrénaient pendant que le type téléphonait à ses troupes.

Il commença à ramper sur le ventre en direction de l'escalier, répartissant son poids aussi largement que possible. Sentant chaque défaut caché, chaque solive corrodée. Reniflant l'odeur de rouille qui était en train de consumer cet endroit de l'intérieur.

Plus que trois mètres à parcourir. Centimètre par centimètre.

Il atteignit le palier.

Les marches avaient disparu.

Dix mètres plus bas, un amas de poutres fumant.

Jacob resta aplati au sol, sans bouger, réfléchissant.

Sauter ? Sauter dans le sanctuaire ?

Au mieux, deux chevilles cassées.

Il se souvint alors d'un deuxième escalier dans l'angle nord-est. Il était passé devant en cherchant une issue.

Y accéder supposait de traverser la branche gauche du U du balcon. Il la parcourut du regard. La courbure du sol était très prononcée.

Un énorme raclement, d'origine inconnue. Des vibrations.

Il avança tout doucement, tâtant le tapis devant lui pour repérer les creux. À travers les murs s'élevait peu à peu un grondement moqueur, affamé.

Jacob avait fait un quart du chemin et il avait de plus en plus de mal à ramper, son corps gîtant sur la droite avec l'inclinaison croissante du plancher.

Le vent battait l'édifice, des copeaux de plâtre pleuvaient sur sa nuque trempée de sueur.

Il continua sa progression.

La moitié.

Le balcon s'était mis à frétiller. Puis à tressauter. Comme un plongeoir sous les rebonds d'un nageur. Prenant de l'amplitude, un rythme mortel, prologue à l'effondrement.

Une terrible urgence le démangeait : courir.

Il rampa. La cicatrice sur sa lèvre avait bien sûr choisi ce moment pour recommencer à le brûler affreusement. Il n'osait pas la toucher ; c'était un mouvement superflu, et le balcon tanguait désormais en gloussant, un rire de vieille sorcière suicidaire, menaçant de céder pour de bon.

Il arriva au palier.

Pas encore sauvé. Il fallait conquérir les marches. Il les prit à reculons, d'un pas rapide et léger. Le tapis était flottant, les barres de fixation avaient été arrachées. Une marche, une autre, encore une autre, jusqu'à ce qu'il atteigne enfin la terre ferme et se mette à courir en titubant dans l'allée du sanctuaire. Il voyait les portes du vestibule. Il allait réussir. Il n'avait plus qu'à espérer que le type ne serait pas déjà revenu. Mais il allait réussir à sortir.

Un gémissement à vous fendre le cœur résonna au-dessus de lui, et instinctivement il se figea, leva la tête et sentit une bouffée d'air et un fil d'araignée lui caresser la joue, avant-goût bénin du lustre qui était en train de s'écraser sur lui.

# 38

Prague
29 octobre 1982

« Je suis citoyenne américaine », lance Bina tandis qu'ils la poussent dans la voiture.

Elle a honte d'exploiter son statut devant Ota Wichs, qui, lui, n'a aucun recours.

Hrubý ordonne au chauffeur de démarrer.

« Où nous emmenez-vous ? » demande-t-elle.

Wichs a les yeux rivés sur ses genoux.

« C'est scandaleux », s'insurge-t-elle.

Mais elle a l'indignation peu convaincante. Ça n'a jamais été son fort. Un mauvais service, même dans le pire des restaurants, déclenchait chez sa mère des crises d'anthologie. *Ne me dis pas de me calmer, c'est leur boulot.* L'exubérance publique a toujours mis Bina mal à l'aise.

« J'exi… reprend-elle, mais sa voix se grippe. J'exige de parler à l'ambassade américaine.

– Il va pleuvoir, demain, annonce Hrubý au chauffeur, qui lui répond par un hochement de tête.

– Vous *m'entendez* ? »

Wichs lui presse le poignet pour la faire taire.

Au centre d'interrogatoire, on les place dans des pièces adjacentes. Bina a la cheville menottée à une table. Elle reste là longtemps, à écouter les cris qui transpercent les murs en béton. Elle se plaque les mains sur les oreilles, rapproche ses deux coudes, prie.

*Cantique des degrés. Du fond de l'abîme je t'invoque, ô Éternel !*

Le bruit est terrifiant ; le silence, pire.

Entre Hrubý, accompagné de deux hommes munis de matraques en caoutchouc noires. Ils se positionnent dans les coins, leur profil monstrueux se découpant dans la pénombre.

« Je suis citoyenne américaine, redit-elle en tchèque. Je veux parler à mon ambassade. »

Hrubý ouvre sa sacoche et pose sur la table une série de photographies, comme s'il étalait un jeu de réussite. Floues, prises de loin, elles la montrent en train d'ajuster son foulard tandis qu'elle pénètre dans la synagogue Alt-Neu. La silhouette d'un garçon surgit dans le cadre : le jeune Peter Wichs.

« Vous êtes un agent du complot sioniste mondial », lui répond Hrubý.

Bina éclate de rire. Elle sait qu'elle ne devrait pas, mais c'est tellement absurde.

« Vous niez ? demande Hrubý.

– Bien entendu. »

Un des deux gardes croise les bras. L'autre balance doucement sa matraque par son cordon. Une goutte noire enfle à son extrémité puis se détache, répandant une tache rouge sur le sol.

« Vous ne pouvez pas faire ça, objecte Bina.

– Mettez-la au trou », ordonne Hrubý.

Ils l'enroulent dans des chaînes de la tête aux pieds et la transportent, gigotante, au bout du couloir.

La cellule est atrocement surpeuplée. Pourtant les autres femmes parviennent à s'écarter. Les gardes la déposent par terre, toujours enchaînée. Toute la nuit, personne ne l'approche, et elle finit par renoncer à se débattre, par baisser la tête et pleurer.

« Bonjour. »

Elle vient de passer une heure à entendre Ota Wichs crier ; à avaler sa morve pour adoucir sa gorge écorchée à force de répéter les quatre mêmes mots qu'elle s'entraîne à bien prononcer.

« J'ai un fils, dit-elle.

– Quelle coïncidence, rétorque Hrubý. Moi aussi. »

Apparemment, ses prévisions météo étaient justes. La manche de sa veste est assombrie par la pluie alors qu'il dispose à nouveau les photos devant elle, ainsi que des aveux dactylographiés qu'elle n'a plus qu'à signer.

« Vous êtes un agent du complot sioniste mondial. Vous êtes venue en Tchécoslovaquie sous prétexte de participer à une mission culturelle. Vous avez rencontré des éléments contre-révolutionnaires afin d'obtenir des renseignements classés secrets et de propager de la désinformation.

– S'il vous plaît, implore-t-elle. Je suis sûre que nous pouvons tirer ça au clair. »

Hrubý appuie son majeur sur la photo, oblitérant le visage de Bina.

« C'est vous, dit-il.

– Oui, mais...

– Dans ce cas, tout est clair.

– Non. Non. »

Il fronce les sourcils, comme s'il était désolé de devoir lui faire remarquer qu'elle s'est contredite.

« Je suis allée à la synagogue, reprend-elle. Nous y sommes tous allés. Ça faisait partie de la visite.

– Vous y êtes retournée. Pendant que le reste du groupe restait à la cérémonie de la fête nationale, vous vous êtes éclipsée pour prendre part à des activités contre-révolutionnaires.

– Monsieur Hrubý. S'il vous plaît, laissez-moi parler à Ota, nous pouvons expliquer...

– L'individu que vous mentionnez est un traître à la patrie.

– Il est... non. Comment pouvez-vous... Il n'a cessé de répéter à quel point il était heureux de vivre ici.

– Et vous l'avez cru ? »

Elle tombe presque dans le piège.

*Oui* : un mensonge.

*Non* : une accusation.

« Je vous jure que nous n'avons pas parlé de politique, dit-elle finalement.

– Qu'avez-vous fait, alors ?

– Rien. Nous n'avons rien fait.

– Je comprends », réplique Hrubý.

Il sort une cigarette d'un paquet cabossé et l'allume.

« Vous vous sentez seule, reprend-il en exhalant la fumée. Loin de chez vous. »

Il lui tend le paquet. Comme elle ne bouge pas, il le range.

« Il était marié à une Juive, autrefois, maintenant c'est une Gentille qui l'attend tous les soirs à la maison. Il a eu envie de retrouver le goût du passé. »

Les gardes ont un sourire narquois.

« Ce n'est pas un crime de tomber amoureux », ajoute Hrubý.

Elle n'ose imaginer ce que cet homme pense savoir de l'amour.

« Non, confirme-t-elle.

– Et donc, qu'avez-vous fait dans la synagogue ?

– De la poterie, répond-elle.

– De la poterie.

– Pour la synagogue. Demandez-lui. Il vous dira la même chose.

– Il n'y a pas de mal à faire de l'art. S'enfuir en douce, en revanche, tard le soir… C'est l'attitude d'un criminel. Vous n'avez pas l'air d'une criminelle.

– Non.

– Alors dites-moi ce que vous avez fait. Je suis l'officier de liaison avec la communauté juive, vos coutumes me sont familières. Par exemple, peut-être avez-vous fait un chandelier de chabbat ?

– Voilà, exactement.

– Non. Nous avons fouillé le bâtiment. Il n'y avait pas de chandelier.

– Nous l'avons laissé au grenier.

– On a fouillé le grenier. On y a trouvé deux pots, pas tout à fait secs. À quoi vont-ils vous servir ? »

Il répond à sa place : « Ils vont vous servir à sortir des informations clandestinement.

– C'est délirant, rétorque-t-elle.

– Ah oui ?

– C'est… Je veux dire, c'est ridicule. Ils sont en terre. C'est fragile.

– Bien emballés, avec un grand sourire aux agents de la douane : "S'il vous plaît, très cher, attention." Et hop, ils vous laissent passer.

– J'ai juste… Je ne sais pas quoi vous dire, à part que ça ne tient pas debout.

– Quelle est la véritable explication, alors ?

– … les épices. Des pots à épices.

– Pour la cérémonie de la *havdalah* », suggère-t-il.

Elle acquiesce avec enthousiasme.

« Ah. Pourtant, votre compagnon nous a dit autre chose. »

Elle sent son estomac se nouer.

« Qu'est-ce qu'il a dit ? »

Des poils blancs sortent des narines de Hrubý tandis qu'il la regarde sans répondre.

« Dans tous les cas, ajoute-t-elle, vous pouvez le croire. »

Hrubý laisse échapper un petit rire.

« Il m'a ressorti une vieille histoire. Sur un monstre. Je l'ai apprise à l'école. C'est un mythe pour les imbéciles. Nos écoles modernes ne l'enseignent plus. »

Il fait glisser vers elle la feuille où sont tapés ses pseudo-aveux.

« Je ne comprends pas, dit-elle. Vous ne pouvez pas tout simplement les signer à ma place et qu'on en finisse ?

– Ce serait malhonnête. »

Après un temps, elle ramasse le papier.

*Le 25 octobre 1982, moi, Bina Lev, agent des États-Unis et d'Israël, agissant sur ordre de la CIA et du Mossad, suis entrée en République socialiste tchécoslovaque sous de faux prétextes.*

« Si je signe, s'enquiert-elle, que se passe-t-il ? »

Il lève les mains en l'air pour mimer la liberté.

« Et Ota ? »

Même geste, autre signification : *qui sait ?*

« Promettez-moi de le laisser partir. »

Hrubý tire une dernière taffe, écrase son mégot sur la table, laissant une trace noire sur l'acier.

« L'individu que vous mentionnez, répète-t-il en frottant la marque du plat de son pouce, est un traître à la patrie. »

Bina tend les deux mains pour qu'on lui passe les menottes.

Le lendemain, elle attend que les cris recommencent.

Mais il n'y a qu'un silence glaçant.

« Bonjour. »

fini, il a dit : “Tu as beaucoup à apprendre. Mais tu es jolie, et ça, ça ne s’apprend pas.”

« Il m’a envoyée à une adresse dans le quartier de Zličín. C’était une maison d’apparence tout à fait banale. Du dehors, on ne pouvait absolument pas deviner ce qui se passait à l’intérieur. Nos instructeurs étaient deux officiers de la StB, un homme et une femme. On les appelait uniquement Oncle et Tante. Ils simulaient différentes situations : un restaurant chic, un arrêt de bus, une chambre d’hôtel. Tous les deux interprétaient des scénarios préétablis qu’on devait ensuite imiter. Plie la jambe. Tu peux le faire. »

Bina lutte contre la rigidité. Des élancements de douleur courent le long de sa colonne vertébrale. Récemment, Tremsin a commencé à ajouter une dose de soufre purifié à ses trente milligrammes quotidiens d’halopéridol, curieux de voir comment les deux éléments interagiraient.

Ils interagissent en provoquant une très forte fièvre ; un burin enfoncé dans ses articulations.

« Si ça se trouve, ils étaient réellement mari et femme, Oncle et Tante, reprend Majka. Quand l’un se trompait, l’autre le regardait avec un sourire, comme s’il rangeait ça pour plus tard dans un coin de sa tête. Et quand ils faisaient l’amour, c’était très méthodique, on aurait dit qu’ils suivaient un mode d’emploi étape par étape.

« À part moi, il y avait huit filles et trois garçons. Les garçons étaient des corbeaux, et nous des hirondelles. Et donc, bien entendu, la maison était surnommée le Nid. J’étais la seule originaire de Prague. Tante disait qu’ils préféraient recruter dans les campagnes, parce que l’air des villes abîmait la peau des femmes. Elle ne m’a jamais aimée. Elle m’appelait toujours par mon prénom complet, Marie. Personne ne m’a jamais appelée comme ça à part elle. Oncle, lui, il était gentil. »

Majka s’attaque à la cuisse droite de Bina, celle qui lui fait le plus mal. La pression lui donne envie de pleurer. Elle n’y arrive pas. Son corps ne répond pas. Alors elle pleure dans sa tête. Elle se voit pleurer et ça la soulage un peu.

Elle pourrait vivre le restant de ses jours comme ça. Une vie imaginaire.

Elle se demande si, à force d'imagination, elle parviendrait à atteindre la mort. Se représenter ses poignets ouverts et que ça se traduise réellement dans sa chair, comme des stigmates. Ce serait si facile de céder.

*Jacob.*

Ses entrailles se soulèvent ; elle plie le genou.

« Bravo, chérie, c'est bien. Repose-toi un peu, maintenant… C'étaient des mois bien remplis, au début de ma formation. On a appris comment faire la conversation à un Occidental, comment flirter ; on a appris à boire sans perdre le contrôle. On a appris à satisfaire un homme, les corbeaux à satisfaire une femme. On s'entraînait sous le regard de tout le monde. Oncle et Tante prenaient des notes ou nous criaient des instructions. "Lève la jambe plus haut !" "Fais plus de bruit ! Les hommes aiment le bruit." »

Elle secoue la tête.

« Quand les garçons s'essoufflaient – ils étaient jeunes, mais nous étions plus nombreuses qu'eux –, on s'entraînait avec Oncle. »

Nouvel éclat de rire.

« Ça explique peut-être pourquoi il était si jovial. Il pratiquait aussi avec les garçons. Tout le monde devait être préparé à tous les cas de figure. C'était une révélation, pour moi, qu'on puisse aimer aussi bien les hommes que les femmes. Personne ne protestait ni ne résistait jamais. On était patriotes. Les chèques de pension de ma mère avaient doublé, elle avait de quoi s'acheter des cigarettes. La veille des jours où il y avait de la viande dans les magasins, quelqu'un l'appelait pour la prévenir.

« Ce n'étaient pas que des jeux et du plaisir. On apprenait aussi les techniques de contre-interrogatoire. Pas les plus dures – ils ne pouvaient pas se permettre d'abîmer la marchandise –, mais quand même. Je connaissais déjà un peu de russe, et ils m'ont enseigné les rudiments d'anglais et d'allemand. Ma première mission a été Vienne.

« Je crois qu'ils ne voulaient pas me donner un cas trop difficile, à peine sortie de l'écurie. C'était un documentaliste du ministère des Affaires étrangères. Je l'ai rencontré dans le foyer de l'hôtel Imperial, ils avaient un joli café là-bas, dans le temps… Tu me vois, à peine dix-neuf ans, en séductrice ? Ils nous avaient appris à sortir de nous-mêmes. C'est une aptitude qui ne s'oublie jamais, et qui peut servir tout au long de la vie. »

Sans blague ? Bina réussit à incurver les coins de sa bouche vers le haut.

« Ça fait chaud au cœur de te voir sourire, chérie. »

Les doigts sales de Majka caressent l'intérieur de son poignet.

« Ils m'avaient loué un appartement à Alsergrund, et très vite l'employé du ministère a commencé à me rendre visite dans la journée, deux, trois fois par semaine. Il avait l'haleine qui puait la moutarde. Il était marié – ils l'étaient toujours, histoire de nous donner un moyen de pression si les choses tournaient mal –, et dans son portefeuille j'ai trouvé une photo de sa femme. Il s'était bien débrouillé, elle n'était pas mal du tout. Pourtant il passait son temps à fumer des cigarettes dans mon lit en se plaignant d'elle, de son chef, de ses collègues. Il faisait partie de ces gens qui pensent que le monde ne leur a pas donné ce qu'ils méritent.

« Je suis restée avec lui à peu près un an. J'ai obtenu ce que j'ai pu. Oncle et Tante étaient contents. Ils m'ont réaffectée à Berlin, puis de nouveau à Vienne. Partout où j'allais, j'apportais ma lingerie et mon F21. J'ai trimballé ce fichu appareil photo dans toute l'Europe. Ils m'ont même envoyée à Oslo, qui était considéré comme le terrain le plus difficile pour une hirondelle, à cause de l'attitude clinique des Scandinaves envers le sexe. Mon amant là-bas était un très bel homme. Il croyait que c'était *lui* qui me faisait une faveur. Les Anglais et les Américains étaient les plus faciles à détourner. Sans vouloir te choquer, chérie. C'est ce qu'on m'avait appris et, d'après mon expérience, ça s'est vérifié.

« J'étais bonne dans ce que je faisais. Ma mère n'a manqué de rien, jusqu'au bout. Elle est morte à l'hôpital, comme une personne civilisée, pas en train de dépérir en bas d'une liste d'attente. J'ai voyagé. J'ai rencontré des gens. J'ai servi mon pays et la cause.

« Et ça s'est arrêté. Ça s'arrête toujours. Je suis tombée enceinte. Une pilule défaillante, j'imagine, ou alors je l'ai oubliée un jour. Le père était chimiste dans une industrie pétrolière suisse, il travaillait à améliorer l'efficacité du diesel. C'est curieux, ce qu'on retient : je ne saurais pas te dire la couleur de ses yeux, mais si tu me donnais un papier et un crayon j'arriverais sans doute à reproduire les formules.

« J'ai prévenu Oncle et Tante, en supposant qu'ils me feraient avorter. C'était la méthode habituelle. Mais ils ont dit non ; ça pourrait être utilisé à notre avantage. Je venais d'avoir trente ans. Ils voulaient m'essorer jusqu'à la dernière goutte. Ils m'ont demandé de faire chanter le chimiste en le menaçant de tout révéler à sa femme. »

Majka se remet à masser les mollets de Bina.

« Ça n'a pas marché comme prévu. Il s'est empoisonné. »

Dans le couloir, une cloche sonne.

« J'avais raté ma mission, mais ils m'ont étonnée en me disant que je pouvais garder l'enfant. Une prime, j'imagine, pour mes bons et loyaux services. Essaie de bouger la cheville, s'il te plaît. Encore. Très bien.

« Mon cadeau… Il s'appelle Daniel. Il va bientôt avoir sept ans. On dirait presque une fille, tellement il est joli. »

Le chagrin embue son sourire.

« Tu sais, chérie, j'adore nos conversations, mais il ne faut pas que tu hésites à participer.

– Jacob », dit Bina.

Majka cligne des yeux, sidérée.

« Jacob », répète Bina.

Sa mâchoire pèse une tonne, c'est un effort inimaginable.

« Jacob.

– Chérie ! s'exclama Majka en riant, les larmes fissurant la crasse de ses joues. Chérie. C'est ton fils ? Jacob ? »

La cloche continue à sonner, insistante.

« Jacob. C'est bien, chérie, un bon prénom bien concret. Ne le lâche pas. »

La porte s'ouvre.

Dmitri entre en poussant la chaise roulante.

« Ergothérapie », murmure-t-il dans son tchèque à fort accent russe.

Majka se prosterne, front contre le sol, pendant qu'il glisse ses gants en latex sous les genoux de Bina et la dépose sur la chaise.

Ils rejoignent la file qui s'est formée dans le Boulevard, une caravane de fantômes en pantoufles de papier. Dmitri joue des coudes afin de protéger Bina des corps qui se bousculent. La couverture glisse sur ses genoux et il la rattrape pour la remonter.

« Tu n'as pas froid ? » demande-t-il.

Est-ce qu'il attend réellement une réponse ? À vrai dire, elle a plutôt chaud, à cause du soufre.

Dmitri Samilovich. Elle a entendu Tremsin l'appeler comme ça. Une trivialité à laquelle elle s'agrippe pour empêcher sa mémoire de s'atrophier en même temps que son corps.

Ils arrivent dans la salle de « Thérapie de groupe », où sont installées cinq longues tables, de vingt places chacune. Il la pousse jusqu'à sa chaise attitrée.

La loi impose soixante minutes de travail productif par jour. Depuis une semaine, les femmes fabriquent des boîtes à partir de bouts de carton. Incapable de bouger les mains, Bina a reçu sept blâmes, qui lui ont valu d'être privée de repas, ce que d'aucuns pourraient considérer comme une chance.

À présent, un brouhaha d'excitation s'élève : le papier et la colle ont disparu, remplacés par des boules de pâte à modeler jaune fluo.

L'infirmière en chef monte sur l'estrade et donne trois coups de sifflet.

« Aujourd'hui, les patientes vont faire des cendriers. »

Le brouhaha se durcit en un grognement mécontent. Des cendriers ? Pour qui ? Les patientes reçoivent chacune une cigarette par jour, qui peut ensuite se stocker, se troquer ou se gagner à la lutte. Des cendriers ? C'est une tâche conçue uniquement pour les humilier.

« Que les patientes se taisent, s'il vous plaît. »

Le sifflet retentit.

« *Taisez-vous.* »

Le silence s'emplit du bruit de deux cents pouces appliqués.

La grosse Irena se penche en avant.

« Vous avez entendu ? Brejnev est mort. »

Olga ricane.

« Je m'en tamponne si vous ne me croyez pas. C'est vrai.

– Combien de fois Brejnev est-il déjà mort ? Pourtant, il est toujours en vie. »

Bina a les yeux rivés sur la table, lointaine et nébuleuse, la boule de pâte jaune comme un soleil tout proche et inaccessible.

On ne peut rien faire de sérieux en pâte à modeler. Ça ne dure pas.

Rien ne dure.

« Tu verras, ajoute Olga, tu t'en boufferas les doigts d'y avoir cru.

– Je te boufferai la rate, ouais, espèce de sale pute desséchée », rétorque la grosse Irena.

Une infirmière déboule dans l'allée.

« On ne parle pas !

– C'est elle qui a commencé, répond Olga.

– On ne parle *pas*. Toi, lance l'infirmière à Bina, qu'est-ce que tu attends pour t'y mettre ?

– Elle ne peut pas bouger », explique Majka.

L'infirmière attrape la boule de pâte sur la table et la fourre brutalement entre les mains de Bina.

« Le travail, ça guérit », déclare-t-elle avant de continuer sa ronde.

Une infime pression est tout ce dont Bina est capable, pourtant le matériau cède sous ses doigts, comme s'il se pliait à une autorité supérieure. La fraîcheur est à la fois exquise et étrange contre sa peau brûlante.

Elle est à peine consciente de ce qu'elle est en train de faire pendant qu'elle le fait. Personne d'autre ne la remarque. Elles sont toutes occupées à ne pas parler, occupées à paraître occupées.

La cloche sonne, Majka se retourne et sa mâchoire se décroche de stupeur.

« Oh, chérie. »

Bina songe : *les bords pourraient être plus fins.*

Les femmes s'attroupent autour d'elle, ébahies.

« Ça alors ! s'exclame la grosse Irena. Pas mal, pour un légume !

– Le sien est mieux que le tien, commente Olga.

– Ferme ta grande gueule. »

Elles s'écartent en gloussant pour laisser Dmitri approcher avec la chaise roulante.

Il s'arrête net, médusé comme tout le monde.

L'infirmière revient.

« Qu'est-ce qui se passe, ici ? Qu'est-ce que c'est que ça ?

– Vous aviez raison, répond Majka d'une voix tremblante. Le travail guérit bel et bien.

– On ne fait pas des pots. On fait des cendriers. »

L'infirmière arrache le délicat objet des mains amorphes de Bina et l'écrase pour reformer une boule de pâte.

« La prochaine fois, vous écouterez la consigne. »

Brejnev est mort. Tel le plat de soupe collectif, les patientes se font passer la rumeur à tour de rôle afin que chacune puisse y goûter. Au bout d'un moment, même Olga est forcée d'admettre que ça sent le vrai, et la grosse Irena se met à parader le long du Boulevard des fous en se vantant à tue-tête que c'est *elle* qui a été la première à annoncer la nouvelle, jusqu'à ce qu'Olga répande une contre-rumeur disant que la grosse Irena la tient d'un garde qu'elle a sucé en échange, et le tout se termine par un pugilat qui en expédie une à l'infirmerie, l'autre au mitard.

Brejnev est mort.

Elles ne s'autorisent pas à espérer. L'espoir coûte trop cher, l'espoir est une bête mythologique. Mais elles jubilent, en revanche, ça oui. Car elles lui ont survécu, à ce salopard de Brejnev, avec ses sourcils pompeux et ses bajoues titanesques, ses médailles militaires qui lui dégoulinent sur le torse ; Brejnev, l'architecte de leur désespoir, qui a envoyé les chars en 1968 pour écraser les pousses vert tendre du changement.

Il est mort.

Le lendemain matin, personne ne vient chercher Bina pour son traitement.

« Tu vois ? se réjouit Majka. Je t'avais dit qu'il finirait par se lasser de toi, un jour ou l'autre. »

Autant d'espoir, Bina ne peut pas se le permettre.

Mais ensuite un deuxième jour passe et personne ne vient non plus ; Bina arrive à bouger les bras et les jambes. Quant à Tremsin, il n'a été vu nulle part, et d'autres rumeurs fleurissent : le docteur s'est enfui, craignant les représailles qui accompagnent toujours n'importe quelle fluctuation du régime. Ou alors (imaginez ça !), il s'est suicidé par solidarité envers le secrétaire général.

Un troisième jour arrive. Personne. Bina peut parler, à présent, quelques mots à la fois, et elle meuble avidement les heures passées en compagnie de Majka, luttant de toutes ses forces pour lui raconter. Tout lui raconter, tant que sa langue fonctionne, tant qu'elle en a l'occasion, avant que le cauchemar ne recommence, tout consigner : qui elle est, d'où elle vient, les noms des êtres qui lui sont chers.

Elle parle jusqu'à ce que sa bouche soit sèche, déroulant pour Majka l'histoire de sa vie. Un pacte : si l'une d'entre elles ne s'en sort pas, l'autre portera son souvenir. Cette nuit-là, elles dorment avec le bout des doigts qui se touche à travers le grillage de leurs cages. Un autre pacte, muet, au-delà des mots.

Le lendemain, Bina se sent encore mieux.

Elle ne l'aurait pas cru possible, étant donné les circonstances, mais elle se sent *bien.* Elle décide de raconter à nouveau son histoire à Majka, du début à la fin. Sauf que c'est différent, cette fois : elle se souvient de nouvelles choses, des parties d'elle-même qu'elle a oublié d'inclure la veille.

« Ça fait du bien de parler, chérie. Dis-moi tout. »

Elle va lui dire, elle va lui dire. Elle est tellement plus que la Bina Lev, épouse et mère de famille. Il y a aussi Barbara Reich, la penseuse, la chercheuse, qui a renoncé à son nom. Son nom *et* son prénom. Les deux.

*Pourquoi* a-t-elle renoncé à son nom ?

Elle le regrette presque, maintenant. *Reich* signifie « riche », elle vient de l'aristocratie, ils la haïssent parce qu'elle est mieux qu'eux.

Le cinquième matin, elle a appris à ne plus craindre l'aube. Personne ne va venir la chercher. Le pire est derrière elle. Et d'autres souvenirs remontent encore.

Elle commence à raconter.

« Chérie, tu es sûre que tu te sens bien ? » demande Majka.

Bina se sent plus que bien, elle *pète le feu*. Elle veut le dire à Majka, le dire au monde entier.

« Parle moins fort, souffle Majka en l'observant d'un regard inquiet. Ils vont t'entendre. »

Bina éclate de rire. Ils vont l'entendre : et alors ? Elle n'a pas peur d'eux. Elle n'a peur de rien.

Elle marche en rond dans la cellule, en imaginant tout haut ce qu'elle fera une fois dehors. Elle le jure : elle sortira d'ici – en s'envolant par la fenêtre s'il le faut – et, une fois sortie, elle reviendra chercher Majka, elle reviendra les chercher toutes ; elle abattra les murs de cet asile et elle les libérera, alléluia !

« Chérie, je t'en prie, repose-toi. Tu vas t'épuiser. »

Qui a besoin de repos ? C'est le cinquième jour de sa propre création personnelle, le jour des animaux et des bêtes des champs ; elle a plus d'énergie que jamais, certainement plus qu'elle n'en a jamais eue depuis la naissance de Jacob, d'ailleurs, au fait, est-ce qu'elle a parlé à Majka de Jacob, son fils, Jacob ?

L'espace d'un instant, son cœur se gonfle de douleur.

Mais, l'instant d'après, la douleur a disparu, et elle se remet à marcher parler rigoler planifier. Elle a tant de choses à faire. Tant de choses à dire.

La grosse Irena revient dans la cellule, onze points de suture sur la paupière.

« Mais qu'est-ce qu'elle a, bordel ? demande-t-elle. Elle peut pas se la boucler ? »

Majka secoue la tête, les larmes aux yeux.

Bina ne comprend pas. Pourquoi est-ce que Majka pleure ? Elle devrait être heureuse pour elle ; elle se sent merveilleusement bien, elle ne s'est jamais sentie aussi bien de sa vie.

« Elle est devenue folle, déclare la grosse Irena. Elle ne l'était pas avant, mais cet endroit l'a rendue folle. »

Bina rit et s'approche d'elle pour l'aider. Elle a des doigts qui guérissent. Elle va faire disparaître ces vilains points.

La grosse Irena lui frappe la main.

« Ne me touche pas, espèce de foldingue ! »

Le sixième jour, qui est celui de la création de l'homme, Bina reçoit des visiteurs.

Son père, sa mère, Rav Kalman, ses oncles Jakub et Jakub. Son mari. Son fils.

Oh, comme elle est contente de les voir ! Elle pleure de joie. Ils lui ont manqué. Ils viennent l'entourer de leur amour, de leurs milliers de bras.

« Tenez-la », ordonne Dmitri.

Bina hurle.

L'aiguille s'enfonce dans sa chair.

Le septième jour, Bina se repose.

Un triangle de lumière filtrée au plafond. Un poids sur sa poitrine.

« Bonjour. »

Elle se redresse en position assise, difficilement. Tourne sa tête endolorie.

À côté d'elle se trouve Dmitri, sa grande carcasse pliée en avant. Il lui sourit gentiment.

« Tu as fait un épisode psychotique, dit-il. Ça peut arriver quand on interrompt un traitement de façon abrupte. Tu viens de dormir vingt-deux heures d'affilée. Avant ça, tu es restée quatre jours éveillée. Tu dois avoir faim. »

En effet. Et terriblement soif, aussi.

Il opine du chef.

« Je reviens dans une seconde. »

Seule, reprenant ses esprits, elle découvre son nouvel environnement : une pièce en béton, étroite et haute de plafond, comme une cage d'ascenseur. Contrairement à son lit précédent, celui-ci n'est pas entouré de grillage. À part ça, c'est aussi moche que son ancienne cellule.

Elle repousse des couches de couvertures humides et trouées, bascule ses pieds nus sur le sol et se lève en prenant appui sur la chaise. Puis elle la lâche et vacille. Une fois certaine que ses genoux ne vont pas flancher, elle boitille jusqu'à la fenêtre pour essayer de voir dehors. La vitre est maculée de fiente et de suie.

Derrière elle, la porte s'ouvre.

Elle pivote brusquement, manquant de perdre l'équilibre.

Dmitri se tient sur le seuil, l'air franchement étonné de la trouver debout. Il tient un plateau sur lequel sont posés un mug et quelques tranches de pain bistre.

Une seringue.

Bina la voit et son estomac se retourne ; elle se laisse glisser au sol, le dos plaqué contre le mur, essayant de se faire toute petite, se couvrant le visage en gémissant.

« Non, supplie-t-elle. Par pitié.

– Écoute-moi », dit-il.

Elle l'entend poser le plateau ; le son résonne bizarrement.

« Bina. Ce n'est pas pareil qu'avant.

– Non.

– Il te donnait des doses énormes. Là, c'est beaucoup moins. Ça ne te fera pas de mal. Tu en as besoin, sinon tu risques de redevenir psychotique. Je t'en prie, écoute-moi.

– Non, non, non… »

Il fait un pas dans sa direction et elle tressaille, se préparant à la morsure de l'aiguille. Mais ça ne vient pas et, quand elle rouvre les yeux, il est simplement debout devant elle, le regard triste. La seringue est toujours sur le plateau.

Dmitri la ramasse.

« Je reviendrai plus tard, dit-il. Pour l'instant, il faut que tu manges. »

À la nuit tombée, elle s'est mise à voir et entendre des choses, à se débattre contre le vide, à attaquer les murs, toutes les cellules de son corps en rébellion. Il lui reste encore juste assez de facultés mentales pour le vivre comme une pure torture.

À un moment, Dmitri revient avec la seringue, et elle ne résiste pas quand il lui désinfecte le bras. Il a troqué ses gants de latex contre des gants en cuir, sa blouse d'aide-soignant mal ajustée contre un grand manteau qui lui confère une majesté inattendue. Il lui injecte prudemment une petite quantité de liquide ambré.

« Voilà », dit-il.

Presque aussitôt elle est envahie par un grand calme. Sa tête tombe toute seule. Elle cherche à s'allonger.

« Non, non ! s'exclame-t-il en la redressant. J'ai besoin que tu t'habilles. »

Il se tourne pour lui laisser l'intimité nécessaire.

Avec l'impression d'évoluer dans du sirop, elle enfile les vêtements qu'il lui a apportés : une culotte, un pantalon en toile rêche, un pull en laine, des chaussettes en laine. Ils auraient sans doute pu lui aller à une époque, mais elle a perdu tellement de poids qu'ils pendent sur elle comme des chiffons mouillés. Les souliers, ça va encore. Elle remue les orteils à l'intérieur, stupéfaite de ne plus sentir le sol crasseux sous ses pieds. Elle avait oublié la dignité d'avoir de vraies chaussures.

Dmitri se retourne, l'inspecte de haut en bas. Approuve d'un hochement de tête.

« Allez, dépêche-toi. J'ai laissé le moteur en marche. »

# 44

La voiture d'Odette Pelletier, une Peugeot bleue, était garée dans le parking de l'ambassade.

« Montez, dit-elle.

– Où va-t-on ?

– Montez, c'est tout. »

Jacob jeta un coup d'œil à la meute d'agents de sécurité qui les avait escortés depuis l'ascenseur. Et un second à Schott.

Ils prirent place sur la banquette arrière.

« C'est sympa de leur part de vous avoir prévenue, fit remarquer Jacob.

– Ceinture, s'il vous plaît », rétorqua Pelletier.

Les deux fourgons de police avaient reculé afin de bloquer l'entrée. Ils s'écartèrent alors et laissèrent passer la Peugeot, qui tourna à droite une première fois, puis une deuxième, rejoignant le boulevard Lannes.

« Vous n'avez qu'à nous déposer à l'angle », suggéra Jacob en essayant d'actionner la poignée de sa portière : elle bougeait facilement, mais dans le vide.

Il se tourna vers Schott, qui secoua la tête : pareil de son côté.

« Nous sommes en état d'arrestation ? » s'enquit Jacob.

Elle prit le boulevard vers le sud, obligée de ralentir alors que la circulation se densifiait.

« Vous étiez censés attendre mon coup de fil. Vous êtes ici en simples touristes, selon le bon vouloir du gouvernement français. »

Elle pila pour éviter un cycliste imprudent.

« Vous voulez bien nous dire où on va ? » demanda Schott.

Jacob croyait avoir deviné : le commissariat de l'avenue Mozart.

Au lieu de quoi, Pelletier s'inséra dans la file de droite et accéléra brusquement pour franchir le pont qui enjambait le boulevard périphérique, en direction du bois de Boulogne.

Le soleil s'était couché, laissant de grands hématomes entre les arbres. Jacob prit soudain conscience du parfum légèrement herbacé de Pelletier, qui saturait l'habitacle confiné de la voiture. Par terre, au pied du siège passager, un étui à rouge à lèvres renvoyait par flashs intermittents la lumière des réverbères.

« À mon sens, c'est la route qu'a dû emprunter le tueur, expliqua-t-elle en faisant une brusque embardée pour contourner une énorme branche tombée au sol. En termes de distance, il aurait été plus court de tourner à la porte de la Muette. Mais, vu l'emplacement des corps, je trouve plus logique qu'il soit arrivé par ce côté, de façon que la voiture soit orientée au nord-est sur l'allée de Longchamp. C'est une artère assez fréquentée, personne n'a intérêt à traverser une quatre voies avec des otages à la queue-leu-leu. Enfin, ajouta-t-elle en rétrogradant, il a aussi pu effectuer un demi-tour.

– Vous pensez que Lidiya et Valko étaient encore en vie à ce moment-là ? s'étonna Jacob.

– J'imagine. C'est quand même plus facile de les faire marcher dans les sous-bois de leur propre gré. »

Ils continuèrent à serpenter quelques minutes. Au carrefour suivant, Pelletier prit à droite, ralentissant pour permettre à Jacob et Schott d'apercevoir les femmes tapies dans la pénombre ou postées le long des sentiers pédestres, tremblant dans leurs bottines et leurs bas résille, la bouche en cul-de-poule, quelques-unes assez téméraires pour solliciter ouvertement les voitures qui passaient.

« Comme vous pouvez le constater, c'est un secteur animé en ce qui concerne le commerce du sexe. J'ai interrogé toutes les prostituées que j'ai pu retrouver. Toutes affirment n'avoir rien vu. »

Une rangée de poteaux en bois fichés dans le sol empêchait les véhicules de quitter la chaussée principale. Environ tous les cinquante mètres, il y en avait un d'arraché, le trottoir aplani par des milliers de pneus et de pare-chocs.

« On trouve ce genre de bifurcations clandestines aménagées à intervalles réguliers le long de l'allée », indiqua Pelletier.

Jacob distingua la silhouette floue de plusieurs voitures stationnées dans les fourrés, l'éclat du métal.

Une prostituée émergea du sous-bois, en train d'ajuster ses manches. Derrière elle apparut, titubant, un homme d'une cinquantaine d'années vêtu d'un imperméable informe.

Pelletier avait allumé ses warnings et roulait au pas, cherchant un endroit précis. Au bout de quatre cents mètres, elle déclara : « Voilà. »

La Peugeot se faufila sur le sentier, slalomant entre deux grands chênes. Un banc public se trouvait juste devant eux. Pelletier le contourna afin d'atteindre une sorte de petite clairière partiellement cachée de la route par des arbustes et des lianes durcies.

Elle s'immobilisa complètement et tira le frein à main.

« Dieu sait ce que les gens doivent nous imaginer en train de faire tous les trois planqués là », marmonna-t-elle.

Elle coupa le moteur. La Peugeot se tut.

Jacob percevait dans le lointain des bribes de rire, le chuintement de la route.

« L'important, pour ce qui regarde l'enquête, reprit Pelletier, est de savoir qu'il est possible de laisser un véhicule garé là pendant un bout de temps sans que personne ne le remarque.

– Suffisamment longtemps pour que le tueur ait pu les conduire dans la clairière, les descendre là-bas et revenir ? interrogea Jacob.

– Largement, répondit-elle avant d'ajouter, en tendant le doigt vers le pare-brise : C'est tout droit dans cette direction, à environ cent vingt mètres d'ici. »

Puis elle se retourna, la main posée sur l'appui-tête du siège passager.

« Je peux vous y amener, suggéra-t-elle. Comme je vous l'ai dit, de la boue et des arbres. Vos chaussures vont souffrir. »

Jacob se demanda à quel point sa proposition était sincère, vu la hauteur de ses talons.

« Nous y sommes déjà allés.

– Je vois, fit-elle, sans réclamer davantage de précisions. J'ai réfléchi à ses moyens de coercition. Mon hypothèse est qu'il a dû pointer son arme sur la tête de l'enfant pour s'assurer de la coopération de la mère.

– Il faut que je parle à Tremsin, répliqua Jacob.

– Oui, vous me l'avez déjà dit. Et vous n'avez pas de meilleur argument que la dernière fois, je suppose.

– J'ai ça. »

Il afficha la photo du porte-clés Gerhardt sur son téléphone, qu'il posa sur l'accoudoir entre les deux sièges avant.

Pelletier la considéra d'un air impassible.

« Un porte-clés, dit-elle.

– Je l'ai trouvé sur la scène de crime. Vous connaissez cette marque ? »

Elle secoua la tête.

« Ce sont des voitures très très chères. Que très très peu de gens possèdent. Quatre-vingts en tout dans le monde. Et je parie que pourrez trouver le nom de quelqu'un qu'on connaît qui figure sur la liste. »

C'était un coup de bluff. Honorable. Il n'était pas sûr que ça marche.

Pelletier ramassa le téléphone pour examiner l'objet de plus près.

« Comment se fait-il qu'on ne l'ait pas vu ?

– Il était sous la glace, expliqua Jacob. Il est réapparu en même temps que les champignons.

– J'aimerais que vous nous le remettiez », dit-elle en reposant le téléphone.

Jacob ne répondit pas.

« C'est une pièce à conviction, poursuivit Pelletier. J'ai une enquête en cours pour homicide.

– Il se trouve en lieu sûr, affirma Jacob.

– C'est un délit, je vous signale. Suppression de preuve.

– Il est en lieu sûr, répéta Jacob.

– Vous l'avez donné à Vallot ?

– Tout ce que j'ai fait, c'est me balader dans le bois.

– Qu'est-ce qu'il vous a dit d'autre ? Je l'ai vu faire des photocopies. C'était pour vous ? »

Jacob ne voulait pas mouiller Vallot. Mais son hésitation le trahit.

« Rendez-les-moi, s'il vous plaît, enchaîna-t-elle. Tout de suite.

– Il m'a parlé de votre séjour à Moscou. »

Pelletier éclata de rire.

« Dédé vous a dit ça ? Alors là, chapeau. Il est plus intelligent que je ne le pensais. »

Jacob ne releva pas.

« Votre petit numéro à l'ambassade, reprit-elle. Ce n'était pas très malin.

– J'avais comme l'impression que vous n'alliez pas me rappeler.

– Vous ne m'en avez pas laissé le temps. J'ai du travail.

– Une enquête pour homicide.

– Plusieurs, même.

– Votre patron est au courant de vos activités parallèles ?

– Et vous ? rétorqua-t-elle en pivotant vers lui.

– J'ai ma petite idée. C'est vous que l'ambassade a décidé d'appeler.

– Je travaille *avec* eux. Pas *pour* eux. Nuance cruciale.

– Avec eux, y compris Tremsin. »

Elle se mit à tapoter le volant.

« Toutes ces histoires comme quoi il est en froid avec Moscou, poursuivit Jacob, c'est du pipeau. Il vient à leurs fêtes. Et vous le protégez.

– C'est un poil plus compliqué que ça.

– Dans ce cas, expliquez-moi.

– Je ne peux pas, bien entendu.

– Bien entendu.

– Pas la peine de bouder. La seule chose que je peux vous dire, c'est que personne n'a intérêt à ce qu'on attire l'attention sur Arkady Tremsin. Ni nous, ni vous, ni les Russes, personne.

– Donc il a un blanc-seing.

– Il faut tenir compte de l'intérêt général.

– Ça n'est pas mon boulot. Et si vous êtes réellement flic, ça n'est pas le vôtre non plus.

– Mon boulot, inspecteur, est de faire en sorte qu'il reste *calme*. De façon à préserver un certain nombre de relations. Il y a très peu de gens en qui il a confiance. Il se trouve que j'en fais partie. Vous croyez que ça a été facile à obtenir ? C'est un grand paranoïaque. Il n'est quasiment pas sorti de chez lui en quatre ans.

– Et quand il sort, vous le surveillez, c'est ça ?

– Souvent, oui.

– Y compris le soir de la fête à l'ambassade ? »

Elle le regarda droit dans les yeux, sans malice.

« Qu'est-ce que vous lui voulez, exactement ? Je ne crois pas une seconde que vous vous contenterez de lui parler et d'étudier sa réaction, comme vous me l'avez dit.

– Ce serait un début.

– Et vous espérez quoi ? Qu'il se ratatinera, impressionné par votre vertu ?

– Je veux qu'il sache qu'on n'oubliera pas », répondit Jacob en récupérant son téléphone.

Silence.

« Deux personnes innocentes au moins sont mortes, reprit-il. Et il y en aura d'autres. Par votre faute. Vous voulez qu'il reste calme ? Vous ne voulez pas de vagues ? Eh bien je vous promets une chose : je vais faire autant de vagues qu'il est humainement possible d'en faire. »

Pelletier soupira.

« Vous ne me laissez pas vraiment le choix.

– J'en ai peur.

– Aucune chance que vous vous la boucliez ?

– Eh non. »

Elle hocha la tête.

« Attendez-moi là. »

Elle sortit de la voiture en emportant les clés avec elle et s'éloigna en composant un numéro sur son portable. Jacob tendit l'oreille pour essayer d'entendre ce qu'elle disait, mais elle était trop loin et dissimulait sa bouche derrière sa main gauche.

« On devrait se tirer d'ici, suggéra Schott. Tout de suite.

– Pour aller où ?

– Elle peut très bien nous faire expulser.

– Dans ce cas, on n'aura rien perdu. »

Pelletier raccrocha et composa aussitôt un autre numéro.

« Elle peut aussi nous faire coffrer, renchérit Schott.

– Eh bien allez-y, rétorqua Jacob. Je ne vous retiens pas. »

Dehors, Pelletier revenait vers la voiture. *D'accord. D'accord* *.

Schott s'agita, tentant d'évaluer l'espace entre les deux sièges avant pour voir s'il pouvait s'y glisser et atteindre la portière passager.

« Laissez tomber, marmonna Jacob. Vous ne passez pas. »

Pelletier termina son appel, remonta dans la Peugeot, démarra le moteur et recula prudemment, attendant un creux dans le flot de la circulation pour pouvoir s'engager sur la route.

Elle ne dit pas un mot tandis qu'elle roulait vers le sud pour quitter le bois de Boulogne. Reconnaissant la direction générale, Jacob supposa qu'elle les conduisait au commissariat. Mais, cette fois encore, elle déjoua ses prévisions, prenant un chemin qu'ils avaient fait à pied la veille.

« Je doute qu'il vous accorde plus de quelques minutes, alors je vous conseille de commencer à préparer vos questions dès maintenant. Faites court. »

Elle tourna dans l'allée qui menait à la résidence d'Arkady Tremsin.

Elle baissa sa vitre, se pencha dehors pour appuyer sur l'interphone.

Un bip, suivi d'un *allô* sec.

Elle montra sa carte d'identité à la caméra. « *C'est moi**. »

Quelques instants plus tard, le portail s'ouvrit.

# 45

D'après ce qu'avait pu en voir Jacob, les villas des quartiers huppés de Los Angeles misaient souvent tout sur un effet de façade : très larges et très hautes pour donner une impression de volume, mais décevantes vues de près par leur manque d'épaisseur… comme les décors des films grâce auxquels elles avaient été financées.

À présent, il découvrait l'illusion inverse.

À mesure que la Peugeot s'approchait du Petit Kremlin, la structure semblait reculer et s'amplifier, révélant une profondeur étonnante dont la plus grande partie était invisible depuis la rue. Une série d'éclairages extérieurs dévoilait progressivement des dépendances, des fontaines, des arbres impeccablement taillés, un belvédère : presque une ville en soi. Qu'une telle propriété puisse s'insérer dans le puzzle urbain de Paris paraissait relever de la magie, voire de la sorcellerie.

Il crut apercevoir l'éclat du viseur d'un tireur d'élite sur le toit.

Schott se racla la gorge, mal à l'aise.

Quinze mètres devant eux, une rangée d'hommes en pantalons de treillis leur barraient l'accès. Ils avaient tous une bonne couche d'abdos, produit autant de leur morphologie que des gilets pare-balles qu'ils portaient. Deux d'entre eux tenaient des miroirs au bout d'une perche ; deux autres tentaient de maîtriser des chiens surexcités.

Le reste avait des mitraillettes.

Au centre se tenait Durillon.

Un paravent transparent à trois panneaux s'interposait entre l'armée de Tremsin et la voiture. Du polycarbonate ultrarésistant de trois mètres de haut, plus un bon mètre en surplomb, renforcé par-derrière grâce à des armatures en acier plantées dans le sol. Les panneaux latéraux étaient orientés en biais de façon à contenir et renvoyer une éventuelle onde de choc.

*C'est un grand paranoïaque.*

Pelletier semblait détendue… habituée à la procédure. Elle vint se garer pile au pied du paravent, retira les clés du contact, ouvrit sa portière et les déposa par terre.

« Vous voulez lui parler, dit-elle, vous allez lui parler. Sous mon contrôle.

– Vous pouvez débarquer quand ça vous chante ?

– Bien sûr que non. Mais quand je lui ai expliqué qui vous étiez, il a eu l'air intéressé. Ce qui ne garantit rien. Il peut très bien changer d'avis. C'est quelqu'un de capricieux. Maintenant, dépêchez-vous et ouvrez vos portières. Mais ne sortez pas, restez assis.

– On ne peut pas, répliqua Schott. C'est verrouillé. »

Pelletier appuya sur un bouton et ils purent obtempérer. Elle ouvrit aussi le coffre et le capot.

« Ne bougez pas, reprit-elle. Croisez les mains derrière la tête. Mettez-vous à l'aise. Ça peut durer un moment. »

Les deux hommes équipés de miroirs et les maîtres-chiens s'avancèrent, ainsi que trois gardes armés, un par passager.

Plus loin dans l'allée, Durillon affichait un grand sourire.

« C'est le fils de pute qui m'a suivi dans la rue, indiqua Jacob.

– Dmitri Molchanov, répondit Pelletier. Le chef de la sécurité de Tremsin. »

*Le diable ? Il délègue.*

L'épais bouclier anti-explosions distordait le visage de Molchanov, exagérant ses proportions déjà extrêmes. Il était très large d'épaules, comme les autres. Et même plus large que Schott. Jacob ne l'avait pas remarqué jusque-là, obnubilé qu'il était par sa taille en hauteur. Une bourrasque écarta son manteau, révélant un torse en V dont les muscles saillaient sous sa chemise.

Aussi incroyable que ça puisse paraître, on aurait dit qu'il avait grandi depuis leur dernière rencontre.

Sans doute l'angle de la vitre blindée.

Ou un effet psychologique collatéral du fait de savoir désormais qui, ou plutôt *ce* qu'il était.

*Ses couleurs.*

*Il n'en a pas.*

Jacob jeta un coup d'œil à Schott. Tendu comme un arc. Aux aguets.

Les gardes se tenaient chacun près d'une portière, l'arme braquée vers l'intérieur, tandis que les hommes aux miroirs faisaient le tour de la voiture, inspectant le châssis et le coffre. Ils avaient des oreillettes qu'ils touchaient sans cesse pour communiquer leur progression, sans doute à Molchanov.

Un des hommes se baissa pour empocher les clés de Pelletier.

Pas de sortie sans permission.

Molchanov continuait à sourire. À cette distance, impossible de savoir ce qui l'amusait tant. Mais Jacob ne pouvait s'empêcher de se sentir le dindon de la farce.

Est-ce que les choses allaient dégénérer dès maintenant, avant même qu'ils pénètrent dans la maison ?

Il retourna son sourire à Molchanov, et tous les deux restèrent bloqués un moment les yeux dans les yeux, béats tel un couple d'amoureux nunuches, jusqu'à ce qu'un des hommes équipés de miroirs vienne inspecter le moteur et que le capot levé dissimule Molchanov à Jacob.

Les maîtres-chiens approchèrent à leur tour. Leurs bêtes avaient une allure aussi élégante que féroce : œil noir, pelage doré, museau pointu. L'une d'elles passa la tête dans la voiture et se mit à lécher le tibia de Schott.

« Gentil chien-chien, dit Schott. Comment tu t'appelles ?

– *Sobaka nomer odin*, répondit le maître.

– C'est joli, commenta Schott. Qu'est-ce que ça veut dire ?

– Chien numéro un », traduisit Pelletier.

Jacob sentit sa cuisse vibrer : un nouveau message sur son portable.

Environ dix heures et demie du matin à L.A.

L'heure de la récré pour Susan Lomax.

Instinctivement, il porta la main vers sa jambe.

Le garde chargé de sa surveillance pointa aussitôt le canon de son arme sur sa tête.

« Mon téléphone, expliqua Jacob. Il est dans ma poche. »
Le type ne répondit pas. L'arme ne bougea pas d'un pouce.
« Je peux le prendre, s'il vous plaît ?
– Taisez-vous », lâcha Pelletier.

L'homme au miroir qui examinait le moteur referma le capot et tapa deux fois dessus.
« Sortez », dit Pelletier.
Molchanov descendait déjà l'allée dans leur direction d'un pas alerte. Il contourna le paravent anti-explosions et envoya un baiser aérien à la Française.
« *Bonsoir**.
– *Bonsoir**, Dmitri », répondit-elle.
Molchanov sourit à Jacob.
« Re-bonjour, monsieur Lev.
– Pas de bisou pour moi ? » rétorqua Jacob en s'efforçant de maîtriser ses nerfs.
Molchanov éclata de rire. Il avait d'énormes dents blanches, toutes refaites.
« C'est bon », dit-il.

Mais les contrôles de sécurité n'étaient pas terminés. Ils avaient à peine commencé. Jacob et Schott furent fouillés et passés au détecteur de métal ; on leur confisqua leur téléphone, ainsi que leur portefeuille et tout ce qu'ils avaient sur eux en dehors de leurs vêtements. Jacob avait laissé dans la voiture son sac contenant les photos de la scène du crime données par Vallot, mais les gardes lui prirent les deux plans de Paris froissés qu'il avait dans la poche intérieure de sa veste. Schott dut abandonner ses lunettes de soleil.
Odette Pelletier se tenait à l'écart, dispensée de cette épreuve.
« Quand est-ce qu'on récupérera nos affaires ? demanda Schott.
– En partant », répondit Molchanov.
Il toucha son oreillette, fit un signe de la main, et les gardes s'avancèrent pour se positionner autour d'eux, formant un corral de muscles. Une cage mobile. Emportés par le mouvement, Jacob, Schott et leur accompagnatrice marchèrent jusqu'au perron de la maison, vers le battant ouvert d'une colossale

double porte en bronze. Des personnages en relief : satyres, faunes, jeunes filles nues… Rodin d'humeur paillarde.

Ils entrèrent dans une vaste rotonde qui tenait lieu de vestibule.

Un par un, les gardes s'engouffrèrent sous un portique de sécurité qui sonnait aimablement à chaque passage.

*Bip, bip, bip.*

« On enlève nos vestes et nos chaussures ? demanda Jacob.

– Pas nécessaire, répondit Molchanov. La machine trouve tout. »

D'un air aguerri, Pelletier retira son bracelet de fitness, ses bijoux et sa ceinture. Après les avoir déposés dans un bac en plastique avec son portefeuille et son téléphone, elle passa sous le portique.

*Bip.*

Molchanov, les yeux rivés sur l'écran de contrôle, murmura quelque chose qui fit ricaner les gardes et rougir la Française.

« *J'ai oublié** », dit-elle.

Elle plongea la main dans la poche de sa veste et en sortit un tampon, qu'elle jeta dans le bac avant de repasser sous le portique.

« Ok », approuva Molchanov.

Les gardes examinèrent les affaires de la jeune femme et les lui rendirent.

Jacob tâta ses poches, les retourna pour montrer qu'elles étaient vides.

Il passa à son tour sous le portique.

« Ok », fit Molchanov.

Au tour de Schott.

*Bip.*

Molchanov fronça les sourcils en étudiant l'écran. Il demanda à Schott de reculer et de passer une deuxième fois.

*Bip.*

Jacob se pencha pour essayer de voir l'écran. Un garde s'interposa afin de lui barrer la vue.

« Par ici, mon ami », dit Molchanov.

Schott ne bougea pas.

Molchanov attendit.

Schott restait immobile.

« Paul ? » lui souffla Jacob.

Quatre portes donnaient sur la rotonde, un garde stationné devant chaque. Deux autres gardes prirent position de façon à isoler Schott, qui s'était mis à cligner des yeux, un filet de sueur lui dégoulinant dans la nuque.

« Le Doktor Tremsin vous attend », reprit Molchanov.

Schott prit une grande inspiration, écartant les épaules comme s'il s'apprêtait à passer à l'action. Mais il se contenta d'expirer en hochant la tête et il s'éloigna d'un pas traînant, escorté par les deux gardes.

Ils disparurent tous les trois par la porte sud-ouest.

Molchanov se tourna vers Jacob et Pelletier avec une petite courbette.

« Je vous en prie », dit-il.

# 46

Le pas alerte, les bras ballants comme ceux d'un grand singe, Molchanov les conduisit le long d'un couloir recouvert d'une profonde moquette lie-de-vin, puis tourna dans une pièce.

Une bibliothèque, dans le sens où elle contenait des livres. Mais pas de petit coin cosy pour la lecture. Une vaste salle encombrée de tables, de pupitres, de vitrines et de fauteuils tapissés. Le plafond formait une voûte à caissons dans une matière qui ressemblait à de l'ébène, les murs étaient constitués de panneaux en bois de citronnier d'un beau blond granité. Des échelles à roulettes coulissant sur des rails en cuivre permettaient d'accéder aux étagères les plus hautes. Cela rappelait à Jacob la bibliothèque Widener de Harvard, si Harvard avait paru fastueux.

Un seul garde resta pour les surveiller tandis que Molchanov disparaissait par une double porte cachée derrière un rideau à l'autre bout de la pièce.

Jacob entendit le verrou tourner.

« Ce n'est pas fini ? demanda-t-il.

– Ils vont se renseigner sur vous », répondit Pelletier.

Elle avait pris place sur une méridienne et faisait pivoter négligemment un énorme globe.

« Encore ? » s'étonna Jacob.

Elle haussa les épaules.

« J'ai remarqué qu'ils n'avaient pas pris votre carte d'identité, poursuivit-il.

– Ils savent qui je suis. »

Jacob tapait du pied sur le parquet, regardait le temps s'écouler sur une horloge chinoise de quatre mètres de haut.

« Je croyais que Tremsin nous attendait, dit-il.
– Quand il sera prêt à nous recevoir, on le saura. »
Jacob se mit à faire les cent pas le long de la bibliothèque, effleurant les reliures dorées des livres. La plupart des titres étaient en français, anglais ou allemand : cette ancienne grande tradition russe de se tourner vers l'Europe pour rechercher la sophistication.
Le garde le surveillait de loin.
Oserait-il tirer si Jacob le provoquait ? Au risque de pulvériser ce ravissant décor de bois et de cuir ?
Où était Schott ?
*Par ici, mon ami.*
Une pensée terrible traversa l'esprit de Jacob.
Schott et Molchanov : deux soldats de l'armée hybride.
Schott le savait depuis le début.
Jacob jeta un coup d'œil à Pelletier. Qui examinait ses ongles.
« Qu'est-ce qu'ils font avec Paul ? demanda-t-il.
– C'est vous qui avez voulu venir ici, inspecteur. Détendez-vous. »
Jacob reprit sa déambulation, sentant son pouls battre dans sa gorge.
Dans un coin de la pièce trônait une armoire vitrée qui se démarquait du reste, son contenu paraissant chatoyer derrière un verre anti-UV verdâtre. Sans doute les ouvrages les plus onéreux. Des premières éditions, des Gutenberg.
Plausible. Mais faux.
C'étaient de vulgaires magazines qui se trouvaient à l'intérieur. Par dizaines. Certaines tranches étaient suffisamment larges pour afficher des titres en caractères d'imprimerie. *Chimie et génie industriel. La Revue internationale des minéraux, de la métallurgie et des matériaux.* D'autres encore dont Jacob supposait qu'il s'agissait des équivalents russes.
Les numéros étaient classés par ordre chronologique, avec une forte concentration vers le milieu des années soixante-dix, puis une reprise dans les années quatre-vingt-dix : les périodes où Tremsin avait été le plus actif dans son labo.
Le panthéon personnel du Doktor, en somme.
L'étagère du bas était différente.

En lieu et place de magazines, elle contenait quarante à cinquante fins volumes de taille uniforme, reliés en cuir bordeaux, portant sur la tranche des titres en lettres dorées ; l'œuvre d'un relieur professionnel.

Jacob plissa les yeux pour mieux lire.

Прага – апрель 1981

Прага – май 1981 (1)

Прага – май 1981 (2)

Il fouilla dans ses souvenirs afin de déchiffrer les caractères cyrilliques.

*Praga – aprel* 1981

*Praga – maï* 1981 (1)

*Praga – maï* 1981 (2)

La pièce se mit à tourner autour de lui.

*Elle est allée à Prague.*

Prenant appui sur le meuble pour garder l'équilibre, il continua sa progression jusqu'à parvenir au volume qu'il cherchait.

Прага – ноябрь 1982

*Praga – noïabr* 1982

Jacob tendit la main pour ouvrir l'armoire.

Fermée à clé.

*Elle n'a plus jamais été la même après ça.*

Il secoua fermement la poignée.

Derrière lui, le garde dit quelque chose.

Jacob tira plus fort.

« Arrêtez », lança le garde.

Jacob se retourna d'un coup.

« Hein ? »

Surpris par cette brusque agitation, le type perdit momentanément le contrôle de son arme.

À l'autre bout de la bibliothèque, la double porte se rouvrit.

Molchanov réapparut.

Seul.

Jacob s'avança vers lui, mais s'arrêta, les mains en l'air, lorsque le garde le mit de nouveau en joue.

« Votre ami a fait grave erreur », indiqua Molchanov en brandissant un petit objet marron.

Pelletier s'était levée, instantanément sur le qui-vive.

« Qu'est-ce que c'est ? demanda-t-elle.
– Caché dans la botte, expliqua Molchanov. Enveloppé dans du tissu. »

Conscient du revolver pointé dans son dos, Jacob s'approcha lentement jusqu'à pouvoir identifier l'objet comme un couteau de potier au manche en bois.

Le couteau de sa mère.

« Cette matière spéciale, poursuivit Molchanov en soupesant le couteau dans sa paume… Très intéressante. J'enveloppe le couteau, passe le détecteur, pas de bip. J'enlève le tissu, *bip bip bip bip.* »

Pelletier dévisagea Jacob, médusée.

« Mon Dieu, souffla-t-elle. Mais qu'est-ce qui vous a pris ?
– Je ne savais pas », se défendit Jacob.

Ce qui n'était pas totalement vrai, car au fond il savait ; il ignorait juste l'endroit exact où Schott avait bien pu le planquer.

« Juré, renchérit-il.
– *Je suis désolée**, dit Pelletier à Molchanov. *Je pensais**… »

Mais celui-ci leva une main.

« No problème. »

Puis il ajouta en souriant à Jacob : « Retirez les habits. »

Un temps.

« Je crois que je vais partir, répondit Jacob.
– Les habits », répéta Molchanov.

Il régnait dans la pièce une température plutôt agréable, calibrée pour la préservation des livres. Pourtant Jacob tremblait lorsqu'il ôta sa chemise et son pantalon.

« Tous les habits », insista Molchanov.

Jacob était désormais nu. Pelletier faisait mine d'examiner le sol.

Molchanov posa le couteau sur une console, retira ses gants en cuir et entreprit d'inspecter les vêtements de Jacob, palpant toutes les coutures.

Il avait à l'index de la main gauche une énorme bague noire.

« Qu'est-ce que c'est ? demanda Jacob en frissonnant. Du fer ? »

Molchanov s'interrompit un instant pour observer ses doigts.

« Vous l'avez trouvée où ? poursuivit Jacob.
– C'était récompense, indiqua Molchanov.

– En récompense de quoi ?

– De travail. »

Il jeta le jean au sol, ramassa la chemise de Jacob.

« Et ça ? » continua ce dernier en se tapotant le cou.

Molchanov porta aussitôt la main à sa cicatrice, comme pour la cacher. Une habitude qu'il n'avait pas encore tout à fait perdue. Très vite, il se reprit.

« Aussi récompense », dit-il.

Il commença à fouiller la chemise puis, changeant d'avis, la laissa tomber par terre.

Il sortit un nouveau gant, en latex cette fois. L'enfila.

« Tournez », ordonna-t-il.

Comme Jacob ne bougeait pas, il expliqua : « Je dois rechercher une arme. »

Jacob restait toujours immobile.

Molchanov s'avança alors tel un tsunami. Il empoigna Jacob par les épaules et le fit pivoter sur lui-même, l'obligea à se pencher sur le dossier d'un fauteuil et à écarter les jambes.

Jacob serra les dents.

« Si ça t'excite, trouduc, murmura-t-il.

– C'est pas moi trouduc, rétorqua Molchanov. *Ça*, c'est trouduc. »

Jacob se tenait accroupi ; recroquevillé, moite, endolori, nauséeux.

Il sentit ses vêtements lui atterrir sur le dos.

« Habille-vous. »

Pelletier fixait toujours le sol d'un air impassible.

Jacob se rhabilla.

« Ok », fit Molchanov.

Il parla en russe au garde, et tous les quatre sortirent de la bibliothèque et se mirent à marcher.

La maison n'en finissait pas.

Richement décorée par endroits, austère à d'autres, une succession de pièces peuplées de domestiques en tout genre. À l'approche de Molchanov, tous se taisaient pour lui témoigner une distance respectueuse.

Un désinsectiseur à genoux près d'une plinthe, son pulvérisateur sur le dos, se releva et ôta son bonnet.

Molchanov les fit passer par des corridors, des couloirs sinueux, des kilomètres de papier peint en soie. À mesure qu'ils avançaient, l'endroit ressemblait de moins en moins à une forteresse, et de plus en plus à une maison. Une très belle maison, mais une maison. Même les caméras de sécurité parvenaient à se faire oublier, joliment dissimulées derrière des appliques en verre coloré.

Il flottait dans l'air une odeur d'iode puissante mais pas désagréable.

Jacob ressentait une douleur sourde à l'endroit où Molchanov l'avait agressé. C'était plus qu'un contrôle de sécurité. C'était un avertissement ; un changement de programme.

Il n'avait pas rendez-vous avec Tremsin. On *l'amenait* à Tremsin.

Concentration. La tête haute. Le dos droit.

Il jeta un coup d'œil à Pelletier. D'un calme olympien.

Ils arrivèrent devant un ascenseur. Molchanov appuya sur un bouton en ivoire. Les portes pâles et lustrées s'écartèrent.

« La femme d'abord », dit Molchanov.

Ils pénétrèrent dans la cabine. Les trois parois intérieures étaient en verre, exposant la cage décorée d'une mosaïque dont les motifs élaborés formaient un maillage abstrait. Le plafond était du même métal lustré que les portes.

Molchanov enfonça un autre bouton en ivoire et la cabine commença à monter… très lentement.

Jacob discerna des lettres et des numéros disséminés parmi la mosaïque.

Les motifs n'étaient pas abstraits.

C'étaient des diagrammes chimiques.

Une ascension au ralenti, parfaitement conçue pour vous laisser le temps de les admirer au passage.

« Ses créations », devina Jacob.

Pelletier confirma d'un hochement de tête.

Jacob regarda une nouvelle fois autour de lui en se demandant quel pouvait être ce métal clair. Rien d'aussi ordinaire que de l'or blanc. Du platine, peut-être, ou une matière exotique susceptible d'exciter un chimiste. Du palladium. De l'iridium.

Sur le panneau au-dessus des boutons de commande était gravé un avertissement en français :

**_EN CAS D'INCENDIE,NE PAS UTILISER L'ASCENSEUR._**
**_PRENDRE L'ESCALIER_***.

Ils atteignirent le dernier étage.

Les portes s'ouvrirent.

« La femme d'abord », dit Molchanov.

La mosaïque se poursuivait sur le sol et les murs d'une antichambre hexagonale. Il n'y avait qu'une seule issue, une porte ridiculement étroite et rustique, en bois clair mal dégrossi.

Molchanov s'en approcha mais s'arrêta brusquement, portant la main à son oreillette.

« *Da ?* »

Quel que fût le message, il n'eut pas l'air de lui plaire.

« *Niet. Niet. Devianosto sekund.* »

Molchanov baissa la voix, aboya un ordre en russe et retourna précipitamment dans l'ascenseur. À travers la vitre, Jacob le vit ouvrir le panneau de commande et tourner un bouton à l'intérieur. La cabine plongea vers le bas.

« Qu'est-ce qui se passe ? demanda Jacob.

– Il a dit qu'il revenait », répondit Pelletier.

Elle échangea quelques mots en russe avec le garde armé, qui finit par hausser les épaules et se mettre à l'écart.

« On peut y aller », déclara-t-elle.

Elle commença à traverser l'antichambre, s'interrompit et se tourna vers Jacob.

« Vous avez préparé vos questions ?

– Toute une liste.

– Choisissez-en deux ou trois.

– Pourquoi Tremsin est-il intéressé par moi ?

– Appelez-le Doktor, conseilla Pelletier.

– Vous dites qu'il a eu l'air intéressé quand vous lui avez parlé de moi. Qu'est-ce que vous lui avez raconté ?

– Que vous étiez un inspecteur de police américain, de passage à Paris pour le rencontrer.
– Vous lui avez donné mon nom ?
– Naturellement.
– Et quoi d'autre ?
– C'est tout.
– Qu'est-ce qu'il a dit, exactement ?
– Juste qu'il était curieux de faire votre connaissance. »

# 47

Elle poussa la porte et ils s'enfoncèrent dans un nuage.

C'était une pièce immense, de forme hexagonale, entièrement carrelée du sol au plafond. En son centre se trouvait une piscine, hexagonale elle aussi, entourée de jacuzzis bouillonnants et de cinq alcôves en ogive, telles les chapelles latérales d'une église. Pelletier et Jacob se tenaient sur le sixième côté. Toutes les alcôves étaient plongées dans l'obscurité, à l'exception de celle au fond à droite. De la lumière filtrait à travers un épais rideau de perles en cristal, mais l'angle était trop oblique pour que Jacob puisse voir ce qu'il y avait derrière.

Par une série de lucarnes hexagonales au plafond, on voyait défiler un ciel nocturne ouaté.

Jacob percevait un léger raclement méthodique en provenance de l'alcôve éclairée, comme le bruit d'une lame qu'on frotterait sur du papier, encore et encore.

Le garde les avait laissés seuls, restant dans l'antichambre.

Interdiction de voir le patron en costume d'Adam ?

Mais pas pour une jolie blonde ?

« Faites attention de ne pas glisser », prévint Pelletier.

Elle longea la piscine par la droite.

Jacob la suivit en s'efforçant d'éviter les flaques, ses chaussures laissant des traînées noirâtres sur le sol.

Le raclement devint plus fort. Plus râpeux. Délibéré. Résolu.

Des volutes de vapeur aromatiques, une odeur de cèdre mouillé, de feuilles d'arbre mouillées, et d'autres effluves terreux flottaient dans l'air. À plusieurs endroits stratégiques étaient disposées des pyramides de serviettes soigneusement roulées, des chaises longues en tek et des corbeilles en osier pleines de branches de bouleau séchées pour se fouetter la peau. L'éclairage au sol créait une ambiance qu'en d'autres circonstances Jacob aurait qualifiée de romantique.

Pelletier s'arrêta à quelques mètres du rideau de perles pour annoncer leur présence.

« *Pardon, Doktor. Nous sommes là**. »

Le raclement se poursuivit, lancinant.

Une voix douce répondit : « *Entrez**. »

La jeune femme fit signe à Jacob d'approcher.

Ils entrouvrirent le rideau.

« Odette. »

Arkady Tremsin n'était pas en costume d'Adam. Il portait un peignoir en soie rouge et des pantoufles en velours assorti, le tout brodé à ses initiales. D'une carrure déjà imposante, il avait acquis une bedaine avec l'âge et se tenait assis, les jambes confortablement écartées, exposant de fines chevilles qui témoignaient d'une musculature perdue. Il avait une carnation très pâle. Une nette ligne à mi-mollet marquait la limite d'un duvet de poils blancs. La peau de son cou était grise, comme parcheminée, et fraîchement rasée.

« Monsieur Lev », dit-il.

Il se faisait couper les cheveux.

Cette alcôve était un salon de coiffure, du moins en version privée, avec quelques meubles bas sur lesquels s'alignaient les modèles de luxe des ustensiles habituels : des peignes en corne trempant dans des solutions antiseptiques, des bocaux en verre ciselé, toute une gamme de ciseaux et rasoirs, des blaireaux en soie de sanglier. Un seul fauteuil, du même métal blanc que l'ascenseur.

Jacob s'aperçut que le peignoir était en fait une blouse.

Une manucure était également en cours : Tremsin avait les deux mains plongées dans des cuvettes d'eau savonneuse. Non loin se trouvait un chariot à roulettes équipé de limes à ongles et polissoirs en tout genre ; sur le dessus était posée une grosse bague en fer noire qu'il avait sans doute enlevée pour pouvoir faire trempette sans que son doigt gonfle et le serre.

La femme qui s'occupait de lui avait les traits prononcés et les cheveux bruns. Elle était perchée sur un tabouret bas afin de pouvoir atteindre le sommet du crâne de Tremsin. Elle ressemblait un peu à Lidiya Georgieva.

Après quelques derniers coups de ciseaux, elle empoigna le sèche-cheveux.

Mais Tremsin la congédia d'un geste, projetant une giclée de mousse.

Elle sortit sans un mot.

Tremsin replongea la main dans la cuvette et sourit à Jacob.

« Trop bruyant », dit-il.

Les pas de l'esthéticienne s'évanouirent au loin.

« Qu'est-ce qui vous amène dans Paris ? » demanda Tremsin.

Voilà, c'était à lui de jouer. Pourtant Jacob se sentait paralysé, hypnotisé par l'éclat blanc du métal partout autour de lui, comme s'il se trouvait dans les entrailles d'un faux dieu.

La haine se mit à gronder dans ses propres entrailles.

Tremsin l'observait ; il murmura quelque chose en russe à l'intention de Pelletier.

« Vous ne ressemblez pas à votre père, traduisit-elle.

– À ma mère, répondit Jacob, décontenancé.

– Ah, fit Tremsin. C'est mieux pour vous. »

Son *père* ?

Pelletier adressa un signe de tête à Jacob pour l'inciter à poursuivre.

« S'il vous plaît, inspecteur.

– Marquessa Duvall, dit Jacob. TJ White. »

Le sourire de Tremsin se crispa d'incompréhension.

« Pardon ?

– Vous possédez une Gerhardt Falke S, enchaîna Jacob. Vous l'avez achetée en 2004 pendant le Salon de l'automobile de Los Angeles. »

Tremsin parla à Pelletier. Il était évident au ton de sa voix qu'il disait quelque chose du style *Mais qu'est-ce qu'il raconte, bordel ?*

La colère dans le ventre de Jacob fit un détestable crochet vers l'anxiété.

« C'est là que vous avez rencontré Marquessa, poursuivit-il. Elle était mannequin. Une très belle fille. Un avenir radieux.

Est-ce qu'elle vous a parlé de son fils tout de suite, ou bien ça a pris un peu de temps ? »

Silence.

Le visage de Tremsin était impassible. Parfaitement calme.

« Qui êtes-vous ? demanda-t-il.

– On pourrait aussi parler de Lidiya et de son fils, rétorqua Jacob.

– Très bien, inspecteur, intervint Pelletier. Ça suffit, je vous prie.

– Lidiya et Valko. Est-ce que vous connaissiez seulement leurs prénoms ?

– Inspecteur… »

Jacob la bouscula pour se rapprocher de Tremsin.

« Et si on parlait de Prague ? »

À présent Tremsin s'était redressé sur son siège, la mâchoire contractée.

« Vous devez être fier de vos travaux, continua Jacob. À l'hôpital. Vous avez gardé vos archives. Je viens de les voir, dans la bibliothèque. »

Tremsin se leva, envoyant voltiger dans l'air une nuée de petits cheveux coupés.

« Dehors, dit-il.

– Je sais ce que vous avez fait, persista Jacob. Je sais tout. »

Le rouge montait aux joues de Tremsin alors que Pelletier saisissait vivement Jacob par le bras pour tenter de l'entraîner vers le rideau.

« Venez, siffla-t-elle entre ses dents. *Tout de suite.*

– Je sais, répéta Jacob. *Je sais.* »

La jeune femme le propulsa en arrière à travers le rideau. Il sentit ses baskets glisser sur le carrelage mouillé et retrouva l'équilibre au moment où elle sortait de l'alcôve pour lui dire :

« Attendez-moi dehors. »

Derrière elle, les perles tanguaient, révélant Tremsin, toujours debout, les poings serrés et dégoulinants, le souffle court.

« Attendez dehors, reprit Pelletier, ou je vous fais arrêter. »

Jacob marcha le long de la piscine en direction de la sortie.

Il ne savait pas ce qui venait de se passer.

Il ne savait pas ce qu'il était censé ressentir, mais il savait ce qu'il ressentait : de la rage. De la déception devant ce dénouement en queue de poisson.

*Et vous espérez quoi ? Qu'il se ratatinera, impressionné par votre vertu ?*

Il entendait Pelletier essayer d'amadouer Tremsin, l'implorer en russe tandis qu'il lui hurlait dessus, leurs voix résonnant contre les murs du spa comme une banale querelle conjugale, stupidement amplifiée.

Jacob arriva devant la porte en bois rustique et marqua une pause. Il songeait presque à faire demi-tour et à y retourner.

Les priorités se bousculaient dans sa tête.

Il fallait qu'il retrouve Paul.

Ou bien : Paul était la dernière personne qu'il avait envie de voir.

Sortir de là indemne.

Rentrer chez lui. Ça suffisait comme ça.

*Non*, ça ne suffisait pas.

Il allait bien *falloir* que ça suffise.

La dispute en provenance de l'alcôve s'interrompit, remplacée par un bruit répugnant.

Tremsin qui gémissait. De plaisir.

Pelletier faisant ce qu'elle pouvait pour le calmer.

Dégoûté, Jacob ouvrit la porte pour partir.

L'antichambre était déserte.

Le garde, envolé.

Alors que Jacob s'attardait sur le seuil, interloqué, une autre série de sons retentit dans son dos : un gémissement d'un autre genre ; un cri de panique ; un grand fracas.

Silence. Puis une agitation frénétique, les perles du rideau qui valsaient.

Il revint sur ses pas le long de la piscine, arriva devant l'alcôve.

Il vit les deux cuvettes par terre et le chariot de manucure renversé à côté. La bague en fer avait sans doute été projetée quelque part hors d'atteinte.

Tremsin, allongé sur le dos.

Pelletier à califourchon sur lui, ondulant les hanches d'avant en arrière.

Son mouvement ressemblait à celui d'une copulation, mais la blouse de Tremsin avait glissé, laissant voir son pénis en semi-érection. Pelletier, elle, avait gardé ses vêtements et lui appuyait de toutes ses forces sur le sternum, pantelante, comptant les secondes à voix haute.

Elle lui faisait un massage cardiaque.

Ils étaient entourés d'une flaque d'eau savonneuse qui imbibait les jambes du pantalon de la jeune femme et la blouse de Tremsin.

Jacob traversa le rideau.

En l'entendant, Pelletier releva la tête et lui dit : « Allez chercher de l'aide. »

Il ne bougea pas.

« Il est en train de faire un infarctus », ajouta-t-elle.

L'infarctus était terminé, Jacob le voyait bien. Tremsin avait un filet de salive qui lui coulait à la commissure des lèvres, et les yeux fixes, anormalement écarquillés. Elle s'acharnait sur un cadavre.

« Mais bon sang ! » hurla-t-elle.

Pourquoi avait-elle besoin qu'il aille chercher les secours ? Elle avait un téléphone.

« Dépêchez-vous, au lieu de rester là à regarder ! »

Ce qu'il regardait, c'était précisément son bracelet de fitness, qui s'était détaché de son poignet à cause de ses mouvements vigoureux. Il gisait à présent sur le sol, ouvert en forme de C, à une quinzaine de centimètres derrière son genou gauche.

Une extrémité du caoutchouc vert paraissait normale.

L'autre se terminait par une aiguille hypodermique de quinze millimètres de long, au bout de laquelle tremblotait une perle couleur ambre.

Pelletier arrêta ses compressions. Suivit le regard de Jacob.

Elle vit l'aiguille, elle vit la gouttelette, et elle dit : « *Merde**. »

Riant soudain, elle laissa retomber ses mains le long de son corps.

« *Merde**... »

Elle tendit le bras pour récupérer le bracelet.

Soupira, le remit à son poignet en insérant prudemment l'aiguille dans le trou correspondant. Les deux extrémités se plaquèrent l'une contre l'autre magnétiquement, on ne pouvait rien soupçonner. Elle se leva, lissa son pantalon. Son chemisier était ouvert jusqu'au nombril. Elle entreprit de le reboutonner.

« J'aurais de toute façon fini par en arriver là, dit-elle. Tôt ou tard. Il me menaçait chaque fois qu'il n'obtenait pas ce qu'il voulait. On ne peut pas faire ça éternellement. Les gens se fatiguent. Enfin bref, ajouta-t-elle en se passant la main dans les cheveux. C'est terminé, maintenant. »

Jacob avait toujours les yeux rivés sur le bracelet, qui oscillait désormais à son bras.

« Je sais, commenta-t-elle. C'est bien pensé, pas vrai ? Voilà une ironie sur laquelle méditer : la formule est une variante d'une de celles qu'il a inventées, une tétrodotoxine modifiée. On l'a testée dans l'ascenseur. Entre le deuxième et le troisième étage. Mais la sienne agissait beaucoup moins vite. Trente minutes après l'injection. Celle-ci est bien plus efficace. Soixante secondes, ce qui se trouve être la durée maximale que je peux supporter de garder sa bite dans la bouche. C'est à lui que revient le mérite d'avoir jeté les premières bases, cela dit.

– Théo Breton aussi a fait un infarctus », répliqua Jacob.

Pelletier roula les yeux.

« Par pitié ! Ne soyez pas idiot. La fiole est à usage unique. Vous ne pouvez quand même pas tout me mettre sur le dos. »

Elle marcha jusqu'à un placard.

Ôta ses chaussures à talons.

Attrapa un rasoir coupe-chou au manche en os.

Le déplia.

Se jeta sur lui.

La seconde supplémentaire qu'elle avait prise pour se déchausser permit au cerveau reptilien de Jacob de se livrer à une myriade de calculs : la distribution du poids de son corps sur une surface glissante, le rayon de danger produit par le bras tendu de la jeune femme, prolongé par huit centimètres d'acier affûté, l'arc probable de la lame cherchant à trancher d'un coup net sa jugulaire.

Entre-temps, il s'était éloigné.

Il avait franchi le rideau à reculons, balançant au passage les lourds fils de perles dans sa direction.

Ce n'était pas grand-chose, mais assez pour qu'il puisse s'élancer vers la sortie le temps qu'elle s'en dépêtre.

Il courut, poussant des tables, renversant des chaises en travers du chemin de sa poursuivante. Il ne pouvait pas aller trop vite sur le carrelage mouillé. Mais elle non plus. Elle était pieds nus. Le bout des doigts, la paume des mains, les orteils, la voûte plantaire… à ces endroits du corps, notre peau possède des aspérités qui augmentent son adhérence et donnent une meilleure prise. Mais pas tant que ça. L'évolution de l'homme ne s'est pas faite dans un spa. Pelletier aurait peut-être dû garder ses talons. Elle aussi, elle courait à l'instinct.

Jacob lui jeta une des corbeilles remplies de branches de bouleau, qui semèrent leurs feuilles virevoltantes dans la vapeur.

En atteignant la porte de l'antichambre, il prit conscience de son erreur : cette pièce était beaucoup plus petite que le spa. Pas d'espace pour manœuvrer, pas d'obstacles entre eux.

La seule issue était un ascenseur qui fonctionnait au ralenti. Elle l'aurait rattrapé bien avant que les portes ne s'ouvrent. Sans compter que le garde armé serait peut-être de retour.

Il était cuit. Il était cuit depuis le moment où il était monté dans la Peugeot.

Mais quelle autre option avait-il ? Il avait renoncé à toutes ses options dès la minute où il avait mis le pied dans l'ambassade. Avant ça, même : quand il avait parlé à Vallot. À Breton.

*Avant* tout ça : il était cuit depuis son arrivée à Paris ; depuis qu'il avait commencé à poser des questions sur une femme et un enfant morts.

Pelletier pouvait bien lui trancher la gorge, personne ne douterait de sa parole. Elle incarnait la loi.

Elle dirait que Jacob avait attaqué Tremsin. Qu'elle avait essayé de l'en empêcher. Qu'elle s'était emparée de la première arme qui lui était tombée sous la main, parvenant à neutraliser Jacob, mais pas avant que le cœur du pauvre vieux ait lâché.

Hélas.

Comment allait-il réussir à sortir vivant de cette baraque ?

*Une chose à la fois*, lui souffla son cerveau reptilien.

*En cas d'incendie, ne pas utiliser l'ascenseur. Prendre l'escalier.*

Il devait donc y avoir un escalier. Quelque part.

Il n'en avait pas vu dans l'antichambre.

Dans une des alcôves ?

Alors, au lieu de sortir du spa, il fonça sur sa droite, longeant l'autre côté de la piscine. Il passa devant l'alcôve numéro un, qui abritait un vaste jacuzzi en marbre blanc.

Pas de porte en vue.

Pelletier le poursuivait toujours, trébuchant sur les branches séchées, sa décision d'ôter ses chaussures paraissant de moins en moins avisée.

Il finirait par être à court de meubles à renverser et de corbeilles à lui jeter. Il reviendrait à son point de départ et se retrouverait pris au piège du chaos qu'il avait lui-même semé.

Mais pour l'instant il avait la voie libre, et elle des obstacles à franchir. Il lui balança une autre corbeille de branchages.

Elle se baissa pour l'éviter. Il était devenu prévisible.

Il arriva au niveau de l'alcôve suivante, un sauna vitré. Pas de porte non plus.

La troisième alcôve contenait un autre bassin à remous, celui-ci en onyx vert. Combien de bulles fallait-il pour une seule personne, bordel ? Pas de porte.

Tout en continuant à courir, Jacob comprit ce qui différenciait le spa du reste de la maison : il n'y avait aucune caméra ici. C'était l'oasis privée de Tremsin. Trop de vapeur, de toute façon.

Et Pelletier le savait. Elle connaissait l'endroit. Elle avait fait exprès de l'emmener là.

L'alcôve suivante, la quatrième, était celle du salon de coiffure.

Il écarta le rideau et jeta un coup d'œil au-delà du corps de Tremsin, par acquit de conscience.

Pas de porte.

Il s'arrêta alors, car sa poursuivante s'était arrêtée aussi et se dirigeait tranquillement vers la porte de l'antichambre. Elle le laissait s'épuiser tout seul.

« Est-ce qu'on pourrait régler ça comme des gens civilisés ? dit-elle.

– Allez vous faire foutre. »

Elle éclata de rire.

Il se mit à rire aussi. Il se sentait étourdi, il avait chaud.

La seule alcôve qu'il n'avait pas inspectée était la cinquième. À mi-chemin entre eux.

Une dizaine de mètres de carrelage jonché de feuilles mortes, dans un brouillard de vapeur odorante et de lumière orange brumeuse.

S'il y avait un escalier, il était forcément là.

S'il s'approchait assez pour en avoir le cœur net, elle serait sur lui en quelques secondes.

À moins qu'elle ne s'en donne même pas la peine. Qu'elle attende tranquillement que la cavalerie débarque.

Une illumination lui traversa soudain l'esprit. Il leva les yeux vers les lucarnes au plafond.

Des nuages paisibles, abondants.

Mai se cachait-elle derrière ?

Schott se trouvait dans les lieux. Molchanov aussi.

Ils l'attendaient.

Et elle le savait. Elle ne viendrait pas.

Personne ne viendrait.

« Tremsin vous a pris pour quelqu'un d'autre, dit Pelletier.

– Pour qui ? demanda Jacob.

– On n'a pas eu le temps d'en arriver là. Mais vous l'avez beaucoup contrarié.

– Il était à cette réception, n'est-ce pas ?

– Je ne répondrai pas à cette question.

– Mais pourquoi, merde ?

– Vous n'aurez pas le plaisir de connaître la vérité avant de mourir.

– Qu'est-ce qui vous fait croire que je vais mourir ?

– Qu'est-ce qui vous fait croire le contraire ? »

Il s'engouffra dans le salon de coiffure en plongeant à travers le rideau, saisit un rasoir parmi la collection, le déplia d'un geste sec, en attrapa un autre et ressortit.

La jeune femme n'était plus qu'à trois mètres de lui.

Elle s'immobilisa.

Il ouvrit le second rasoir, brandissant les deux armes tel un cuisinier japonais.

« Vous savez vous en servir ? » demanda-t-elle.

Jacob détestait les couteaux. D'une certaine façon, ils étaient plus dangereux que les armes à feu. Avec un revolver, même de près, on ratait sa cible dans quatre-vingt-dix pour cent des cas. Un couteau n'avait pas besoin d'être précis pour causer de sérieux dégâts. Vous pouviez vous retrouver estropié avec un coup approximatif.

« On va bientôt le savoir », rétorqua-t-il.

Il shoota dans un tas de feuilles et de brindilles mouillées pour les envoyer dans la direction de Pelletier et se rua sur elle.

Elle se tourna de profil afin de se mettre en garde, son rasoir tendu, étincelant, menaçant, et Jacob essaya de changer d'axe pour l'atteindre dans le pli du coude en espérant la désarmer d'entrée de jeu. Mais elle était agile, compacte, et elle plongea en position accroupie puis l'esquiva en pivotant sur elle-même.

Emporté par son élan, Jacob lui passa devant et sentit le fil de la lame entailler l'arrière de son pantalon, une dizaine de centimètres sous sa poche gauche, suffisamment près de sa fesse pour qu'il se félicite de ne pas avoir cédé à la mode des jeans moulants.

Il fit volte-face et s'accroupit à son tour, prêt à repousser le prochain assaut.

Elle ne bougeait pas, dans une pose détendue, tentant d'évaluer du regard la gravité de la blessure qu'elle venait de lui infliger.

Ils avaient inversé leur position respective par rapport à la porte de l'antichambre.

Il sentit un liquide tiède couler derrière son genou puis le long de son mollet.

Mais pas de douleur.

Ce qui pouvait être une bonne nouvelle ou une catastrophe, la plaie étant soit insignifiante, soit tellement profonde que son système nerveux s'était déconnecté sous l'afflux de signaux d'alerte, pour lui permettre de faire la seule chose sensée : fuir.

Il ne voulait pas regarder ce qu'il en était. S'il regardait, il saurait, et savoir risquait de l'anéantir mentalement. L'important était qu'il tenait encore debout, le muscle de sa cuisse apparemment assez solide pour supporter son poids.

Il s'élança vers elle une nouvelle fois, parvenant à la faire reculer en agitant ses deux rasoirs dans deux directions simultanées : son ventre et son cou. L'instinct. Contrôler deux lames en même temps n'était pas du gâteau ; il fut obligé de ralentir pour éviter de se couper lui-même, et Pelletier profitait de sa démarche titubante pour l'éloigner de l'endroit qu'il espérait atteindre, à savoir l'alcôve derrière lui où se trouvait peut-être l'escalier.

Il fit la seule chose sensée.

Il renonça à l'attaquer.

Se retourna et courut.

La seconde d'après lui sembla monstrueusement boursouflée, une verrue dans le doux tissu du temps. Il glissa. Sa jambe gauche blessée vrilla dans l'eau boueuse et la végétation morte, son pied perdit contact avec le sol et il plongea en avant, atterrissant sur le coude, os contre carrelage, une effroyable onde de douleur remontant le long de son humérus jusqu'à son épaule. Il roula à moitié sur le flanc, essayant tant bien que mal de repousser le sol avec ses talons pour reculer en dos crawlé parmi les débris tandis qu'Odette Pelletier se précipitait sur lui.

Il vit les racines brunes de ses cheveux et ses dents nues, les plis dans la diagonale de son chemisier, son bras tendu comme un ressort, le rasoir brandi en l'air, sa jambe gauche se planter dans le sol et son buste pivoter pour assener le revers qui allait lui crever les entrailles.

Il n'eut pas le temps de crier, de fermer les yeux, ni de lever les bras pour se protéger.

Il écoutait son cœur battre ses dernières mesures.

Un trou mouillé perfora alors le front de Pelletier, quasiment au milieu, et sa tête bascula brusquement en arrière ; son corps se vida aussitôt de toute sa pression et elle s'effondra sur Jacob, inerte. Son visage s'écrasa sur son torse avant de glisser sur le côté, si bien qu'il se retrouva le regard plongé dans ses yeux vitreux.

En ressortant, le projectile lui avait arraché l'arrière du crâne. De microscopiques gouttes de sang et de liquide céphalorachidien flottaient en suspension dans l'air au-dessus d'eux, mêlées à la vapeur parfumée, un filtre rose à travers lequel se distinguaient les lucarnes du plafond.

La lune était sortie.

Un tintement métallique retentit alors que le rasoir s'échappait de la main de Pelletier et tombait sur le carrelage.

Des pas feutrés approchèrent.

Un visage cireux apparut dans le champ de vision de Jacob, telle une éclipse humaine.

« Bien », fit Dmitri Molchanov.

# 48

Il posa une semelle sur le poignet gauche de Jacob et dégagea d'un coup de pied le rasoir qu'il avait dans la main droite, le propulsant directement dans la piscine. Il lui bloqua ensuite le poignet droit et expédia pareillement le rasoir qu'il tenait dans la main gauche. Il envoya enfin celui de Pelletier rejoindre les deux premiers.

« Debout. »

Jacob se leva. Le plastron de sa chemise était maculé de sang, de chair et d'éclats d'os.

Un pistolet noir et marron à la main, Molchanov balayait du regard le chaos environnant pour essayer de reconstituer ce qui s'était passé. Ses yeux finirent par s'arrêter sur l'alcôve-salon de coiffure.

Il agita son arme : *par là.*

Jacob avançait par demi-pas, à la fois parce que sa jambe gauche commençait à le lancer et parce qu'il se doutait que Molchanov le descendrait dès qu'il aurait vu le corps de Tremsin.

Le rideau de perles oscillait encore imperceptiblement.

Jacob pénétra dans l'alcôve, suivi de près par Molchanov.

La blouse de Tremsin avait absorbé tellement d'eau que la couleur du tissu avait notablement foncé, le rouge d'origine encore visible de façon parcellaire près du col.

« J'imagine que ça ne fera aucune différence, mais ce n'est pas moi qui l'ai tué », précisa Jacob.

Le regard de Molchanov glissa vers le bord de la piscine.

Jacob acquiesça.

« Elle lui a injecté quelque chose. L'aiguille est cachée dans son bracelet de fitness.

– Hum, fit Molchanov, avant d'ajouter, en contemplant Tremsin sans la moindre émotion : Trente-six ans.

– C'est le temps que vous avez travaillé pour lui ? » demanda Jacob.

Molchanov hocha la tête.

« Ça fait un sacré bail.

– Toute une vie. Il part, je pars avec.

– Je suis vraiment désolé », dit Jacob.

Il se sentait ridicule. Souillé. Consoler un monstre de la mort d'un autre.

Molchanov porta la main à son oreillette, parla en russe. Puis il ordonna à Jacob de s'agenouiller.

« Face contre terre. Les bras dans le dos. »

Cette position limitait à quelques centimètres la vision périphérique de Jacob, en revanche il avait une bonne vue dans l'axe de ses tibias : des coulures brun roux sur la jambe gauche de son pantalon. Il n'avait pas l'air de saigner abondamment.

C'était déjà ça.

Molchanov écarta du pied une des deux cuvettes renversées et se dirigea vers le meuble sur lequel s'étalait la collection de rasoirs. Jacob risqua un coup d'œil. Le Russe ouvrait des tiroirs à la recherche d'une blouse propre, qu'il drapa sur le corps de Tremsin. Après quoi il déplia une lame et entreprit de trancher le câble électrique du séchoir.

« Face contre terre ! » aboya-t-il en voyant que Jacob l'observait.

Jacob sentait son front palpiter contre le carrelage. Il avait mal aux épaules à force de garder les bras en arrière. Il commençait à avoir le tournis, des taches lumineuses dansant en pointillé devant ses paupières. Dans l'espace entre ses chaussures, il remarqua un gros point noir sur le sol au pied des placards. La bague de Tremsin.

Une ombre bougea ; Molchanov s'approchait de lui parderrière. Jacob tressaillit, s'attendant à être étranglé, violé ; une lame, une balle… ou toute autre combinaison.

Molchanov lui ligota fermement les poignets, le releva, lui fit retraverser le rideau et le força à s'agenouiller sur le bord de la piscine.

Il sentit de l'eau tiède imbiber son jean.

« De quoi vouliez-vous me parler ? » demanda-t-il.

Molchanov haussa un sourcil.

« Hier soir, quand vous m'avez suivi. Vous vouliez avoir une conversation. C'est peut-être le moment. »

Molchanov sourit.

« Trop tard. »

La porte du spa s'ouvrit. Deux nouveaux gardes apparurent.

Ils mirent Jacob en joue tandis que Molchanov quittait la pièce.

Long silence.

Soudain, un crépitement sur les lucarnes : le retour de la pluie, d'abord sur la pointe des pieds, puis gagnant peu à peu en assurance.

Il pesa le pour et le contre d'une tentative de fuite.

« Votre patron est mort », annonça-t-il aux gardes.

Ils ne répondirent pas. Un duo maussade, barbe de trois jours pour chacun.

« Ce qui signifie que vous êtes au chômage. »

Toujours rien.

Molchanov revint avec une bonbonne en métal équipée d'un tuyau et d'une lance. Le pulvérisateur du désinsectiseur.

Il le posa par terre et congédia les gardes. Tourna une chaise en tek et s'assit à quelques mètres en face de Jacob, le pistolet bien en vue sur sa cuisse. Il sortit de la poche de son manteau le téléphone portable de Jacob et se mit à faire défiler les photos.

Cherchait-il celle que Jacob avait prise de lui dans le Marais ?

Non : Molchanov lui montra l'écran, sur lequel était affichée l'image du porte-clés Gerhardt.

« Vous avez ? »

Jacob secoua la tête.

« Où il est ?

– Je l'ai remis à la police française. Ils vont procéder à une recherche d'empreintes. »

Molchanov opina d'un air détaché.

« Tremsin devait drôlement bien vous payer pour que vous puissiez vous offrir une voiture pareille.

– *Doktor* Tremsin », rectifia Molchanov.

*Trente-six ans.*

*Il part, je pars avec.*

« Et Lidiya et Valko, demanda Jacob, il y est pour quelque chose ? »

Molchanov parut troublé un instant.

« De l'ambassade ? » s'étonna-t-il.

Jacob acquiesça.

« Non, répondit Molchanov.

– C'était vous. »

Molchanov contemplait la photo du porte-clés avec nostalgie.

« Après je perdu, j'appelle le vendeur. Trois mille euros pour remplacer.

– Et Marquessa et TJ ? C'est vous aussi ? »

Molchanov lança le téléphone dans la piscine.

« Combien d'autres ? » s'enquit Jacob.

Le Russe rangea le pistolet dans sa poche et en sortit le couteau de potier.

« Votre ami, dit-il en faisant rouler le manche entre ses doigts, a montré courageux. »

Il essuya la lame sur le bras de son manteau, laissant une traînée bleue iridescente.

« Il a essayé de se battre. »

Jacob réprima un haut-le-cœur d'horreur et de chagrin.

*Oh, mon Dieu. Oh non.*

« Très courageux, poursuivit Molchanov. Et aussi très stupide.

– Il était de votre espèce, fit remarquer Jacob.

– Je n'ai pas d'espèce », rétorqua Molchanov.

Il se leva. Ramassa le pulvérisateur, essaya de le passer sur son dos. Les bretelles étaient trop courtes pour sa carrure de géant. Afin d'être un peu plus à l'aise, il ôta son manteau qu'il déposa sur le dossier de la chaise, parvenant alors à enfiler la bonbonne.

Il chercha à tâtons la lance qui pendait au bout du tuyau, testa quelques pschitts.

« Vous pensez vraiment que ça va marcher ? » hasarda Jacob.

Molchanov sourit, haussa les épaules.

« Un insecte, c'est un insecte », répondit-il.

Il remonta son écharpe sur le bas de son visage et vint se placer derrière Jacob.

« Qu'est-ce que vous avez avec les mères et leur fils ? » demanda ce dernier.

Molchanov éclata d'un rire sonore.

« Vous n'avez pas connu ma mère », dit-il.

Il attrapa une poignée de cheveux de Jacob, lui tira la tête en arrière et lui posa la lame sur la trachée.

« En revanche, ajouta-t-il, j'ai connu vôtre. »

# 49

Prague
Automne 1982

Bina avance jusqu'au bout du Boulevard des fous, Dmitri sur ses talons.

Ils passent devant les autres cellules d'isolement. Derrière une de ces portes, Olga purge sa punition. Bina ne pourra pas lui dire au revoir.

Elle ne pourra pas non plus dire au revoir à la grosse Irena.

Ni à Majka… pauvre et adorable Majka.

Elles avaient un pacte, et pourtant la voilà qui s'enfuit en pleine nuit comme une voleuse.

Elle n'est pas spécialement discrète, d'ailleurs : le sédatif lui cause une démarche traînante, et les semelles en caoutchouc de ses chaussures grincent sur le linoléum. Le bruit aiguise la curiosité des autres patientes. Les cages se secouent, des voix réclament de savoir.

Qui va sortir ?

Pourquoi ?

Des éclats de fatigue la font tituber.

Dmitri la saisit par le bras et la presse de continuer.

Ils passent devant la salle du personnel, où tout le monde ronfle ; les bureaux des médecins et les salles de traitement, « Hydrothérapie », « Électrochoc ». Elle peine à suivre le rythme du pas alerte de Dmitri. Ils passent devant une série de portes numérotées. Un, deux, trois. Quatre, cinq, six. Sept. Huit.

Son corps sait ce qui l'attend, il réagit par de violents spasmes d'appréhension.

Dmitri la rattrape par la taille avant qu'elle ne s'écroule.

« Il faut que tu avances », dit-il.

Elle se cabre à l'approche de la salle numéro neuf, secouant frénétiquement la tête. *Non, non, non, non.*

« Tu sors. Tu rentres chez toi. »

Ignoble. Une blague ignoble.

« Regarde-moi », dit-il.

Elle refuse. Il lui prend le menton de sa main gantée et la force à tourner la tête.

« Regarde-moi, répète-t-il. Tu as un fils. »

Elle fixe ce visage étrangement agréable, dont les traits se réinventent sans cesse.

« Je l'ai lu dans ton dossier. Comment s'appelle-t-il ? »

Elle ne le lui dira pas. Elle ne le laissera pas profaner son nom.

« Jacob, murmure-t-elle.

– Tu n'as pas envie de le revoir ? Jacob ? »

Plus que tout au monde.

« Alors il faut que tu avances, dit-il en la hissant par la taille. Ce n'est pas lui qui viendra te chercher. »

Le garde en faction à l'entrée exécute un bref salut. « Monsieur. »

Dmitri lui tend les documents certifiant que la patiente Bina Reich Lev a été autorisée à sortir et qu'on l'a confiée à ses soins.

Le garde renouvelle son salut et va leur ouvrir le portail.

La neige a jeté un linceul sur la cour. L'air glacé brûle la peau de Bina à travers son pull trop fin. Derrière elle se dresse un réquisitoire accablant, des rangées et des rangées de fenêtres de cellules. Elle ne se retournera pas pour jeter un dernier regard à son malheur, de peur d'être transformée en pilier de sel.

Dmitri lui pose une main sur le coude et la force à avancer.

Bina franchit le portail. Guérie.

Il conduit de façon agressive, brûlant les feux rouges, prenant les virages à toute allure, grommelant pour se plaindre de la mauvaise qualité des freins.

Prise de nausée, Bina se recroqueville pour résister au tangage du véhicule, son esprit engourdi flottant à la dérive, s'efforçant de comprendre ce qui lui arrive.

Toutes les questions se résument à deux, essentielles.
Va-t-elle s'en sortir ?
Va-t-elle rentrer chez elle ?
Il y a une sorte de sollicitude inquiète dans l'attitude de Dmitri. Il ne cesse de jeter des coups d'œil dans sa direction pour s'assurer qu'elle ne s'est pas volatilisée.
« Tu ne te sens pas bien ? demande-t-il en ralentissant un peu. Tu vas vomir ?
– Où va-t-on ? » répond-elle.
Sans quitter la route des yeux, il se penche vers elle afin d'ouvrir la boîte à gants. Il en sort un paquet entouré d'un élastique qu'il lui pose sur les genoux.
Son passeport, ainsi qu'une petite liasse de billets.
Dmitri se sert de ses dents pour retirer un de ses gants. Il porte une bague noire à l'index, identique à celle de Tremsin. Elle ne l'avait jamais remarquée. Dans l'hôpital, il avait toujours les mains couvertes.
« Il y a un train qui part pour Berlin dans deux heures, dit-il en consultant sa montre. Une fois là-bas, tu te présenteras à ton ambassade. Après, je ne peux plus t'aider. »
Ils traversent la rivière, sillonnent un labyrinthe de rues désertes. Elle comprend qu'ils se trouvent dans la Vieille Ville. Quand Dmitri s'arrête, la silhouette du bâtiment qui les surplombe à travers le pare-brise est indéniablement celle de la synagogue Alt-Neu.
Il coupe le moteur.
« D'abord, une petite course. Le golem… il n'est plus en sécurité ici. Il faut que tu montes au grenier récupérer le pot pour que je puisse le transférer ailleurs. »
Elle ne répond pas.
« Pas la peine de faire semblant, reprend-il. J'ai lu ton dossier. Je sais qui tu es. »
De gros flocons indolents effleurent le pare-brise et se dissolvent aussitôt.
« Et vous, qui êtes-vous ? demande-t-elle.
– Un ami », assure-t-il avec un sourire chétif.
*Je suis ton amie.*
*Nous le sommes tous.*

*Et nous le resterons toujours.*

Il jette un nouveau regard à sa montre avant d'ajouter :

« Nous avons été rappelés à Moscou, maintenant que Brejnev est mort. Le Doktor Tremsin est déjà parti. Je dois le rejoindre avant la fin de l'année. Voilà pourquoi on est pressés. »

*Un ami.*

« Et lui, il… ? » commence-t-elle.

Dmitri éclate de rire.

« Lui ? Non. Non. C'est l'homme pour qui je travaille. Il m'a donné ma chance. Alors j'essaie de lui être fidèle. Quand il a été envoyé à Prague, je suis le seul membre du cercle à avoir proposé de le suivre dans son exil. Sincèrement, j'étais plutôt content. Ça a toujours été la ville de mes rêves. J'avais appris le tchèque en espérant pouvoir y aller un jour. Je lui dois beaucoup. Mais c'est un homme. Sans plus. »

Bina se demande ce qu'on peut être de plus qu'un homme.

Elle se souvient de Frayda lui broyant les mains ; une ombre inhumaine se dressant au-dessus d'elle.

« Mais je ne vais pas rester avec lui éternellement, poursuit Dmitri. De plus grands desseins m'attendent. »

*Il ne faut jamais le laisser sortir.*

*Sous aucun prétexte il ne doit quitter ce bâtiment.*

« Qu'est-ce que vous allez en faire ? s'enquiert Bina.

– Ça ne te regarde pas. »

Il penche la tête vers le pare-brise, lève les yeux.

« Allez », dit-il.

Il bondit hors de la voiture.

Une silhouette d'enfant s'approche d'eux sur le trottoir, une lampe électrique à la main.

Le petit Peter Wichs.

« Tu l'as apportée ? » lui demande Dmitri.

Peter défait la fermeture Éclair de son manteau et dégage de son col la ficelle à laquelle pend la clé de la *shoul*.

Dmitri se retourne vers Bina, impatient.

Elle interroge Peter du regard.

Il lève une main dissimulée dans une moufle, sourit timidement.

Consciente de s'en remettre au jugement d'un enfant, elle sort de la voiture.

Ils passent devant l'esplanade pavée à l'arrière de la synagogue et remontent la ruelle, s'arrêtant une fois pour que Bina puisse vomir.

« Ça va aller, assure Dmitri. Il n'y a plus que ça, ensuite tu pourras rentrer chez toi. »

Devant l'entrée principale, il se tient nettement en retrait tandis que Peter déverrouille la porte.

« On va t'attendre ici, déclare-t-il.

– Je vais avoir besoin d'un assistant », répond Bina.

Dmitri se tait. Son regard passe de l'enfant à elle.

« Soit vous, soit lui », ajoute-t-elle.

Dmitri cligne des yeux plusieurs fois. La perspective de pénétrer dans l'édifice l'angoisse manifestement.

« Vous voulez que j'aille le chercher, oui ou non ? » insiste-t-elle.

Un temps.

« Ton passeport », exige Dmitri.

Elle lui tend le paquet. Il le glisse dans la poche de son manteau.

« Faites vite », dit-il.

Bina pose une main sur l'épaule de Peter, et ensemble ils s'enfoncent dans la pénombre de la synagogue.

Au sous-sol, elle se prépare au bain rituel en se rinçant d'abord avec la douche de camping. L'eau glacée la réveille en partie de sa stupeur. Une deuxième peau répugnante la recouvre de la tête aux pieds, emplissant la bassine en plastique d'un liquide trouble noirâtre sous lequel ses orteils disparaissent.

Attrapant une serviette élimée sur la commode, elle continue à se frotter vigoureusement.

La serviette devient noire.

Elle en prend une autre, recommence.

Noire.

Elle épuise entièrement la pile, neuf au total, pourtant elle est toujours marbrée de taches et de striures, comme un animal.

Subitement, elle éclate en sanglots. Son immersion ne sera pas valide. Elle n'est pas propre, elle ne sera plus jamais propre, elle se sent tellement désemparée…

Penser à ce qui compte vraiment.

Penser à Jacob.

Elle empoigne son désespoir et le renverse à terre.

S'avance jusqu'au bord du *mikvé*, tombe sur son reflet ravagé.

Elle pénètre dans l'eau tiède et s'enfonce jusqu'à ce qu'elle lui arrive aux aisselles.

Plonge une fois, brièvement, avant de refaire surface. Croise les bras sur sa poitrine, divisant ainsi le haut et le bas de son corps, le sacré du profane, un geste qu'elle a accompli à d'innombrables reprises. Mais cette distinction a perdu tout son sens, et elle laisse ses bras retomber, pleurant de nouveau tandis qu'elle récite la bénédiction.

*Loué sois-Tu, Éternel notre Dieu, roi de l'univers, qui nous a sanctifiés de Tes commandements et nous a ordonné l'immersion.*

Elle s'immerge.

Au rez-de-chaussée, Peter a ouvert la section des femmes.

Ils la traversent jusqu'au rideau qui cache l'entrée des combles. Peter l'écarte et ils s'entassent dans l'étroit vestibule. Bina serre les lèvres et les paupières en attendant l'explosion de poussière.

Rien ne vient.

Elle regarde Peter.

Il tient sa torche braquée sur la trappe au plafond.

Il attend que Bina tire sur la corde.

Il est trop petit pour l'atteindre.

Son impression vertigineuse de déjà-vu se dissipe lorsqu'elle prend conscience de la différence entre alors et maintenant, ce qu'il manque.

Ota Wichs.

Elle réfléchit à ce que Dmitri a l'air de savoir.

Le pot. Son emplacement. Son importance. L'importance de son rôle à *elle*.

Elle songe qu'il lui a sauvé la vie, d'une certaine façon, en l'exfiltrant de l'enfer.

Pour l'amener ici.

Ce train pour Berlin existe-t-il vraiment ?

Il y a d'autres choses qu'il ne sait pas.

*Sous aucun prétexte il ne doit quitter ce bâtiment.*

À moins qu'il le sache et qu'il s'en moque.

*De plus grands desseins m'attendent.*

« L'homme qui nous attend dehors, demande-t-elle, tu l'as déjà rencontré ? »

Peter secoue la tête.

« Il m'a juste téléphoné.

– Quand ?

– Hier. Il m'a dit de venir ce soir et d'apporter la clé de la *shoul.* De ne pas en parler à ma belle-mère.

– Est-ce qu'il t'a expliqué ce qu'il voulait que je fasse ?

– Déplacer le golem. Il dit que c'est mon père qui le lui a demandé. »

Silence.

« Tu as vu ton père récemment ? l'interroge-t-elle. Tu lui as parlé ?

– Non. Mais le monsieur m'a dit qu'il m'emmènerait le voir si je faisais ce qu'il me demandait. »

Elle sent comme une brique dans sa gorge. Elle s'apprête à répondre, mais Peter la prend de court.

« Il m'a menti, pas vrai ? »

Elle se tait.

Il hoche la tête, froidement.

« Je m'en doutais. J'étais tout excité quand il m'a dit ça. Mais il m'a menti. Mon père est mort.

– Il se peut qu'il soit encore en vie, répond-elle.

– C'est ce que pense Pavla.

– Eh bien, elle… Je suis sûre qu'elle a raison.

– Non, assène sèchement le garçon. Elle a tort. »

On dirait qu'il est en train de vieillir sous ses yeux.

« Ce n'est pas la première fois qu'il se fait arrêter, reprend-il. Les autres fois, on a toujours reçu une lettre. Mais là, non. Du coup, j'ai compris. C'était pareil quand ils ont pris ma mère. »

Aucun enfant de neuf ans ne devrait être capable d'un raisonnement aussi aride.

« Je suis vraiment désolée, Peter », dit Bina.

Il a les coins de la bouche crispés mais les yeux secs, l'esprit déjà focalisé, comme elle, sur leur survie.

« Bon, lance-t-il. Qu'est-ce qu'on fait ? »

Elle élabore un plan, du mieux qu'elle peut. Elle a de plus en plus de mal à garder les idées claires.

« Ça te paraît bien ? » demande-t-elle.

Peter acquiesce d'un hochement de tête.

« Allez-y », dit-il en fermant les yeux pour se protéger de la poussière.

Sa seconde ascension est plus difficile que la première. Le sédatif se diffuse dans son sang par à-coups, et ses jambes lui paraissent tantôt cotonneuses, tantôt lourdes comme du béton tandis qu'elle grimpe au milieu d'un nuage de poussière suffocant. Elle n'a pas de bras forts pour la guider ; pas de foi tenace ; elle ne fait que suivre son instinct et la mire de la torche de Peter qui ricoche dans le vide interminable ; qui vacille, faiblit, finit par disparaître complètement.

*Jacob.*

Un battement de cœur, une roue, des contractions dans le ventre.

*Jacob. Jacob. Jacob.*

Elle monte, elle monte, encore et encore, vers cette lumière nouvelle qui se déploie telle une canopée. Elle parvient à se hisser jusqu'au grenier, allongée au sol, peinant à soulever la tête en espérant retrouver la douce vision de sa Jérusalem adorée.

Elle a laissé passer sa chance.

Rien que des vieux meubles déglingués.

Et pas le temps de s'apitoyer : Peter a allumé la lanterne et l'attend impatiemment.

Bina tousse, se frappe la poitrine. Se lève.

Ils commencent à marcher.

Dans son souvenir, la traversée du grenier leur avait pris des heures. À présent, l'espace se contracte et ils arrivent sur les lieux, où rien n'a bougé depuis le soir de la fête nationale.

L'armoire, le tour, le tabouret, le réchaud portable.

La motte de terre. Le seau d'eau, qui s'est couvert d'écume.

La trousse à outils.

Elle était censée revenir.

Elle était censée fabriquer autant de pots que possible.

*Cent autres, ce sera bon.*

Avec l'aide de Peter, elle retire la bâche en toile et ouvre l'armoire.

À l'intérieur se trouvent les deux pots qu'elle a terminés. Bien qu'ils n'aient pas été cuits, ils ont correctement durci, leur surface ayant revêtu une patine terne.

Elle les pousse sur le côté et plonge le bras tout au fond de l'armoire. Le bout de ses doigts effleure l'ancien pot, qui contient le scarabée. Elle en ressent la chaleur, le magnétisme. Mais elle n'arrive pas vraiment à l'attraper. Ota l'a fait exprès.

Peter tire jusqu'à elle une caisse sur laquelle elle peut grimper, et lui tend un bras de portemanteau cassé.

« Merci. »

Elle se sert du crochet pour rapprocher le pot, en essayant de ne pas le renverser, et qu'il ne touche pas sa peau nue. Une fois qu'il est au bord de l'étagère, elle laisse l'enfant prendre le relais.

Il le pose par terre à côté d'un des pots neufs.

« Il va falloir que vous m'aidiez, dit-il. Je n'ai que deux mains. »

Elle sourit malgré sa nervosité.

« Dis-moi ce que je dois faire.

– Vous allez soulever les couvercles. Je vais la transférer dans ce pot-là. Ensuite vous refermez le couvercle. »

Elle acquiesce. S'agenouille. Puis elle s'étonne : « *La* ?

– Prête ? » demande Peter.

Elle place une main sur chaque couvercle.

« Un, deux, trois. »

L'opération ne prend qu'une fraction de seconde : les doigts agiles de Peter entrent en action, le scarabée dégringole dans le vide avant d'atterrir dans le fond du nouveau pot, où il frétille et se retourne, se dresse sur ses pattes arrière comme un petit chien, agitant ses membres avant de façon frénétique.

Bina le fixe des yeux, hypnotisée.

Peter réagit vite, lui arrachant le couvercle pour le rabattre sur le pot. L'espace d'un instant, avant qu'il se referme, Bina voit le scarabée tendre ses pattes vers elle dans un geste d'indignation et d'angoisse.

Peter replace le golem dans l'armoire en poussant le pot le plus loin possible à l'aide du bras de portemanteau. Ils recouvrent le meuble de la bâche, qu'ils attachent fermement.

Bina enveloppe le deuxième pot neuf dans un chiffon.

« Je ferai des copies et je vous les enverrai. Je vais avoir besoin des outils.

– Et de l'argile aussi. »

Elle contemple la motte, devenue dure comme du roc en séchant.

« Je ne sais pas si j'arriverai à la récupérer. Je vais essayer. »

Ils emballent les différents objets dans une housse de *tallit*. Quand elle y place l'ancien pot craquelé, il ne lui fait plus l'effet d'être vivant, mais froid et inerte.

Elle jette un dernier coup d'œil à l'armoire emmaillotée avant de partir.

Alors qu'ils reprennent leur traversée du grenier, elle sent des élancements palpiter contre les parois de son crâne, d'affreuses poussées de terreur et d'euphorie, le besoin de rire, de crier, de parler. Sa vision brouillée s'éclaircit, mais pas pour redevenir normale ; à la place, elle découvre une acuité insoutenable, un bombardement de détails infernal.

Ils parviennent à la porte en ogive qui surplombe l'esplanade arrière. De près, elle est à peine plus large qu'elle n'en a l'air vue de dix mètres plus bas.

Bina examine anxieusement la barre de fer qui la maintient fermée. Ses charnières semblent gonflées de rouille.

« Tu es déjà sorti par là ? » demande-t-elle.

Peter secoue la tête.

« On n'est pas censé l'ouvrir.

– Tu pourras revenir la fermer plus tard », suggère-t-elle.

Il acquiesce.

« Passe en premier. Quand tu arrives en bas, qu'est-ce que tu fais ?

– Je cours le plus vite possible.

– Dans quelle direction ?

– Loin de vous.
– C'est ça, approuve-t-elle. C'est moi qu'il veut, pas toi. Mais tu devras quand même faire attention. Il doit bientôt quitter Prague. D'ici là, tu ne seras pas en sécurité. Ne te déplace nulle part sans un adulte. »

Comme si ça changeait quelque chose.

« Tu as compris, Peter ? »

Nouveau hochement de tête.

Pourtant, elle hésite encore. Elle ne peut pas l'abandonner.

« Je viens d'avoir une idée, reprend-elle. Tu pourrais venir avec moi. Je n'aurai qu'à dire à l'ambassade… On leur dira que tu es en danger si tu restes ici. On déposera une demande d'asile.
– Non, réplique-t-il.
– Tu te plairais, en Amérique. Pavla aussi. »

Elle a l'impression d'être une escroc, prête à faire miroiter n'importe quoi pour l'embobiner.

« Je suis sûre qu'on pourrait…
– Je ne peux pas partir, la coupe-t-il.
– Pourquoi ? »

En guise de réponse, il désigne les murs autour d'eux.

Sans fierté particulière. Juste la résignation à son destin.

C'est lui le responsable, désormais.

« Je t'enverrai les pots au fur et à mesure que je les fabriquerai, dit-elle. Et je t'écrirai. Tu me répondras, hein ? Promets-moi que ça va aller. »

Il opine.

« Et sois prudent, toujours. Pas seulement dans un futur proche, mais toujours.
– Je le suis déjà, répond-il. Il faut y aller, maintenant. »

Elle soulève la barre, attrape la poignée.

Tire.

La porte ne vient pas.

Elle réessaie, sans succès.

Elle plante ses talons dans les lattes du plancher et jette tout son poids en arrière.

La porte refuse de bouger. Peter intervient pour l'aider, lui passe les bras autour de la taille et tire lui aussi ; ils luttent ensemble de toutes leurs forces, jusqu'à ce qu'ils réussissent à décoller la porte de quelques centimètres, quelques autres, les charnières émettant un cri perçant.

Bina lui murmure de partir, allez, pars.

Il se tourne sur le ventre et disparaît par-dessus le rebord.

Bina se penche pour s'assurer qu'elle ne risque pas de lui donner un coup dans la tête. À l'instant où son visage touche l'air libre, les pavés jonchés d'ordures se mettent à foncer vers elle, comme un amant qui s'élancerait pour lui voler un baiser, et ses pensées se compriment de façon épouvantable.

*Saute.*

Elle ne tombera pas, elle flottera.

Quelle merveille !

Elle se laisse basculer en avant.

Se rattrape au chambranle, se repousse en arrière, le cœur tambourinant.

Elle commence alors à descendre à reculons, tout doucement, cherchant du bout du pied le premier barreau, puis le suivant, agrippant la housse de *tallit* entre le pouce et l'index.

*Saute.*

Un barreau, un autre, encore un autre, les yeux rivés sur le mur, ses semelles en caoutchouc silencieuses sur le métal gelé qui lui brûle les mains.

*Saute, saute.*

Un hurlement strident.

Elle se retourne pour regarder par-dessus son épaule.

En bas, Peter Wichs est suspendu au dernier barreau, encore haut par rapport au sol, et il donne des coups de pied dans le vide pour essayer de remonter.

Dmitri l'observe placidement depuis l'esplanade, revolver à la main.

« Je l'ai ! » crie-t-elle.

Dmitri lève les yeux vers elle.

Elle secoue le sac en toile.

« Il est là-dedans ! »

*Saute saute saute saute saute saute saute saute*

« Vous touchez au gosse et je l'éclate contre le mur », menace-t-elle.

Peter a cessé de remuer, il se laisse pendre mollement. Elle empoigne le sac d'une main, s'accroche à un barreau de l'autre. Son bras commence à trembler, elle peut imaginer que Peter ne tiendra plus très longtemps.

« Aidez-le ! » ordonne-t-elle.

Dmitri range le revolver dans sa poche et s'approche de l'échelle. Il est tellement grand qu'en tendant simplement les bras il atteint presque les hanches de l'enfant.

Ce dernier la regarde, terrorisé.

« C'est bon, dit-elle en hochant la tête. Tu peux y arriver. »

Peter ferme les yeux et se lâche. Le Russe le réceptionne sans peine, le porte jusqu'au centre de l'esplanade et le repose en enroulant un bras paternel autour de ses épaules.

« À toi », lance-t-il à Bina.

Elle ne bouge pas.

Dmitri ressort son arme et la braque sur la tempe de Peter.

« Vous ne ferez pas ça », dit-elle.

Et elle a raison : le sac est toujours en sa possession.

Dmitri sourit.

« Le Doktor Tremsin m'a donné l'ordre de te tuer avant de partir. Mais il ne sait pas qui tu es, et quelle perte ce serait pour le monde.

– Lâchez-le, rétorque-t-elle.

– Je t'ai sauvée. Pourtant tu choisis de me trahir. Pourquoi ? »

Elle brandit le sac en feignant de vouloir le lancer contre le mur.

Dmitri lève le bras.

Peter reste pétrifié sur place. Une tache sombre sur la jambe de son pantalon. Il s'est fait pipi dessus.

Elle hurle pour capter son attention.

« Pars ! crie-t-elle. *Maintenant.* »

Peter sort de sa torpeur, monte les marches qui mènent à la rue Pařížská en s'aidant des pieds et des mains, disparaît dans la pénombre.

Bina attend de ne plus entendre l'écho de ses pas, puis se tourne afin de pouvoir s'accrocher au barreau des deux mains et reprendre son souffle, qui lui paraît incroyablement ample lorsqu'il s'échappe de sa bouche et lui dissimule le mur derrière un nuage de buée. Ses pensées se pressent dans sa tête telle une foule incontrôlable.

« Tu ne pourras pas rester là éternellement », lance Dmitri dans son dos.

Elle s'ébroue violemment. Un éclair de lucidité, aussitôt dissipé.

Elle se tord le cou en arrière.

« Posez le revolver au sol. Et vos clés de voiture. »

Un temps. Il s'exécute.

« Mon passeport. »

Il l'ajoute à la pile.

Elle le somme de reculer dans un coin, à l'opposé des marches. Il lui obéit, va se poster contre le mur. L'esplanade est étroite, il peut quand même la rejoindre en deux généreuses enjambées.

Elle reprend sa descente, tremblante, en s'interrompant régulièrement pour s'assurer qu'il n'a pas bougé.

Arrivée au dernier barreau, elle se laisse pendre et saute.

Elle se tord la cheville mais se relève aussitôt, tenant le sac en l'air pour pouvoir le jeter par terre à tout instant.

Dmitri ne s'est pas rapproché.

Elle s'avance pour récupérer le revolver, les clés, son passeport.

« J'ai fait exactement ce que tu m'as demandé, dit-il. Maintenant c'est à toi de tenir ta parole.

– Je vais le poser là. Ne bougez pas jusqu'à mon signal, sinon je l'écrase. »

Il acquiesce.

Elle s'agenouille à la limite entre l'esplanade et la ruelle. À travers le brouillard qui encombre son cerveau, elle est vaguement consciente d'une douleur à la cheville, dont l'articulation commence à enfler. Elle ouvre le sac en toile et dépose le vieux pot fendu par terre.

Qu'il soit enveloppé lui donnera du temps.

Elle le recouvre d'ordures afin d'en gagner un peu plus.

Puis elle bondit vers les marches en comptant mentalement les secondes.

Dmitri s'est précipité pour ramasser son trophée.

Elle atteint la rue Pařížská.

Il est en train d'écarter les détritus et de déplier soigneusement le tissu.

Elle arrive à la voiture. Trop de clés sur ce trousseau… et ses mains, ses plus loyaux serviteurs, qui choisissent pile ce moment pour lui désobéir.

Il soulève le couvercle.

Découvre qu'il n'y a rien à l'intérieur.

Elle n'a pas encore essayé une deuxième clé qu'il fonce à son tour vers les marches. Elle pointe le revolver dans sa direction et tire, continue à tirer jusqu'à ce que l'arme clique dans le vide, pourtant il court encore, alors elle lâche le revolver et s'enfuit, glissant sur le trottoir givré avant de finir par retrouver l'équilibre et s'élancer vers la rivière, tête baissée, jambes débridées.

Il doit être autour de quatre heures du matin. Les rues sont désertes. Ni taxis, ni trams. Elle devrait crier quand même, mais sa fuite est un ballet sans grâce, avec sa démarche boiteuse, sa respiration hoquetante et, derrière elle, le claquement des bottes sur le bitume, l'ombre de son poursuivant qui s'allonge jusqu'à la rattraper.

Sans bien savoir ce qu'elle compte faire – lui jeter le pot à la figure ? le bloc d'argile ? – elle fouille dans la housse de *tallit*, empoigne un manche en bois lustré et, comme une main géante s'abat sur son épaule, elle pivote en levant le bras et lui plante la lame du couteau de potier sur le côté du cou, à travers son écharpe.

Elle titube.

L'instant d'après, ils s'écroulent tous les deux, ensemble, et elle se retrouve écrabouillée sous son corps tandis qu'il ouvre la bouche dans un hurlement muet.

Elle déloge la lame d'un coup sec et libère un froid torrent de sang, qui commence par saturer l'écharpe en laine avant de se déverser sur elle, du sang en quantité invraisemblable, du sang glacé, visqueux et piquant comme de l'eau de mer, qui gicle entre les doigts du Russe alors qu'il essaie de bloquer l'hémorragie, que ses yeux ricochent follement dans leur orbite, un rictus incrédule sur le visage, l'immense poids de son torse qui la cloue au sol jusqu'à ce qu'elle réussisse à se dégager et à s'éloigner en rampant, le laissant se convulser sur le trottoir, noyé dans un océan de sang silencieux.

Après avoir ramassé à tâtons le couteau et le sac, elle se relève, chancelante, et s'enfuit.

# 50

Le cou tendu en arrière, Jacob sentait le baiser de la lame sur sa gorge, à la limite de l'incision. Au plafond, les lucarnes restaient désespérément vides, des trous noirs que la pluie martelait de ses poings implacables, régulièrement déchirés par des éclairs aveuglants. Molchanov lâcha les cheveux de Jacob, tout en le laissant sous la menace du couteau pour l'empêcher de bouger ; puis il leva la lance du pulvérisateur et se mit à vaporiser du gaz qui, mêlé à la vapeur, les engloutit dans une colonne blanche toxique.

Jacob commença à tousser et à suffoquer tandis que Molchanov entonnait une psalmodie.

*aa ab ag ad*

L'idée folle traversa l'esprit de Jacob que le Russe récitait une bénédiction afin de rendre le sacrifice rituellement pur ; mais la lame resta sur son cou et le grommellement continua, étouffé par le tissu de l'écharpe, ritournelle primale et sinistre.

*af atz ak*

« Elle ne vient pas », constata Molchanov.

Il reprit sa scansion.

« Elle sait ce qui va vous arriver, mais elle ne vient pas. »

Sans cesser de chanter, Molchanov enfonça un peu plus le couteau dans la chair de Jacob.

Par des mouvements imperceptibles, ce dernier entreprit alors de tordre ses poignets dans un sens, puis dans l'autre, pour tenter de desserrer le câble électrique qui lui liait les mains dans le dos. Se réfrénant pour ne pas aller trop vite, la peau tailladée par le plastique brûlant et collant d'humidité et de peur, il s'obstina jusqu'à ne plus sentir le bout de ses doigts.

Victoire : un demi-centimètre de jeu.

Le cœur tambourinant, il releva les yeux vers Molchanov. Le géant était absorbé dans sa récitation.

Jacob recommença ses torsions.

Les minutes s'égrenaient. Le grommellement persistait. Jacob perçut une excitation nouvelle dans la voix de Molchanov, la lame impatiente de parler.

*zu zub*

Jacob sentit une légère morsure, un picotement liquide, alors que la pointe du couteau faisait perler son sang.

« *Zug* », conclut Molchanov.

L'air se modifia.

Jacob devina sa présence avant de la voir.

Molchanov aussi. Un frisson lui parcourut les bras. De là-haut leur parvint un tintement de verre brisé, le vent s'engouffra en hurlant par le trou de la lucarne, et le diamant noir ailé qu'était Mai fondit à la vitesse de la lumière vers le visage du Russe.

Sans interrompre ses incantations, le géant donna un grand coup de couteau dans sa direction.

Et la rata. C'était une cible minuscule, qui bougeait vite. Elle avait rebroussé chemin et volait désormais vers l'autre bout de la pièce, creusant un tunnel dans le brouillard de vapeur.

Molchanov essayait de faire trop de choses à la fois : la suivre des yeux, tout en maintenant le rythme de sa mélopée, tout en contrôlant son otage, tout en se préparant au prochain assaut de Mai. Quelle que fût sa véritable nature, quelle que fût l'obscure vérité qui régnait à l'intérieur de son être, il n'avait jamais qu'un cerveau et deux mains, et dans son empressement à frapper Mai il tarda à replacer le couteau sur la gorge de Jacob, lequel réagit sans même réfléchir, projetant sa tête en arrière de toutes ses forces, si bien que la base de son crâne vint s'écraser sur l'entrejambe de son bourreau.

Quelle que fût sa nature, Molchanov avait des testicules.

Il se plia en deux, titubant, gémissant.

Jacob se releva tant bien que mal et fonça vers la porte, se retournant en chemin pour chercher Mai du regard. Elle avait brusquement viré de bord et survolait la piscine pour le rejoindre. À mi-parcours, elle traversa une nappe de poison ;

sa trajectoire vacilla, elle laissa échapper un cri épouvantable et reprit son apparence humaine, nue, ses jambes pédalant désespérément dans le vide.

Elle dégringola vers le bord du bassin, sa tête s'écrasa sur le carrelage avec un craquement sonore, et elle disparut sous la surface.

Molchanov s'était redressé. L'écharpe ouverte, il contemplait les clapotis de l'eau, ébahi par sa propre réussite. Il regarda successivement Jacob, puis Mai, la mine renfrognée, ne sachant auquel des deux régler son compte en premier.

Le corps de Mai n'était toujours pas remonté.

Molchanov jeta son dévolu sur Jacob.

Il voulut dégainer une arme qu'il n'avait plus.

Elle était dans la poche de son manteau.

Son manteau était sur le dossier de la chaise.

La chaise était renversée par terre.

Molchanov y retourna en une enjambée.

Un geyser de mousse jaillit alors de la piscine, d'où émergea ni un scarabée, ni une femme, mais un tentacule de boue qui tournoyait en l'air, déchaîné, et qui s'abattit sur le dos de Molchanov, le propulsant à l'autre bout de la pièce.

Jacob s'accroupit, terrifié, tandis que cette nouvelle incarnation de Mai finissait de sortir de l'eau, laissant derrière elle un remous boueux qui se dissipa peu à peu. C'était un bloc monolithique, sans visage, qui fondait sur les bords tout en se dirigeant vers lui dans un bruit de succion. Une vrille lui poussa à hauteur de ce qui aurait dû être son ventre, se glissa derrière Jacob et arracha le câble qui lui entravait les mains. Et, tout en sachant que c'était elle – elle sous un autre aspect –, il ne put s'empêcher d'avoir un mouvement de recul, dégoûté, alors que la boue se remodelait toute seule pour former un mur visqueux et instable qui puait les égouts et l'eau croupie.

Une fente s'entrouvrit.

« *Pars.* »

De l'autre côté de la pièce, Molchanov bondit en avant, le couteau à la main.

Le mur de boue s'ébranla et fonça à sa rencontre.

Ils entrèrent en collision de plein fouet, secouant toute la pièce sur ses fondations. L'air sembla se disloquer, une vague immense s'éleva de la piscine, emportant branches et feuilles sur son passage, les meubles se fracassant les uns contre les autres dans un chaos retentissant. Jacob atterrit sur le dos. Il entendit une puissante déchirure mouillée, suivie d'un cri étouffé, comme un gargouillis.

*Pars.*

Elle lui offrait une chance de sauver sa peau.

Tel un embryon mécanique, Molchanov se dilatait, se déployait, angle par angle, membre par membre, un bras dressé vers le ciel, soulevant du sol la masse boueuse dont se détachaient des mottes de glaise pour en révéler la structure intérieure : la silhouette émaciée de Mai.

Il était en train de l'empaler, le bras tenant le couteau enfoncé jusqu'au coude dans son abdomen, fouillant ses entrailles tandis qu'elle se débattait en gémissant.

Pourtant, elle semblait uniquement préoccupée par le sort de Jacob.

*Pars pars pars.*

Il tenta de se rapprocher du manteau de Molchanov.

Ce dernier devina son intention.

Balança Mai de côté.

Se précipita vers lui.

Jacob arriva le premier, ses doigts se refermant sur la crosse du pistolet. Il visa et appuya sur la détente, encore et encore. Les deux premières balles manquèrent complètement leur cible. Il continua à tirer. La troisième toucha Molchanov en plein torse, sans produire aucun effet. Le géant courait toujours, le couteau brandi en l'air, la lame triangulaire étincelante.

Le quatrième coup atteignit Molchanov à l'épaule, le faisant pivoter juste assez pour exposer le bourrelet de sa cicatrice. C'est là que Jacob dirigea son cinquième tir, non parce que c'était une cible large ou commode, mais juste quelque chose qu'il haïssait et qu'il avait envie de détruire.

La balle traversa le cou de Molchanov, ressortit en lui arrachant un cône de chair.

Aussitôt, il cessa de bouger. Ses genoux cédèrent et il s'effondra sur le carrelage, se vidant de son sang en un jet d'une force inimaginable, des gouttelettes glacées jaillissant dans tous les sens, formant des tourbillons rosés dans l'eau de la piscine jusqu'à ce que le flot commence à se tarir, et lui à changer.

Il conserva sa taille en hauteur, mais se contracta en largeur et en épaisseur, les parois de son corps comme aspirées vers l'intérieur pour combler le vide laissé par l'effusion de sang. Ses bras ressemblaient à deux brindilles cartilagineuses, son visage à un pruneau ridé. Sa peau, aux endroits où elle était visible, passa du rose au gris pâle, puis s'assombrit en un bleu ciel étrange, émaillé de craquelures telle la surface d'une vieille porcelaine.

Jacob vint s'agenouiller devant lui. Molchanov avait toujours les mains à son cou, agrippant le couteau de potier entre deux doigts desséchés, comme s'il comptait s'opérer lui-même.

Jacob le lui reprit.

Il lui posa le canon du pistolet au milieu du front et tira à bout touchant. L'éruption fut blanche, toute blanche, puis bleue, puis rien.

Jacob se réveilla, la joue collée au sol, la poitrine en feu comme si on l'avait transpercée d'une lance, un sifflement strident dans l'oreille droite. Il sentait dans sa bouche le goût du sang, pas frais, plutôt un haut-le-cœur qui menaçait au fond de sa gorge, mêlé au goût acide d'un autre fluide : de la bile.

Il roula sur lui-même et se hissa sur les coudes.

Molchanov n'était plus là.

Ni son corps, ni ses vêtements, ses bottes, sa bague.

Un voile de poussière bleutée planait encore dans l'air. Il avait commencé à retomber tranquillement, se déposant sur une vaste surface, saupoudrant la peau de Jacob, lui piquant les yeux, lui brûlant les sinus.

Il se leva, dégoulinant, toussant, souillé, et s'éloigna en titubant de ce nuage toxique, en direction du corps inerte de Mai.

On aurait dit un chiffon de peau jeté sur une des marches en marbre, ses mains noueuses encadrant une plaie affreuse qui lui tailladait le ventre d'une hanche à l'autre, béante, les bords durcis et retroussés sur eux-mêmes. Elle semblait avoir perdu la moitié de sa masse corporelle.

Pourtant, ses lèvres bougeaient lorsque Jacob se laissa tomber à genoux près d'elle, lui caressant frénétiquement le visage, la poitrine, tout sauf la blessure elle-même.

Elle murmurait, de moins en moins audible, déjà presque plus là.

La nuit dans la serre lui revint en mémoire : un jaillissement de boue dans sa gorge, dans ses veines, qui lui avait redonné des forces. Il se pencha pour poser sa bouche sur la sienne, mais elle secoua la tête.

« Toi », dit-elle.

Tout bas. Si faible. Jamais il n'aurait imaginé qu'elle puisse être aussi faible.

« Toi », répéta-t-elle en refermant ses doigts autour des siens.

Il la sentit s'affaisser d'un coup.

Il baissa les yeux.

Elle lui tenait la main.

Il tenait le couteau.

Il lacéra la jambe de son pantalon, pinça la peau de sa cuisse et, avec un grognement, y tailla une incision de quinze centimètres.

Le sang affleura.

Jacob y trempa les doigts et en enduisit un coin de la plaie, regardant la chair se réhydrater, se ranimer, retrouver sa souplesse.

Il rapprocha les deux bords de la lésion l'un contre l'autre.

Le coin se recolla comme de l'argile humide.

Il continua à pomper son propre sang, à l'en badigeonner, à la réparer. À certains endroits, les deux bords étaient si écartés qu'il devait tirer dessus, le plus délicatement possible, pour les réunir. Au milieu de son ventre, là où aurait dû se trouver son utérus, il remarqua une sorte de languette qui dépassait ; un objet extérieur, un corps étranger. Il songea à l'enlever, mais hésita, plissant les yeux pour l'examiner de plus près.

Et il vit ce que c'était.

Un lambeau de papier entortillé, portant le nom de Dieu à l'encre noire.

C'était ça dont Molchanov avait cherché à s'emparer.

Jacob le replaça soigneusement à l'intérieur.

Mai prit une brusque inspiration. Cligna des yeux.

Mais il ne saignait pas suffisamment pour la sauver. Alors il traça d'autres incisions sur sa jambe, plus courtes mais plus profondes, et continua à la raccommoder jusqu'à ce qu'elle ait enfin retrouvé son intégrité. Le visage toujours aussi gris, elle souffla d'une voix rauque : « Merci. »

Il se laissa aller en arrière, perclus de douleur.

« Il faut qu'on arrête de se voir dans ces conditions », dit-il.

Mai laissa échapper un rire, qui se lézarda aussitôt et se mua en haut-le-cœur. Jacob lui passa un bras sous le dos et la serra contre lui, sentant l'arête de sa colonne vertébrale.

« Tu peux voler ? demanda-t-il.

– Je ne suis pas sûre, marmonna-t-elle.

– Tu ne veux pas essayer ?

– Je ne crois pas que j'aurai la force de nous porter tous les deux.

– Et toi toute seule ? »

Elle le dévisagea.

« Qu'est-ce que tu vas faire ?

– Je vais me débrouiller. »

Les coupures sur sa jambe pleuraient sans discontinuer.

« Il faut que tu ailles te mettre à l'abri, reprit-il. C'est-à-dire loin de moi. »

À cet instant précis, il savait à quoi elle pensait, parce qu'il y pensait aussi : *pour l'éternité.*

« Ne le dis pas », prévint-il.

Elle eut un sourire las.

« Je n'allais pas le dire.

– Mais tu allais dire quelque chose.

– Simplement qu'on se reverra. »

Il lui déposa un baiser sur le front. Desserra son étreinte.

Il se tourna et se traîna tant bien que mal, pataugeant dans une eau tiède sanguinolente, jusqu'au corps d'Odette Pelletier. Le temps qu'il la fouille pour lui prendre son téléphone et qu'il trouve le numéro de Vallot dans ses contacts, Mai avait déjà disparu.

Jacob contempla fixement l'endroit où elle gisait une minute plus tôt.

Il ferma les yeux et appuya sur le bouton pour enclencher l'appel, s'imprégnant du silence avant que la sonnerie ne commence à retentir au bout du fil. Par bonheur, elle sonna très longtemps avant que Vallot ne décroche.

# 51

Jacob apprit que le terme français pour *intensive care unit* était *service de réanimation*, ce qui le fit rire jaune.

Outre ses lacérations à la cuisse, il avait une contusion cérébrale et le tympan droit perforé. Son crâne était un ramassis de douleurs sans nom. Le médecin lui avait annoncé une hospitalisation d'au moins deux semaines, voire trois. Prendre l'avion était exclu.

Pas de problème. Il n'était pas près de repartir. Vallot, debout à son chevet, lui avait demandé d'une voix penaude de rester à Paris jusqu'à ce qu'ils aient fini de tout démêler.

Jacob comprenait : un flic mort, même véreux, était quand même un flic mort, et il était le seul témoin vivant.

Le récit qu'il livra à Vallot était littéralement vrai, quoique lacunaire.

Pelletier avait tué Tremsin.

Molchanov était intervenu et avait tué Pelletier.

Malgré ses blessures, Jacob avait réussi à s'enfuir au milieu du chaos et à appeler les secours.

Il insista sur certains détails – l'aiguille dans le bracelet de Pelletier – en espérant que les expertises de la police scientifique suffiraient à combler les trous.

En s'entendant parler, cependant, il n'était qu'à moitié convaincu.

Vallot lui tapota l'épaule en lui promettant de revenir plus tard.

« Et le porte-clés ? demanda Jacob. Vous avez trouvé des empreintes dessus ?

– Je ne peux pas discuter du dossier », répondit Vallot avec un sourire triste.

Jacob lui rendit son sourire en disant qu'il compatissait. Après quoi il demanda à Vallot s'il pouvait lui emprunter son téléphone : Molchanov avait jeté le sien dans la piscine.

« Il faut que je prévienne ma hiérarchie. »

Vallot sortit de la chambre pour lui laisser un moment d'intimité. Jacob s'efforça de limiter la conversation à son strict minimum, se contentant d'un compte rendu largement expurgé.

« J'arrive le plus vite possible », rétorqua Mike Mallick.

Le lendemain, Vallot revint avec un enquêteur dénommé Sibony et un ordinateur portable. Ils avaient saisi les bandes de la vidéosurveillance, qu'ils avaient visionnées pendant des heures. Les allées et venues des gens à l'intérieur comme à l'extérieur de la résidence corroboraient le récit de Jacob.

Cependant, il n'y avait pas de caméras dans le spa, si bien qu'il était impossible de vérifier les dernières minutes, les plus cruciales. Il restait une chose, en particulier, qu'ils n'arrivaient pas à comprendre.

Ils montrèrent à Jacob un clip sur lequel défilait un time-code. L'image était muette, mais très nette, et en couleurs.

Molchanov, accompagné de deux gardes, montait par l'ascenseur.

Quelques minutes plus tard, les gardes redescendaient.

Molchanov n'était pas ressorti par l'ascenseur.

Il n'était pas ressorti par l'escalier.

Les policiers avaient retrouvé son manteau, trempé.

Mais lui, où était-il ?

« Je ne sais pas », répondit Jacob.

Silence gêné.

Sibony appuya sur une touche de l'ordinateur, et une seconde vidéo démarra.

Un Paul Schott agité faisait les cent pas dans une pièce étriquée, tenu à distance par une horde de gardes.

« Merde », souffla Jacob.

Il savait à présent pourquoi Molchanov semblait si pressé, pourquoi le dernier garde présent à l'étage du spa s'était retiré : il fallait tous les bras disponibles pour contenir Schott, qui grognait et trépignait tel un bœuf enragé, rougeaud, tremblant, indifférent à la forêt de mitraillettes braquées sur lui. Complètement nu, à part ses chaussettes, car il avait été fouillé au corps.

*Très courageux.*

*Et aussi très stupide.*

Schott se jeta sur eux.

Pour un homme de sa corpulence, il était incroyablement rapide ; si rapide, à vrai dire, qu'aucun des gardes n'eut le temps de tirer. À la place, ils lui sautèrent dessus, formant une mêlée qui ne fut bientôt qu'une boule de violence déchaînée contre lui, à coups de poings, de pieds, de crocs. Connaissant l'issue de la bagarre, Jacob avait du mal à regarder les images. À un moment, Schott parut reprendre le dessus. Il attrapa une arme et utilisa un des gardes comme bouclier humain. Il hurlait, essayant de se frayer un passage en force. Et il commençait à faire des progrès. Ses adversaires reculaient.

Jacob avait envie de fermer les yeux.

Dmitri Molchanov surgit alors dans le cadre, tirant sans hésitation, vidant son chargeur dans le corps de Schott à travers celui du garde.

Un éclair blanc aveugla l'écran, brouillant la mise au point de la caméra avant que tout ne s'éteigne.

Vallot mit la vidéo sur PAUSE et ouvrit une nouvelle fenêtre qui montrait une photo de la pièce, prise manifestement plus tard.

Une ombre bleutée pulvérisée sur les murs.

Jacob s'affaissa, empli de fierté et de chagrin.

Les enquêteurs français attendaient sa réaction.

Que pouvait-il dire ?

Analysez la poussière bleue ? Relevez les traces ADN dedans ? Comparez-la à celle du spa ?

Il laissa le silence s'étirer.

Sibony semblait gêné de devoir admettre qu'ils n'avaient pas réussi à retrouver le corps de son ami.

Mais ils n'avaient pas fini de fouiller la maison, ajouta Vallot.

Mallick arriva l'après-midi même. Les cernes sous ses yeux étaient plus marqués que jamais. Il ferma la porte derrière lui, tira une chaise, s'affala dessus et dit : « Racontez-moi. »

Jacob s'exécuta, omettant volontairement la nuit où il avait survolé Paris en compagnie de Mai, dont il réduisit la participation à un rôle de figuration dans le spa.

Le commandant ne montra aucune réaction, jusqu'à ce que Jacob lui décrive la vidéo des derniers instants de Schott. Alors, sa joue tressaillit.

« Ça a été filmé ? s'inquiéta-t-il.

– Ce n'est pas très concluant, répondit Jacob. Ils en sont à l'hypothèse que son corps a été déplacé quelque part. »

Mallick le fixait sans rien dire.

« Je suis désolé, monsieur.

– Désolé pour quoi, exactement ?

– Pour ce qui est arrivé à Paul, monsieur. Sincèrement désolé. »

Le seul moment où Jacob aurait pu s'attendre à quelque émotion de la part de Mallick, c'était maintenant. Mais ce dernier se contenta d'un hochement de tête froid.

« Oui, dit-il, ça fait beaucoup de bordel à déblayer derrière. Même pour nous. »

Jacob ne répondit pas.

« Et elle, vous l'avez approchée de près ? reprit le commandant.

– Pas de près, non.

– Je ne suis pas sûr de vous croire.

– Je ne sais pas quoi vous dire, monsieur.

– La vérité, j'aime autant.

– Est-ce que Moscou possède sa propre division des Projets spéciaux ? s'enquit Jacob.

– Que voulez-vous dire par là ?

– Molchanov aussi essayait de capturer Mai. Pareil que vous.

– Pas pareil, non, rétorqua Mallick. Pas pareil du tout.

– Alors qui est-il ?

– Ce n'est pas lui le principal problème.

– Sans vouloir vous contredire, monsieur, pour moi c'était un sacré problème.

– Vous n'y êtes pas, inspecteur, s'agaça Mallick. Lui, c'est un individu. Et moi, ce qui m'importe – ce qui devrait vous importer à vous aussi – c'est de savoir qu'il y en a d'autres comme lui dans la nature, qui attendent leur tour. Qui la surveillent. Qui la traquent. »

Il se pencha et enroula ses doigts pâles autour des barreaux du lit.

« Vous comprenez, maintenant, pourquoi il est si urgent qu'on arrive à la maîtriser ? Sinon, quelqu'un le fera avant nous. Et croyez-moi, vous le regretterez.

– Combien d'autres ? » demanda Jacob.

Mallick parut d'abord perplexe, puis découragé.

« Je n'en sais rien. Sincèrement, je n'ai même pas envie d'y penser. Quel qu'ait été leur nombre jusqu'à présent, vous pouvez être sûr qu'il va y en avoir beaucoup plus désormais, vu la façon dont ça s'est terminé cette fois-ci. Je n'ai aucun moyen de bloquer le flot d'informations. Avec Pernath, on avait au moins des cadavres. Mais là… Combien y avait-il de gens dans cette maison ? Cinquante ? Cent ?

– Ils n'ont rien vu, affirma Jacob.

– Quelques-uns d'entre eux, si. Ils ont vu ce qui était arrivé à Paul. Et même, passons. Mais *une vidéo* ? Je ne veux même pas commencer à y penser. »

Il ne cessait d'agiter ses longues jambes nerveusement.

« Je n'ai pas été conçu pour opérer dans le monde d'aujourd'hui, reprit-il. Aucun d'entre nous, d'ailleurs. Les médias, YouTube… On passe notre temps à essayer de rattraper notre retard.

– L'adaptation, c'est la clé de la survie », lui rétorqua Jacob.

Mallick eut un petit rire triste.

« L'Internet est plein de brouhaha, commenta-t-il. Plus personne ne croit ce qu'il voit. C'est ce que je me dis. Mais qui sait ? Voilà, maintenant vous savez ce qui m'empêche de dormir la nuit.

– Si ça fuite, songea Jacob à voix haute, ils vont se mettre à me traquer moi aussi.

– Il y a de fortes chances, oui », confirma Mallick.

Silence.

« C'est pour ça qu'il faut qu'on puisse se faire confiance mutuellement », ajouta-t-il.

La devise de la police : *aidez-nous à vous aider*.

« J'apprécie la proposition, monsieur.
– Ça ne veut pas dire oui, ça.
– J'ai besoin d'y réfléchir.
– Qu'est-ce qu'il y a à réfléchir ?
– Je n'ai eu droit qu'à un échantillon, c'est vrai, répondit Jacob. Mais quand il s'agit de me protéger, monsieur, vos antécédents sont nuls à chier. »

Un temps.

« D'accord, Lev, finit par rétorquer Mallick. Merci pour votre franc-parler. »

Ils restèrent un moment assis sans rien dire, dans une impasse pleine de respect mutuel. Une infirmière arriva pour prendre le pouls et la tension de Jacob. Après son départ, Mallick se leva.

« Je vais devoir récupérer le couteau, dit-il.
– Quel couteau, monsieur ? »

Mallick esquissa un sourire.

« Très bien, comme vous voudrez.
– Je peux vous demander un service, monsieur ?
– Vous ne manquez pas d'air, Lev.
– Appelez mon père. Dites-lui que je vais bien. »

Mallick hocha la tête.

« Je loge au Bristol pendant deux jours, ajouta-t-il. Chambre 613, si jamais vous avez besoin de moi. Sans ça, quelqu'un s'occupera de votre rapatriement dès que ce sera possible.
– Merci, monsieur.
On se voit à votre retour, inspecteur. »

Jacob appela l'infirmière et lui demanda de vérifier si son géant d'ami était encore à l'étage.

Elle revint en lui disant qu'il avait signé le registre des sorties.

Jacob la remercia, elle lui sourit et s'éclipsa en refermant doucement la porte.

Il compta jusqu'à trente avant de repousser sa couverture et de clopiner jusqu'à la commode.

Dans le tiroir du bas se trouvait un sac d'hôpital en plastique contenant ses chaussettes incrustées de sang séché et ses chaussures souillées : les seules affaires récupérables après qu'on lui avait découpé sa chemise et son pantalon aux urgences.

Il sortit la chaussette de la chaussure gauche afin d'y repêcher les deux objets qu'il avait réussi à y dissimuler pour les emporter de chez Tremsin.

La bague de Tremsin. Le couteau de potier.

Jacob posa la bague sur la commode.

Prenant soin de ne pas emmêler ni débrancher les tubes de ses perfusions, il s'agenouilla et tordit la lame du couteau contre le linoléum.

Le métal était fin mais étonnamment dur. Jacob laissait échapper des petits grognements, et le moniteur de son tensiomètre se mit à sonner.

Il attendit qu'il se calme avant de reprendre ses efforts, courbant la lame à quatre-vingt-dix degrés avant qu'elle se brise net au niveau du manche et fuse sous le lit tel un éclat d'obus.

Il la ramassa et la déposa dans la poubelle de sa chambre réservée aux déchets dangereux. Quant au manche en bois, il le jeta dans la corbeille normale. Il remit la bague dans la chaussette, la roula en boule, la fourra au fond de la chaussure. Il replaça enfin les chaussures dans le sac en plastique, qu'il rangea dans le tiroir du bas.

Son tensiomètre s'affolait de nouveau.

Il remonta dans son lit, attrapa à tâtons le bouton de la morphine. En appuyant dessus, il reçut instantanément une dose de *rien à foutre*. Les contours s'émoussèrent et il songea à Divya Das en se demandant s'il recoucherait avec elle un jour.

Il pressa le bouton une deuxième fois. Ce coup-ci, il n'en avait vraiment plus rien à foutre. Il était le mec le plus heureux et le plus insouciant de tout Paris.

Il pensa à Mai, frêle et affaiblie, mais pourtant protectrice, reprenant vite des forces.

Il pensa à son père. Il n'était pas prêt à lui pardonner, mais il avait envie d'être prêt, il avait envie d'y arriver et, histoire de se donner du courage, il appuya une troisième fois sur le bouton.

La machine bipa. Elle ne voulait plus lui en donner. Il s'en foutait. Il ne se sentait pas abandonné pour autant. La machine s'inquiétait pour lui, et c'était drôlement sympa. Il rappuya quand même sur le bouton, écouta la machine lui biper son refus, et il songea à sa mère en continuant d'appuyer, parce que ça paraissait tellement agréable de pouvoir faire une demande aussi simple, une simple demande chimique. Même si la réponse était non, il y avait une satisfaction dans la requête. D'une certaine façon, la requête elle-même était la récompense, alors il continua à appuyer sur le bouton, bien après que le rideau de sa conscience fut tombé et que sa tête se fut remplie d'un foisonnement d'images à la limite entre le rêve et le cauchemar, bien après que l'infirmière fut revenue en courant pour savoir ce que c'était que ce raffut.

# 52

Cinq jours plus tard, un chef de mission de l'ambassade américaine, d'une stature moyenne parfaitement rassurante, se présenta pour remettre à Jacob un passeport tout neuf et l'informer que leurs services avaient obtenu qu'on l'autorise à quitter le territoire français.

« La question de savoir si vous êtes en état de voyager est une autre affaire », ajouta-t-il.

Le médecin pensait que non. Il refusa de signer sa décharge, affirmant qu'il risquait d'endommager définitivement ses capacités auditives s'il prenait l'avion trop tôt.

Il s'avéra que l'avis du corps médical avait bien plus de poids en France qu'aux États-Unis. Jacob passa les jours suivants à arpenter les couloirs d'un pas rageur.

Il fallait qu'il échappe aux croissants rassis, au café rance.

Il fallait qu'il s'éloigne de l'appareil à morphine.

Un ordinateur était à la disposition des patients du service. Jacob remonta la liste de ses e-mails non lus. Essentiellement des spams, mais il y avait quand même un message de Divya qui lui souhaitait un prompt rétablissement.

Et un autre de Susan Lomax.

Elle l'avait envoyé l'après-midi de sa visite à la résidence de Tremsin, à dix heures trente-quatre du matin, heure californienne, en réponse à la photo de Dmitri Molchanov que Jacob lui avait précédemment adressée.

Son texte était bref.

*C'est lui.*

Jacob fut pris de vertige.
S'il l'avait contactée plus tôt, peut-être aurait-elle répondu plus tôt.
Peut-être qu'il ne serait pas entré dans la maison.
Peut-être que Schott serait toujours en vie.
Jacob songea à effacer le message.
Il le conserva, comme une leçon à lui-même. De quoi ? Il ne le savait pas trop.

Crevant d'ennui, son esprit ayant recouvré une lucidité insupportable, il se surprit à penser à Arkady Tremsin, qui l'avait confondu avec quelqu'un d'autre. Il passa un long après-midi à éplucher les bases de données universitaires en accès libre, parcourant les noms de tous les coauteurs de Tremsin.
Il trouva sa réponse dans le numéro de février 1995 de *La Recherche chimique.*

**UNE NOUVELLE MÉTHODE POUR LA PURIFICATION DES TELLURES D'ALKYLE**
***A.L. Tremsin, J.-M. Saint-Seurin, K. Viswanthan, F.-L. Lev***

Une rapide enquête révéla que F.-L. Lev n'était autre que François-Louis Lev, professeur émérite de chimie à l'université de Lyon, désormais en poste à l'université de Calgary. Il possédait une page Web active, comportant un lien vers son adresse e-mail. Jacob hésita à lui écrire mais décida finalement que ça n'avait pas d'intérêt.

Un vendredi de bon matin, Dédé Vallot arriva avec la valise de Jacob, qu'il avait récupérée à l'hôtel, ainsi que son insigne, son portefeuille et le dossier de Marquessa Duvall, qui n'étaient désormais plus sous scellés.
Ils montèrent tous les deux dans la Citroën blanche de Vallot.
Dans l'intimité de la voiture, il redevint l'homme que Jacob avait connu dans le bar : chaleureux, animé par un mélange de camaraderie, de curiosité et de mépris pour l'autorité.

Les débuts de l'enquête avaient été prometteurs. Les empreintes retrouvées sur le porte-clés avaient permis de le relier à Molchanov. Sans preuve formelle de son décès, les supérieurs avaient choisi de le considérer porté disparu. Il était recherché comme témoin dans les homicides de Lidiya et Valko Georgieva. Paul Schott aussi était porté disparu. Le *juge** enquêtant sur Odette Pelletier avait ordonné qu'on fouille dans son passé : relevés téléphoniques, bancaires et autres.

Mais tout ça s'était arrêté avant de commencer. Vallot tenait de source sûre – par son copain des Renseignements – que la Direction générale de la sécurité intérieure était intervenue. L'affaire était maintenant classée secrète. Vallot avait été réaffecté au meurtre d'un dealer.

Il s'excusa d'avoir malmené Jacob. Ses termes exacts furent : « Pardon de m'être comporté comme un connard.

– Si vous voulez vous racheter, rétorqua Jacob, j'ai une proposition. »

À l'aéroport, Vallot se gara au parking, coupa le moteur et tendit son téléphone à Jacob.

Celui-ci tapa *Prague novembre 1982*.

« Au fond de la bibliothèque de Tremsin, indiqua-t-il. Dans une armoire vitrée fermée à clé. Les titres sont en cyrillique. Il y en a plein. J'ai juste besoin de celui-là. »

Vallot rempocha son téléphone sans même y jeter un coup d'œil.

« Je pense que c'est trop difficile, rétorqua-t-il.

– Essayez, d'accord ? C'est tout ce que je vous demande. »

Vallot acquiesça et ouvrit le coffre.

À l'intérieur se trouvaient la valise de Schott et un sac en plastique contenant ses vêtements et ses bottes de cow-boy, récupérés dans la maison.

« Je suis désolé pour votre ami, dit-il.

– Moi aussi pour le vôtre », répondit Jacob.

Un flic pour l'accompagner côté départ, un autre pour l'accueillir à l'arrivée.

Mel Subach l'attendait après la douane à l'aéroport de Los Angeles, adossé à un pilier tapissé de moquette. Il avait considérablement maigri, mais il n'avait pas l'air en forme pour autant ; son nez était couvert de couperose, ses cheveux blonds en bataille.

Il serra la main de Jacob en évitant son regard. Il ne décocha pas un mot tandis qu'ils montaient dans la Crown Victoria et se dirigeaient vers la I-405.

Avant de signer la décharge de Jacob, le médecin l'avait une nouvelle fois mis en garde contre les risques d'un voyage en avion. À présent, Jacob éprouvait une douleur cuisante dans l'oreille et entendait un grésillement de mauvais augure, telle une nuée d'insectes juste au-dessus de l'horizon. Il prit une grande inspiration pour essayer de penser à autre chose et regarda sa ville défiler par la fenêtre arrière, sa palette de beiges, de gris et d'ocres si différente de Paris. La qualité acide de la lumière. Le goût rouillé de l'air.

Ça lui semblait honnête.

« Tu dois être content de rentrer », finit par dire Subach.

Jacob perçut la note de reproche. Il était rentré ; pas Schott. À vrai dire, il était déjà pétri de culpabilité, il n'avait pas besoin qu'on en rajoute. Mais il jeta un coup d'œil à Subach dans le rétroviseur et lut la dévastation sur son visage ; il se souvint de la *chivah* pour sa mère, des condoléances qui avaient pour seul effet de faire résonner davantage l'absence.

Mieux valait un remède de cheval tout de suite. Un pansement sur le cœur, suffisamment solide pour vous mener à l'étape suivante.

Calmement, il entreprit alors de raconter à Subach les derniers jours de Schott, mêlant les aspects prosaïques et désagréables, étranges et héroïques. Il évoqua la fois où Schott avait failli vomir à cause de l'odeur d'un kebab d'agneau ; il lui répéta, du mieux qu'il put, son mini-sermon de ce soir-là.

« Je dois avoir chez moi quinze exemplaires de ce bouquin débile, rétorqua Mel. Il n'arrêtait pas de me l'offrir, comme si, à force, il arriverait à me convaincre de le lire. »

Jacob lui rapporta autre chose que Schott lui avait confié : que Mel lui avait sauvé la vie.

Au volant, Subach gardait les yeux fixés sur la route, les joues humides.

Jacob raconta comment Schott l'avait mis KO dans le lobby de leur hôtel.

Mel laissa échapper un rire rauque.

« Ouais, c'est vrai qu'il était un peu soupe au lait. »

Jacob dit que Schott lui avait promis de lui montrer sa bande-démo d'acteur.

« Aïe aïe aïe, épouvantable ! répliqua Subach. C'est pour ça qu'il était chauffeur de limousine. Il t'a raconté qu'il détestait Hollywood, je parie. C'est des conneries. C'est juste qu'il jouait comme un pied. »

Jacob décrivit le moment où ils s'étaient retrouvés enfermés dans une pièce de l'ambassade de Russie ; l'expression sur le visage de Schott quand Molchanov les avait séparés.

Il lui parla de la vidéo en disant : « Il s'est battu comme un diable. »

Subach s'essuya le nez d'un revers de manche.

« Merci de m'avoir dit tout ça. »

Jacob opina.

« Et sinon, reprit Subach, quel est ton programme pour les jours qui viennent ?

– Appeler la famille de mes victimes.

– Et après ?

– Je n'ai pas réfléchi aussi loin. Aller voir un ORL, sans doute.

– Le commandant m'a chargé de t'informer que ton travail aux archives était temporairement suspendu.

– Ça me va, rétorqua Jacob. Où suis-je réaffecté ?

– Il n'a pas encore décidé. »

Subach marqua une pause avant d'ajouter :

« Il te fait aussi dire de ne pas t'attendre à une prime. »

Alors qu'ils étaient garés devant son immeuble, Jacob se pencha en avant et tendit à Subach le sac qui contenait les affaires de Schott.

Subach regarda longuement à l'intérieur.

« Je ne crois pas que ça pourra m'aller, maintenant.

– Les bottes, peut-être », répondit Jacob.

Mel hocha la tête d'un air hésitant.

« Et puis, à ta place, je n'en mettrais pas ma main au feu, reprit Jacob. Tu vas voir que tu vas reprendre tout ce que tu as perdu. »

Subach éclata de rire.

« Allez, fous-moi le camp ! »

Jacob sourit et sortit de la voiture.

Il téléphona à Dolly Duvall.

« Vous êtes sûr que c'était cet homme ? demanda-t-elle.

– Sûr et certain.

– Et il est mort ?

– Oui. »

Silence au bout du fil.

« Je ressens quelque chose, finit-elle par répondre, mais je ne peux pas encore dire quoi. »

Elle laissa échapper un profond soupir.

« Enfin, reprit-elle. Vous m'aviez promis de faire de votre mieux, et je crois que vous avez tenu parole.

– Merci du compliment, madame.

– Maintenant, je vais avoir besoin de votre adresse.

– Pardon ?

– Vous voulez un *crumb cake*, oui ou non ? »

Il avait plusieurs messages sur son répondeur : un de son père, un de Divya, et deux du lieutenant-colonel Jan Chrpa dans l'espace des dernières vingt-quatre heures.

*Rappelle-moi s'il te plaît, c'est important.*

*Jacob, c'est Jan encore. J'ai appelé ton mobile. Où tu es, s'il te plaît ?*

Il était minuit passé à Prague. Jacob composa quand même le numéro.

« *Ahoj.*

– J'espère que je ne te réveille pas, dit Jacob.

– Non, ça va, c'est calme. »

Les enfants chamailleurs semblaient couchés. Jacob entendit Jan poser le combiné, ouvrir un tiroir grinçant.

« Je ne voulais pas t'écrire un mail. J'ai pensé peut-être ils contrôlent. »

Sans doute, en effet. Mais ça n'avait plus d'importance ; ce n'étaient pas les Projets spéciaux qui représentaient le plus grand danger pour sa mère.

« Merci, dit-il. J'étais en déplacement pour une affaire. Qu'est-ce qui se passe ?

– Tu te souviens cette division, l'ÚDV ?

– Pour les crimes commis à l'époque du communisme.

– Oui. Ils ont un grand bâtiment, c'est comme une bibliothèque. J'ai fait des recherches pour les choses dont tu m'as parlé. Sur Arkady Tremsin, dans l'ordinateur, il n'y a rien. Mais il manque beaucoup de dossiers.

– Purgés.

– Oui, ou quelqu'un a mis au mauvais endroit. Ou il y a un dossier, mais les noms sont noirs. Sur l'hôpital de Bohnice, la matière est grande, beaucoup de cartons. Ça me prendra trop de temps, alors j'ai commencé à regarder les meurtres de ces années-là. »

Il marqua une pause avant de reprendre.

« Jacob, j'ai eu la surprise. »

Marie Lašková, trente-sept ans.

Son fils de six ans, Daniel.

Tués par balle.

Les paupières découpées. Les corps mis en scène.

Marie venait de sortir de Bohnice.

« Ils étaient derrière la synagogue, poursuivit Jan. Au même endroit que la tête de la dernière fois.

– Non élucidé, devina Jacob.

– Oui. Mais attends, ça devient encore plus bizarre. N'importe quelle personne tchèque peut demander de consulter ces dossiers. C'est pour que les gens peuvent connaître la vérité. Quand tu demandes, tu dois remplir une formule avec ton nom et ta date de naissance. Ce dossier, il y a seulement une personne qui l'a voulu, poursuivit Jan. Peter Wichs, cet homme juif qui travaille à la synagogue. J'ai pensé : ah, ok, il est responsable de la sécurité, c'est important pour lui. Mais le meurtre est en 1982. Cet homme, maintenant, je m'en souviens, il a environ quarante ans, donc à l'époque il était enfant.

– Tu sais à quelle date il a demandé à voir le dossier ?

– La première fois, le 9 mars 2000. Et une autre fois le 20 juin.

– De la même année ?

– Oui, 2000. »

Une date marquée au fer-blanc.

20 juin 2000.

Trois semaines avant la deuxième tentative de suicide de Bina.

« Est-ce qu'il y a des photos dans le dossier ? demanda Jacob. Des victimes ?

– Oui, quelques-unes. Je peux t'envoyer des copies.

– S'il te plaît, oui. Merci.

– Ok, dit Jan. Il y a un problème ?

– … Non. »

Un temps.

« Quels sont les diminutifs pour quelqu'un qui s'appelle Marie ? reprit Jacob.

– Les diminutifs ?

– Les surnoms. Pour Jacob, par exemple, c'est Jake, ou Jack.

– Ah. Ok. Pour Marie, on peut dire Marča, Mařenka, Máňa, Manka…

– Et Maïka ?

– Oui, aussi.

– Comment ça s'écrit ?

– M-a-j-k-a. C'est important ? »

*Elle a crié ce nom dans son sommeil.*

Jacob lui parla de Dmitri Molchanov.

« C'est lui, alors ? demanda Jan. Pas Tremsin ?

– Pour les meurtres, oui.

– Où est Molchanov, maintenant ?

– Il est mort.

– Ah, fit Jan. Très bien. »

Avant de raccrocher, Jacob le remercia une nouvelle fois et lui promit une troisième bière.

Son oreille droite le lançait horriblement. Il alla chercher des glaçons dans la cuisine, en calculant combien de temps il lui faudrait attendre pour pouvoir appeler Peter Wichs sans le réveiller.

# 53

*1. července 2000*

*Milá Bina,*

*C'est avec appréhension que je te joins ici les photographies que tu m'as demandées. Cela fait une semaine que je me torture pour savoir si je dois te les envoyer ou pas. Elles sont extrêmement choquantes, et j'espérais que la lecture du rapport suffirait à te convaincre qu'il vaut mieux laisser le passé là où il est.*

*Cependant, je suis également conscient qu'il n'y a pas de ligne droite pour sortir du chagrin, et que la destination se cache souvent derrière un voile. On avance sans jamais savoir si on arrivera dans un jardin ou une ruine, ni d'ailleurs si on arrivera tout court.*

*Mais j'implore ton pardon : tu ne m'as jamais demandé ma permission.*

*Permets-moi d'observer que ton niveau de tchèque est resté remarquable, ce qui est heureux car je ne saurais exprimer mes pensées en anglais. Sans doute que si j'ose t'écrire ainsi, c'est que face à toi je me vois encore comme un enfant de neuf ans, un peu insolent. Je crois aussi qu'une partie de moi aimerait pouvoir te protéger, comme en guise de remerciement, bien que dérisoire.*

*Je voudrais préciser que j'ai été ravi d'avoir de tes nouvelles, quelle qu'en soit la motivation. Je me rends compte que ça ne s'est peut-être pas senti au téléphone. Inévitablement, il y a une certaine douleur à revisiter cette époque, et un filtre déformant plane sur mes souvenirs. Certains détails de ce qui s'est passé me paraissent plus tangibles que la chaise sur laquelle je suis assis. D'autres se sont complètement effacés. Et il faut bien reconnaître que le temps n'est pas sélectif, flattant le bon comme le mauvais à parts égales.*

*Tu m'as interrogé sur mon père. J'ignore toujours les circonstances exactes de sa mort. Je crois que l'article que tu as lu mentionnait que les archives criminelles viennent tout juste d'être ouvertes au public. Ils ont donc reçu une demande d'informations considérable, alors même que la majorité des dossiers ne sont pas encore triés. Tôt ou tard, le nom de mon père finira par apparaître dans le registre. J'accepte que ce jour puisse mettre du temps à venir. J'imagine que les efforts diminueront quand quelqu'un décrétera que toute cette énergie serait mieux dépensée à s'occuper du présent ou à construire l'avenir.*

*Parfois, j'ai tendance à le penser moi-même. Notre nation semble impatiente de se débarrasser du joug de l'histoire, ou du moins de pouvoir en tirer profit. Sais-tu qu'il est question d'ouvrir un musée du Communisme ? Il sera rue Na Příkopě. Le conservateur m'a consulté, en raison de mon rôle au Musée juif, pour avoir des renseignements sur notre communauté. Au bout du compte, il a été décidé de séparer les deux sujets, chaque partie préférant rester maîtresse de son petit lopin d'histoire.*

*Lors de ma deuxième visite aux archives, j'en ai profité pour chercher les noms des hommes dont tu m'avais parlé. Je suppose que tu ne seras pas étonnée d'apprendre que je n'ai rien trouvé concernant les deux Russes.*

*Il y a en revanche un dossier assez étoffé sur Antonín Hrubý, qui, à l'âge de soixante-huit ans, coule une retraite paisible dans la banlieue de Prague. Le gouvernement a été lent à poursuivre les personnes ayant fait carrière sous le précédent régime. Beaucoup ont conservé des postes de pouvoir, car elles sont les seules à suffisamment bien comprendre le système pour continuer à le faire fonctionner. Une poignée ont dû répondre de leurs actes, dans ce qui ressemble à une justice purement symbolique.*

*Pourtant, comme avant, je pense que nous devons faire l'effort de l'accepter. On nous a déjà volé un demi-siècle. Nous pouvons choisir de consacrer le temps qu'il nous reste à chercher vengeance, ou bien à célébrer la vie ; ce choix deviendra notre monument.*

*Je vais te faire un aveu : il y a quelques jours à peine, je me suis dit que j'avais envie de voir Hrubý de mes propres yeux. J'ai pris le bus jusqu'à son quartier. Il habite une petite maison au toit marron, la même que toutes celles de sa rue. En approchant de la porte, j'ai commencé à avoir peur, non pas qu'un monstre vienne m'ouvrir, mais au contraire qu'il n'ait rien d'un monstre.*

*Une voisine était dans son jardin, occupée à tailler ses rosiers. Par bonheur, une vraie pipelette. Elle m'a raconté que Hrubý vivait seul. Il n'a pas de femme, et son fils est installé à Brno. Elle m'a dit qu'il passait ses journées à travailler comme bénévole au refuge pour animaux. Elle a souligné avec insistance, et non sans un certain dédain, qu'il était végétarien. Au bout d'un moment, elle a fini par se rendre compte que j'étais un parfait inconnu et elle est devenue méfiante, alors je suis parti.*

*Un jour, peut-être, je trouverai le courage d'aller toquer.*

*Que te dire encore ?*

*Pavla est morte l'an dernier, d'un cancer de l'ovaire. Nous étions restés proches, et pour cette raison j'ai été choqué d'apprendre qu'elle avait récemment entrepris de se convertir au judaïsme. Elle ne m'est jamais apparue comme une femme portée sur la spiritualité. Je suis presque sûr qu'elle était athée, la croix qu'elle portait au cou étant un simple héritage de sa grand-mère. Selon le rabbin, Pavla avait exprimé le souhait d'être enterrée auprès de mon père, dans l'hypothèse improbable où il y aurait une vie après la mort. Malheureusement, la maladie l'a empêchée de terminer sa conversion.*

*Le rabbin lui-même est un converti, un type intéressant. Il a été dramaturge par le passé. Récemment, nous avons connu des frictions au sein de la communauté, les querelles classiques entre ceux qui veulent maintenir les choses en l'état et ceux qui veulent tout changer. J'ai honte de dire que le débat a parfois pris une vilaine tournure. Sans doute pourrait-on voir ça comme un signe de bonne santé : nous sommes désormais suffisamment guéris pour pouvoir nous permettre de nous taper dessus.*

*Quant à moi, je continue mon travail à la synagogue. Il me semble t'avoir dit que je n'étais pas marié, alors si par hasard tu connais des jeunes femmes bien sous tous rapports qui aiment les défis, merci de me les envoyer par avion à Prague.*

*J'aimerais avoir davantage de choses à te raconter. En vérité, c'est le cas, mais je ne sais pas comment les dire. Je crois que j'essaie de gagner du temps parce que je ne veux pas que tu regardes ces photos.*

*Il reste cependant une question essentielle, celle des pots en terre.*

*Nous sommes dans une situation très délicate, puisque nous n'avons que celui que tu nous as laissé en partant. J'ai compris que tu n'avais pas pu utiliser l'argile que tu as emportée de Prague, mais je ne crois pas qu'il me soit possible, comme tu l'as suggéré, de t'en faire parvenir une motte fraîche. On peut toujours essayer, mais j'ai l'intuition qu'il serait de loin préférable que tu reviennes en personne afin de terminer le travail ici. Mon père ayant disparu prématurément, je ne suis pas persuadé de l'absolue nécessité de cela. Comme tu peux l'imaginer, nous avons entamé maintes conversations, jamais abouties. Il se peut que j'aie tort et que ce ne soit pas nécessaire.*

*Néanmoins, je te redemande humblement de réfléchir à m'envoyer le deuxième pot en solution de dépannage. J'avoue avoir du mal à comprendre ta réticence à le faire. Peut-être pourrons-nous en rediscuter une fois que tu auras eu le temps de prendre connaissance des photos, qui j'espère ne te chambouleront pas trop.*

*Tvůj,*
*Petr Wichs*

# 54

Sam ouvrit la porte et laissa échapper un soupir de soulagement.

« Dieu merci, souffla-t-il.

– J'avais demandé à Mallick de t'envoyer un message, répondit Jacob.

– Il m'a dit que tu avais été retenu mais que tout allait bien. »

Les lunettes noires de Sam pivotèrent en direction de l'oreille bandée de Jacob.

« Ce n'est rien, indiqua celui-ci. Je suis allé chez le médecin hier. Rien de grave.

– Mais tu es rentré », constata Sam, comme pour entériner les faits.

Jacob acquiesça.

« Tu aurais un moment à me consacrer ? demanda-t-il.

– Mais où ai-je la tête ? s'exclama Sam en s'écartant pour le laisser passer. Oui, bien sûr, entre.

– En fait, j'espérais plutôt que tu m'accompagnes. Je vais voir Ima. »

Sam déglutit péniblement.

« Laisse-moi prendre mon manteau. »

Jacob multiplia les détours.

*Ils vont se mettre à me traquer moi aussi.*

*Il y a de fortes chances, oui.*

Et Bina : était-elle également une cible, désormais ?

Était-ce la dernière fois qu'il pourrait lui rendre visite ?

Il allait devoir en parler avec Sam. Ils allaient devoir parler de la conversation que Jacob avait eue avec Peter Wichs ; ils allaient devoir parler de Prague, et de Paris.

Si Vallot lui envoyait le cahier, ils allaient peut-être devoir parler de ça aussi. Sauf que Jacob se demandait s'il ne se contenterait pas de le brûler, tout simplement.

Tant de sujets à discuter. Héritiers d'une tradition de mots, ils ne s'étaient pourtant pas parlé, réellement parlé, depuis plus de deux ans.

« Je me disais, risqua Jacob, qu'on pourrait reprendre nos sessions d'étude ensemble. Mais pas sur les trucs habituels. Sur la littérature autour du golem. Sur le Maharal. Sur l'histoire familiale. Qu'est-ce que tu en penses ? »

Il jeta un coup d'œil à son père.

« J'en pense que le hasard ne favorise que les esprits préparés.

– Marché conclu, alors ?

– Marché conclu. »

Ils arrivèrent à la maison de repos. Avant de descendre de voiture, Jacob demanda :

« Tu n'as pas un cousin à Calgary ? Un certain François-Louis ?

– Je ne crois pas, non, répondit Sam. Pourquoi ? »

Jacob tira sur la poignée de sa portière.

« Non, rien, comme ça. »

Bina était assise sous son figuier. Ses mains se mirent à remuer dès qu'elle vit Jacob et Sam sortir de la salle commune et traverser le patio.

« Salut, Ima. »

Sam arrangea la couverture posée sur ses genoux.

« Bonjour, Bina », dit-il.

Ils l'embrassèrent à tour de rôle sur la joue et s'assirent près d'elle, chacun d'un côté.

C'était le milieu de l'après-midi, la lumière déclinait, le jour prêt à tirer sa révérence. À travers une baie vitrée, Jacob pouvait voir les résidents en fauteuil roulant installés en demi-cercle autour de la télé. Rosario passait parmi eux pour distribuer les médicaments. En relevant la tête, elle aperçut Jacob et réagit d'abord avec surprise, puis avec joie en constatant qu'ils étaient trois sur le banc, non pas deux.

Elle lui fit un petit signe de la main.

Il lui répondit de même.

Elle sourit et se concentra à nouveau sur sa tâche.

Le vent agita les branches, provoquant une pluie de feuilles mortes.

« J'ai quelque chose à te montrer, Ima », annonça Jacob.

Il plongea la main dans sa poche, en sortit un sachet en plastique dont il tira la grosse bague en fer, la posa au creux de sa paume et la tendit vers elle.

« Je les ai eus, dit-il. Tous les deux. »

La tête de Bina tourna très lentement. Elle contempla longtemps la bague. Son expression demeurait impassible et, l'espace d'un instant, Jacob craignit de l'avoir surestimée. Ou, pire, de la faire voler en éclats, de manière irréparable.

Ses mains se figèrent.

« *Majka* », murmura-t-elle.

Sam fut pris de panique.

« Jacob ? » demanda-t-il.

Bina renversa la tête en arrière.

Elle souriait.

Jacob suivit son regard jusqu'à une branche du figuier qui oscillait doucement, comme si quelque chose y était posé une seconde plus tôt et venait juste de s'envoler.

# Remerciements

David Wichs, Zach Shrier, Rena et Mordecai Rosen, Julie Sibony, Emily chez Paris Paysanne, le rabbin Yehuda Ferris, Lev Polinsky.

DES MÊMES AUTEURS

Que la bête s'éveille
*Seuil, 2015 (sous le titre* Le Golem d'Hollywood*)*
*et « Points Thriller » n° 4406*

JONATHAN KELLERMAN

Double miroir
*Plon, 1994*

Terreurs nocturnes
*Plon, 1995*

La Valse du diable
*Plon, 1996*

Le Nid de l'araignée
*L'Archipel, 1997*

La Clinique
*Seuil, 1 998*
*et « Points Policier », n° P636*

La Sourde
*Seuil, 1999*
*et « Points Policier », n° P755*

Billy Straight
*Seuil, 2000*
*et « Points Policier », n° P834*

Le Monstre
*Seuil, 2001*
*et « Points Policier », n° P1003*

Dr La Mort
*Seuil, 2002*
*et « Points Policier », n° P1100*

Le Rameau brisé
*Seuil, 2003*
*et « Points Policier », nº P1251*

Qu'elle repose en paix
*Seuil, 2004*
*et « Points Policier », nº P1407*

La Dernière Note
*Seuil, 2005*
*et « Points Policier », nº P1493*

La Preuve par le sang
*Seuil, 2006*
*et « Points Policier », nº P1597*

Le Club des conspirateurs
*Seuil, 2006*
*et « Points Policier », nº P1782*

La Psy
*Seuil, 2007*
*et « Points Policier », nº P1830*

Tordu
*Seuil, 2008*
*et « Points Policier », nº P2117*

Fureur assassine
*Seuil, 2008*
*et « Points Policier », nº P2215*

Comédies en tout genre
*Seuil, 2009*
*et « Points Policier », nº P2354*

Meurtre et obsession
*Seuil, 2010*
*et « Points Policier », nº P2612*

Habillé pour tuer
*Seuil, 2010*
*et « Points Policier », n° P2681*

Les Anges perdus
*Point Deux, 2011*
*et « Points Policier », n° P2920*

Jeux de vilains
*Seuil, 2011*
*et « Points Policier », n° P2788*

Double meurtre à Borodi Lane
*Seuil, 2012*
*et « Points Policier », n° P2991*

Les Tricheurs
*Seuil, 2013*
*et « Points Policier », n° P3267*

L'Inconnue du bar
*Seuil, 2014*
*et « Points Policier », n° P4050*

Un maniaque dans la ville
*Seuil, 2015*
*et « Points Policier », n° P4341*

Des petits os si propres
*Seuil, 2016*

AVEC FAYE KELLERMAN

Double homicide
*Seuil, 2007*
*et « Points Policier », n° P1987*

Crimes d'amour et de haine
*Seuil, 2009*
*et « Points Policier », n° P2454*

JESSE KELLERMAN

Les Visages
*Sonatine, 2009*
*et « Points Thriller », n° P2523*

Jusqu'à la folie
*Éditions des Deux Terres, 2011*
*et « J'ai lu », n° 9947*

Beau parleur
*Éditions des Deux Terres, 2012*
*et « J'ai lu », n° 10340*

Bestseller
*Éditions des Deux Terres, 2013*

RÉALISATION : NORD COMPO À VILLENEUVE-D'ASCQ
IMPRESSION : NORMANDIE ROTO IMPRESSION S.A.S À LONRAI
DÉPÔT LÉGAL : NOVEMBRE 2016. Nº 130609 (1604369)
IMPRIMÉ EN FRANCE